EL MUNDO DEL

SOL OSCURO™

EL MUNDO DEL

SOL OSCURO™

PENTA PRISMA

LIBRO 3

La hechicera Sadira

TROY DENNING

TIMUN MAS

Diseño cubierta: Víctor Viano
Ilustración de cubierta: Brom

Título original: *The Amber Enchantress (Book 3 of Dark Sun World)*
Traducción: Gemma Gallart

ISBN: 84-7722-882-5 (Obra completa)
ISNB: 84-7722-885-X (Volumen III)
Depósito legal: B. 29.981-2000
Hurope, S.L.
Impreso en España - *Printed in Spain*
Grupo Editorial Ceac, S. A. Perú, 164 - 08020 Barcelona
Internet: http://www.ceacedit.com

US, Canada,
Asia, Pacific & LatinAmerica:
Wizards of the Coast, Inc
P.O. Box 707
Renton, WA 98057-0707
+1-800-324-6496

European Headquarters:
Wizards of the Coast, Belgium
P.B. 34
2300 Turnhout
Belgium
+32-14-44-30-44

www.wizards.com

A Bill, Anne, Matt y Josh

Agradecimientos

Muchas personas han contribuido a la redacción de este libro y a la creación de esta serie, y me gustaría darles las gracias a todas. Sin los esfuerzos de las siguientes personas, en especial, es posible que Athas no hubiera llegado a ver nunca la luz del sol rojo: Mary Kirchoff y Tim Brown, quienes contribuyeron en igual medida que los demás a dar forma a este mundo; Brom, que nos facilitó el aspecto y la atmósfera; Jim Lowder, por su inspiración y paciencia; Lloyd Holden de la Academia de Artes Marciales AKF de Janesville, por aportar su experiencia a las escenas de lucha; Andria Hayday, por su apoyo y ánimo; y Jim Ward, por su entusiasmo, apoyo, y mucho más.

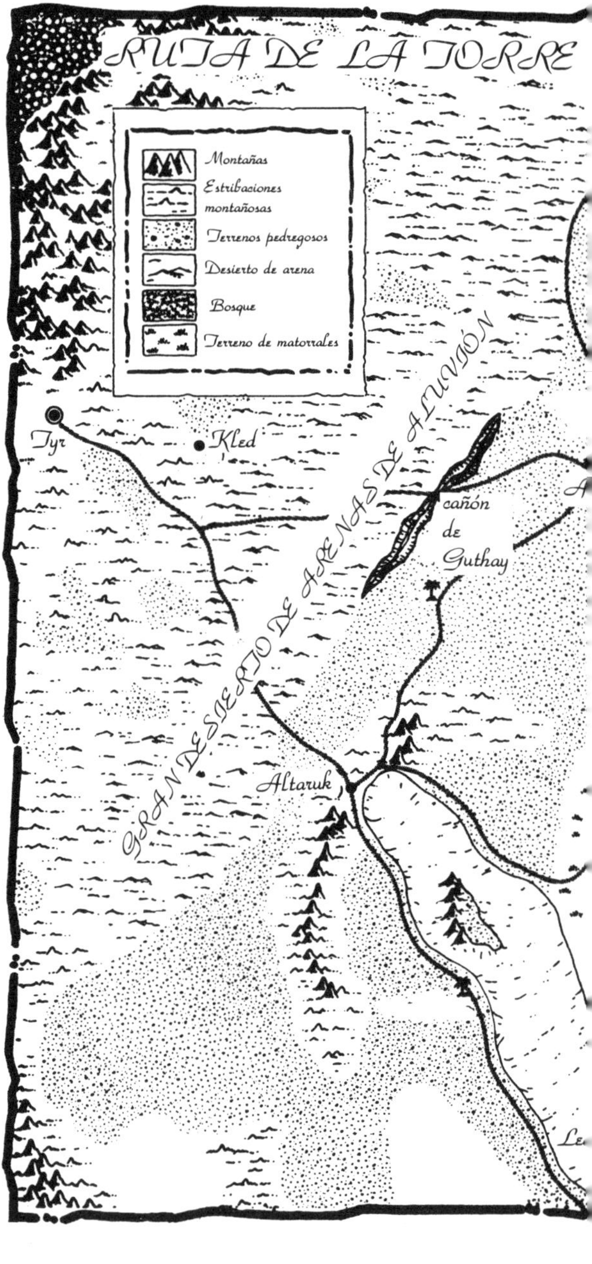
RUTA DE LA TORRE
Montañas
Estribaciones montañosas
Terrenos pedregosos
Desierto de arena
Bosque
Terreno de matorrales
Tyr
Kled
GRAN DESIERTO DE ARENAS DE ALUVIÓN
cañón de Guthay
Altaruk

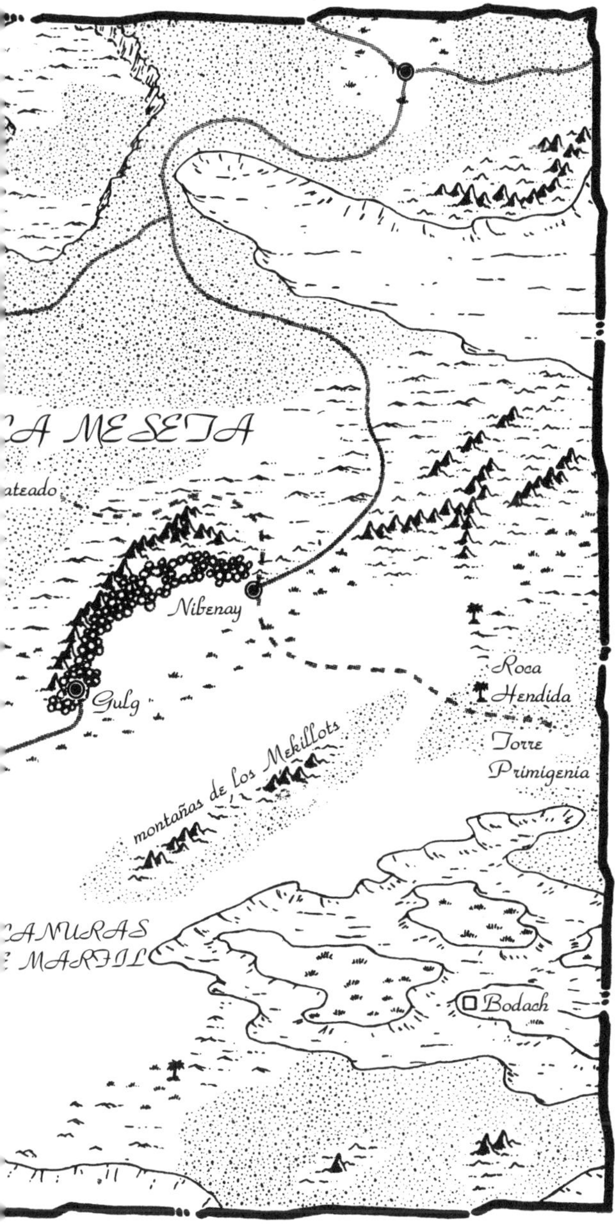
MESETA
Nibenay
Gulg
Roca
Hendida
Torre
Primigenia
montañas de los Mekillots
MARFIL
Bodach

Prólogo

La demacrada figura del rey Tithian I se arrastraba por su antecámara a cuatro patas, los miembros extendidos a los costados y moviéndose con el ritmo inconexo de un insecto. La parte inferior de su mandíbula no dejaba de moverse, como si masticara un pedazo de rama de espino, y sus ojos vidriosos permanecían fijos en las losas del suelo. El rey llegó a una de las esquinas y procedió a ascender por la pared con la ayuda de las patas hasta quedar más o menos derecho. Dedicó unos instantes a intentar alzarse un poco más, volvió a caer bruscamente al suelo y continuó su viaje en una nueva dirección.

Dos cabezas sin cuerpo seguían al rey en su deambular por la habitación, flotando a un metro del suelo y estudiando con expresión preocupada las acciones del monarca. Una de ellas poseía una piel apergaminada y cenicienta, con facciones hundidas y labios correosos y agrietados. La otra estaba abotargada, con mejillas tumefactas, ojos tan hinchados que no eran más que estrechas rendijas, y una boca llena de dientes rotos y grisáceos. Ambas llevaban las ásperas melenas sujetas en una especie de moño alto, y tenían la parte inferior del cuello cosida con hilo.

La mente de la bestia controla la mente de Tithian, conjeturó la cabeza abotargada, utilizando el Sendero para transmitir sus pensamientos mentalmente. *Ya te dije que no estaba preparado para algo tan peligroso, Wyan.*

Mentiroso. No dijiste nada, replicó Wyan. *Pero tampoco importa demasiado, Sacha. Si Tithian no puede escapar de la mente del kank, no nos servirá de nada.*

Aunque se daba cuenta de que las cabezas conversaban entre sí, Tithian no comprendía el significado de sus palabras. Diez días atrás, había utilizado el Sendero de lo Invisible para establecer contacto mental con un kank, con la intención de espiar a un adversario que iba a salir de la ciudad montado en el animal. No obstante, al ir a ampliar el contacto, los estrafalarios sentidos de la criatura lo habían desorientado, permitiendo así que la esencia natural del ser se apoderara de su cerebro. En estos momentos, la parte más primitiva del intelecto de Tithian creía que éste era un kank: un insecto dos veces el tamaño de un hombre, con seis patas tubulares, una envoltura de quitinosas placas negras, y un par de antenas cerdosas sobre la cabeza.

Tithian sintió un extraño retumbo bajo las axilas, donde, en un kank, un par de membranas cilíndricas actuaban como oídos. Los sonidos rodaron por su torso en tonos ahogados que reconoció vagamente como la voz de Sadira, una de las tres personas a las que espiaba. Tal y como le sucedía con Sacha y Wyan, las palabras le resultaban un revoltijo sin sentido.

La parte racional del cerebro de Tithian, la diminuta chispa de intelecto que sabía que era un monarca en lugar de un kank, deseaba comprender lo que se decía. Era ése el motivo por el que en un principio había unido su mente a la de la bestia, y, no obstante el revés, el rey seguía decidido a llevar a término su plan.

Tithian concentró su mente racional en el núcleo de su ser, ese espacio donde las tres energías del Sendero —espiritual, mental y física— convergían en una tempestad de fuerza mística. Visualizó un cordón de fuego dorado deslizándose desde este nexo hasta el interior de su cerebro. A los pocos instantes sintió cómo un extraño cosquilleo le recorría el cuerpo, y, aunque sabía que eso lo fatigaría, continuó extrayendo energía hasta que incluso los dedos de manos y pies ardieron rebosantes de poder. Si deseaba vencer los instintos de la bestia, necesitaría todo el poder que pudiera reunir.

Cuando llegó a un punto en que le pareció estar a punto de estallar, Tithian utilizó la energía para imaginarse a sí mismo en el interior de su propia cabeza: un hombre demacrado, de facciones afiladas y nariz aguileña, la larga cabellera castaña rodeada por la dorada diadema de Tyr.

El insecto replicó al momento a la maniobra, haciendo aparecer en el sucio terreno gris de la mente del rey la imagen de un kank. El animal atacó rápidamente, abriendo las mandíbulas y lanzándose al frente para atrapar a su presa. Tithian se apartó de un salto; cayó al suelo y rodó lejos del alcance del animal. Cuando volvió a incorporarse, la criatura giraba ya para atacarlo otra vez.

El rey imaginó que un par de alas brotaban de su espalda, y un nuevo hormigueo le recorrió el cuerpo al brotar aún más energía de su nexo; a poco, hicieron su aparición los nuevos apéndices. El kank arremetió, y Tithian agitó las nuevas alas con furia, con lo que consiguió elevarse del lóbrego suelo justo a tiempo de evitar el ataque de las pinzas de su adversario, que se cerraron con un chasquido bajo sus pies.

Antes de que la tonta criatura se diera cuenta de adónde había ido, el rey descendió sobre su lomo y la agarró con fuerza de las antenas. El kank dio un salto en el aire, intentando lanzar al suelo a su molesto jinete, pero Tithian se sujetó con fuerza y tiró violentamente de los cerdosos apéndices que tenía en las manos.

La bestia regresó al suelo chillando de dolor y alarma. Sus antenas estaban conectadas directamente a los nervios de la cabeza, y cualquier ataque contra aquellos apéndices cruciales resultaba devastador. El kank dobló hacia adentro las tres patas de su costado izquierdo, en un intento de rodar de lado y aplastar a su jinete.

Tithian ya lo esperaba. Extrayendo una vez más energía de sí mismo, imaginó que el terreno del interior de su mente se convertía de suelo sólido en neblina. El corazón le dio un vuelco, y, de improviso, tanto él como su montura se encontraron cayendo a través de una bruma gris. El rey siguió tirando de las antenas del kank, afirmando mediante la continuada presión que era él el amo del animal. El kank se debatió tan sólo unos pocos instantes más antes de resignarse a la dominación de Tithian.

El monarca no tuvo que esperar mucho tiempo para comprobar que había vencido los instintos de la criatura. Apenas si había dejado de debatirse el kank cuando en sus membranas auditivas resonó una voz familiar. Esta vez, con el propio cerebro en pleno control de sus percepciones, Tithian comprendió las palabras.

—¿Qué le pasa a tu kank? —Se trataba de Rikus, uno de los hombres que acompañaban a Sadira.

—No lo sé —respondió Sadira—. Se volvió loco e intentó desmontarme. Nunca había oído nada semejante.

Incapaz de distinguir entre lo que sucedía dentro y fuera de su mente, el kank había reaccionado de forma física al ataque de Tithian, de modo que el monarca tuvo que palmear ligeramente las antenas del insecto atrapado en su cerebro para tranquilizarlo, con la esperanza de mitigar cualquier inquietud que Sadira pudiera sentir sobre el comportamiento de su montura. Tanto el insecto de su mente como la auténtica criatura, aquella en que iba montada la joven, se pusieron en marcha.

—Lo que sea que lo trastornara parece haber desaparecido —observó el segundo acompañante de Sadira, el noble Agis de Asticles—. Sigamos. Kled debe de estar cerca, y estoy ansioso por conocer a Er'Stali. Por lo que cuenta Rikus, sabe tanto como cualquier sabio de Tyr.

—Eso yo no puedo juzgarlo —dijo Rikus—. Todo lo que sé es que es el único hombre vivo que ha leído *El libro de los reyes de Kemalok*.

—¿Sabes con certeza que todavía sigue en Kled? —inquirió Agis.

—Desde luego —aseguró Rikus a su amigo—. Su conocimiento del libro es todo lo que queda de la historia de los enanos. Todo el pueblo daría su vida antes de darle motivos para marcharse... o permitir que algo lo matara.

Aunque los dos hombres se encontraban sólo a pocos metros de la montura de Sadira, Tithian no los veía más que como una mancha borrosa. Un kank únicamente podía enfocar objetos muy cercanos, por lo general el suelo rocoso sobre el que avanzaba. Cualquier otra cosa parecía parte de una nebulosa cortina de formas y colores, en la que el más mínimo movimiento hacía que una llamarada de luz centelleara ante sus ojos.

Debido a que el campo visual de un kank no incluía a su jinete, Tithian no veía a Sadira, pero a pesar de ello, era más consciente de su presencia que de la de Rikus o Agis. A través de la mente del animal, notaba el peso de la joven sobre el lomo, extendido todo a lo largo de la sección de caparazón quitinoso que le recubría el tórax. También podía olerla, pues la cerdosas antenas del insecto estaban cargadas del aroma acre de la piel humana, cuidadosamente enmascarado con la fragancia de las flores del espino albar.

El trío siguió cabalgando en silencio unos instantes, tras los cuales Sadira preguntó:

—¿Estás seguro de que habrá alguna cosa en *El libro de los reyes* que pueda ayudarnos, Rikus?

—No estoy seguro, pero es nuestra mejor posibilidad —gruñó el gladiador. Se encogió de hombros, y a Tithian le pareció como si unas luces broncíneas centellearan alrededor de los hombros del luchador—. Jamás detendremos al dragón si no le encontramos un punto flaco.

—Los conocimientos de Er'Stali son nuestra única esperanza —intervino Agis. Asintió dando la razón a Rikus, y ráfagas de luz negra aparecieron alrededor de su cabeza—. Si no puede ayudarnos, quizá no conseguiremos evitar que Tithian entregue al dragón el tributo exigido.

—¡Jamás! —exclamó Sadira—. No pienso permitir que un millar de personas vayan a una muerte tan horrible.

—¿Entonces qué harás si no se puede detener al dragón? —inquirió Rikus.

—Llamar a todo Tyr a las armas —respondió ella—. Le plantaríamos cara todos a una.

—Y moriríamos todos a una —le espetó Rikus—. Existen algunos demonios que no se pueden destruir por la fuerza... Lo aprendí en Urik.

—¿Así, pues, te rendirías? —preguntó Sadira con un dejo de amargura—. El hombre que yo recuerdo de los fosos de gladiadores de Tithian jamás habría considerado tal posibilidad.

—Porque sólo luchaba contra hombres y animales... y, si perdía ante ellos, era únicamente su propia vida la que perdía —replicó Rikus. La voz resonó con fuerza a través del cuerpo del kank... y de Tithian—. Ahora tenemos una responsabilidad mucho mayor, una responsabilidad que no podemos tomarnos a la ligera.

—Eso es ciero, Rikus —asintió Agis—. Pero tampoco podemos sacrificar un millar de vidas sin luchar. Aunque no tengamos más que una levísima esperanza de salvarlas, debemos intentarlo.

Tras esto, el noble utilizó un pequeño látigo para golpear ligeramente a su montura entre las antenas. El animal se lanzó al trote, las tubulares patas golpeando sobre el suelo de rocas mientras trotaba en dirección a Kled.

Cuando quedó claro que la conversación había tocado a su fin, Tithian retiró casi toda su atención de la mente del animal y la transfirió a su propia antecámara.

—¡Por Ral! —maldijo, y la enfurecida voz retumbó en los muros de piedra—. ¡Tendría que hacer que los mataran a todos!

—Eso te hemos dicho nosotros muchas veces —dijo Sacha, la cabeza abotargada.

—No es tan difícil de arreglar —añadió Wyan, con un brillo de expectación en los ojos.

Las dos cabezas sin cuerpo flotaron por la habitación hasta quedar frente a Tithian, y permanecieron a la altura de sus ojos cuando éste se incorporó.

—¿Qué han hecho para conseguir que recobres el sentido? —preguntó Sacha.

—Están enterados de la visita del dragón —declaró Tithian.

—No resulta una sorpresa, ya que permites que coloquen agentes en tu palacio —siseó Wyan.

—Es mejor soportar espías conocidos que desconocidos —contestó el monarca—. Además, no es lo que han averiguado lo que me enfurece, sino lo que intentan hacer con esa información.

—¿Qué es?

—Negarle al dragón el tributo —respondió el rey.

—Deja que lo intenten —sugirió Wyan, mostrando los amarillentos dientes—. Morirán todos, y nadie te culpará a ti.

—No —repuso Tithian, meneando la cabeza—. Tengo mis propios planes para el dragón..., y en éstos no se incluye permitir que tal estupidez lo enfurezca.

La chambelana de Tithian interrumpió en ese momento la discusión al penetrar en la estancia. Se trataba de una mujer rubia, cuyo porte majestuoso no podía camuflarse bajo el uniforme de inapreciable cota de malla.

—Disculpad la intrusión, poderoso rey —dijo, realizando una profunda reverencia.

—¿Quién te ha dicho que vinieras, moza? —exigió Sacha.

—¡Déjanos, o pagarás muy cara tu insolencia! —gruñó Wyan.

La chambelana enarcó una ceja ante la amenaza, y luego dirigió una dura mirada a las dos cabezas. Al cabo de un instante, volvió su atención a su soberano.

—El jefe halfling Nok solicita el honor de una audiencia —anunció.

Tithian reconoció el nombre, pues era Nok quien había facilitado las armas que Rikus y Sadira habían utilizado para derrocar al anterior monarca de Tyr, el rey-hechicero Kalak.

—¿Cuál es la naturaleza de su visita?

—Se niega a decirlo —respondió la mujer.

Tithian meditó sobre aquella violación de las normas de cortesía durante algunos instantes, intentando decidir si el halfling lo había hecho para insultarlo o simplemente no comprendía el protocolo civilizado.

—No estoy disponible para visitas sociales hasta mañana por la tarde —contestó por fin.

—Le sugeriré que regrese entonces —dijo la chambelana con una nueva reverencia.

Tithian la despidió con un gesto de la mano. No creía que Nok hubiera viajado tan lejos para realizar una visita de cortesía, pero jamás recibía a un visitante sin antes saber qué era lo que deseaba discutir. No era tanto una costumbre nacida de la arrogancia como un signo de perspicacia política. Un hombre que meditara con antelación sobre sus conversaciones tenía menos probabilidades de decir algo que más tarde fuera a lamentar.

Nada más pasar bajo la arcada que servía de acceso a la habitación, la chambelana se llevó la mano a la espada que le colgaba del cinto.

—Dije que esperarais en el vestíbulo —declaró con voz enojada, dirigiéndose a alguien situado fuera de la estancia.

Antes de que pudiera decir nada más, un grito de sorpresa escapó de sus labios; de su cuerpo sobresalía un ensangrentado pedazo de madera que había perforado la cota de malla como si fuera de tela. La mujer retrocedió tambaleante hacia el centro de la habitación, gorgoteando de dolor y sujetando sin fuerzas la lanza de color borgoña que le atravesaba el pecho.

Al otro extremo del asta se encontraba un halfing cubierto de grasienta pintura verde y ataviado con una capa de plumas. Una corona de helechos rodeaba la enmarañada masa de sus cabellos, un aro de oro colgaba de su nariz, y una bola de obsidiana se balanceaba de una cadena de plata que le rodeaba el cuello. Lo seguían una docena de halflings, adornados con sencillos taparrabos y empuñando pequeños arcos cargados con diminutas flechas de punta negra.

—¡Un intruso y un asesino! —siseó Wyan, clavando los entrecerrados ojos en el jefe halfling.

—¡Mátalo! —chilló Sacha, lamiéndose los labios con una larga lengua roja.

Ambas cabezas se separaron para acercarse desde diferentes lados, pero el rey hizo un rápido gesto con la mano para que se apartaran. Incluso aunque no hubiera adivinado la identidad del halfling, el arma que éste sujetaba entre las manos habría advertido a Tithian que debía tener cuidado. Se trataba de la Lanza de Corazón de Árbol, la jabalina mágica que Nok había prestado a Rikus para matar a Kalak. Además de atravesar cualquier tipo de armadura, la lanza de roble protegía del Sendero a quien la empuñara, lo que significaba que Sacha y Wyan resultarían tan inútiles contra él como un par de mosquitos.

El monarca volvió su atención al halfling.

—¿Cómo has conseguido pasar entre mis centinelas? —inquirió.

—De la misma forma que con tu chambelana —respondió el halfling, arrancando la lanza del cuerpo de la mujer. Ésta se desplomó en el suelo y no se movió—. ¿Crees realmente que tus guardas son lo bastante poderosos como para impedir que Nok vaya a donde desee?

—Claro que no; pero sí esperaba que me demostrases la cortesía de no asesinarlos —replicó Tithian.

Aunque lo sorprendía que los halflings se hubieran atrevido a matar a sus centinelas, lo que más asombraba al monarca era que lo hubieran hecho tan silenciosamente. Al parecer, las leyendas con respecto a su habilidad para la caza no eran exageraciones.

Al ver que Nok no contestaba, Tithian siguió:

—Ahora dime por qué has invadido mi intimidad.

—La mujer llamada Sadira —dijo el halfling, frunciendo el entrecejo ante el tono del rey—. Debes entregármela.

—¿Y por qué *debo* hacer eso? —exigió Tithian.

Nok hizo girar la Lanza de Corazón de Árbol y la apretó contra la caja torácica de Tithian. La punta penetró en la carne con anormal facilidad, y un delgado hilillo de sangre resbaló por el abdomen del rey.

—¡Porque lo exijo! —masculló el halfling.

Tithian bajó una mano y apartó suavemente la lanza.

—Tienes mucho que aprender sobre diplomacia —declaró sin inmutarse, sosteniendo la torva mirada del halfling con ojos firmes—. Pero da la casualidad de que Sadira se está poniendo pesada. Dejaré que te quedes con ella... siempre y cuando la captures.

—No me fiaría de que lo hicieras por mí —respondió el halfling, contemplando desdeñoso a Tithian—. ¿Dónde está?

El monarca dedicó a Nok una sonrisa de altivez antes de responder:

—En el desierto. Un cazador de tu talla no tendría que tener problemas para localizarla.

1

Acceso cerrado

—No se puede molestar a Er'Stali —declaró el anciano enano, inclinándose sobre la balaustrada que coronaba la torre de vigilancia de la puerta—. Volved a montar en vuestros kanks y regresad a Tyr.

Excepto por sus muchos años, que habían marcado docenas de surcos en su frente y dejado las mejillas colgando fláccidas como una barba, el hombre mostraba las mismas características que los guardas enanos que lo acompañaban. Poseía una figura rechoncha, con una piel oscura y desprovista de todo vello y un porte pétreo. Una cresta de cartílago endurecido le recorría la parte superior de la calva cabeza, y unas facciones toscas y prominentes dominaban su rostro.

—¿Quién eres tú para hablar por Er'Stali? —inquirió Sadira, colocando ambas manos sobre la empuñadura de obsidiana de su bastón, que jamás dejaba fuera de su alcance.

—¡Soy Lyanius, el *uhrnomus* de Kled! —rugió el anciano.

—¿Qué es un *uhrnomus*? —preguntó Sadira, mirando a Rikus en busca de una explicación.

—El fundador del pueblo —respondió éste. Con un cuerpo sin vello que no parecía más que un cúmulo de nervios y músculos, parecía una versión más alta, y más ágil de los enanos, y por un buen motivo, puesto que Rikus era un mul, una mezcla de humano y enano que había heredado lo mejor de ambas razas.

Al ver que Lyanius seguía contemplándolos en silencio, Rikus siguió con su explicación.

—El *uhrnomus* habla en nombre de su poblado. Si él no quiere que veamos a Er'Stali, no lo veremos.

—Eso es inaceptable —dijo Agis, hablando por primera vez. El noble era un hombre vigoroso, con un cuerpo robusto y facciones apuestas; tenía una larga cabellera negra surcada de gris, una frente amplia sobre unos ojos castaños, y una mandíbula cuadrada y decidida—. No he pasado diez días en el desierto para que me despidan en la puerta.

—Es Lyanius quien decide, no nosotros —repuso Rikus.

—A lo mejor podría hacerlo cambiar de idea —ofreció Agis, clavando los ojos en el anciano.

—Puede que Lyanius sea testarudo —dijo Rikus agarrando al noble por los hombros—, pero le debo muchísimo. Ni se te ocurra utilizar el Sendero contra él.

—¿Por quién me tomas, por Tithian? —replicó Agis retrocediendo indignado.

El noble volvió de nuevo la mirada a Lyanius.

—Antes de que tomes tu decisión, ¿no me permitirás que explique por qué debemos hablar con Er' Stali?

—No —contestó el *uhrnomus*.

—¿Le ha sucedido algo? —inquirió Rikus.

—¿Qué te hace pensar eso? —quiso saber el enano, dedicándole una mirada torva.

—El que no nos dejes verlo —respondió Rikus, cada vez más inquieto—. No habrá muerto, ¿verdad?

Lyanius negó con la cabeza, aunque sus ojos dejaron entrever una muda preocupación.

—No, está vivo...

—Pero no se encuentra bien —concluyó Rikus.

El anciano asintió.

—Lo molestaremos lo menos posible —aseguró Agis—. Con todo, nuestra necesidad es grande y debemos hablar...

—Lo siento —interrumpió Lyanius, alzando la mano para acallar al noble—. Haré que os traigan agua y comida a la puerta, para que podáis iniciar el viaje de regreso con provisiones frescas.

—Las cosas están mucho peor de lo que él quiere darnos a entender —susurró Sadira a Rikus—. Incluso aunque Er'Stali esté enfermo, no es motivo suficiente para mantenernos fuera del pueblo.

—Es cierto —convino el mul—, pero ¿qué podemos hacer?

Mientras Sadira consideraba el problema, otras dos personas aparecieron encima de la torre de la puerta. La primera era un enano a quien ella no conocía. Sobrepasaba en una cabeza a los demás; su cuerpo poseía un cierto aire desgarbado, y llevaba un sol rojo tatuado en la cabeza. Sus ojos, de color orín, ardían con feroz intensidad, visible incluso desde el pie de la torre.

Sadira sí reconoció a la otra figura, la antigua compañera de lucha de Rikus. Neeva era una humana rubia de ojos de color esmeralda, piel pálida y gruesos labios rojos. Destacaba por encima de los enanos como un sauce del desierto por encima de un bosquecillo de matorrales, con un enorme vientre hinchado que colgaba por encima de la baja balaustrada del tejado. Aunque llevaba una capa de tejido ligero sobre la espalda y blancos hombros, había dejado el abdomen intencionadamente expuesto a los abrasadores rayos del sol, e incluso la parte inferior estaba quemada, mostrando un profundo tono rojo, con tiras de un rosa pálido allí donde las capas de piel se habían pelado.

—¡Rikus! —gritó Neeva, haciendo caso omiso por el momento de Agis y Sadira—. ¡Qué alegría verte!

Rikus no contestó. En lugar de ello, se limitó a contemplar fijamente la parte inferior del hinchado estómago de su ex amante, la boca abierta con expresión de asombro y los negros ojos traicionando su desolación.

Sadira lo golpeó ligeramente en el brazo con el extremo de su bastón.

—Cierra la boca —musitó—. No te conviene parecer celoso.

—No estoy celoso —siseó Rikus.

—Claro que no —replicó la muchacha, y una sonrisa maliciosa le cruzó los labios—. Pero eso no me importa. No me siento ofendida por tus sentimientos hacia Neeva.

—Tampoco podrías hacer nada aunque no fuera así —replicó Rikus, dirigiendo una significativa mirada a Agis.

—Éste no es el momento de discutir nuestra relación —susurró el noble—. Lo único que importa es convencer a Lyanius de que nos deje ver a Er'Stali..., y se me ocurre que tú puedes persuadir a Neeva de que nos apoye.

—¿Cómo? —inquirió Rikus, frunciendo el entrecejo.

—Podrías empezar diciendo «hola» —sugirió Sadira—. Conviene que vea que no estás enojado con ella.

El mul volvió a mirar a lo alto de la torre de vigilancia.

—Me alegro de verte, Neeva —dijo—. Tienes un aspecto, eh..., muy sano.

—Lo que parezco es gorda y embarazada —rió Neeva—. Ahora decidme, ¿qué es lo que hacéis aquí? No creo que hayáis recorrido todo este trecho sólo para desearme lo mejor.

—Tyr se encuentra en peligro —se apresuró a intervenir Agis.

—Eso es una desgracia para Tyr —vociferó el enano de ojos rojos situado junto a Neeva—. Mi esposa no está en condiciones de luchar.

—Ya se han dado cuenta, Caelum —lo calmó ella, posando una mano sobre el brazo del enano—. Además, dudo que hayan realizado este viaje sólo para conseguir otro brazo armado.

—Neeva tiene razón, Caelum —dijo Agis—. Si hay que luchar, ni un centenar de guerreros como ella podrían salvar Tyr.

—¿Qué quieres decir? —preguntó Neeva.

—El dragón se dirige a la ciudad —explicó Rikus.

Neeva y los enanos contemplaron al mul con expresión perpleja, como si hubiera hablado en una lengua que no comprendieran.

Tras una pausa de algunos segundos, Agis añadió:

—Ha exigido el sacrificio de un millar de vidas..., un impuesto que pensamos negarle. Esperábamos que Er'Stali podría recordar algo de *El libro de los reyes de Kemalok* que pudiera ayudarnos a desafiar al dragón.

Con la mirada fija en Rikus, Lyanius inquirió:

—Ese dragón, ¿podría tratarse del mismo del que habló el rey Rkard?

—Creo que lo es —respondió el mul. A Sadira y Agis explicó—: La última vez que estuve aquí, apareció el fantasma del rey Rkard, y, entre otras cosas, contó a los enanos que la ciudad perdida de sus antepasados había sido visitada por el dragón.

Rikus apenas había terminado de hablar cuando Lyanius declaró:

—Debo pediros que os marchéis de inmediato. No recibiréis ayuda de Kled ni de ninguno de sus habitantes.

—¡Morirá un millar de personas! —protestó Sadira.

—Mejor eso que todo Kled —replicó Lyanius—. Si os ayudamos, el dragón nos destruirá.

—Jamás lo sabrá —aseguró Agis—. Hemos tomado medidas para mantener en secreto tanto el viaje como su propósito.

El anciano sacudió la cabeza con determinación.

—No podemos correr ese riesgo.

Sadira miró entonces a Neeva.

—Tú sabes mejor que nadie por qué no podemos sacrificar un millar de vidas inocentes.

—La decisión debe tomarla el *uhrnomus*, no yo —repuso la mujer, desviando la mirada.

—Pero el *uhrnomus* escuchará a Caelum, y Caelum a ti —intervino Rikus—. Ayúdanos... por el bien de Tyr.

—No puedo pedir a estas gentes que arriesguen sus vidas por Tyr —contestó Neeva, agitando el brazo en dirección al pueblo—. No tengo derecho.

—Olvídate de Tyr —dijo Sadira, señalando el vientre de Neeva—. ¿Deseas que tu hijo viva aterrorizado por el dragón?

Neeva dedicó a Sadira una mirada ofendida.

—Mejor eso que morir antes de nacer —declaró.

—¿De veras? —inquirió Agis—. Si enseñas a tu hijo a ocultarse de la tiranía, ¿no le enseñas también a vivir esclavo?

—No hablas como la mujer que ayudó a matar a Kalak —apremió Sadira—. Si es así, dínoslo y dejaremos de perder el tiempo.

Neeva dedicó una mirada colérica a sus viejos amigos, al tiempo que se mordía el labio, contrariada.

—¿Existe algo a lo que no te atrevas cuando quieres conseguir alguna cosa?

—No, cuando lo que quiero es proteger Tyr —respondió Sadira—. Pero eso no tiene nada que ver con la pregunta de Agis. ¿Enseñarás a tu hijo a vivir libre o bajo la tiranía?

Neeva permaneció en silencio unos instantes; luego bajó la mirada a su hinchado vientre.

—Sabéis muy bien la respuesta —dijo, tomando a Caelum y Lyanius del brazo—. Dispensadme un momento.

No bien hubieron desaparecido Neeva y los enanos, Rikus se dio la vuelta y anunció:

—Voy a atar a los kanks más allá para que pasten.

—¿Tan seguro estás de que nos dejarán ver a Er' Stali? —preguntó Agis.

—Caelum no puede negarle nada a Neeva —asintió Rikus.

—Pero ¿qué pasa con Lyanius? —interpuso Sadira—. Es a él a quien tiene que convencer.

—Es un hombre de gran corazón. Al final, hará lo que es correcto... en especial con su hijo, abogando por ello —respondió Rikus.

—¿Su hijo? —inquirió Agis.

—Caelum —explicó el mul—. Es el único en cuyo juicio confía Lyanius.

Dicho esto, el mul llamó a los kanks para que lo siguieran y empezó a alejarse. Dos monturas fueron de inmediato tras él, pero la que había montado Sadira se quedó atrás. El animal se mostró tan testarudo que Rikus se vio obligado finalmente a sujetarlo por las antenas.

—Ojalá tuviera su seguridad —dijo Agis, sentándose con la espalda apoyada en los ladrillos enrojecidos por el sol del muro del poblado de Kled.

—Esperemos que sus esperanzas estén justificadas —deseó Sadira.

Se sentó junto a Agis, doblando los talones bajo las caderas para utilizarlos de cojín. Aunque a muchas mujeres les habría resultado insoportablemente doloroso doblar las piernas de esa forma, la posición le resultaba tan natural a Sadira como aposentarse en una silla. La joven era una mezcla de humano y elfo, con extremidades ágiles y sinuosas y un cuerpo flexible típico de los nacidos de tal linaje. Sus cejas, puntiagudas y delgadas, enmarcaban unos ojos pálidos, tan claros y serenos como una turmalina azul. Poseía una boca pequeña de labios carnosos y una larga melena de cabellos ambarinos que le caía por encima de los hombros en una ondulante cascada.

Una vez que se hubo puesto cómoda, Sadira abrió su odre de agua y bebió. Incluso a la sombra del muro del poblado, la temperatura resultaba abrasadora, con un débil airecillo que parecía incapaz de provocar el más leve soplo de aire fresco. A un lado del pueblo, el calor se elevaba en brillantes oleadas junto a los altos farallones de piedra arenisca. Al otro lado, una gigantesca duna de arena reflejaba la roja luz del sol con tanta fuerza que resultaba imposible mirar en aquella dirección.

Rikus regresó al poco rato, echados sobre los hombros los odres vacíos que habían estado sujetos a los arneses de los kanks.

—¿No ha llegado ningún mensaje del interior?

—Será mejor que te sientes —sugirió Agis.

—Me quedaré de pie —anunció el mul, meneando la cabeza—. Ya no tardarán mucho.

Rikus se equivocaba. El cielo se oscureció, pasando del brillante blanco del mediodía a los tonos más amarillentos de primeras horas de la tarde, sin que les hubiera llegado ningún mensaje de Kled. Sadira se sumió en un letárgico sopor sin conseguir apartar sus pensamientos de la fresca agua de pozo que podrían obtener en el interior del poblado. En más de una ocasión se encontró maldiciendo a los testarudos enanos, e incluso empezó a soñar despierta con la posibilidad de lanzar un hechizo que le permitiera deslizarse dentro, aunque desechó enseguida la idea. Después de oír cómo Rikus advertía a Agis que no utilizara el Sendero para influir a los enanos, estaba segura de que tampoco aprobaría que ella utilizara la magia para robar un trago de agua.

Por fin, cuando la boca de Sadira estaba completamente reseca por la falta de agua, la puerta se abrió, y Neeva salió al exterior, sola.

—Bienvenidos a Kled. —Extendió los brazos en dirección a Rikus, que había permanecido tozudamente en pie ante la puerta.

El mul clavó los ojos en los de Neeva durante unos segundos.

—Neeva, te he echado de menos.

—Y yo también a ti, Rikus —respondió ella en voz baja.

Desprendiéndose de los odres, avanzó y la abrazó con fuerza. Neeva lanzó un ahogado grito de dolor; él dio un paso atrás, asustado.

—Lo siento —se disculpó, la mirada fija en el estómago de ella—. No quería hacerte daño... ni al niño.

Neeva posó una mano sobre su brazo.

—No lo hiciste —dijo, acariciando con los dedos de la otra mano su enrojecido vientre—. Simplemente me escoció cuando tu cuerpo rozó contra el mío.

Sadira y Agis se colocaron junto a Rikus.

—¿Por qué no te tapas eso? —preguntó Sadira, indicando la enrojecida carne del abdomen de la mujer.

—Mi esposo quiere que lo deje expuesto.

—¿Por qué? —se extrañó Sadira—. ¿Es que le divierte torturarte?

—El dolor que soporta es por nuestro hijo —intervino Caelum, saliendo de detrás de la puerta—. Para que el niño posea los ojos de fuego, el sol tiene que besar el vientre de Neeva desde el amanecer hasta el crepúsculo.

—¿Qué son exactamente ojos de fuego? —quiso saber Sadira.

—Un signo del favor del sol —explicó Neeva, señalando los ojos rojos de su esposo—. Caelum quiere que nuestro hijo sea un sacerdote del sol, como él.

—Esperemos que tengas éxito —deseó Agis, y se volvió hacia Caelum—. ¿Ha tomado ya una decisión vuestro *uhrnomus* sobre nuestra petición?

—Mi padre considera que no es correcto que una ciudad tan poderosa como Tyr ponga en peligro a un pequeño pueblo como Kled...

—Tyr extenderá su protección a vuestro pueblo —ofreció rápidamente Agis.

—¿De qué servirá eso? —se mofó Caelum—. ¿Acaso no estáis aquí porque Tyr no puede protegerse a sí misma del dragón?

—Es cierto —admitió el noble.

—Y es por eso que Caelum persuadió a su padre de concederos lo que pedís —dijo Neeva, con una sonrisa afectuosa—. Si está en nuestras manos ayudar, no podemos permanecer ociosos mientras el dragón arrasa Tyr. Eso nos convertiría no sólo en cobardes, sino también en cierto modo en responsables de las mismas muertes.

—Debéis prometer que nadie sabrá que hablasteis con Er'Stali —añadió Caelum.

—Hecho —aceptó Rikus, recuperando los vacíos odres.

Cuando Sadira y Agis también asintieron, el enano les hizo una señal para que lo siguieran al otro lado de la puerta. Tras explicar que Lyanius había regresado a sus deberes, Caelum condujo al grupo al interior del poblado.

Descendieron rápidamente por una estrecha avenida, flanqueada a ambos lados por las paredes de rojas baldosas de docenas de cabañas circulares. Las estructuras apenas si le llegaban a Sadira a la barbilla, y carecían de techos que protegieran a sus atareados ocupantes del llameante sol. La hechicera pudo mirar al interior de cada edificio, y descubrió que todos estaban dispuestos de modo similar. Cerca de la pared este había una mesa redonda con un trío de bancos curvados, mientras que un par de lechos de piedra ocupaban el lado oeste. Cerca de la puerta de la cabaña de cada familia colgaba un hacha de armas, una espada corta y un escudo claveteado, todos forjados de reluciente acero y recién abrillantados.

Sadira estaba a punto de hacer una observación sobre todo aquel valioso armamento cuando llegaron a la plaza del pueblo: un círculo de terreno al aire libre pavimentado con roja piedra arenisca. El centro lo ocupaba un molino de viento, cuyas aspas giraban lentamente a impulsos de la ardiente brisa. Con cada giro, el molino bombeaba unos cuantos litros de fresca agua transparente al interior de una cisterna cubierta.

No obstante su sed, Sadira apenas si se fijó en el pozo, porque su atención estaba fija en el extremo opuesto de la plaza, donde docenas de enanos ordenaban y bruñían una pequeña montaña de deslustradas armaduras de acero.

—¡Por las lunas! —exclamó Sadira—. ¿De dónde ha salido todo eso?

—De Kemalok, por supuesto —respondió Neeva, indicando la montaña de arena situada al norte del pueblo.

Por lo que Rikus ya le había contado, Sadira supo que su amiga se refería a la antigua ciudad de los reyes, que los enanos excavaban bajo la duna. A pesar de que el mul ya había dicho que estaba llena de armas y armaduras de acero, la hechicera no había imaginado algo como aquello.

—Incluso en su época de mayores riquezas, Kalak habría envidiado esa fortuna —comentó Sadira.

—Que es el motivo por el que Lyanius no quería dejarnos entrar en el pueblo —conjeturó Agis.

—Sí —asintió Caelum—. Llegasteis en un momento poco oportuno. Ayer mismo sacamos las cosas de la cripta y no estábamos preparados para recibir visitas. Confío en que guardaréis para vosotros lo que veis...

—Claro que lo harán —dijo Neeva de malhumor—. ¿No te dije que Sadira y Agis eran tan dignos de confianza como Rikus?

—Por favor —terció Agis, alzando una mano—. La cautela de Caelum es comprensible. Si se extiende la noticia de las riquezas que guarda Kled, los mismos reyes-hechiceros enviarán ejércitos para robarlas.

—Me alegra que lo comprendas —declaró Caelum. Señaló los odres que colgaban de los hombros de Rikus—. Déjalos aquí, y me ocuparé de que los llenen.

Mientras hacía lo que le decían, el mul inquirió:

—¿Quiere esto decir que Lyanius no decía la verdad sobre la salud de Er'Stali?

—Por desgracia, no mentía —repuso Neeva con tristeza.

—Una tribu de salteadores atacó el pueblo hace unas semanas —explicó Caelum—. Er'Stali insistió en ayudarnos a defender la puerta, y lo hirieron.

Dicho esto, el enano los condujo por un estrecho callejón empinado hasta una cabaña grande cubierta por un improvisado techo de pieles de lagarto. Neeva se detuvo ante la cortina que hacía las veces de puerta y habló al interior para preguntar si Er'Stali podría recibir visitas.

—Estoy trabajando —respondió una voz débil.

—Venimos de Tyr —dijo Sadira—. Necesitamos tu ayuda.

Un profundo suspiro surgió del interior.

—Entrad, pues.

—Caelum y yo nos ocuparemos de vuestros odres y provisiones —se ofreció Neeva, sosteniendo la cortina a un lado para que Sadira y sus compañeros pasasen.

Antes de que entraran en la cabaña, Caelum rogó:

—Por favor, no estéis mucho rato. Er'Stali intenta poner por escrito todo lo que puede recordar de *El libro de los reyes*. Cada minuto es precioso.

—Lo que quiere decir que podría morir en cualquier momento —gruñó la voz del anciano. Se interrumpió, víctima de un ataque de tos, y luego jadeó—: Ahora entrad y haced vuestras preguntas antes de que sea demasiado tarde.

Sadira cruzó el umbral. Una pálida luz solar se filtraba por el techo de piel, bañando la cabaña en un resplandor rosado. Ante la mesa, muy encorvado, se sentada un anciano enjuto, envuelto en vendas manchadas de pus desde el cuello a la cintura. Lucía una fina barba blanca y tenía los ojos vidriosos por el cansancio, y su rostro estaba surcado por profundas líneas de dolor. En su frente se veía un semiborrado tatuaje de una serpiente de doble cabeza; las dos bocas de la serpiente estaban repletas de largos y perversos colmillos.

Sadira reconoció la marca como la Serpiente de Lubar, el emblema de una familia aristócrata urikita. Conocía el emblema porque lo había visto como el estandarte personal de Maetan de Lubar, el general urikita que el rey Hamanu había enviado a invadir Tyr el año anterior. Durante la guerra, Maetan había robado *El libro de los reyes de Kemalok* a los enanos, y Rikus había prometido recuperarlo. Por desgracia, el libro no había sobrevivido, pero el mul había conseguido matar a Maetan y regresar a Kled con la única persona viva que lo había leído: Er'Stali.

El anciano ni levantó la cabeza al entrar Sadira y los otros en la cabaña. Por el contrario, mantuvo la atención fija en la mesa, utilizando un punzón de madera para garabatear en uno de las docenas de dípticos desparramados por toda la habitación. Las tablillas de arcilla llenaban el aire de un aroma mohoso y se amontonaban por todas partes: en su armario, sobre los bancos situados junto a Er'Stali, junto a su cama, y por todo el suelo.

El anciano levantó un dedo para que guardaran silencio y acabó de anotar el siguiente pensamiento en la tablilla. Por fin levantó la vista y, entrecerrando los ojos, inquirió:

—¿Quiénes sois?

Rikus se adelantó, de modo que no quedara oculto a los ojos de Er'Stali.

—Son amigos míos —declaró el mul.

—¡Rikus! —exclamó el anciano—. ¡Cómo me alegro de volverte a ver! ¿Qué haces de regreso en Kled?

—Venimos con la esperanza de que puedas tener la solución a un problema al que nos enfrentamos —respondió el mul.

—A lo mejor sí —respondió el anciano, haciendo una mueca provocada por algún profundo dolor interior. Mojó el punzón en el cuenco de agua y limpió el extremo con un pedazo de tela—. ¿Cuál es el problema?

—Nos hemos enterado de que el dragón no tardará en visitar Tyr —explicó Agis—. Nuestro rey tiene pensado sacrificarle mil personas.

El punzón que Er'Stali sostenía resbaló de entre sus dedos y cayó al suelo.

—En ese caso sugiero que lo dejéis hacer —sugirió el anciano—. Mejor mil vidas que toda la ciudad.

—No —replicó Sadira—. Tyr representa la libertad. Si cedemos a las exigencias del dragón, no seremos mejores que cualquier otra ciudad.

—¿Recuerdas alguna cosa de *El libro de los reyes de Kemalok* que pudiera sernos de ayuda? —inquirió Rikus—. El dragón debe de tener algún punto débil.

—Si Borys tiene algún punto flaco, no se hablaba de él en *El libro de los reyes* —bufó Er'Stali. No obstante, se incorporó y, apoyándose con fuerza en el brazo del mul, avanzó trabajosamente hasta las tablillas situadas junto a su cama.

—¿Borys? —se extrañó Sadira. Rikus le había mencionado el nombre, pero no lo había hermanado con el del dragón—. Pensaba que Borys era el Decimotercer Campeón...

—De Rajaat —terminó por ella Er'Stali, apartando a un lado un montón de tablillas—. Sí; también es el dragón. —El anciano levantó los ojos hacia Rikus—. Recuerdas la historia que nos contó el espectro de Rkard, ¿verdad?

—Sí —respondió éste, y se volvió hacia sus amigos para explicarles—: Er'Stali recitaba el relato de la batalla entre Borys de Ebe y Rkard, el último de los reyes enanos. Según lo que Er'Stali había leído, tanto Borys como Rkard murieron tras la batalla.

—Pero el fantasma del rey Rkard apareció para decirnos que el relato estaba equivocado. Borys, en forma de dragón, regresó años más tarde para destruir la ciudad —añadió Er'Stali—. Por desgracia, Rkard desapareció antes de que pudiera preguntarle por la relación entre ambas criaturas, pero he encontrado una anotación que lo aclara.

El anciano se sentó sobre el lecho y empezó a rebuscar penosamente por entre un montón de tablillas hasta encontrar la que deseaba.

—Si *El libro de los reyes* contiene algo que os pueda ser de ayuda, ha de estar aquí. Por lo que recuerdo, la mano que lo escribió era temblorosa y débil. Es posible que escribir el relato en el libro de sus antepasados fuera lo último que hiciera en esta vida.

Er'Stali empezó a leer:

—«Llegó el día en que Jo'orsh y Sa'ram regresaron a Kemalok y vieron lo que Borys había hecho a la ciudad de sus antepasados. Ambos hombres juraron localizar al carnicero y destruirlo, por lo que partieron hacia la poderosa ciudadela de Ebe con todos sus hombres y escuderos. Pero, al llegar a la fortaleza, la encontraron abandonada desde hacía largo tiempo, ocupada ahora sólo por un puñado de espectros que aguardaban pacientemente el regreso de su señor. Jo'orsh interrogó a éstos mediante el Sendero de lo Invisible y averiguó que Borys había levantado misteriosamente el asedio de Kemalok justo cuando parecía que estaba a punto de tener éxito. El guerrero había enviado a su ejército de vuelta a la ciudadela de Ebe y había partido en dirección a la Torre Primigenia, la fortaleza de Rajaat, para encontrarse con los otros campeones.»

Er'Stali levantó los ojos de la tablilla para añadir una pequeña explicación:

—*El libro de los reyes* no daba el nombre de todos estos campeones, pero, por lo que he podido averiguar, cada uno debía aniquilar toda una raza, de la misma forma en que Borys intentó destruir a los enanos. He visto referencias a Albeorn, Verdugo de Elfos, y Gayard, Exterminador de Gnomos.

—¿Gnomos? —se sorprendió Rikus.

—El libro no explica lo que son —respondió Er' Stali; sus ojos volvieron a posarse en la tablilla para reanudar la lectura—: «Jo'orsh y Sa'ram abandonaron la ciudadela de Ebe y viajaron con sus hombres a las tierras salvajes situadas más alla del Gran Lago de Sal hasta que avistaron una aguja de roca blanca a lo lejos. Aquí aparecieron toda suerte de horribles guardianes, de modo que dejaron a sus hombres y escuderos en lugar seguro, para continuar solos en dirección a la blanca montaña. Al penetrar en la Torre Primigenia, descubrieron que, al igual que la ciudadela de Ebe, estaba abandonada, a excepción de las sombras gigantes...

Sadira se dio cuenta de que Rikus palidecía.

—¿Qué sabes de estas sombras? —le preguntó.

—A lo mejor nada —contestó el mul, encogiéndose de hombros—, pero, durante la guerra contra Urik, Maetan hacía aparecer a veces una sombra gigante a la que llamaba Umbra. Esa cosa aniquiló a toda una compañía ella sola.

Mientras Rikus hablaba, Er'Stali empezó a respirar con dificultad, aferrándose débilmente los vendajes, como si éstos le oprimieran las costillas y le dificultaran la respiración.

—Traeré a Caelum —dijo Rikus, dirigiéndose a la puerta.

—No —gimió Er'Stali, haciendo un gesto con la mano para que regresara—. Ya ha hecho todo lo que estaba en su mano hoy.

Temerosa de que la tensión de su visita hubiera debilitado al anciano, Sadira sugirió:

—Quizá deberíamos dejarte descansar y regresar más tarde.

—Más tarde, puede que esté muerto... —farfulló Er'Stali—. Dadme sólo un minuto para recuperar el aliento.

Aguardaron unos instantes a que el anciano recuperara el control de su respiración. Por fin, deteniéndose de vez en cuando para aspirar con fuerza, Er'Stali reanudó la lectura:

—«Aquí Sa'ram se encontró con las sombras, a las

que sobornó con obsidiana. Éstas le contaron que Rajaat y sus campeones habían discutido sobre la aniquilación de las razas mágicas, y se habían enfrentado unos contra otros en terrible batalla. Cuando ésta finalizó, Rajaat ya no gobernaba la Torre Primigenia. Lo condujeron a la Cúpula de los Cristales y lo obligaron a utilizar sus utensilios arcanos para convertir a Borys en el dragón.»

—¿Convertir a Borys en el dragón? —exclamó Rikus, atónito.

—Así es —asintió Er'Stali—. Ahora ya sabéis todo lo que *El libro de los reyes* dice sobre el dragón.

—No ayuda demasiado —se quejó el mul.

—¿Qué les sucedió a Rajaat y a los otros campeones después de que Borys se convirtió en el dragón? —preguntó Agis.

—El libro no lo decía —respondió el anciano con voz cansada—. Jo'orsh y Sa'ram abandonaron la torre y enviaron a sus escuderos de vuelta a casa. A ellos no se los volvió a ver, pero es evidente que no mataron a Borys.

—¿Eso es todo? —inquirió Agis, incrédulo—. ¿Los campeones ayudaron a Borys a convertirse en el dragón y luego desaparecieron sin reanudar sus ataques sobre las otras razas?

—¿Quién puede decirlo? —replicó el anciano—. Ahora ya sabéis que, después de la caída de Rajaat, Borys regresó como el dragón para atacar Kemalok. También da la impresión de que Gayard destruyó a los gnomos... Yo nunca he visto ninguno; ¿los has visto tú? —Cuando Agis negó con la cabeza, el anciano continuó—: A lo mejor los otros campeones murieron luchando contra Rajaat, o tal vez quedaron demasiado debilitados para seguir luchando. Todo lo que puedo decir es que el libro termina con la desaparición de Jo'orsh y Sa'ram.

El anciano devolvió la tablilla a su lugar.

—Lo siento —dijo Rikus volviéndose hacia Sadira y Agis—. Hemos realizado este viaje para nada.

—¿Cómo puedes decir eso? —bufó Sadira—. No tenemos las respuestas que necesitamos, pero sabemos dónde buscarlas.

—¿La Torre Primigenia? —inquirió el mul.

—Si queremos averiguar más cosas sobre Borys, las tendremos que averiguar allí —asintió la muchacha.

—No seas ridícula —la reprendió Agis—. Incluso aunque supiéramos dónde encontrarla, no podemos estar seguros de que el lugar todavía exista.

—La Torre Primigenia todavía sigue en pie, más allá de Nibenay —intervino Er'Stali—. Los elfos saben dónde.

—¿Qué te hace estar tan seguro? —quiso saber Rikus.

—Porque la sombra gigante que mencionaste provenía de allí —explicó Er'Stali—. A cambio de los servicios de Umbra, Maetan alquilaba una tribu de elfos cada año para conducir una caravana cargada de bolas de obsidiana a la Torre Primigenia. Los conductores de la caravana jamás regresaban, pero Umbra siempre aparecía cuando Maetan lo llamaba, por lo que supongo que la obsidiana llegaba a la torre.

Sadira dedicó a Agis una sonrisa altiva.

—¿Lo ves? —dijo—. Iremos a Nibenay y alquilaremos un guía en el mercado elfo.

—¡Ese viaje podría durar un mes, o incluso más! —protestó Rikus.

—Motivo por el que debemos darnos prisa —retrucó Sadira—. No sabemos lo pronto que pueda llegar el dragón a Tyr, y sería mejor que regresásemos a la ciudad tan rápido como sea posible.

—¿Y qué es lo que esperas lograr en la torre? —preguntó Agis.

—Lo que no hemos conseguido aquí —respondió la joven—: averiguar lo suficiente sobre el dragón para poder desafiarlo. Además, si tenemos suerte, puede que encontremos algunas reliquias en la Cúpula de los Cristales que nos sirvan de ayuda.

—Perdona que lo diga —repuso Agis—, pero sospecho que ése es el motivo real de que quieras ir a la Torre Primigenia.

—¿Qué quieres decir? —inquirió Sadira con expresión enfurruñada.

—Quiere decir que, cuando olfateas magia, ninguna otra cosa te importa —aclaró Rikus—. Ni siquiera Tyr.

—¡Eso no es cierto! —exclamó ella—. ¡Quiero a Tyr más que a mi propia vida!

—Es la magia lo que tú amas —aseguró el mul sacudiendo la cabeza mientras señalaba el bastón que Sadira sujetaba en la mano—. De lo contrario ya le habrías devuelto el bastón a Nok.

—Lo necesitaremos para ocuparnos del dragón —se defendió, enojada, la hechicera—. Y si te hubieras quedado con la Lanza de Corazón de Árbol...

—Prometí devolverla a Nok —la interrumpió Rikus con voz tajante—. Tal y como tú prometiste devolver el bastón.

—Y mantendré esa promesa... cuando Tyr esté a salvo del dragón —contestó Sadira. Avanzó hasta la puerta y apartó a un lado la cortina—. ¿Cuándo partimos hacia la Torre Primigenia?

2

Caminos separados

Nada más coronar la duna de color escarlata, el kank se detuvo dando un bandazo. El animal torció la maciza cabeza de un lado a otro, en busca de un camino para bajar que Sadira se dio cuenta que no encontraría. El viento había erosionado la cresta convirtiéndola en una pared vertical que caía en picado más de doce metros hasta alcanzar la empinada ladera situada más abajo.

Por la depresión situada entre la duna en que se hallaba Sadira y la siguiente, serpenteaba en dirección a las montañas del valle de Tyr la apelmazada arena de un sendero de caravanas. A lo lejos, justo detrás de un promontorio de amarilla arenisca, se distinguían las manchas oscuras de las escoltas de una caravana.

Sadira volvió la cabeza para mirar por encima del hombro a los kanks de Rikus y Agis, que seguían ascendiendo penosamente por la ladera.

—Un fuerte declive impide el paso por aquí —les gritó, señalando con la mano en dirección oeste—. El descenso parece más fácil por allí.

Una vez que los dos hombres hubieron indicado que la habían oído, Sadira devolvió su atención a su propia montura. La golpeó ligeramente en una antena para que girara a la izquierda, pero el kank se limitó a clavar en la joven un ojo globular y no se movió. La hechicera arrugó el entrecejo ante la extraña mirada, preguntándose si el animal podría percibir la inquietud de su corazón.

Habían pasado dos días desde que ella y sus compañeros habían abandonado Kled, y la hechicera había pasado la mayor parte de ese tiempo preguntándose por qué el embarazo de Neeva la alteraba tanto. El estado de su amiga hacía sentir a Sadira como si el mundo se hubiera convertido en una prisión, como si alguien la estuviera obligando a caer en una sutil esclavitud más ineludible que cualquier otra que hubiera conocido en los fosos de esclavos de Tithian.

La hechicera sabía que tales sentimientos carecían de base, ya que no era persona propensa a caer en las redes de la maternidad, y sospechaba que su desasosiego tenía más relación con su propia historia familiar que con la criatura de Neeva.

En la época anterior a la liberación de Tyr, la madre de Sadira, una mujer de cabellos ambarinos llamada Barakah, se había ganado la vida mediante una de las pocas ocupaciones ilegales de la ciudad. El rey Kalak había declarado ilegal la compra y venta de componentes mágicos en Tyr, y, como es natural, ello había dado pie a la aparición en el mercado elfo de un próspero comercio de escamas de serpiente, goma arábiga, polvo de hierro, lenguas de lagarto y otros artículos difíciles de adquirir. Barakah se ganaba la vida actuando como mensajera entre los sigilosos hechiceros de la Alianza del Velo y los poco fiables contrabandistas elfos; pero cometió el error de enamorarse de un elfo, un granuja muy conocido llamado Faenaeyon.

Poco después de la concepción de Sadira, los templarios de Kalak realizaron una incursión a la sucia tienda donde comerciaba Faenaeyon. El elfo huyó al desierto, abandonando tras él a la embarazada Barakah, que fue apresada y vendida como esclava. A los pocos meses, Sadira nacía en los fosos de Tithian, y allí fue donde se crió.

Teniendo en cuenta esta historia, no era de extrañar que la muchacha no confiara en los vínculos del amor familiar. Neeva podría ser feliz viviendo el resto de su vida con Caelum y su hijo, pero tal dicha doméstica resultaba inconcebible para la semielfa. En su interior, siempre estaría esperando que su compañero la abandonara, tal y como Faenaeyon había abandonado a su madre. Para Sadira, era mejor amar a dos hombres a la vez. De esa forma, jamás necesitaría a uno con tanta intensidad que su marcha la destruyera.

Los pensamientos de la muchacha tocaron a su fin cuando el kank empezó a chasquear las mandíbulas, para luego intentar apartarse del borde del farallón. Cuando la hechicera intentó obligarlo a girar a la izquierda, el animal se detuvo en seco.

De la arena bajo los pies de la criatura surgió un suspiro, tan profundo y apagado que Sadira, más que escucharlo, lo sintió en el estómago. El suelo se estremeció, el kank chilló asustado, y la hechicera se tambaleó en su silla.

Con un grito, Sadira saltó de su montura y fue a aterrizar junto al kank en medio de una asfixiante cascada de arena. Tanto ella como la bestia rodaron dando volteretas por la empinada ladera, mientras una nube de polvo rojo como la sangre se elevaba a su alrededor. En medio del torbellino de arena, piernas y antenas, la hechicera perdió por completo el sentido de la orientación, y bastante tuvo con no soltar su bastón.

La semielfa vislumbró el cuerpo gris del kank precipitándose sobre ella, las patas tubulares agitándose enloquecidas en el aire. Lanzando un chillido de alarma, golpeó con ambos pies el caparazón y, con una dolorosa sacudida que le recorrió todo el cuerpo, rodó fuera de la trayectoria del enorme animal, para ir a descender el resto de la pendiente en una desenfrenada serie de volteretas hacia atrás.

Cuando Sadira consiguió detenerse, estaba enterrada hasta la cintura, escupiendo amarga arenisca. El kank fue resbalando hasta pararse con las mandíbulas a poca distancia de la cabeza de la joven. El rugido de la avalancha de arena seguía sonando sobre sus cabezas y, temiendo verse enterrada viva, la hechicera apuntó su bastón a la muralla de arena que descendía sobre ella.

—¡Nok! —dijo, pronunciando la palabra que activaba la magia del bastón.

Una luz púrpura brilló tenuemente en el interior del pomo de obsidiana del arma. Sadira sintió un curioso hormigueo en el estómago, seguido de un leve mareo. A su lado, el kank lanzó un siseo asustado al notar, también él, cómo una fría mano penetraba en su interior y le arrebataba una parte de su energía vital. La hechicería normal extraía de las plantas la energía para sus conjuros, pero el bastón utilizaba una clase más poderosa de magia, una que extraía su poder de la energía interna de los animales.

—¡Montaña de roca! —gritó.

La hechicera movió el brazo hacia la ladera. Una vaporosa oleada de energía brotó del extremo del bastón y fue a acomodarse sobre la falda como una red que atrapó la cascada en su dorada luz y detuvo rápidamente la avalancha. La neblina amarilla permaneció sobre la superficie durante unos instantes, entre chisporroteos y siseos, hasta que al fin empezó a desvanecerse, dejando una lámina de piedra tras ella. Cuando la bruma hubo desaparecido por completo, la inestable duna que se alzaba en lo alto se había convertido en un otero de roca sólida.

Sadira lanzó un suspiro de alivio y empezó a desenterrarse. También el kank comenzó a liberarse de la arena con las pinzas; con la ayuda de sus seis patas terminó la tarea mucho más deprisa que la hechicera, y luego se dejó caer sobre el vientre y se quedó inmóvil, temblando, con las antenas apretadas contra la parte posterior de la cabeza. Cerró las formidables mandíbulas y las hundió profundamente en el suelo, extendiento por completo las patas a los costados en una exhibición de total sumisión.

—No tienes por qué tener miedo —lo calmó Sadira, consiguiendo liberarse por fin—. El hechizo es permanente.

—Sadira, ¿estás herida? —gritó Rikus desde lo alto.

El mul descendió a toda velocidad por la rocosa ladera. Tenía la dura piel de la espalda enrojecida por la fricción contra la piedra arenisca, y en la mano sostenía el *Azote de Rkard*, una espada mágica que Lyanius le había dado durante la guerra contra Urik. Tras él apareció Agis, con el costoso manto de lana colgando hecho jirones de sus hombros.

En cuanto alcanzaron la base del otero, Rikus señaló la caravana que Sadira había visto antes.

—¿Provocaron ellos la avalancha? —inquirió.

—El farallón sencillamente se desmoronó —respondió Sadira—. Guarda la espada. No queremos que los conductores crean que somos salteadores.

Mientras el mul hacía lo que le pedía, Sadira volvió su atención a la caravana que se aproximaba. El cortejo se encontraba ya lo bastante cerca como para que la hechicera pudiera apreciar que sus miembros iban montados en inixes. La mayoría de estos lagartos de cinco metros transportaban lingotes de hierro en bruto sobre los amplios lomos, aunque algunos iban cargados con la silla de un jinete en lugar de los lingotes. Mientras avanzaban pesadamente, meneaban sus largas colas de acá para allá, levantando una pequeña nube de arena que impedía que la siguiente bestia de la fila se acercara demasiado. Tenían unos largos picos córneos, con mandíbulas parecidas a pinzas que parecían lo bastante potentes para partir a un hombre en dos de un solo mordisco.

—Me pregunto si se dirigirán a Nibenay... —comentó Sadira.

Rikus y Agis intercambiaron una paciente mirada. Desde que habían abandonado Kled, no habían cesado de intentar disuadir a la joven de dirigirse a la Torre Primigenia.

—Creía que habíamos decidido en contra de ese plan —dijo Agis, con un tono de voz excesivamente paternalista y paciente.

—Tú lo decidiste —replicó Sadira, volviéndose hacia su kank; el animal seguía tumbado sobre la arena, temblando, pero no la rehuyó.

—No seas idiota —gruñó Rikus—. Incluso aunque pudiéramos encontrar allí algo que nos sirviera de ayuda, no tendríamos demasiadas posibilidades de regresar a tiempo para ayudar a Tyr.

—Y aun tenemos menos posibilidades de detener al dragón con lo que sabemos ahora —le recordó Sadira, montando sobre el lomo de su montura—. ¿Tenéis vosotros dos alguna idea mejor?

Rikus miró a Agis en busca de ayuda.

—Sí —contestó el aristócrata—. Existen muchos hechiceros y doblegadores de mentes en Tyr. A lo mejor entre todos conseguiremos reunir la energía necesaria para enfrentarnos al dragón.

—Y, si no es así, podemos supervisar la forma en que se satisface el impuesto —añadió Rikus.

—Quieres decir rendirnos —dijo Sadira con amargura.

—Quiero decir enfrentarnos a la realidad —la corrigió Rikus—. Perecieron miles de personas cuando ataqué Urik, y sus muertes no consiguieron otra cosa que fastidiar al rey Hamanu. Si todo un ejército no es más que una pequeña molestia para un rey-hechicero, no veo cómo podremos detener al dragón.

—¿Qué es lo que sugieres? —inquirió Agis.

—Que nos limitemos a lo que es posible —respondió el mul—. A menos que se lo impidamos, Tithian enviará al dragón sólo a los pobres; si regresamos a Tyr al menos podemos asegurarnos de que la leva a entregar sea reclutada de forma imparcial.

—¿Imparcial? —chilló Sadira, perdiendo el control, con lo que el kank empezó a temblar con más violencia—. ¿Cómo se puede ser imparcial cuando se trata de enviar a alguien a la muerte?

—No se puede —admitió Agis, mordiéndose los finos labios—. Esperemos que no se tenga que llegar a eso. Una sola persona que utilice la magia o el Sendero a menudo puede tener éxito allí donde un centenar de hombres fornidos no lo han tenido. A lo mejor cien hechiceros o doblegadores de mente triunfarán donde el ejército de Rikus fracasó.

—Y, si fracasas, destruirás toda la ciudad —replicó el mul—. Sería mejor ir a la Torre Primigenia que enfrentarse al dragón. Si no luchamos, sólo morirán mil, en lugar de todos.

Agis consideró por unos instantes las palabras del mul.

—Organizaré un consejo de los hechiceros y doblegadores de mentes más poderosos de la ciudad —ofreció al cabo—. Si no pueden desarrollar un plan para enfrentarnos al dragón, haremos lo que sugieres.

—Un comité no va a derrotar al dragón —refunfuñó Sadira—. Para eso necesitas poder y conocimientos.

—Quizás en Tyr hay más de ambas cosas de lo que pensamos —repuso el noble. Se volvió hacia Rikus—. ¿Qué dices tú?

—¿Cómo escogeremos a los que tienen que morir?

—Das por supuesto que mi plan fracasará, y no será así —dijo Agis—. Pero, si se llega a ese extremo, haremos todo lo posible por aligerar la carga. Excluiremos a los que sean los últimos representantes de un linaje y a los padres de niños pequeños.

—¿Así, pues, personas como Rikus y yo somos prescindibles, pero personas como tú no? —quiso saber Sadira.

—Eso no es lo que dije —replicó Agis frunciendo el entrecejo.

—Pero es lo que querías dar a entender —le escupió Sadira—. ¿Cuántas veces has dicho que necesitas un hijo para que no desaparezca el apellido Asticles?

—¿Le pediste a Sadira que te diera un hijo? —Rikus dedicó al noble una mirada furiosa.

—Eso es algo entre Sadira y yo —respondió Agis.

—¡En absoluto! —rugió el mul—. ¡Yo también la amo!

—No es que tenga nada que ver con la situación actual, pero ha llegado el momento en que ella debe escoger entre nosotros —arguyó el noble, sin inmutarse ante la cólera de Rikus—. Deberíamos empezar a vivir nuestras propias vidas.

—¿Qué te hace pensar que Sadira te escogería a ti? —exigió el mul.

Sadira aguardó la respuesta de Agis con una creciente indignación, enfurecida por la presunción de éste de que sólo Rikus se interponía entre él y su deseo de que ella le diera un hijo.

—¿Por qué tendría que escogerte a ti? —volvió a inquirir Rikus, en esta ocasión con voz amenazadora.

—Porque tú eres un mul —respondió el noble. La cólera y la lástima se mezclaban en las patricias facciones de su rostro—. No puedes darle hijos.

—La vida de Sadira está completa sin hijos. Tiene que pensar en Tyr —declaró Rikus, mirando a la semielfa—. ¿No es cierto?

Sadira no respondió. En lugar de ello, golpeó suavemente el interior de las antenas del kank. Mientras el animal se ponía en pie, Rikus y Agis se colocaron uno a cada lado.

—¿Qué haces? —preguntó Rikus.

—No soy un objeto que pase a ser propiedad del vencedor de un concurso infantil —anunció la joven.

—Claro que no —dijo Agis—. No queríamos dar a entender que lo fueras. Pero se acerca el momento en que deberemos organizar nuestras vidas. Estuvo bien posponer las decisiones dolorosas cuando no sabíamos si viviríamos para ver un mañana, pero...

—Eso no ha cambiado —lo interrumpió Sadira, enojada—. ¿O has olvidado al dragón?

—El dragón es algo con lo que siempre tendremos que vivir —dijo Rikus—. Después de vagar por Athas durante miles de años, no va a desaparecer sólo porque Tyr ha sido liberada.

—No si nos negamos a desafiarlo —protestó Sadira—. Me voy a la Torre Primigenia a averiguar cómo puede hacerse.

Rikus y Agis intercambiaron miradas de resignación.

—Iré con ella —ofreció Rikus—. Necesitará un brazo fuerte.

—Mi brazo es lo bastante fuerte —replicó Agis, mirando al mul con ferocidad—. Y mi destreza en el Sendero resultará mucho más útil que tu talento para el combate.

—Voy a ir sola —declaró Sadira, intentando con todas sus fuerzas hablar en tono razonable.

Aunque le disgustaba que discutieran sobre ella como si se tratara de una propiedad en litigio, la hechicera comprendía que su mejor oportunidad de ayudar a Tyr radicaba en separarse.

—Es demasiado peligroso —objetó Rikus.

—Si estás decidida a hacerlo, uno de nosotros debiera ir contigo...

—No. —Sadira sacudió la cabeza—. A nuestro modo, todos tenemos razón. —Paseó la mirada de Rikus a Agis—. Como dice Rikus, Tyr debería prepararse para lo peor... y sólo él es lo bastante popular para pedir a los ciudadanos los sacrificios que puedan ser necesarios. Al mismo tiempo, Agis, alguien debiera realizar un inventario de lo que Tyr puede hacer para defenderse. Sólo tú eres lo bastante listo para conseguir que la gente te diga honradamente lo que puede o no puede hacer.

—¿Y tú? —preguntó Rikus.

—Yo soy la única persona realmente prescindible. Y nuestra situación es desesperada. No podemos permitirnos dejar de lado la posibilidad de que la Torre Primigenia guarde algunos secretos que nos sean de utilidad.

Dicho esto, Sadira pasó la mano sobre las antenas del kank, instando al animal a dirigirse hacia la caravana que se aproximaba.

—Volveré tan pronto como pueda —les gritó por encima del hombro—. Esperemos que mi viaje no sea en vano.

Asiendo con fuerza la empuñadura de su daga de acero, Rhayn se escurrió por la esquina y se detuvo para examinar el camino que tenía delante. Acababa de penetrar en un callejón tortuoso que discurría entre dos hileras de viviendas de adobe, deterioradas por la intemperie y a punto de derrumbarse. En cualquier otra ciudad, la calleja habría estado repleta de pobres hambrientos y mendigos sedientos, refugiándose del abrasador sol a la sombra de los elevados edificios. Pero en Tyr nadie necesitaba padecer tales indignidades a menos que fuera demasiado holgazán para trabajar, ya que había comida y agua en abundancia en las granjas de beneficencia situadas fuera de la ciudad. Sin embargo, un puñado de desechos humanos, la mayoría en diferentes etapas del sendero que conduce de la borrachera a la muerte, yacían en el sofocante bochorno del callejón.

Rhayn empezó a recorrer la callejuela, que apestaba a vino rancio, cuerpo sin lavar, orines y una docena de otras cosas aún más infames. Mantenía su nueva daga bien a la vista, por si alguno de aquellos desechos era tan estúpido como para abordarla. No era corriente que un elfo, ni siquiera una mujer, se sintiera asustada en los peores barrios de la ciudad. Pero una de las contradicciones de Tyr era que, a medida que mejoraba la suerte de los pobres, los que quedaban atrás se volvían cada vez más desesperados. Ya se había dado el caso de que unos asesinos atacaran a dos miembros de la tribu de Rhayn, cuando éstos volvían de unas lucrativas incursiones en la Plaza de las Sombras. Ambos elfos consiguieron escapar con vida sólo gracias a que dejaron caer su botín y echaron a correr con toda la velocidad que les permitían sus largas piernas.

Cuando Rhayn pasaba junto a un abotargado semigigante que vestía una túnica adornada con la estrella del anterior rey, se escuchó una voz masculina que gritaba a su espalda.

—¡Ésa es la pájara!

Rhayn volvió la cabeza y lanzó una maldición. De pie al final de la calleja se encontraba un barrigudo vendedor de vino con la cabeza vendada y una funda de daga vacía colgando del cinto. Lo acompañaba una pareja de templarios de negras túnicas, que empuñaban sendas alabardas de hoja de obsidiana, el emblema de la guardia del nuevo rey.

—¿No tienes ninguna duda de que es ella? —preguntó uno de los templarios, un hombre fornido con una cola de cabellos rojos.

Rhayn no necesitaba escuchar la respuesta del vendedor de vino para saber que éste estaría seguro. Incluso desde la distancia que los separaba, no tendría ningún problema en identificarla como la mujer con la que acababa de compartir dos botellas de buen oporto. Aunque era baja para ser una elfa, era una buena cabeza y media más alta que la mayoría de los hombres de pura raza humana, y el cabello pelado al rape destacaba las puntiagudas orejas. Su cuerpo era típico de las de su raza, delgado y esbelto, excepto que su figura era más redondeada y seductora que lo habitual en las mujeres elfas. Bajo las arqueadas cejas, se abrían unos ojos almendrados tan brillantes y azules como zafiros, acompañados de una nariz regia y una boca pequeña de labios carnosos y apetecibles. La misma belleza llamativa que había atraído en un principio al vendedor sería la que ahora no dejaría la menor duda en la mente del hombre sobre su identidad.

Empleando el sistema de defensa preferido por los de su pueblo, la muchacha se volvió y echó a correr.

—¡Eh, tú, deténte! —gritó el segundo templario, un semielfo de cabellos rubios.

Rhayn no le hizo caso, confiada en que sus largas piernas la llevarían bien lejos de los guardas. Normalmente, no se habría atrevido a huir, pues muchos templarios habrían recurrido a la magia de su rey para detenerla; pero era del dominio público que el rey Tithian de Tyr era un monarca débil sin magia que conferir a sus sirvientes. Ésa era una de las razones por las que su tribu había venido a la ciudad.

Rhayn alcanzó el final del callejón antes de que el mercader y sus escoltas hubieran podido dar más de una docena de pasos, y dobló por una bulliciosa avenida bordeada de edificios de dos y tres pisos. En la planta baja de cada casa había una pequeña tienda con una amplia puerta y un mostrador de ala abatible que daba a la calle. En todas ellas atisbaban los astutos mercaderes elfos; ofreciendo mercancías que su tribu sin duda había robado con anterioridad a alguna honrada caravana en el desierto.

—¡Echaos a un lado o moriréis! —aulló Rhayn, blandiendo la daga ante la masa de peatones.

Mientras se abría paso por entre la multitud, se dejó oír un coro de chillidos de sobresalto y gritos de enojo en tanto los hombres y mujeres de todas las razas se apartaban apresuradamente. No obstante su amenaza, Rhayn no se atrevió a apuñalar a aquellos que no se apartaban con la suficiente rapidez. Aunque dudaba que los templarios realizaran un registro intensivo del barrio por una cuestión de relativamente poca importancia como era una daga robada, la elfa sospechaba que considerarían de forma muy diferente una serie de apuñalamientos.

En lugar de utilizar el cuchillo para limpiar de peatones su camino, Rhayn los derribaba de un empujón o de una patada bien colocada, y no tardó en dejar tras ella una larga hilera de personas caídas que le lanzaban maldiciones. Cuando la elfa se volvió para mirar por encima del hombro, seguía sin verse la menor señal de los templarios ni del mercader de vino.

La avenida giraba de improviso a la izquierda, ocultando a la vista la calleja de la que acababa de salir. Segura de que sus perseguidores no podrían seguirla por entre la muchedumbre que llenaba la calle, Rhayn aminoró el paso y se puso a andar tranquilamente. Extrajo el faldón de la escotada túnica del cinturón de piel de serpiente que la sujetaba, deslizó la daga bajo la correa y dejó caer el vestido por encima. Sentía la hoja de metal caliente y peligrosa sobre el tenso estómago, lo que le provocaba un hormigueo de excitación en todo el cuerpo. La daga era la primera arma de metal que había poseído, y el contacto de su suave superficie contra su piel desnuda le producía una embriagadora sensación de poder que arrancó una sonrisa exultante de sus sensuales labios.

Rhayn llegó ante una tienda pequeña en la que había un elfo de cabellos negros inclinado sobre el mostrador, hablando con una pareja de muchachos humanos. El elfo sostenía en la mano media docena de brillantes guijarros, cada uno de un color diferente del arco iris.

—El de color escarlata es para el amor —decía en aquellos instantes—. Si lo dejas bajo la lengua durante tres días completos...

—Te ahogarás con él cuando te duermas —interrumpió el muchacho de más edad, un joven de mandíbula cuadrada, con una expresión de incredulidad.

—No —replicó el elfo, en quien Rhayn reconoció a Huyar, un medio hermano suyo—. Jamás te tragarás una de estas piedras mágicas. Pero, si haces lo que te digo, robarás el corazón de cualquier mujer que desees.

Al penetrar Rhayn en la tienda, los pálidos ojos castaños de Huyar giraron veloces hacia ella y se pasearon por sus curvas con un destello salaz. En cuanto los dos muchachos siguieron su mirada, el elfo continuó con su charlatanería.

—De hecho, yo utilicé la piedra escarlata para obtener el corazón de esta belleza que acaba de entrar —dijo, extendiendo los brazos para abrazar a Rhayn—. ¿No es cierto?

Rhayn permitió que los brazos de Huyar la rodearan y lo miró a los ojos con expresión soñadora.

—Lo es, mi amor.

Rhayn mentía, desde luego. Lo que fuera que Huyar fuera para ella, no era su amante. Compartían el mismo padre, pero eso significaba muy poco para cualquiera de ellos..., excepto que la tradición de la tribu les prohibía tener hijos juntos. Entre los Corredores del Sol, al igual que entre muchos otros elfos, tan sólo los hijos de la misma madre se consideraban entre sí como auténticos hermanos. Aquellos que sólo tenían un padre en común se consideraban en cambio rivales, y competían con energía por el afecto y la herencia. Entre Rhayn y Huyar, la disputa era más ferviente de lo normal, pues su padre resultaba ser el jefe, Faenaeyon.

De todos modos, eran miembros de la misma tribu y, como tales, siempre se mantendrían unidos ante cualquier extraño. Si, como en este caso, eso significaba dejar que Huyar la manoseara para poder vender unas piedras sin valor a un par de jóvenes incautos, lo haría.

Al apretar Huyar a Rhayn contra su cuerpo, la punta de su nueva daga se clavó ligeramente en la parte baja del abdomen de la muchacha. Ésta no chilló, pero Huyar bajó la mirada enarcando las cejas.

—¿Qué es eso que noto? —murmuró.

—Nada que te importe —respondió Rhayn, fingiendo besarlo en la oreja.

—Pero a lo mejor le interesaría a nuestro padre...

Rhayn tuvo que resistir el impulso de arrancarle a su medio hermano el lóbulo de la oreja de un mordisco; su intención había sido esconder la daga en su mochilla-lecho sin que nadie se diera cuenta. Si Faenaeyon averiguaba que había regresado con un trofeo, exigiría que se lo regalara. A pesar de lo que esto pudiera significar para su herencia, Rhayn no tenía la menor intención de dársela.

—Tengo que desaparecer —musitó la joven, liberándose de los brazos de Huyar.

Dedicó a los dos muchachos una prolongada sonrisa, y se apartó del mostrador. Al momento, el más joven preguntó:

—¿Cuánto quieres por las piedras?

Huyar, nunca muy ingenioso, se aprestó a lanzarse sobre su presa.

—¿Cuántas monedas hay en tu bolsa?

En el fondo de la tienda, Rhayn se deslizó a través de la cortina de escamas de serpiente que separaba la sala de trueques de la zona de almacenaje. Su padre se encontraba sentado en su lugar de costumbre, sobre un sillón de cuero demasiado pequeño, con los pies apoyados en un barril de néctar fermentado de kank. Incluso para un elfo, Faenaeyon era un hombre de gran tamaño, con unos miembros musculosos y un pecho amplio y robusto. Llevaba los plateados cabellos sujetos hacia atrás en una despeinada cola que dejaba las puntiagudas orejas incrustadas de suciedad totalmente a la vista.

Probablemente debía de haber habido una época en que resultara llamativamente apuesto, ya que sus largas y delgadas facciones estaban bien marcadas y proporcionadas; pero, ahora, parecía todo lo cruel y peligroso que realmente era. Mantenía las mandíbulas apretadas con fuerza en todo momento, y los delgados labios estaban permanentemente fruncidos en una mueca de desconfianza. Las aletas de su nariz olfateaban todo el tiempo, como si buscaran en el aire el olor de los enemigos, y la pálida piel de sus mejillas tenía aspecto marchito. Incluso los inertes ojos grises, enmarcados por unas cejas tan puntiagudas que recordaban cuchillos y por negras ojeras de agotamiento, ardían con una luz demente que nunca dejaba de provocar en Rhayn una sensación de inquietud.

—¿Cómo te fue? —preguntó Faenaeyon, sin molestarse en dirigir la inexpresiva mirada hacia su hija.

Rhayn se acercó a su padre y lo besó en la mejilla. El elfo olía a regüeldos rancios y broy agrio.

—No tan bien como me habría gustado —respondió la muchacha, deslizándole una moneda de plata en la mano—. Aquí tienes.

Por primera vez desde que Rhayn había entrado en la oscura habitación, los ojos de su padre se movieron para ir a clavarse en la reluciente moneda. La lanzó al aire para comprobar el peso y luego se quejó:

—Una hija mía debería conseguir más que esto.

—La próxima vez, *tada* —respondió ella, utilizando la palabra elfa para designar a cualquier varón con el que existiera un lazo de consanguinidad.

La hoja de la daga oculta bajo las ropas de Rhayn pareció volverse más caliente, y la muchacha sintió cómo un hilillo de sangre le descendía por el abdomen. El abrazo de Huyar había hecho que se cortara con la punta del arma.

Tras estudiar a su hija unos momentos, Faenaeyon lanzó un gruñido y deslizó la moneda en el interior de una de las bolsas que colgaban de su cinturón. Rhayn suspiró en silencio, aliviada, y se dirigió hacia la escalera de hueso situada al fondo de la habitación. En un instante, se encontraría a salvo lejos de su padre, en la gran sala común en la que acampaba la tribu.

Rhayn acababa de poner el pie en el primer peldaño, cuando oyó gritar a Huyar:

—¿Qué es lo que queréis, templarios?

Faenaeyon se puso de pie en un santiamén, empuñando en una mano una espada de hueso y en la otra una daga de obsidiana.

—En nombre de Tithian primero, hazte a un lado —ordenó una voz de hombre.

—Espera —replicó Huyar—. Puedes discutir lo que te trae aquí con nuestro jefe.

—¡He dicho que te apartes! —repitió el templario.

—¿Qué sucede? —inquirió Faenaeyon.

—Me quieren a mí —murmuró Rhayn.

El elfo la empujó hacia la sala de trueques.

—¡No dejes que entren aquí atrás! —ordenó, señalando con la mano los montones de mercancía robada que atestaban el almacén—. ¡Si ven esto, costará una fortuna sobornarlos para que se vayan!

—No te preocupes.

La voz de la muchacha tenía un matiz de sorpresa y cólera, pero no por el comportamiento de su padre, sino porque, después de huir del callejón, había dejado al gordo mercader y a los templarios tan atrás que no podían haberla visto entrar en la tienda con sus propios ojos. Lo más probable era que uno de los viandantes de la calle les hubiera dicho dónde se había metido. En cualquier otra ciudad, tal cosa no habría sucedido jamás. La multitud habría fingido ignorancia, tan decidida a no ayudar a un templario como ansiosa por mantener en secreto su presencia en el mercado elfo. Pero, como Rhayn empezaba a aprender, Tyr no se parecía a cualquier otra ciudad. El rey Tithian era un monarca popular, y desgraciadamente sus súbditos se mostraban ansiosos por ayudar a sus funcionarios.

En cuanto Rhayn salió de detrás de la cortina, los templarios empujaron a Huyar a un lado con las astas de sus alabardas y lo enviaron dando traspiés en dirección al almacén.

—¿Hay algún problema? —preguntó Rhayn, deteniendo a su hermano.

Mientras lo ayudaba a recuperar el equilibrio, observó que se había reunido un pequeño grupo de espectadores en la calle frente a la tienda. Hombres y mujeres contemplaban el enfrentamiento con regocijo, mientras lanzaban de cuando en cuando palabras de ánimo al mercader de vinos y sus escoltas.

—¡Quiero que me devuelvas mi daga! —exigió el gordo mercader mirando a Rhayn colérico.

—Ahora es mi daga —respondió la muchacha; su voz era tranquila, pero interiormente estaba furiosa. Su padre habría escuchado, sin duda, la reclamación del mercader, y ahora tendría que desafiar al jefe de la tribu para poder quedarse con el arma.

Rhayn se volvió hacia los templarios y muy despacio alzó la túnica para mostrar el cuchillo de metal y, no por accidente, una buena extensión de musculoso estómago. Dirigiendo a los oficiales una sonrisa seductora, sacó la daga de su escondite y la sostuvo en alto. Sucediera lo que sucediese después, quería asegurarse de que el semielfo y su compañero no tendrían la menor excusa para registrar el resto de la tienda.

El mercader de vino intentó hacerse con el arma, pero Huyar le agarró la muñeca a medio camino y le dobló el brazo hacia atrás, al tiempo que le daba una patada en los pies para hacerle perder el equilibrio. El gordo comerciante cayó de espaldas sobre el suelo y allí permaneció, resollando con fuerza mientras se sujetaba el dolorido brazo.

Los templarios apuntaron a Huyar con las alabardas, pero, como el guerrero elfo no hizo ningún otro movimiento para lastimar al mercader, no lo atacaron.

—Rhayn dijo que era su daga —declaró Huyar, los ojos fijos en el rostro del rechoncho comerciante.

—Robarla no la convierte en suya —jadeó el hombre.

—No la robé; me la prometiste —protestó Rhayn, dejando por fin que la túnica volviera a caer sobre su estómago—. ¿O lo has olvidado? —añadió con voz insinuante.

Los espectadores reunidos en el exterior lanzaron unas risitas ahogadas que hicieron enrojecer al mercader, aunque ello no lo disuadió de seguir reclamando el arma.

—¡Ella no cumplió! —se quejó, mirando a los dos templarios.

—¿Cumplió qué? —bramó el padre de Rhayn, surgiendo de la trastienda. Mantenía una mano oculta al otro lado de la cortina—. ¿Llamas ramera a mi hija?

El templario semielfo movió su alabarda en dirección al recién llegado. Rhayn y Huyar intercambiaron un mirada con exagerado nerviosismo, para respaldar el farol de su padre.

Los ojos del mercader se desviaron veloces hacia la mano oculta, pero su doble papada siguió mostrando la misma determinación que antes.

—Teníamos un acuerdo —dijo, al tiempo que dirigía una rápida mirada a los templarios en busca de apoyo.

—Nuestro acuerdo era que me darías la daga, y ahora la tengo —replicó Rhayn.

—Dudo que la herida de su cabeza formara parte de vuestro acuerdo —intervino el semielfo—. Le robaste.

Los espectadores de la calle murmuraron su aprobación a la determinación del templario, pero Rhayn no le atribuyó ninguna nobleza a su actitud. A sus ojos, el comportamiento del hombre sugería que deseaba un soborno, y no dudaba que su padre estaría dispuesto a pagarlo... para volver a robarlo más tarde.

—Ese bruto gordinflón se merece el vendaje —dijo Rhayn—; tuve que romperle una botella en la cabeza para mantener sus sucias manos apartadas de mí. —Dirigió al mercader una mirada rencorosa, y luego sonrió al templario semielfo—. No obstante, comprendo que os sintáis suspicaz. ¿Qué se necesitaría para convenceros de mi inocencia?

—No hay oro suficiente en todas las bolsas de tu tribu para sobornar a uno de los templarios del rey Tithian, si es eso lo que preguntas —contestó el templario pelirrojo.

Rhayn y Huyar se miraron entre sí con expresión inquieta, no muy seguros de cómo proceder. Por experiencia sabían que a los templarios siempre se los podía sobornar, y a menudo por un módico precio.

Fue Faenaeyon quien sugirió la siguiente estratagema.

—¿He mencionado que tengo otra hija? —preguntó el enorme elfo—. Puede que hayáis oído hablar de ella: Sadira de Tyr.

—Si tú lo dices... —respondió el semielfo, poniendo los ojos en blanco—. Y a lo mejor también eres mi padre. De todos modos, seguiría sin tener la menor importancia.

El templario desvió la alabarda para apuntar ahora al pecho de Rhayn, e indicó la daga que ésta sostenía.

—Devuelve eso al mercader de vinos —ordenó—. No lo necesitarás allá donde vas.

—¡Eso es! —chilló una espectadora—. ¡Que esos elfos sepan lo que sucede si roban a los ciudadanos libres de Tyr!

—¡A las minas de hierro con ella! —gritó otra.

Rhayn miró a su padre.

—¿No podrías comprar la daga? —sugirió; si no se podía sobornar a los templarios, a lo mejor sí se podría hacer con el mercader.

Por toda respuesta, Faenaeyon le dedicó una mirada torva.

—¿Qué otras cosas has estado ocultando? —inquirió, señalando la daga. Miró furioso a los templarios durante unos instantes, y luego se volvió hacia Rhayn con un centelleo plateado en los ojos—. ¡Intentas engañarme! —aulló—. ¡Estás de acuerdo con ellos!

Rhayn frunció el entrecejo. Ya en otras ocasiones había oído a su padre realizar acusaciones parecidas, cuando estaba totalmente borracho, pero jamás en una situación tan crítica.

—¡Piensa lo que dices! —exclamó Huyar—. ¡Ningún Corredor del Sol se podría del lado de un extraño!

—Si me oculta la daga, ¿qué otras cosas me ha ocultado? —masculló Faenaeyon; levantó el brazo como si alzara algo al otro lado de la cortina.

—¡Deténte! —ordenó el templario pelirrojo.

—Esto es algo entre mi hija y yo —rugió el jefe elfo, sacando su espada de detrás de la cortina.

—Tu hija es ahora prisionera de Tithian —dijo el templario, dirigiendo la alabarda hacia Faenaeyon—. Si intentas hacerle daño, te ma...

Con una veloz patada, Huyar hundió la planta del pie en el pecho del templario, y, mientras éste daba un traspié hacia atrás, la espada de hueso de Faenaeyon centelleó junto a la oreja de su hijo para ir a golpear contra el cuello del templario con un fuerte crujido.

Huyar no perdió tiempo meditando sobre lo cerca que el jefe elfo había estado de matarlo a él en lugar de al otro, y se lanzó sobre el semielfo que custodiaba a Rhayn. El tyriano hizo intención de girar su arma para defenderse, pero entonces vio que Rhayn todavía sostenía la daga en litigio y vaciló. En ese momento, quedó sentenciado. Huyar lo atacó lanzando simultáneamente tres dedos contra su laringe y una patada a sus rodillas. El semielfo soltó la alabarda y cayó al suelo, con las manos alrededor de la garganta.

Al caer el segundo templario, el mercader de vino se dio la vuelta para huir, pero Rhayn saltó tras él y le hundió la daga en la espalda hasta la empuñadura. El rechoncho comerciante se desplomó en el suelo, sin tiempo ni para proferir un último grito.

De la multitud reunida en el exterior surgieron alaridos de terror y sobresalto. Hombres y mujeres empezaron a correr, temerosos de que los lunáticos elfos se lanzaran ahora sobre ellos. Gritos de «¡Asesinato!» y «¡Llamad a la guardia real!» resonaron por toda la calle.

Rhayn cerró de un portazo la puerta de la tienda, y Huyar utilizó una alabarda robada para derribar los postes que sostenían la marquesina del mostrador. Las contraventanas de madera encajaron en sus puestos con un fuerte estrépito, aislándolos de la confusión reinante en las calles.

Rhayn miró en dirección a su padre, quien permanecía de pie en el centro de la estancia, con la espada bien sujeta en la mano, mientras la contemplaba con ojos entrecerrados.

—*Tada*, ¿realmente piensas matarme? —preguntó ella.

Faenaeyon la miró con aire amenazador y extendió la mano libre.

—Dame esa daga.

3

Caravana de bailarines

Por encima de la melodía de las flautas de ryl se escuchó un extraño gorjeo, una llamada salvaje casi indistinguible de la canción. El sonido resultaba obsesionantemente familiar, hasta tal punto que debilitó la magia de la música y liberó a la hechicera del éxtasis que la dominaba. Las caderas de Sadira aminoraron su rotación, los oscilantes hombros se detuvieron titubeantes y sus ojos, empañados por la bebida, se posaron sobre el rostro del músico más cercano.

—¿Oyes eso? —preguntó, su voz pastosa apenas audible por encima de la animada cadencia de los tambores de mano del otro.

—Baila —ordenó el músico.

—No —respondió Sadira, luchando por rechazar las irresistibles oleadas de música que inundaban su cabeza—. Hay algo ahí fuera. Podríamos estar en peligro.

El hombre, un nikaal de escamas polvorientas y negra pelambrera, ladeó la cabeza de reptil a un lado y a otro en curiosos ángulos, volviendo las semiocultas aberturas de sus oídos en todas direcciones. Al no escuchar nada fuera de lo normal, repitió la orden:

—Baila.

Sadira abandonó la pista de baile, donde mujeres de todas las razas —nikaals, humanas, tareks e incluso enanas— saltaban alrededor de un fuego de olor acre de excrementos de inix. Los hombres se encontraban reunidos en torno al círculo, tocando instrumentos o simplemente contemplando a las bailarinas con miradas ardientes. Todas iban vestidas al estilo nibenés, con un pedazo de tela de vivos colores enrollado a la cintura, que luego cruzaba en diagonal sobre la parte superior del cuerpo. A Sadira le daba la impresión de que las túnicas podían desenrollarse en cualquier momento, pero por el momento habían permanecido en su lugar incluso durante los más violentos giros de las bailarinas.

Una vez que hubo escapado de la pista de baile, Sadira empezó a examinar el resto del campamento, en busca del obsesivo sonido que había interrumpido su trance. La caravana se había detenido en las ruinas de una torre derruida, una depresión circular semicubierta de arena e iluminada por la pálida luz de las dos lunas athasianas. El pequeño recinto estaba rodeado completamente por lo que habían sido los cimientos de la torre, un muro irregular que todavía se alzaba del suelo, aunque su altura variaba de unos pocos centímetros a varios metros según los lugares. Encima de la vieja muralla montaban guardia media docena de centinelas, cuyos ojos permanecían clavados en las negras dunas que se extendían fuera del campamento. Los centinelas no mostraban ninguna señal de alarma, ni tampoco de curiosidad, por lo que Sadira empezó a preguntarse si no habría imaginado el sonido.

Con la esperanza de poder volver a escuchar el gorjeo si se apartaba de la música, la hechicera recogió su bastón y se dirigió hacia un enorme barril situado unos metros más allá. Junto al tonel se encontraba el capitán Milo, un atractivo hombre de piel oscura con una barba cuidada y una sonrisa lasciva. Lo acompañaba su jefa de conductores, Osa, una mul tan desprovista de pelo y tan fornida como Rikus. La mujer tenía un rostro cuadrado, con unos labios finos, unos enigmáticos ojos grises y un cuero cabelludo tan cubierto de cicatrices que sugería que su propietaria había pasado muchos años en la arena de los gladiadores. A ambos lados de la cabeza se veían pequeños agujeros, rodeados por protuberancias de carne quemada que en una ocasión habían sido orejas.

El capitán llenó una jarra y se la entregó a la hechicera.

—Bailas bien, Lorelei —dijo, utilizando el nombre que Sadira había dado al unirse a la caravana.

—Es difícil no hacerlo, cuando se está ahí en medio —respondió la semielfa, al tiempo que se daba cuenta de que la mujer mul seguía atentamente el movimiento de sus labios—. Tocan algo más que música con esos instrumentos.

—La música es fascinadora —convino el capitán con una sonrisa evasiva—. Y me alegra haber podido compartirla contigo. La mayoría de los pasajeros no lo comprenden; creen que las mujeres bailan para que disfruten los hombres, no porque les guste a ellas.

—Yo bailo por ambos motivos —repuso Sadira, dirigiéndole una sonrisa maliciosa—. ¿Qué hay de malo si yo bailo y un hombre me contempla? Hay cosas más peligrosas en que ocupar una tarde, y, además, ¿qué le importa a nadie?

—A lo mejor le importa a alguno de los caballeros que te acompañaban cuando nos encontramos —sugirió Milo—. Tenía la impresión de que uno de ellos era tu... —vaciló, mientras buscaba la palabra correcta, y por fin concluyó—: tu compañero especial.

—Los dos lo eran —dijo Sadira, y se llenó de satisfacción al comprobar el asombro que su respuesta hizo aparecer en los rostros del capitán y su ayudante. Sonriendo para sí, tomó un buen trago de su jarra; el broy estaba caliente y sazonado con una hierba picante que disimulaba el regusto amargo de la bebida, a la vez que aumentaba sus poderes embriagadores—. Ambos son mis amantes, pero ningún hombre es mi amo —terminó.

—Nibenay significa un largo viaje simplemente para escapar de hombres que no tienen ningún derecho sobre ti —opinó Osa, hablando con el tono fuerte de quien no puede oír las propias palabras.

—No viajo para escapar de nadie, sino para realizar

un encargo —replicó Sadira, comprendiendo que los comentarios de sus anfitriones distaban de ser intrascendentes—. ¿Por qué os interesa tanto el motivo por el que viajo a Nibenay?

—Hemos de conocer el cargamento que transportamos...

—Lorelei no es ningún cargamento —intervino Milo en tono de reproche. Dirigió a Sadira una sonrisa amistosa—. Lo que Osa quiere decir es que nos preocupa tu bienestar. Nibenay no es como Tyr; allí las mujeres solas siempre corren un gran peligro. Quizá deberías quedarte con nosotros en el recinto de la casa Beshap.

Por la forma en que Osa frunció el entrecejo, Sadira adivinó que en aquella invitación había algo más que amabilidad... y más entre ambos que una simple relación entre capitán y jefe de conductores.

—Gracias, pero no —rechazó la muchacha—. No me pasará nada.

El capitán no se mostró desalentado.

—¿Entonces tienes algún conocido en Nibenay?

—Puedo cuidar de mí misma —aseguró Sadira. Se llevó la jarra a los labios y desvió la mirada, con la esperanza de impedir más preguntas.

Milo esperó a que vaciara el vaso para insistir.

—Realmente tienes que dejar que sea tu guía. —Tomó la jarra de Sadira, lo que le ganó una torva mirada de Osa, y empezó a llenarla otra vez—. Sería un placer.

—No, gracias —repitió Sadira, extendiendo la mano para detenerlo.

—¿No a qué? ¿A mis servicios de guía o al broy?

—A ambas cosas. Ya he bebido mucho. Además, ése no es el motivo de que me acercara; escuché algo hace un momento, un gorjeo procedente del desierto.

—Un lirr hambriento —dijo Osa—. Vi una jauría al caer la tarde.

—De todos modos, echa una mirada —ordenó Milo.

—Los centinelas tienen oídos, no yo...

—Hazlo —reiteró el capitán.

—¡Sí, capitán! —le espetó Osa, e, introduciendo la mano bajo la túnica, sacó un curvo cuchillo de hueso. Irguió la cuadrada mandíbula y lanzó una rápida mirada furiosa a Sadira, antes de volverse de nuevo hacia Milo—. Tres esposas es bastante —gruñó, al tiempo que lo obsequiaba también a él con una feroz mirada. Dicho esto, la mujer se alejó a grandes zancadas en dirección al muro.

—¿Tres esposas? —inquirió Sadira, mientras contemplaba cómo la mujer mul escalaba la pared y abandonaba el campamento.

La atezada piel de Milo se tornó un poco más oscura.

—Dos de ellas permanecen en Nibenay.

—¿Y la tercera? —preguntó la muchacha, sin dejar de mirar a Osa.

—¿Qué no haría un hombre por retener a un buen jefe de conductores? —respondió el otro.

—No bromeaba sobre lo del silbido, ¿sabes? —dijo Sadira, una vez que Osa hubo desaparecido en la oscuridad—. No he podido reconocer el sonido, pero sé que lo he escuchado antes... y no era un lirr.

—A lo mejor son salteadores de caravanas —opinó Milo—. Si es así, lamentarán haber escogido mi caravana. Puede que Osa no sea la más hermosa de mis mujeres, pero es con mucho el mejor de todos los luchadores que trabajan para la casa Beshap.

Sadira cerró la mano con más fuerza alrededor del pomo de su bastón.

—¿Crees probable que nos ataquen? —preguntó inquieta.

—Ha sucedido muchas veces antes. El desierto está repleto de elfos y otros ladrones —contestó el capitán, con un despreocupado encogimiento de hombros.

Al ver que no hacía intención de acallar el campamento, Sadira inquirió:

—¿No vas a prepararte para luchar?

—No; los conductores necesitan la música. Además, si tuviéramos que dejar de bailar cada vez que alguien escucha un sonido extraño en el desierto, resultaríamos una caravana muy triste. —Devolvió la mirada a las rotantes figuras, y dejó que la cabeza se meciera al ritmo de los tambores de mano—. En cuanto a tu visita a Nibenay —siguió, sin dejar de mirar a los bailarines—, me gustaría que lo reconsideraras y te quedaras en la casa Beshap. Si alguno de los agentes del rey-hechicero te ve bailar, jamás se te permitirá abandonar la ciudad.

Sadira se sintió tentada de aceptar la oferta, ya que pocos lugares eran tan seguros en una ciudad como las dependencias de la casa de un comerciante. Sin embargo, no deseaba tener a su alrededor ojos vigilantes, ni amigos ni enemigos, que siguieran todos sus pasos mientras se encontrase en Nibenay.

—No me quedaré mucho tiempo —respondió con firmeza—, y la gente que conozco allí se ocupará de mí durante mi estancia.

—¿Te refieres a aquellos que llevan el velo? —preguntó el capitán.

Sadira juró por lo bajo. A pesar de que no le había dado la menor indicación, el capitán había adivinado perfectamente sus intenciones. Nada más entrar en Nibenay, tenía intención de ponerse en contacto con la Alianza del Velo, con la esperanza de que la secreta asociación le facilitaría provisiones y la ayudaría a encontrar un elfo de confianza, si es que tal cosa existía, que la condujera a la Torre Primigenia.

Sadira obligó a su garganta a proferir una carcajada, en un desesperado intento de parecer divertida y sorprendida.

—¿Qué te hace decir algo así?

Milo la estudió unos instantes y luego señaló el bastón de la hechicera.

—Eso. Llevas una estupenda daga de acero colgando de la cadera, pero apenas si le prestas atención; en cambio, tratas a tu bastón como un guerrero haría con una buena espada. Si cojearas, podría ser comprensible, pero alguien que baila como tú no necesita muletas. Por lo tanto, el bastón tiene que ser un arma mágica, y tú una hechicera.

—Muy observador, pero estás equivocado —afirmó ella, deseando que su cerebro no estuviera tan nublado por los efectos del alcohol—. El valor del bastón es sentimental; perteneció a mi madre.

—¿También era una hechicera? —inquirió Milo con una educada sonrisa.

Sadira frunció el entrecejo, mientras se preguntaba si Milo pensaba abandonarla allí. Como la mayoría de la gente ordinaria, los conductores de caravanas casi nunca toleraban la presencia de un hechicero, ya que culpaban a todos los que realizaban conjuros de los abusos mágicos que habían convertido Athas en una tierra estéril.

—Si estás tan seguro de que soy una hechicera, ¿por qué me has traído tan lejos? —quiso saber Sadira.

—Porque has pagado tu pasaje, y yo soy un hombre honrado —respondió Milo—. Además, conozco la diferencia entre profanadores y hechiceros honrados. Si tú pertenecieras al tipo de los que estropean la tierra para lanzar un conjuro, no irías a visitar a la Alianza del Velo.

El razonamiento del capitán resultaba lógico. Aunque Sadira jamás se había puesto en contacto con ninguna Alianza del Velo establecida fuera de Tyr, había oído lo suficiente sobre las diferentes sociedades como para saber que ninguna de ellas toleraba a los profanadores. De todos modos, a pesar de las palabras tranquilizadoras de Milo, Sadira continuó considerando más sensato no admitir su identidad.

—A lo mejor eres tú el hechicero —dijo—. Lo cierto es que pareces saber más cosas sobre la Alianza del Velo que yo.

—No porque yo sea un hechicero, sino porque una de mis esposas se interesa por ese arte —repuso Milo. Se inclinó junto al oído de la muchacha y, en voz apenas audible, añadió—: Lleva muchos meses intentando ponerse en contacto con aquellos que llevan el velo, y yo pensaba que a lo mejor podrías ayudarla.

—Lo siento, la verdad es que no sabría cómo...

Sadira se interrumpió a mitad de la frase, pues había vuelto a escuchar el extraño gorjeo por encima del sonido de las flautas de ryl. En esta ocasión, al encontrarse más alejada de la música, consiguió identificar el sonido como el suave gorjeo de la araña cantarina. La semielfa sólo lo había escuchado en una ocasión antes de ahora: al otro lado de las Montañas Resonantes, en el bosque de los halflings.

—¿Qué sucede? —preguntó Milo, mirando a la hechicera con expresión inquieta.

—¿No has oído ese gorjeo?

—Alguna especie de pájaro —contestó con despreocupación el capitán—. No he podido reconocer la especie, pero...

—No era un pájaro —lo interrumpió Sadira—. Era una araña.

—¿Una araña que gorjea?, ¿y tan fuerte? —replicó el capitán, lleno de incredulidad—. Tenías razón; has bebido demasiado broy.

—No —insistió Sadira, mientras depositaba el bastón en el pliegue del brazo—. Estas arañas son enormes. Los halflings de las Montañas Resonantes las cazan para comérselas...

—Estamos muy lejos de las montañas.

Sadira tuvo que darle la razón. Las arañas eran criaturas mansas que tejían sus hogares en los árboles y se alimentaban de los hinchados hongos que cubrían el suelo del bosque. No parecía factible que pudieran sobrevivir a un viaje al interior del desierto, donde casi no existían árboles ni había ningún hongo. No obstante, la hechicera se sentía segura de que el gorjeo era casi idéntico al sonido que emitían estos animales al frotar entre sí las patas cubiertas de púas.

—Si no son las arañas, es alguien que las imita... y lo hace muy bien —dijo la muchacha.

—¿Como quién?

—Sólo puede tratarse de halflings. Su lenguaje normal está compuesto de una mezcla de graznidos y chillidos de ave. Lo que oí debe de ser, probablemente, el dialecto que utilizan para cazar las arañas.

—Los halflings no entran en el desierto.

—Éstos lo han hecho —afirmó Sadira—. Será mejor que te prepares para luchar.

—¡Por favor! —El capitán lanzó un bufido—. Los centinelas no han visto nada...

—Ni lo verán hasta que sea demasiado tarde —replicó la muchacha. Al ver que Milo no hacía nada por detener el baile, agregó—: Ven conmigo. Te lo mostraré.

Sin más preámbulos, Sadira se encaminó hacia la pared, seguida de cerca por Milo, quien introdujo la mano bajo la capa para sacar una espada de obsidiana con una gruesa hoja curva. Escalaron el muro para abandonar el campamento, y se dejaron caer sobre la negra arena que se extendía al otro lado de la antigua construcción. Las dos lunas iluminaban las crestas de las dunas circundantes con un brillante resplandor amarillo, mientras que sus bases quedaban bañadas en impenetrables sombras de color púrpura. No muy lejos, en dirección oeste, las siluetas de los inixes se alzaban en el horizonte como una cadena de resoplantes altozanos. Una suave brisa que soplaba desde donde se encontraban los animales, traía con ella el cáustico aroma de sus cuerpos de reptil.

El kank de Sadira se encontraba amarrado a un poste a unos cuantos metros de distancia del resto de las monturas de la caravana, aislado de las otras bestias de mayor tamaño para evitar que resultara pisoteado sin querer. Al igual que los inixes, la montura de la joven seguía cargada —con sus efectos personales y un odre de agua sujetos a los arreos— por si la caravana se veía obligada a partir de forma precipitada. Una docena de centinelas armados con lanzas rondaban por entre los animales, en busca de elfos o depredadores que pudieran haber penetrado furtivamente en la zona con la esperanza de conseguir comida fácil.

Milo hizo intención de dirigirse hacia los animales, pero Sadira lo sujetó por el brazo y lo condujo en dirección opuesta.

—Los halflings son cazadores —explicó—. Se acercarán a favor del viento, desde donde los inixes no puedan olerlos.

—Guía tú. Son tus halflings.

Sadira lo llevó por el lado norte de los cimientos, a una pequeña extensión de adoquines iluminados por la luz de las lunas: todo lo que quedaba de la antigua carretera que la torre había custodiado. El sendero discurría hacia el norte durante unos doce metros antes de ser tragado por las interminables arenas del desierto. La semielfa se detuvo entonces, atenta a la menor señal de los halflings, y luego echó a correr hacia la extensión de arena situada al otro lado de la carretera. Milo la siguió unos pasos más atrás, manteniendo el ritmo de la muchacha a pesar de sus incómodas ropas.

Sadira dirigió los pasos de ambos hacia el interior de una oscura ensenada y aguardó. Su visión elfa no tardó en entrar en funcionamiento, iluminando la noche con una vívida colección de formas de variados colores. Aquella especial capacidad visual era una de las pocas cosas heredadas de su padre que la joven valoraba; cuando no existía ninguna otra luz, la visión elfa le permitía ver en la oscuridad mediante la percepción del calor ambiental que emiten todas las cosas.

Sadira indicó a Milo que sujetara el extremo de su bastón, y se puso en marcha por entre el fulgor rosáceo de la arena. Se veía obligada a mantenerse en las ensenadas oscuras y a no mirar las relucientes crestas de las dunas, pues incluso la débil luz lunar eliminaría su visión elfa, lo que la dejaría tan ciega como un hombre que mirara de frente al sol rojo. Además, permaneciendo entre las sombras, tendría una ventaja sobre cualquier halfling que se encontraran, ya que los hombrecillos no poseían el don de la visión elfa y en la oscuridad resultaban tan ciegos como cualquier humano.

A pesar de no ver por dónde iba, Milo no tuvo dificultades para seguir el paso de Sadira. En cuestión de minutos, consiguieron penetrar unos cien metros hacia el interior del desierto, y la semielfa fue a detenerse al pie de una enorme duna. A su derecha se veía una pequeña extensión de rocoso monte iluminada por la luz de las lunas, con dunas aún más altas al otro lado. Si querían seguir adelante, tendrían que cruzar aquella zona al descubierto o escalar el montículo que tenían delante. Sadira eligió esperar allí, ya que cualquier grupo de halflings que se acercara al campamento desde aquella zona se encontraría con el mismo obstáculo.

—¿Ves algo? —susurró Milo.

Sadira negó con la cabeza; entonces recordó que su compañero no podía ver el gesto en la oscuridad.

—No —respondió—. Es mejor ocultarse. Si los halflings oyen cómo nos movemos por ahí, jamás los encontraremos.

Aguardaron varios minutos, mientras la música de las flautas de ryl flotaba hacia ellos transportada por el viento. El cuerpo de Sadira respondía espontáneamente, y la muchacha tenía que realizar un supremo esfuerzo para no balancearse al compás. Milo, por su parte, no mostraba tanto dominio de sí mismo como ella, y dejaba que su cabeza siguiera el insistente ritmo.

Por fin, un breve trino se dejó oír al otro extremo del trozo de terreno iluminado por la luz de las lunas. Otro le respondió de inmediato, y luego un tercero.

—¿Oíste?

—Sí —dijo Milo.

—Ven conmigo —indicó Sadira, segura de que su presa se acercaba al campamento desde algún punto al otro lado del terreno despejado.

La hechicera se acercó al límite de la zona de monte bajo y esperó, mientras la luz lunar eliminaba su visión elfa. El olor dulzón de la maleza recién segada se mezclaba con el olor acre de excrementos frescos de inix, y la hechicera adivinó que era en este lugar adonde los conductores habían llevado a pastar sus monturas al anochecer. Probablemente, los halflings ya estaban allí entonces, observando en silencio…, sin duda en busca de la muchacha y del bastón que había olvidado devolver a Nok. No era precisamente el mejor momento para que el jefe halfling decidiera que quería recuperar el arma, pues ella no tenía la menor intención de devolvérsela.

En cuanto su sentido de la visión regresó a la normalidad, Sadira empezó a cruzar a la carrera el terreno salpicado de matorrales seguida de Milo. Se encontraban más o menos a la mitad cuando un sonoro gorjeo surgió de las sombras que tenían justo delante. Sadira se detuvo en seco, al darse cuenta de que los halflings estaban más cerca de lo que creía.

—¡Vamos a cogerlo! —susurró Milo sin detenerse.

—¡No, Milo! —gritó una voz pastosa desde algún punto delante de ellos.

—¿Osa? —exclamó él. Un gorjeo estridente sonó delante del capitán, que se detuvo bruscamente y levantó la espada, gritando—: ¡Por la luz de Ral!

En el mismo instante en que Sadira se adelantaba para ver qué sucedía, la punta de una lanza cubierta de púas se abrió paso por la espalda de Milo. Al llegar junto a él, la hechicera vio que un halfling se había alzado del centro de un matorral de fex espinoso y atacado. Los amarillos ojos del guerrero relucían mientras hundía aún más la pequeña lanza en el cuerpo de Milo.

Con un alarido de rabia, la hechicera golpeó la enmarañada pelambrera del halfling con el pomo de obsidiana del bastón. Se escuchó un fuerte crujido, y el guerrero se desplomó hecho un ovillo.

Milo soltó la espada y contempló con incredulidad la punta de la lanza que sobresalía de su estómago. Cuando el capitán se desplomó boca abajo, algo se movió detrás de Sadira; la joven giró en redondo y descubrió a un halfling que se arrastraba hacia ella. La hechicera no le concedió la menor oportunidad de incorporarse. Se colocó junto al guerrero de un salto y le aplastó la cabeza una y otra vez con el bastón.

Sadira escuchó entonces unos pasos pesados y, al mirar a su alrededor, vio la voluminosa figura de Osa que corría hacia ella. La mujer mul cojeaba terriblemente, y la hechicera pudo distinguir el asta de una lanza de púas clavada en el muslo de la luchadora.

Osa se detuvo junto a Milo y le tomó el pulso. Al no detectar ningún latido, la mujer le dio un último beso de despedida, agarró la espada que éste había dejado caer y miró a la hechicera.

—¡Vamos! —dijo, señalando con la cabeza la duna de la que habían venido su esposo y Sadira.

—Siento lo...

Sadira no tuvo tiempo de terminar su disculpa, ya que Osa se incorporó de un salto y continuó su carrera a través del terreno iluminado por las lunas. La hechicera corrió tras la cojeante figura, pero no consiguió ponerse a su altura ni corriendo con todas sus energías.

A medida que se acercaban a la zona en sombras donde se habían ocultado antes Milo y Sadira, empezaron a escucharse una serie de gorjeos delante de ellas. La muchacha se detuvo al instante, al comprender que un grupo de halflings acechaba en la oscuridad, pero Osa siguió sin detenerse, incapaz de escuchar los sonidos por culpa de su sordera.

La hechicera dirigió la palma de una mano hacia el suelo, con los dedos bien separados y extendidos. Excluyendo todo otro pensamiento, concentró su mente en la mano, para obtener la energía que precisaba para el conjuro. El aire bajo la palma empezó a brillar, y la energía se elevó del suelo para penetrar en el cuerpo de Sadira; en cuanto percibió que el chorro de poder se debilitaba, la semielfa cerró la mano y cortó el flujo. De haber atraído más energía hacia su cuerpo, habría matado las plantas de las que la obtenía, lo que equivalía a profanar el suelo y dejarlo estéril durante siglos. Por el contrario, al detenerse cuando lo había hecho, la hechicera no había producido un daño permanente a la tierra; en un día, los matorrales recobrarían la energía vital perdida y continuarían creciendo como si nunca los hubieran tocado.

Sadira apenas había terminado de acumular energía, cuando un pequeño grupo de halflings apareció en el límite del terreno. Osa levantó la espada y ellos levantaron las lanzas. Sadira recogió un puñado de guijarros del suelo y los lanzó contra los guerreros al tiempo que pronunciaba su conjuro.

Las piedras pasaron junto a Osa con un fuerte silbido. Cada proyectil dio en el pecho del blanco elegido y derribó al halfling en el suelo en medio de un surtidor de sangre.

La hechicera no tuvo oportunidad de recrearse en su victoria, pues un nuevo halfling gritó a su espalda. Sadira aventuró una rápida mirada por encima del hombro y vio la silueta de un guerrero que la señalaba. Sin perder más tiempo, la semielfa corrió hasta donde se encontraba Osa y arrastró a la mul a la zona arenosa. Juntas, corrieron a refugiarse en las sombras de la enorme duna y se detuvieron allí para esperar el siguiente movimiento de los halflings.

—¿Tú tiras piedras? —inquirió Osa con los ojos fijos en los halflings que las piedras mágicas habían matado.

Sadira asintió, al tiempo que se preguntaba si sería mejor escabullirse con cautela o correr hasta el campamento. Tanto si hacían una cosa como la otra, no había duda de que debían permanecer en las ensenadas en sombras situadas entre las dunas, pues, al igual que los semielfos, los muls eran capaces de percibir el calor ambiental cuando no existía luz suficiente para ver de otro modo.

Mientras Sadira deliberaba sobre la cuestión, decenas de gorjeos sonaron al otro extremo del terreno. Miró en dirección a los sonidos, pero no pudo ver otra cosa que toda aquella extensión de campo abierto iluminado por la luz de las lunas gemelas. La semielfa retrocedió aún más al interior de la zona en sombras y levantó el bastón.

—Parece un ejército, no una partida de caza —dijo Osa con voz demasiado potente.

Aunque estaba de acuerdo con la conclusión de la mujer, Sadira se sentía demasiado aturdida para expresarlo en palabras; parecía como si toda una tribu halfling hubiera descendido de las montañas. Comprendiendo que la única esperanza que la caravana tenía de huir estaba en sus manos, Sadira terminó de alzar el bastón.

—Nok —musitó, para activar la magia.

Sintió cómo el arma empezaba a extraer energía de su propio cuerpo, y un resplandor violeta apareció en el interior del pomo de obsidiana. Al mismo tiempo, docenas de guerreros halflings se lanzaron a campo abierto. Sadira les apuntó con el extremo del bastón.

Antes de que la hechicera pudiera pronunciar el nombre de su conjuro, Osa la sujetó por el brazo.

—Vamos —ordenó, arrastrando a Sadira por la sombra—. A correr.

Sadira intentó soltarse, pero la mujer la sujetaba con demasiada fuerza.

—¡Suéltame! —aulló la hechicera—. ¡Puedo matar a la mitad ahora mismo!

Si comprendió las protestas de Sadira, Osa no lo demostró. Por el contrario, cojeando todavía a causa de la jabalina clavada en el muslo, la mujer mul arrastró a la hechicera a la zona de oscuridad que discurría entre las dunas. Los halflings corrieron tras la mujer, sin dejar de llamarse entre ellos con el lenguaje a base de trinos de las arañas del bosque. Sadira cubrió el pomo del bastón con el reborde de la capa, para ocultar la luz violeta que relucía en sus profundidades.

Osa no la soltó, ni siquiera cuando la visión elfa de la muchacha volvió a funcionar. La mujer mantuvo la mano cerrada alrededor del brazo de la hechicera, mientras la conducía de una oscura ensenada a otra. Mientras pasaban veloces junto a las paredes de refulgente arena rosácea que las rodeaban, Sadira era extrañamente consciente de que la música del campamento seguía sonando, la melodía forzada e inquietante.

Pese a las maniobras evasivas de Osa, los halflings no tenían muchos problemas para seguirlas, ya que las localizaban por el suave rumor de sus apresurados pasos. Cada vez que la mujer mul giraba en una intersección, unos cuantos halflings descendían por la segunda ensenada, y de este modo acordonaban la zona para evitar cualquier posibilidad de que consiguieran describir un círculo en dirección a la caravana. El gorjeo de los guerreros halflings no tardó en resonar por todas las dunas, y Sadira comprendió que ella, al menos, quedaría agotada mucho antes de que pudieran esquivar a sus perseguidores.

Cuando Osa giró por la que parecía la centésima ensenada lateral, Sadira escuchó el chasquido de la cuerda de un arco. Una flecha diminuta en forma de rayo azulado centelleó junto a su cabeza, y la hechicera se encogió atemorizada. Aunque el dardo en sí no podía causar una herida muy profunda, la última flecha halfling que ella había visto iba recubierta con un poderoso veneno.

Zumbaron otra media docena de arcos, y más flechas volaron en dirección a Osa y Sadira. Por fortuna, ni siquiera los arqueros halflings tenían buena puntería cuando disparaban sobre un blanco en movimiento, y todos los proyectiles se clavaron inofensivos en la arena. No obstante, Sadira no se sentía nada aliviada. Sabía que no pasaría mucho tiempo antes de que una de las flechas diera en el blanco.

—Hemos de hacer algo —siseó la hechicera.

Dándose cuenta de que era inútil dirigirse a la mujer, ya que ésta no la oía, Sadira optó por la acción directa. Cuando se encontraban cerca de la siguiente intersección, la hechicera dio a sus piernas todo el impulso posible y se lanzó contra la espalda de la mujer. Osa se derrumbó de cara sobre la duna, arrastrando a la semielfa con ella; un ahogado grito de dolor escapó de labios de la mul al darle un golpe a la jabalina que todavía sobresalía de su muslo.

Sadira rodó sobre su espalda y se volvió de cara a los halflings. La maniobra sólo consiguió confundir a los guerreros unos instantes, pero enseguida continuaron avanzando. La hechicera dirigió el bastón hacia ellos, con lo que el reluciente pomo oculto antes bajo la capa quedó al descubierto. Al instante, los halflings volvieron las lanzas y diminutas flechas en dirección a la luz violeta.

Los guerreros lanzaron sus armas al mismo tiempo que Sadira pronunciaba el nombre de su conjuro:

—¡Río transparente!

Un torrente de energía brotó del bastón de la hechicera con un gran estruendo. El invisible río lanzó las lanzas y flechas envenenadas de vuelta hacia los halflings y se abalanzó impetuoso sobre éstos. Los hombrecillos abrieron la boca para gritar, pero sus voces quedaron ahogadas por el violento torrente de energía mágica. Consiguieron resistir la corriente tan sólo unos segundos; luego se vieron levantados del suelo y lanzados violentamente hacia la oscuridad.

Al cabo de unos momentos, una vez que el río y su fragor se hubieron desvanecido, Sadira se dio cuenta de que Osa seguía tumbada junto a ella. La mujer la observaba con una expresión que era a la vez de respeto y de temor.

—Vámonos —dijo Sadira, indicando con la mano en dirección a la música que surgía del campamento.

Osa sacudió la cabeza, la inexpresiva mirada fija en el bastón de la hechicera.

—No te haré daño —la tranquilizó Sadira, hablando despacio para que la mujer pudiera leerle los labios—. Quiero ayudar a la caravana.

La expresión regresó a los ojos de Osa y, como si volviera a recuperar el control de sí misma, dijo:

—Envié a los centinelas de regreso antes de que Milo muriera. —Los ojos de la mujer mul se entristecieron, pero enseguida la mul apretó los dientes y reprimió sus emociones—. Espera un momento mejor.

Sadira frunció el entrecejo perpleja, pero asintió.

Osa le dedicó una sonrisa e indicó la daga de acero que pendía de la cadera de la hechicera.

—Préstamela.

La semielfa desenvainó la daga y se la entregó. Osa se sentó al momento y empezó a cortar la jabalina de púas clavada en su pierna. Sadira se apartó para montar guardia, por si acaso alguno de los halflings que corrían por las dunas tropezaba con ellas.

Al cabo de unos minutos, la lejana melodía de las flautas de ryl se tornó más sonora y atrayente. Los halflings callaron, y la hechicera se encontró de repente arrastrando los pies hacia el campamento. Intentó detenerse, pero no podía resistirse a la canción; su cuerpo se balanceaba y giraba espontáneamente, mientras la música llenaba su cabeza de colores y ritmos cautivadores que no podía ahuyentar.

Osa se acercó a Sadira y deslizó la daga de acero de la hechicera en el interior de su funda.

—Ahora vámonos —dijo.

A través de un desgarrón en la túnica de Osa, Sadira vio que la mujer se había quitado la lanza y vendado la herida con un pedazo de tela, y, aunque se movía aún con una leve cojera, ésta era mucho menos pronunciada que cuando llevaba la jabalina clavada en el muslo.

Osa sujetó a la hechicera de la mano y, con un considerable esfuerzo, impidió que danzara directamente hacia la música. En lugar de ello, condujo a Sadira por las oscuras depresiones formadas por las dunas.

Cuando avistaron el campamento, Sadira descubrió que también los halflings danzaban en dirección a la música. Los pequeños guerreros giraban por el aire en un frenético enjambre, mientras arrojaban lanzas o disparaban flechas sobre el campamento. Al otro lado de los antiguos muros se encontraban los conductores de la caravana, balanceándose al compás de la melodía y lanzando flechas contra la salvaje horda que las flautas de ryl habían sacado del desierto.

—Daremos la vuelta —explicó Osa, indicando el lugar donde los inixes y el kank de Sadira seguían atados.

Tal y como la hechicera había dicho a Milo antes, los halflings se habían acercado a favor del viento. La otra zona del campamento estaba totalmente libre de enemigos.

Osa rodeó la zona de desierto que quedaba al descubierto y cruzó la carretera de adoquines situada al norte de la torre, sin dejar de arrastrar de la mano a Sadira. Aunque la hechicera comprendía lo sensato de atraer a los pequeños guerreros a campo abierto, también se daba cuenta de que los resultados del esfuerzo no eran muy seguros. Los conductores, con sus arcos de doble curva y la protección del muro de piedra, poseían una clara ventaja sobre los enemigos que los embestían. Pese a eso, dos docenas de ellos yacían ya en el fondo del foso de arena, y la lluvia de proyectiles halflings se seguía cobrando su implacable número de víctimas entre aquellos que seguían en pie. Si caían muchos más de los arqueros de la caravana, no quedarían suficientes con vida para impedir que los halflings rebasaran el muro.

Osa se detuvo cerca de los inixes, a unos doce metros de la torre.

—Aquí estás a salvo. Nadie te confundirá con un halfling —dijo—. Regresaré a buscar a Milo.

Los pies de Sadira avanzaron incontrolables. No obstante la situación, descubrió que realmente disfrutaba con la coacción de la música. Imaginó que las flautas de ryl utilizaban alguna manifestación del Sendero. Aunque se podía utilizar la magia para influir en los pensamientos del objetivo deseado, casi nunca se podía ejercer un control parecido sobre las emociones primitivas de tantos. Era una lástima que los músicos no pudieran utilizar sus poderes con un efecto más físico sobre los halflings.

En eso era en lo que ella podía ayudar, decidió la semielfa. Mientras avanzaba bailando, levantó el bastón en el aire y pronunció la palabra que lo activaba. Una vez más, volvió a sentir cómo éste extraía la energía del interior de su cuerpo, y una luz violeta brilló en el interior del pomo. Cuando llegara al campamento, utilizaría la propia magia de Nok para ahuyentar a los guerreros que el cabecilla había enviado.

Antes de que Sadira hubiera podido dar dos pasos, un completo silencio descendió de improviso sobre la zona. Su cuerpo dejó de danzar bruscamente, y, enredándose en sus propios pies, cayó cuan larga era sobre el suelo.

La hechicera empezó a incorporarse, pero se detuvo cuando una voz halfling rompió el silencio:

—Soltad vuestras armas —ordenó. Aunque habían pasado casi dos años desde que había oído esa voz, Sadira la reconoció al instante como la de Nok en persona—. No os salvaréis luchando.

Comprendiendo que no existía más que un modo de salvar a los conductores de la caravana, Sadira corrió hacia su kank y lo desató; tras subirse a su lomo y alejarlo un poco del campamento, levantó el bastón sobre su cabeza y gritó:

—¡Fuego celestial!

Del extremo del báculo surgieron tres llamaradas rojas que inundaron el cielo de una luz del color del rubí y proyectaron una bruma escarlata sobre las amarillas lunas.

Segura de que Nok identificaría correctamente el origen de la mágica exhibición, Sadira agitó el bastón por encima de las antenas del kank y lanzó al animal a un furioso galope.

4

El puente milenario

De no haber tenido la garganta tan reseca, Sadira habría gritado de alegría. Algo más adelante, la roja arena terminaba bruscamente en una oscura sima que se extendía en ambas direcciones hasta donde alcanzaba su vista. Al otro lado de la garganta, la carretera ascendía por un declive de terreno salpicado de matorrales y luego se perdía de vista en los tonos oliváceos del horizonte matutino.

Entre las dunas y el declive colgaba un puente magnífico, de una longitud de casi cien metros. Construido de enormes bloques de piedra en siete colores diferentes, la estructura atravesaba el abismo en un gran arco que se parecía muchísimo a un arco iris construido por la mano del hombre. La calzada estaba pavimentada con adoquines amarillos, excepto por una única tira negra allí donde se habían colocado las enormes piezas angulares de la construcción. Para Sadira, el antiguo puente resultaba un augurio de buena suerte, tal como cualquier presagio de lluvia.

—Llévame al otro lado, es todo lo que pido —dijo la hechicera, dirigiéndose al kank con una voz cascada que apenas reconocía.

Sadira golpeó ligeramente las antenas de la criatura con el bastón para instarla a correr más, pero el kank no podía obedecer. La noche anterior, el animal había iniciado su huida con un poderoso galope de sus seis patas que había hecho ondear al viento los cabellos de la hechicera. Tal y como la semielfa había esperado, Nok la siguió al momento, dejando en paz a la caravana para que llorara la muerte de su capitán. En un principio, Sadira había estado segura de poder escapar, ya que los halflings no podían competir con la velocidad de un kank. Sin embargo, a medida que transcurría la noche, el jefe y sus guerreros habían mantenido un paso regular, y en ningún momento consiguió dejarlos atrás por mucho tiempo. Al amanecer, la velocidad de su agotada montura había disminuido a un tembloroso gateo que incluso ella podría haber igualado durante un trayecto corto. Los halflings, sin dar la menor muestra de cansancio, habían ido acercándose poco a poco desde aquel momento.

Sadira se giró sobre la montura para mirar a su espalda. El esfuerzo le provocó terribles oleadas de dolor en las caderas, ya que la extenuante galopada había resultado tan dura para ella como para el kank. Desde las rodillas hasta la clavícula, los músculos le ardían de agotamiento; el estómago llevaba horas doliéndole, y ahora se veía atenazado por dolorosos retortijones que amenazaban con doblarla sobre sí misma en cualquier momento; incluso la cabeza le dolía y palpitaba con unas punzadas terribles provocadas por doce horas de terror mortal.

Detrás de ella, Sadira vio que los halflings se lanzaban ya al ataque, impulsando con fuerza las rodillas en un esfuerzo por atraparla antes de que alcanzara el puente. Estaban tan cerca, que la muchacha pudo ver que el esfuerzo realizado había superado el punto en el que un hombre normal se habría derrumbado. Los rostros de los guerreros estaban agotados y demacrados, las bocas abiertas y las hundidas mejillas bombeando aire como fuelles; los cabellos, por lo general tupidos y enmarañados, estaban pegados a sus cabezas, goteando preciosa agua corporal en forma de sudor color nube.

Muy por detrás de los guerreros se veía un solitario puntito, que avanzaba con lo que parecía un paso tranquilo. Aunque la figura estaba demasiado lejos para verla con claridad, Sadira no tuvo la menor duda de que se trataba de Nok. Incluso desde esa distancia, la sola vista del hombre la llenó de terror; aquel que había creado su bastón y la Lanza de Corazón de Árbol no era persona a la que se podía ofender.

De todos modos, la hechicera no se arrepintió de haberse quedado con el bastón. Hacía ya mucho tiempo que había decidido hacer lo que fuera necesario para mantener libre a Tyr, de modo que, después de la muerte de Kalak, había guardado el bastón. Con aquella arma, podía defender su adorado hogar de muchas amenazas terribles, y la hechicera no había tenido inconveniente en arriesgar la vida por ese privilegio. Aun ahora, con Nok a punto de caer sobre ella, seguía sin tener la menor intención de devolver el bastón; al menos, no mientras siguiera viva.

Un guerrero halfling lanzó su jabalina de hueso contra Sadira. La lanza no la alcanzó, pero por menos de un metro. La siguiente, se dijo la joven, rebotaría en el caparazón que recubría el abdomen del kank... No servía de mucho imaginar dónde caería la siguiente.

—¿Qué los mantendrá en movimiento? —masculló.

La pregunta era innecesaria, pues sabía la respuesta: la magia de Nok. De otro modo, ningún halfling podría haber seguido el ritmo de un kank; únicamente los elfos podían hacer tal cosa.

La hechicera se volvió otra vez al frente y agitó el bastón por encima de las antenas de su montura. Si sirvió de algo, fue para hacer que el kank avanzara aún más despacio.

El puente se encontraba todavía demasiado lejos. Sadira apenas si empezaba a divisar los líquenes que crecían en sus enormes bloques de piedra. Cuando el kank consiguiera finalmente poner las patas sobre él, ella estaría caída en la arena con una docena de lanzas de púas clavadas en el cuerpo.

—Ha llegado el momento de llevar a cabo un poco de mi propia magia.

Tras sujetar el bastón bajo una de las piernas, la hechicera introdujo la mano en el morral que colgaba del arnés del kank. Rebuscó unos instantes y extrajo una pizca de azufre amarillo; luego volvió la palma de la mano libre hacia abajo y la extendió para obtener la energía necesaria para el conjuro.

Una jabalina golpeó contra el abdomen del kank, y Sadira frenó a su montura, a la que obligó a girar para colocarla de cara a los halflings. Al unísono, como si se encontraran en una especie de trance, los guerreros lanzaron un jadeante grito de guerra. Dos de ellos se detuvieron para lanzar sus lanzas. Al mismo tiempo, Sadira arrojó el azufre a sus perseguidores y pronunció el conjuro.

Las jabalinas alcanzaron el blanco y golpearon al kank en medio del tórax. Una de las lanzas pasó rozando el muslo de Sadira y rebotó en el caparazón del insecto; la otra se hundió profundamente en la articulación situada en la zona media de la pata del animal, lo que le provocó una violenta sacudida.

En ese momento, un chisporroteante muro de fuego se elevó entre Sadira y los halflings. Las llamas, extendiéndose muchos metros a ambos lados de la carretera, ocultaron por completo a los guerreros.

Con el corazón algo más calmado, la hechicera volvió a coger el bastón y golpeó la antena derecha de su montura para que girara. Al obedecerla, el rancio olor de la carne del kank llegó a la nariz de Sadira, quien dio unas boqueadas y a punto estuvo de vomitar. Hasta el momento ignoraba que, cuando estaban heridas, estas bestias emitieran un olor tan maloliente. Ahora comprendía por qué pocas criaturas se alimentaban de los gigantes insectos.

De la muralla de fuego surgieron una serie de alaridos desgarradores. La hechicera volvió la cabeza y vio a media docena de halflings que salían corriendo de entre las llamas. Tenían los rostros contraídos por el dolor, con pedazos de piel quemada cayendo de los huesos y serpentinas de ceniza colgándoles de la cabeza. Dieron unos pasos al frente, tambaleantes, y lanzaron sus lanzas en dirección a la hechicera antes de derrumbarse en el suelo convertidos en humeantes ovillos.

Sadira apretó el cuerpo contra el lomo del kank, al tiempo que lo instaba a galopar. Tres de las lanzas golpearon contra el caparazón del animal y cayeron inofensivas al suelo, y las otras ni siquiera lo alcanzaron.

Espoleado por el repiqueteo de las lanzas contra su caparazón, el kank salió despedido hacia el frente en una carrera algo torcida, con la pata herida en alto para que no arrastrara por el suelo. Sadira se arriesgó a sentarse erguida y mirar atrás. Descubrió con alivio que ningún otro halfling había sido tan imprudente como para cargar a través de la pared de fuego, pero no tardarían mucho en empezar a pasar por los extremos.

De repente, el kank empezó a reducir la velocidad. Temiendo que estuviera a punto de desplomarse, Sadira volvió a mirar al frente. Con gran alivio, descubrió que el animal sólo se había desviado fuera de la carretera, donde la blanda arena le dificultaba más la carrera. Golpeó la parte exterior de la antena para conducir a la dolorida bestia de regreso al sendero de caravanas, con la seguridad de que todavía le quedaba tiempo suficiente para llegar al otro extremo del abismo. El puente se encontraba tan cerca que casi podía distinguir cada uno de los adoquines que formaban la calzada.

El kank no obedeció. En lugar de ello, se desvió aún más de la ruta, dio un traspié y cayó, mientras Sadira salía despedida de su lomo. La muchacha fue a aterrizar de cara con un violento golpe que la dejó momentáneamente sin aire. Tras unas cuantas volteretas, durante las cuales soltó el bastón y se enredó con las correas de su odre, la hechicera se detuvo por fin, semienterrada en la ardiente arena de color rojizo.

A menos de diez pasos de ella, el kank yacía atemorizado sobre el estómago, las antenas aplastadas contra la cabeza y las negras esferas de sus ojos clavadas con la mirada perdida en el cielo. El caparazón del animal temblaba presa de violentos espasmos, las patas tan fláccidas como cuerda desgastada.

Sadira se incorporó con una mueca de dolor. Recogió el bastón y recuperó su morral del arnés del kank.

—Siento tener que dejarte atrás —se disculpó, palmeando el caparazón.

Un chisporroteante siseo sonó en el lugar donde se encontraban los halflings. Al volverse, Sadira descubrió que Nok había convertido el centro de su pared de fuego en vapor, y de entre el blanco vapor volvían a surgir sus perseguidores, con las lanzas listas para ser arrojadas.

Echándose al hombro el morral y el odre, Sadira corrió en dirección al puente. Todavía no se había recuperado de la caída y su respiración era jadeante, pero, en su terror, no dejó que eso le hiciera aminorar la velocidad.

Mientras la hechicera ascendía corriendo por la suave cuesta que conducía al centro del puente en forma de arco, los halflings parecieron enloquecer, y aullaron y chirriaron entre ellos en su extraña lengua. Las lanzas empezaron a rebotar en los adoquines a sus pies, sin alcanzarla sólo por cuestión de centímetros.

Sadira mantenía los ojos fijos en el caballete del puente, mientras se concentraba únicamente en utilizar su zancada más larga para ampliar la distancia entre ella y los agotados halflings. Cuando consiguió alcanzar lo alto del arco, se había distanciado tanto que los halflings ya no le arrojaban lanzas. Se detuvo y lanzó su bastón unos doce metros calzada abajo; luego se quitó el odre de agua del hombro, lo abrió de un tirón, y sacó un puñado de arcilla de uno de los bolsillos del interior de su morral.

Los halflings llegaron a la entrada del puente y se lanzaron hacia ella. Sadira no les prestó atención y empezó a correr de un lado a otro del puente, al tiempo que vertía el agua que le quedaba sobre la arcilla de su mano, formando un fango que luego dejó caer sobre las negras piedras angulares del puente.

Mientras reunía la energía necesaria para el conjuro, Sadira se fue apartando de espaldas del caballete del puente. El halfling que iba a la cabeza, que ya había arrojado su lanza, llegó a la parte alta del arco y desenvainó su daga de hueso. Sadira señaló con la mano la línea dibujada con fango bajo los pies del guerrero y pronunció su hechizo.

Mientras las negras piedras se transformaban en barro, el halfling se abalanzó sobre la hechicera. Con un juramento, Sadira desenvainó su daga, sin dejar de retroceder por el puente. Cuando su conjuro convirtiera la última de las piedras angulares del puente en barro, toda la estructura se desplomaría, y no deseaba estar sobre ella cuando eso sucediera.

El halfling se detuvo a una prudente distancia de Sadira y empezó a girar a su alrededor, en busca de una oportunidad. Sus compañeros llegaron al centro del puente y se abrieron paso por el pozo de barro, cada vez mayor. No lanzaron sus jabalinas, ya que era evidente que la hechicera no podía huir con uno de ellos tan cerca.

Sadira arremetió contra el halfling con la daga, pero éste le acuchilló el brazo con su cuchillo de hueso y le abrió una profunda herida. La hechicera ahogó un grito de dolor y utilizó la mayor extensión de su brazo para hundir con fuerza su cuchillo de acero en la garganta de su adversario.

Aunque la sangre brotaba imparable del cuello del halfling, los ojos de éste no parecieron registrar el hecho de que había sido herido. Volvió a atacar, y, en esta ocasión, la daga se hundió en el antebrazo de la joven. La muchacha gritó y abrió la mano al tiempo que se apartaba tambaleante del guerrero; éste volvió a lanzar el cuchillo contra ella, pero esta vez inofensivamente, y por fin se desplomó muerto a los pies de la hechicera.

Sadira dio media vuelta y echó a correr, mientras la sangre manaba de su brazo herido. Al pasar junto a su bastón, se inclinó y lo recogió con la mano sana. Entretanto, los halflings situados detrás de ella continuaron sin lanzar sus lanzas, convencidos sin duda de que pronto atraparían a la herida semielfa.

El puente tembló bajo los pies de la muchacha. Los halflings empezaron a parlotear asustados, y Sadira escuchó cómo varios gruñían con el esfuerzo de arrojar sus lanzas. Aunque se encontraba aún a cierta distancia del final del puente, la hechicera se arrojó al frente.

Un potente estrépito sonó a su espalda. Sadira sintió cómo el aire resonaba contra su vientre; luego chocó contra la calzada de piedra y rodó hacia adelante. Oleadas de insoportable dolor le recorrieron el brazo herido, y vislumbró varias lanzas halfling que rebotaban en las losas a su alrededor.

Cuando Sadira dejó de rodar, se encontró en el extremo del puente. Allí donde se había alzado la formidable construcción, había ahora tan sólo una nube de polvo tan espesa que no podía ver al otro lado del precipicio.

La hechicera recogió bastón y morral, y se arrastró por el último tramo de adoquines, temerosa de que incluso los frontones del puente fueran a derrumbarse. Permaneció algunos instantes tumbada en el suelo con la respiración entrecortada, demasiado aturdida y agotada para moverse.

Al cabo de un rato, se incorporó; se sentía mareada y débil, y la mente le funcionaba despacio. Examinó sus heridas y descubrió que sangraban profusamente. Comprendiendo que cuanta más sangre perdiera, más débil estaría, la hechicera intentó rasgar dos vendajes de su polvorienta túnica. Le fue imposible, ya que sólo la mano sana poseía fuerza suficiente, de modo que fue a coger la daga, pero no encontró más que la funda vacía.

Desde luego. El cuchillo se encontraba en algún lugar en el fondo del precipicio, enterrado aún en la garganta del halfling al que había matado con él. Sin la daga, resultaría difícil sobrevivir en este terreno yermo durante más de algunos días.

La hechicera soltó una risita ahogada ante la confusión de su mente. La pérdida del cuchillo era el menor de sus problemas. Si no se vendaba las heridas pronto, moriría en cuestión de minutos, no de días; incluso aunque detuviera la hemorragia, estaría demasiado débil para andar más que unos pocos kilómetros. Y, si iba a andar, necesitaría mucha agua, agua que había utilizado para destruir el puente.

De todos modos, las cosas no habían salido tan mal. Todavía conservaba el bastón, y eso era lo que realmente importaba. Si podía detener la hemorragia, podría vivir medio día más y quizá recorrer ocho kilómetros. Medio día no era mucho tiempo para encontrar un oasis en territorio desconocido, pero era posible.

Decidida a sacar el mayor provecho posible del tiempo que le quedaba, Sadira se sacó el cinturón y lo pasó alrededor del brazo lacerado; tras tensarlo hasta que la sangre dejó de manar, lo ató bien para que no se moviera. Hecho esto, la hechicera tomó el bastón y se incorporó para escudriñar la empinada cuesta que se extendía ante ella. Ambos lados de la carretera estaban salpicados de toda clase de retorcidos cactus, algunos tan altos como árboles y otros extendidos sobre el rocoso terreno como si se tratara de alfombras de espinos.

Fue entonces cuando se acordó de Nok.

En el bosque halfling lo había visto descender de una elevada pirámide y flotar hasta el suelo como una hoja. Si podía hacer eso, podría flotar sobre el abismo. Sadira miró más allá del enorme precipicio.

El polvo se había dispersado y podía ver el otro lado. Con alivio, observó que nadie flotaba sobre el cañón, pero que, de pie en el otro extremo, había dos docenas de guerreros halflings. Detrás de ellos, sobre una loma de arena de color orín, se encontraba Nok. Una capa de plumas de colores ondeaba a su espalda, y alrededor de cada oreja le colgaba una tira de plata batida que despedía un fulgor escarlata bajo la roja luz del sol. En una mano empuñaba una lanza de doble punta que Sadira reconoció como la Lanza de Corazón de Árbol; la otra mano la mantenía extendida ante sí, sujetando una pequeña esfera de obsidiana. En el interior de la esfera brillaba una fantasmal luz verde.

—¿Por qué huyes, Sadira? —preguntó el jefe guerrero. A pesar de estar separados por el amplio abismo, su voz llegaba hasta la hechicera como si se encontrara a su lado. En ella no se percibía la menor señal de bondad ni perdón—. Sabes que no puedes huir de mí.

Nok alzó la Lanza de Corazón de Árbol y la lanzó en dirección a Sadira. El arma cruzó la sima como si fuera un pájaro. La hechicera lanzó un grito y retrocedió, pero la lanza no fue a parar cerca de ella, sino que se clavó unos centímetros por debajo del borde del cañón y se hundió profundamente en la roca.

—¡Déjame sola! —gritó Sadira—. Ya he matado demasiados halflings. Mataré más si me obligas.

Nok lanzó una carcajada que sonó despiadada y fría.

—Sus vidas pertenecen al bosque —dijo—. Al igual que la tuya. ¿O has olvidado tu promesa?

Sadira no la había olvidado. Después de viajar al corazón del bosque halfling, ella y sus amigos habían sido hechos prisioneros por un grupo de guerreros que ni siquiera habían llegado a ver. El grupo había despertado sobre las Piedras de la Celebración de Nok, para descubrir que el jefe y sus consejeros se preparaban para devorarlos vivos. La hechicera y sus compañeros habían conseguido sobrevivir sólo gracias a prometer sus vidas al bosque... que era lo mismo que prometérselas a Nok.

—Se trataba de prometer o morir —protestó Sadira.

—De todos modos, lo prometiste —repuso Nok.

Con la mano sujetando la esfera de obsidiana, el jefe guerrero señaló a la Lanza de Corazón de Árbol. Un zarcillo de luz esmeralda abandonó la bola y flotó hasta el otro lado del cañón; en cuanto la luz tocó la lanza, una capa de áspera corteza apareció sobre toda la longitud del arma, y, ante los asombrados ojos de Sadira, la lanza se transformó en un roble, que en cuestión de segundos se estiró hasta cubrir más de una cuarta parte de la distancia que mediaba entre un extremo y otro del abismo.

—Te ruego que me dejes conservar el bastón un poco más —suplicó la hechicera—. El dragón amenaza Tyr, y yo voy a su lugar de nacimiento con la esperanza de descubrir alguna forma de matarlo.

—¡No! Si matas al dragón, ¿quién protegerá a Athas de ti? —replicó el halfling—. Devolverás el bastón, como prometiste... ¡Ahora!

—No puedo hacerlo —respondió Sadira con calma; sus ojos estaban fijos en el roble, que había crecido hasta alcanzar proporciones gigantescas, con gruesas ramas llenas de hojas que brotaban en todas direcciones.

—No tienes elección —afirmó Nok.

El roble se extendía ya casi hasta el otro extremo del abismo, y los guerreros de Nok permanecían de pie junto al borde a la espera de cruzar. Sadira clavó los ojos en el jefe guerrero. A aquella distancia, no parecía más que un muñeco.

—Si devuelvo el bastón, ¿protegerás a Tyr del dragón? —preguntó la joven.

—No —contestó el halfling—. Hay que pagar el tributo, o de lo contrario el dragón cazará en el bosque.

—¿Y qué pasa con las gentes de Tyr? —se indignó Sadira—. ¡Son tan importantes como tus árboles!

Sujetando el bastón en el pliegue del brazo herido, Sadira volvió la palma de la otra mano hacia el suelo. Con todos los retorcidos cactus que se ceñían a las laderas de la escarpadura situada más arriba, la energía fluyó a su interior como un torrente, pero, esta vez, cuando notó que la oleada perdía fuerza no cerró la mano. Para detener la magia de Nok, necesitaría toda la fuerza vital que pudiera reunir. Separó todavía más los dedos y tiró con más fuerza, extrayendo toda la energía que le fue posible de las plantas a su alcance.

—No sirve de nada matar a estos guerreros —dijo Nok, señalando con la mano a los halflings colocados ante él—. No conseguirás más que agotarte.

—¡Ni siquiera te preocupas por tu propio pueblo! —le espetó Sadira, enojada ante la falta de sensibilidad del otro.

Aun en el caso de que la hechicera hubiera estado ilesa y descansada, el halfling habría sido muy superior a ella en combate personal, pero, sin embargo, prefería enviar a sus hombres a la muete sólo para cansarla. ¿Sería acaso que le tenía miedo a ella, o quizás al bastón que sostenía en la ensangrentada mano? A pesar de lo inverosímil de esta última posibilidad, la hechicera se aferró a esta esperanza.

—¿Qué hay de tus guerreros? —inquirió Sadira—. ¿No vale la pena salvar sus vidas?

—No —respondió Nok, categórico.

Sadira mantuvo la mano abierta. Uno tras otro, los cactus se doblaron hacia el suelo, para luego ennegrecer y marchitarse. En pocos instantes, todos se consumieron hasta transformarse en cáscaras vacías que luego se desplomaron al suelo. La hechicera continuó extrayendo, absorbiendo la vida de sus raíces, de las semillas que yacían aletargadas en la arena, incluso de los líquenes que se aferraban a las rocas. Pero ni siquiera entonces se detuvo, no hasta que el mismo suelo se tornó negro y sin vida.

Nok lo contemplaba todo con ojos indiferentes. Tan sólo el árbol que había creado a partir de la Lanza de Corazón de Árbol sobrevivió a la profanación de la hechicera, aunque sus lobuladas hojas aparecían marchitas y caídas.

El árbol alcanzó por fin el otro extremo del cañón, y los guerreros que le quedaban a Nok saltaron sobre el tronco y se precipitaron al frente. La hechicera introdujo la mano en el morral y sacó una diminuta varilla de cristal; luego se acercó al borde del precipicio y se arrodilló junto al enorme roble.

—Me equivoqué al confiarte el bastón —dijo Nok—. El bosque habría estado más a salvo si Kalak se hubiera convertido en dragón.

—¡Diles que retrocedan! —aulló Sadira, dando al jefe guerrero una última oportunidad de salvar a sus hombres.

Al ver que Nok no lo hacía, depositó la varilla de cristal sobre el roble y retrocedió al tiempo que pronunciaba su conjuro. Un potente trueno retumbó en las paredes del abismo, y un rayo de blanca energía centelleó por todo el tronco. Los halflings desaparecieron convertidos en volutas de humo grasiento. El enorme árbol se partió por el centro, vomitando fuego y vapores cáusticos; las hojas empezaron a caer con un triste murmullo, y un gemido resonó por todo el cañón cuando el peso de las tremendas ramas separó las dos mitades del tronco. Finalmente, el árbol se soltó y se precipitó en el abismo, en medio de una lluvia de rocas y tierra que sus raíces arrastraban tras él.

Sadira se dejó caer sobre la tierra que había ennegrecido. Olía a hollín y a algo corrosivo; no a descomposición o muerte, sino a ausencia de vida. En cien metros a la redonda, el suelo se había vuelto negro como una caverna, y no se divisaba una sola planta viva. El polvo del corrompido terreno flotó sobre ella como si se tratara de cenizas y la recubrió con una negra capa de arena.

El estómago de la hechicera se contrajo, y la bilis amenazó con ascender hasta su garganta y asfixiarla. De haber estado vivo su mentor Ktandeo para ver lo que había hecho, el anciano habría intentado matarla con sus propias manos. A sus ojos, ella habría cometido una acción repugnante para la que no existía perdón. No importaba que lo hubiera hecho por Tyr, ni tampoco para salvar las vidas de mil personas que iban a ser sacrificadas al dragón; se había convertido en una profanadora, y nada bajo las dos lunas podía borrar su acción.

Pero Sadira no siempre había escuchado a Ktandeo en vida, y, sólo porque estuviera muerto, no sentía una mayor obligación a escuchar sus palabras ahora. Todos los hechiceros extraían su energía de alguna forma de vida, generalmente plantas, de modo que, para ella, la diferencia entre profanadores y otros magos era únicamente una de grado: la mayoría de los hechiceros se detenían justo antes de destrozar el suelo cuando extraían energía para un conjuro, pero los profanadores no. Sadira no creía que fuera siempre malo destrozar la tierra, no cuando algo bueno podía salir de ello. Para ella, un acre o dos de terreno eran poca cosa en comparación con su vida; y un precio insignificante que pagar por la posibilidad de salvar mil vidas.

Al otro lado del valle, Nok descendió de la ladera de la duna, se quedó suspendido en el aire un momento, y flotó hacia Sadira con tranquilidad. Su única arma visible era la bola de obsidiana que se balanceaba de su cuello. Sadira recogió su bastón, que había soltado antes, y se alzó, decidida a enfrentarse a Nok con las pocas herramientas que poseía.

El jefe guerrero no perdió tiempo en iniciar su ataque. Sin haber cruzado siquiera la mitad del abismo, clavó los negros ojos en el rostro de la hechicera. Al instante, Sadira olió a hojas almizcleñas húmedas y a frutas maduras y perfumadas; en sus oídos repicaron los gritos estridentes de las aves de la jungla y el zumbido ininterrumpido de los insectos, mientras que sentía el aire húmedo y pegajoso sobre la piel. Rodeándola por todas partes, vio árboles de madera dura de cerosas hojas rojas que se inclinaban sobre su cabeza y proyectaban sombras tan espesas que parecía como si fuera el atardecer.

Sadira sintió un nudo en el estómago. Nok atacaba con el Sendero, y ella no podía luchar contra él en combate mental.

Una bestia enorme que recordaba a un murciélago se elevó de entre las sombras del bosque. Bajo los rojos ojos y las cuadradas orejas, un repugnante hocico chato se abría para mostrar una boca llena de dientes que rezumaban bilis amarilla. En los codillos de las alas tenía cuatro largos dedos, cada uno terminado en una uña curva cubierta de porquería.

Sadira se obligó a tragarse el pánico. Agis le había enseñado cómo luchar contra ataques mentales, de modo que no estaba precisamente indefensa. Mientras la criatura descendía sobre ella, Sadira imaginó que su brazo bueno se convertía en una espada en forma de equis, cada borde tan afilado como una navaja de afeitar. Lo lanzó hacia arriba, al tiempo que se agachaba fuera de la trayectoria del animal. La especie de murciélago realizó un viraje brusco, que le permitió esquivar en el último instante las afiladas hojas.

—¡No! —aulló Sadira, volviendo a arremeter.

Le dio la impresión de que le arrancaban el brazo, cuando éste acuchilló el ala de la bestia. El impacto le hizo perder el equilibrio, y el animal fue a estrellarse contra el suelo no muy lejos de ella.

El bosque desapareció de la mente de Sadira. Se encontró tumbada sobre las ennegrecidas rocas del borde del precipicio; Nok yacía un poco más allá, boca abajo, con el brazo izquierdo torcido en una extraña posición detrás de la espalda.

La hechicera se incorporó de un salto, y activó su bastón pronunciando el nombre de Nok. El pomo empezó a refulgir con la familiar luz violeta, y percibió el acostumbrado hormigueo que indicaba que el bastón extraía energía vital de su cuerpo.

El jefe guerrero rodó sobre su espalda. El brazo izquierdo le colgaba inútil al costado, pero en la mano derecha sostenía su bola de obsidiana.

—No creas que podrás matarme con mi propia magia —dijo, lanzando a Sadira una mirada furiosa.

Mientras hablaba, una luz esmeralda iluminó el interior de la esfera que sostenía. La energía vital de la hechicera empezó a agotarse con mayor rapidez; sintió náuseas y la cabeza comenzó a darle vueltas. Un escalofrío le recorrió el cuerpo; luego las rodillas le temblaron, y comprendió que estaba a punto de perder el conocimiento.

La hechicera avanzó hacia Nok y balanceó el pomo de su bastón en dirección a la esfera que el otro sostenía.

—Fuego del amanecer —musitó.

Nok levantó el brazo para interceptar el ataque, y las dos bolas de obsidiana chocaron con un sonoro chasquido. Un centelleo de brillantes luces de todos los colores del arco iris cegó momentáneamente a Sadira. Truenos ensordecedores resonaron por el aire, golpeando el lado opuesto del cañón con tal fuerza que hicieron caer toneladas de roca al fondo de la sima. Al mismo tiempo, una tremenda onda expansiva golpeó el pecho de la hechicera, y la lanzó hacia atrás.

Mientras Sadira chocaba contra el pedregoso suelo, se escuchó un grito angustioso procedente de la garganta de Nok. La hechicera se incorporó sobre los codos y alzó el bastón para atacar.

Un alarido horrorizado surgió de su boca. A pocos centímetros de su mano, el bastón terminaba en un chamuscado tocón, con un solitario fragmento de su pomo de obsidiana enterrado aún en el mango. Durante un buen rato, la hechicera contempló el tocón presa de mudo desaliento, el corazón inundado por un terrible sentimiento de pérdida.

El bastón había sido tan importante para ella como su propia vida. Con él había tenido la fuerza suficiente para defender Tyr, y habría sido lo bastante poderosa como para enfrentarse a los desconocidos peligros de la Torre Primigenia. Ahora sólo podía confiar en su propia magia y su energía... y no sabía si estas dos cosas serían suficientes.

Sadira miró más allá del extremo del bastón, al lugar donde había caído Nok. En lugar del jefe guerrero había un escarpado cráter, cubierto de hollín y tan profundo que la hechicera no pudo ver el fondo. Del agujero brotaba un espeso penacho de humo, tan negro como la obsidiana y con la forma de un enorme roble. Alzándose junto con los negros vapores se veían largos jirones de desvaídos colores: verde y violeta, pero también rojo, azul, amarillo y una docena de otros muchos. Las hojas del nebuloso árbol se agitaban suavemente, como movidas por una brisa no percibida, y siseaban el nombre de Sadira.

5

Un trato

Eh, tú, la del otro lado! —gritó una voz de hombre—. ¡Despierta!

Las palabras llegaron hasta Sadira a través del abismo, y resonaron en su cabeza con angustiosa claridad. La voz era grave, con una cierta verbosidad que irritó la susceptibilidad de la hechicera y despertó una inmediata aversión por el que hablaba.

—¿Estás viva?

Sadira abrió los ojos y se encontró mirando de frente al llameante disco solar. Unas punzadas terribles le acuchillaron los ojos, y su visión se desintegró en un surtidor de luz roja. Cerró los párpados con fuerza otra vez, pero el dolor no desapareció.

La cabeza de la hechicera no estaba tan malherida, pero un dolor sordo le atenazaba el brazo, y le dolía toda la columna vertebral. El rostro le escocía como si la hubieran abofeteado, y notaba la piel tirante y quebradiza. De los muslos hacia abajo, las piernas eran víctimas de una terrible picazón como si tuviera un millar de agujas hundidas un centímetro en la carne. Incluso la garganta y la lengua le dolían, inflamadas como estaban por la falta de agua.

Sadira giró la cabeza y volvió a abrir los párpados, esta vez obligándose a mantenerlos abiertos. Para sus doloridos ojos, el otro lado del cañón continuó siendo una masa borrosa, pero, de todos modos, podía ver que había un grupo de personas, probablemente alguna caravana, cerca de los frontones del puente que ella había destruido.

Sin hacerles caso, la hechicera se concentró en su propia situación. Todavía estaba tumbada allí donde se había desplomado tras su combate contra Nok, en el mugriento hollín que ella había creado al profanar la tierra. El brazo herido se había vuelto de un morado oscuro, y estaba tan hinchado que casi tenía el mismo grosor que su hombro; los cortes, por su parte, con una costra de sangre seca y del desagradable polvillo negro, estaban inflamados y rezumaban pus.

Una ahogada exclamación de horror afloró a la reseca garganta de Sadira, cuando sus ojos descendieron más abajo de la cintura. Varias enredaderas leñosas habían brotado del cráter en el que había perecido Nok; se trataba de unas plantas grotescas y retorcidas, arrolladas en una masa enmarañada y cubiertas de sucias hojas negras que tenían la misma forma que las de un roble. Las plantas habían trepado por el rocoso suelo hasta donde ella yacía, para luego enroscarse a sus piernas con sus zarcillos y hundir con fuerza los dentados pinchos en su carne.

La muchacha sacudió la cabeza, con la esperanza de que se tratara de una pesadilla. No la había perseguido una tribu de halflings, se dijo; tampoco había matado a Nok, y su bastón no había sido destruido. No tardaría en despertar en el campamento de Milo y descubriría que todo aquello había sido una alucinación producida por la especia que se utilizaba en el broy nibenés.

—¡Eh, tú, la de ahí! —insistió la voz verbosa.

Sadira volvió a mirar al otro lado del cañón. Esta vez, su visión estaba clara, y vio una forma alta y delgada de cabellos plateados. Detrás de ella, desperdigados por las duras arenas de la carretera de las caravanas, había un centenar de figuras altas. Docenas de kank se apiñaban a ambos lados del camino, forrajeando en las matas de dorados arbustos de sal esparcidos aquí y allá sobre la roja arena.

—¡Elfos! —mascculló Sadira con voz asqueada—. Esto es peor que una pesadilla.

Sin prestar atención al elfo que la había llamado, Sadira encontró el extremo de una enredadera y tiró, arrancando con ella media docena de púas de su piel. Lo lamentó al momento. El resto de las plantas retrocedieron, hundiendo los pinchos con más fuerza y provocando en sus piernas un dolor insoportable.

Las enredaderas se retiraron hacia el cráter, arrastrando a la hechicera con ellas. Entre alaridos, Sadira intentó liberarse a patadas, pero sus esfuerzos no consiguieron otra cosa que hacer que los pinchos se clavaran aún más. Se aferró a una roca cubierta de hollín y consiguió mantenerse inmóvil, pero las plantas siguieron con su retroceso, abriendo largas brechas en su carne, y finalmente se dejó ir.

Negros vapores se elevaban siseantes del interior del cráter, susurrando el nombre de la hechicera: Sadira.

—¿Nok? —chilló ella.

Extendió la mano atrás y agarró su morral, justo antes de que éste quedara fuera de su alcance. Inmovilizando la bolsa de tela bajo el brazo hinchado, introdujo la otra mano en el interior y rebuscó por todas partes hasta encontrar una pegajosa bola amarilla; entonces arrojó la bolsa a un lado y volvió la palma en dirección al suelo.

Tardó un tiempo precioso en reunir la energía que necesitaba, pues todas las plantas a su alcance estaban muertas. Tuvo que concentrarse en la zona situada más allá del terreno ennegrecido, en los cactus que apenas habían sentido su contacto antes; pero, incluso cuando encontró lo que necesitaba, la energía vital no fluyó suavemente a través del corrompido terreno y tuvo que usar toda su fuerza de concentración para evitar que se disipara en el hambriento suelo.

Cuando Sadira reunió por fin el poder que precisaba, las enredaderas ya habían conseguido arrastrarla a pocos metros del agujero, en cuyo siseante aliento se percibía el olor a mohosa putrefacción del bosque. La hechicera arrojó la bola amarilla al interior del cráter y pronunció las palabras de su conjuro, con la esperanza de poder sobrevivir a lo que sucediera después.

Durante unos instantes, la muchacha continuó resbalando hacia el cráter, arañando y aferrándose a las sucias rocas en un vano intento de detener el movimiento. Entonces un ensordecedor rugido surgió del interior del agujero y un cono de fuego salió despedido hacia el cielo. Lenguas de fuego describieron un arco por encima de la cabeza de Sadira, para luego lamer el suelo cerca de donde había ido a caer su morral y proyectar un resplandor naranja sobre las rocas que la rodeaban. Un calor abrasador le quemó la espalda, y su nariz se llenó del olor de cabellos chamuscados, pero la hechicera no se quejó, ya que las enredaderas se aflojaron, y dejó de sentirse arrastrada hacia el cráter.

Un descomunal vítor llegó hasta ella desde el otro lado del abismo, como si todo aquello lo hubiera hecho para divertir a los elfos. Sadira miró a la otra orilla y los vio agitar las lanzas en el aire.

—Sucios ladrones —murmuró.

Se volvió de nuevo para mirar al cráter. El humo de su bola de fuego se alzaba todavía del agujero en negros jirones que transportaban con ellos unas pocas hojas de roble carbonizadas. La mayoría de las enredaderas habían quedado reducidas a líneas de ceniza, aunque aún quedaba una retorcida masa de fibras ennegrecidas arrollada a las piernas de Sadira.

Gimiendo de dolor, la hechicera empezó a arrancarse las espinas de estas enredaderas de la carne. Cuando por fin quedó libre, se incorporó con un gran esfuerzo y recogió el morral; luego dio media vuelta y se alejó tambaleante tan rápido como le fue posible.

—¡Eh, mujer! ¿Adónde vas? —gritó el elfo—. ¿No es tu kank este de aquí?

Sadira hizo como si no lo oyera y siguió adelante. La última vez que había escuchado a un elfo había sido poco antes de la liberación de Tyr, cuando un granuja embaucador llamado Radurak se ofreció a ayudarla a escapar de un de par de los guardas del rey. Al final, el elfo le robó el libro de conjuros y la vendió como esclava. Así pues, no veía ninguna razón para pensar que en esta ocasión fuera a ser muy diferente.

—¡Deténte! —gritó el elfo, y la voz resonó por todo el cañón—. Sólo queremos ayudar. —Su voz no sonaba como si desease ayudar; a Sadira más bien le pareció enojada.

Al ver que Sadira no obedecía, el elfo realizó su súplica definitiva.

—¡No te costará nada!

La hechicera no le prestó atención, ya que, aunque a menudo afirmaban lo contrario, los elfos jamás ayudaban a nadie gratis. Continuó sendero arriba unos cuantos pasos más; luego dio un traspié y cayó de rodillas.

—¡Mujer! —aulló el elfo, sin intentar ya ocultar su irritación—. Nos damos cuenta de lo sucedido. Huellas de halflings por todas partes, un zángano de carga con una lanza clavada en el tórax, tus piernas hechas trizas, tu brazo del color de un pajarito recién nacido. Necesitas ayuda... y pronto.

Sadira miró en dirección al elfo y entrecerró los ojos, asombrada ante la agudeza visual del hombre. Ella apenas si podía distinguir el color de sus cabellos; sin embargo, él podía verla con tanta claridad que era capaz de detallar sus heridas. Había oído decir que la visión de los elfos de pura raza era muy aguda, pero jamás habría creído que lo fuera hasta ese punto.

Como la hechicera no hizo ningún movimiento para levantarse o contestar, el elfo continuó:

—¡Te salvaré si me transportas al otro lado!

Sadira frunció el entrecejo, intrigada por cómo podría saber el elfo que ella podía hacerlo. Pero, cuando miró a su alrededor, la respuesta saltó a la vista. Por la extensión de terreno que había ennegrecido, resultaba evidente que, en sus esfuerzos por escapar de los halflings, había utilizado al menos un hechizo poderoso para destruir el puente. Así pues, a los elfos no les parecería irracional suponer que una hechicera de tal poder pudiera hacer levitar a uno de ellos hasta el otro lado del precipicio.

Tras meditarlo unos instantes, Sadira decidió aceptar la oferta. Desde luego era posible que el elfo quisiera traicionar la palabra dada e intentar aprovecharse de ella, pero eso no importaba demasiado en aquel momento. Fueran cuales fuesen sus intenciones, tenía razón en una cosa: sin ayuda, ella no tardaría en morir. La hechicera se puso en pie y empezó a abandonar la zona de terreno muerto.

—¿Qué es lo que te sucede? —chilló el enojado elfo—. ¿No hablas la lengua de los comerciantes?

Sadira no intentó siquiera gritar una explicación, pues sabía que las palabras no conseguirían salir de su inflamada garganta. En lugar de ello, agitó el brazo en la dirección a la que se dirigía, indicando una zona donde todavía crecía gran número de cactus entre las piedras.

El elfo y su tribu finalmente comprendieron. Mientras ella avanzaba dando tumbos, ellos imitaron su avance, moviéndose por las dunas que bordeaban el lado opuesto del cañón. Sadira necesitó varios minutos para recorrer la corta distancia que la separaba del terreno sin profanar, pero por fin llegó al lugar en el que la vida vegetal no mostraba ninguna señal de la destrucción que la hechicera había provocado.

Sadira depositó su morral en el suelo, sacó de él un pequeño pergamino y lo arrolló. Sosteniendo el tubo sobre los labios, lanzó uno de sus hechizos más sencillos.

—Ata una cuerda a una flecha y dispárala sobre el cañón —musitó; el pequeño esfuerzo le causó un dolor terrible a su reseca garganta.

El elfo desvió la mirada de donde se encontraba Sadira al lugar donde la voz había sonado a su lado, y luego habló con sus compañeros. Uno de ellos no tardó en regresar con una flecha sujeta a un rollo de bramante y la disparó al otro lado del precipicio. El proyectil chocó contra el suelo unos metros más allá de Sadira, quien rápidamente lo recuperó antes de que la cuerda, que empezaba a hundirse en el cañón, lo arrastrara con ella, y arrolló la cuerda de trenzada fibra vegetal a una roca.

Hecho eso, volvió a acercar el rollo de pergamino a sus labios.

—Sujeta tu extremo de la cuerda —susurró—. Y trae agua.

El elfo asintió y envió a dos de sus acompañantes al lugar donde se encontraba el rebaño de kanks. Al poco rato regresaron con un jarro de cerámica que entregaron a su portavoz. Sadira encontró extraño que transportaran algo tan precioso como el agua en un recipiente tan fácil de romper, pero pronto dejó de lado sus recelos al considerar el tamaño de la jarra. Era tan grande que el elfo tenía que utilizar ambas manos para transportarla. Al parecer, quería estar seguro de que ella tuviera gran cantidad de agua para beber.

—¡Estoy listo! —aulló.

Sadira preparó su siguiente conjuro; fabricó un pequeño lazo con una tira de cuero y lo lanzó en dirección al elfo al tiempo que pronunciaba su mística frase. El lazo desapareció, y el elfo se elevó del suelo. Sadira fue hasta la cuerda y tiró, haciendo que el hombre cruzara el precipicio como si no pesara nada.

El elfo llegó junto a ella, con una mueca autoritaria en el rostro. Era un hombre de gran tamaño, que sacaba más de dos cabezas a Sadira. La ligera chilaba que le cubría el cuerpo no disimulaba su pecho fornido, y los gruesos antebrazos que surgían de las mangas de la túnica poseían poderosos músculos. La plateada melena le caía sobre la espalda en una despeinada cola que dejaba totalmente al descubierto las afiladas orejas. Incluso según los patrones que regían a los de su raza, las facciones del hombre eran singularmente enjutas y afiladas, con cejas muy puntiagudas, una nariz tan fina como la hoja de una daga, y una barbilla afilada. La hechicera se preguntó si no estaría enfermo, ya que tenía la piel blanquecina y los grises ojos enmarcados por negros círculos de agotamiento.

Cuando el elfo puso el pie sobre terreno sólido, se dejó oír el tintineo de una gran bolsa llena de monedas de metal, oculta bajo sus ropas. Sadira tuvo la impresión de que el hombre transportaba sobre su persona una fortuna considerable. Una mirada de desconfianza centelleó por un instante en los ojos del elfo, y la muchacha comprendió que su expresión había traicionado su asombro. Rápidamente bajó la mirada.

—Gracias por tu ayuda —dijo, esperando que su

sonrisa no revelaría lo incómoda que se sentía en presencia del elfo.

Éste le devolvió el gesto, aunque su sonrisa no pareció en absoluto sincera.

—Los hombres de mi tribu son tus servidores —dijo, con una reverencia tan profunda que se derramó un poco de agua por la boca de la jarra. Los grises ojos del elfo parecieron a punto de saltar de sus órbitas—. ¡Por el sol, soy muy descuidado!

Intentó recoger lo que había derramado balanceando hacia abajo la parte inferior del recipiente y empujando la abertura bajo el hilillo de líquido que caía, pero lo único que consiguió fue golpearlo contra una piedra, lo que abrió un enorme agujero en la jarra y derramó todo su contenido en el suelo. Sadira saltó hacia adelante y arañó la húmeda arena en un intento por salvar unos pocos tragos de agua.

Todo lo que la hechicera obtuvo fueron arañazos en los nudillos. Levantó los ojos hacia elfo.

—¡Lo hiciste adrede! —dijo con voz áspera, casi incapaz de extraer las palabras de la inflamada garganta.

—¿Por qué tendría que hacer tal cosa? —inquirió el elfo con expresión dolida—. El agua es demasiado preciosa. ¡Es como si arrojara mi plata al interior del precipicio! —Agitó el brazo libre en dirección al abismo.

—También podrías arrojarte tú mismo a su interior —observó Sadira con amargura, arrebatándole la jarra de las manos—. Conozco bien a los elfos. Quieres algo de mí y, hasta que lo consigas, seguirás sufriendo «accidentes» con el agua que necesito.

—¿Es ese modo de hablar a su salvador? —protestó el elfo con el entrecejo fruncido.

—Todavía no me has salvado —respondió Sadira.

La muchacha se llevó la jarra a los agrietados labios y echó la cabeza hacia atrás. Unos pocos restos de agua, gotas adheridas a las paredes interiores, resbalaron por su garganta.

—Pero lo haré —dijo el elfo, dirigiéndose al borde del precipicio—. Tenemos mucha agua al otro lado.

—¿Y cómo la traerás aquí? —preguntó Sadira mientras arrojaba la rota jarra al abismo.

El elfo le dedicó una amplia sonrisa que dejó al descubierto dos hileras de dientes grises.

—Quizá podrías traer hasta aquí a uno de mis guerreros...

—Y luego otro, y otro después de éste, hasta que haya hecho pasar a toda la tribu —concluyó Sadira.

—Eso sería muy amable por tu parte —asintió el otro.

—Olvídalo. Hoy sólo me quedaban fuerzas para pasar a uno, y ése eres tú. Si no hubieras desperdiciado el agua, mañana podría haber sido capaz de traer hasta aquí al resto de la tribu.

—Vamos, seguro que puedes...

—No puedo volver a utilizar ese hechizo hasta mañana —afirmó Sadira, torciendo los agrietados labios en una sonrisa sarcástica—. Pero, como puedes ver, habré muerto bastante antes.

La sonrisa del elfo se esfumó.

—¿Estoy atrapado aquí?

—En absoluto —repuso Sadira, e indicó con el brazo al otro lado del abismo—. Eres libre de marcharte cuando quieras.

El elfo estudió a la hechicera con una mueca de desconfianza; luego se apartó del borde y dio un salto en el aire. Cuando volvió a caer al suelo, sonrió y agitó un largo dedo acusador en dirección a la muchacha.

—Eres una mujer muy valiente para hacer chistes en un momento como éste —dijo al tiempo que se arrodillaba junto a ella—. Déjame ver tus heridas.

Sadira dejó que examinara la destrozada pierna.

—Éstas no están tan mal —comentó, señalando las heridas de las espinas; luego desvió su atención al brazo—. Pero esto... —Dejó la frase sin acabar y meneó la cabeza.

De pronto el elfo alzó la mano y, tras apartar la mano de Sadira que le impedía actuar, desató el cinturón que ella había ceñido alrededor de su brazo. Un dolor insoportable se apoderó de toda la extremidad al recuperar ésta la circulación, y la sangre empezó a rezumar de los cortes. Chillando de dolor, Sadira apartó violentamente a su atormentador.

—Dame el cinturón —ordenó, extendiendo la mano.

—Tu brazo necesita sangre o morirá —respondió el elfo. Se incorporó y arrojó la tira de cuero al cañón.

—¿De qué sirve tener un brazo vivo, si en una hora me habré desangrado hasta morir? —gruñó Sadira.

—¿De qué sirve vivir una hora, si el brazo te matará en una semana? —replicó el otro. Estudió el brazo lacerado de la hechicera un poco más, e inquirió—: ¿Estás segura de que no puedes traer a una persona más desde el otro lado del cañón?

—Estoy segura —mintió Sadira.

A pesar de su sed y sus heridas, la hechicera consideró más sensato completar las negociaciones antes de utilizar más magia.

—Lástima —dijo el elfo, sacándose la chilaba. Debajo, llevaba un ancho cinturón del que colgaban varias pesadas bolsas de monedas, una funda que contenía una daga de acero, y su taparrabos—. En mi tribu hay un cantor del viento que posee poderes curativos. Quizá debiera haberlo enviado a él primero.

—Pero eso no habría sido un negocio prudente —terminó Sadira por él.

—No me di cuenta de que tu situación fuera tan desesperada —repuso el elfo, encogiéndose de hombros.

Se acercó a ella, sacudiendo la enorme chilaba que sostenía por las mangas. No muy segura de sus intenciones, Sadira extendió la mano para coger su morral, pero su atormentador avanzó rápidamente para impedírselo y colocó uno de sus grandes pies sobre la bolsa.

—¿Por qué tienes tanto miedo? —preguntó, el labio fruncido en una mueca que quizás intentaba que fuera una sonrisa. Con exagerada cortesía, colocó la chilaba sobre los hombros de la muchacha de modo que cubriera la zona de piel que la andrajosa capa dejaba al descubierto, y tiró de la capucha para taparle la cabeza—. Debes resguardarte del sol. Vivirás más.

—¿Para que pueda traer a tu tribu a este lado?

—Sólo deseamos ayudar, pequeña. —El elfo dirigió una triste mirada al otro lado del precipicio—. Claro está que podría hacer mucho más si mi gente estuviera con nosotros.

La hechicera estudió al elfo unos instantes. El fornido cuerpo estaba lleno de marcas de cuchilladas, y existían también otras imperfecciones más desagradables. Si había sobrevivido a tantas heridas, sospechó que el elfo le decía la verdad sobre su curandero.

Pero, a pesar de saber eso, Sadira no acababa de decidirse a hacer un trato. El conjuro que tendría que utilizar era uno muy complicado que exigía más energía de la que podía obtener sin destruir otra gran extensión de terreno, y no estaba segura de estar preparada para cometer otra vez tal acción. Su mentor la había castigado a menudo por llevar sus poderes de hechicería hasta el límite, pero, hasta su enfrentamiento con Nok, Sadira jamás había recurrido a una intencionada y masiva degradación de la tierra.

Aunque la hechicera creía que en el anterior caso la respaldaba el hecho de haber tenido que salvar la vida, la situación actual no era tan clara. Nok había constituido un peligro inminente, pero la amenaza ahora no era tan inmediata. Si recurría a la magia del profanador para salvarse de una posible muerte, ¿no la utilizaría sólo por simple conveniencia la próxima vez?

Sin embargo, su única otra elección era morir; aunque, si tenía en cuenta las dificultades y penalidades que experimentaría durante su búsqueda de la Torre Primigenia, y las pocas posibilidades de sobrevivir sin su bastón mágico, quizá sería mejor aceptar su destino ahora. Pero, si lo hacía, mil ciudadanos de Tyr morirían con ella, y mil más cada vez que el dragón regresara. Tyr no sería diferente de lo que había sido durante el reinado de Kalak.

Sadira no podía dejar que sucediera.

—¿Qué harás si no puedo hacer pasar a tu tribu a este lado? —preguntó con la mirada fija en los ojos del elfo.

—Hay un sendero que desciende al cañón de Guthay desde ambos lados —respondió el elfo señalando al oeste—. Está sólo a tres días de carrera, pero a las bestias que viven en su fondo les gustan nuestros kanks.

Sadira, que recordaba el nauseabundo olor que su montura había despedido al resultar herida, hizo una mueca de repugnancia.

—Nada podría comerse un kank.

—Todas las criaturas sirven de comida a otras. Ésa es la ley del desierto.

Convencida ya de que no había otra forma de traer al cantor del viento hasta su lado del precipicio sin lanzar su hechizo, Sadira decidió cerrar el mejor trato posible a cambio de sus servicios.

—Tu curandero se ocupará de mí hasta que esté bien.

—Hecho —aceptó el elfo.

Sadira alzó una mano.

—Me facilitarás grandes cantidades de agua y comida.

—Desde luego —asintió él—. Somos buenos anfitriones.

—Y me acompañarás hasta la Torre Primigenia.

El elfo la estudió durante un buen rato.

—Eres astuta —dijo por fin—. Me gusta eso.

La hechicera contestó a su halago con una mueca.

—¿Qué respondes? ¿Me llevarás allí o no?

—No, claro que no —repuso el elfo con una sonrisa satisfecha—. Los dos sabemos que, si accedo a tal cosa, no puedes confiar en que mantenga ninguna otra promesa.

Un terrible pensamiento cruzó por la mente de Sadira.

—¿Por qué no? —exigió—. La torre es real, ¿no es cierto?

—Totalmente —contestó el elfo, enarcando una de sus arqueadas cejas ante la pregunta de la muchacha—. Pero sólo un loco...

—En ese caso debes llevarme allí —lo interrumpió Sadira, respirando más tranquila—. A menos que prefieras arriesgar tus kanks en el abismo.

—Despeñaría a mis kanks por el precipicio antes de acercarme voluntariamente a la Torre Primigenia —aseguró el elfo—. ¿Por qué quiere alguien tan bello visitarla?

—Eso es cosa mía —respondió Sadira—. ¿Por qué le tienes tanto miedo?

—Si no lo sabes, no tienes derecho a ir allí —replicó el elfo con evasivas; luego miró al otro lado del precipicio, donde aguardaba su tribu—. Pero te llevaré a Nibenay. Con suerte y plata, encontrarás un guía allí.

Sadira asintió, convencida de que no conseguiría nada mejor del elfo.

—Necesitaré mi libro de conjuros —dijo, señalando el morral—. Y un par de horas de tranquilidad.

—En ese caso, será mejor que tapemos tus heridas —decidió el elfo, al tiempo que rasgaba un par de tiras de tela del borde de la destrozada capa de la hechicera.

Cuando Sadira estuvo lista para lanzar su hechizo, el sol descendía ya en dirección a los escarpados picos que se alzaban en el oeste. Con voz reseca, musitó al elfo que ordenara a los suyos que se alinearan cerca del borde del cañón. Tendrían que estar preparados para moverse con rapidez en cuanto ella lo dijera.

Una vez que el elfo hubo transmitido sus instrucciones, Sadira volvió la palma de la mano hacia el suelo, pero, antes de extraer la energía que precisaba, se giró hacia el hombre y dijo:

—Cuando termine aquí, no quedará más que ceniza y roca en la ladera. Si la profanación enoja a tu tribu, confío en que serán lo bastante sensatos como para no demostrarlo.

—El desierto es enorme, y hay mucho forraje en otras partes —repuso él—. Además, mi tribu comprende la hechicería. Mi propia hija sabe algo de ese arte.

—Bien —asintió Sadira—. Odiaría tener que haceros a vosotros lo que les hice a los halflings.

—Entre amigos, no hay necesidad de amenazas —replicó el elfo, entrecerrando los ojos.

—Entre amigos, no las haría.

Sadira extendió los dedos y empezó a extraer la energía que necesitaba. La ladera no tardó en quedar cubierta de cactus marchitos y ennegrecidos. Incapaz de presenciar la destrucción que ocasionaba, la hechicera cerró los ojos y concentró sus pensamientos únicamente en extraer hasta la última gota de energía del terreno. Cuando había lanzado el hechizo para destruir el puente de Nok, se sentía demasiado aterrorizada y asustada para percibir sus emociones, pero, en esta ocasión, carecía de tal aislamiento. Simplemente se sentía sucia.

El flujo cesó por fin. Sadira se sentía a la vez agotada y revigorizada, con el cuerpo hormigueante de energía vital robada. Abrió los ojos y apuntó con el dedo al otro extremo del cañón mientras pronunciaba las palabras del conjuro. Un círculo negro apareció en el vacío frente a la tribu elfa.

—Diles que salten —jadeó la hechicera.

Retrocedió del borde del precipicio y se dejó caer de cuclillas, el morral apretado con fuerza contra su pecho. No veía más que puntitos negros ante sus ojos, y se sentía como si estuviera a punto de vomitar.

—¿Cómo sé que no se trata de un truco? —exigió el elfo.

Sadira levantó la cabeza y agitó una mano en dirección a la ennegrecida escarpadura.

—¿Crees que habría hecho esto sólo para matar a unos cuantos elfos? —chilló—. El portal no durará mucho. ¡Diles que salten!

El elfo hizo lo que le ordenaba, y el primer guerrero penetró en el negro círculo. Cuando apareció en el lado del cañón donde se encontraba Sadira, el resto de la tribu lanzó un sonoro vítor. En cuestión de minutos, ya estaban empujando a sus reacios kanks al interior del círculo, para luego, a medida que los aterrorizados animales reaparecían al otro lado del abismo, empujarlos ladera arriba. Un elfo se acercó y se detuvo junto a Sadira, que contemplaba la procesión por entre semicerrados párpados, demasiado agotada para preguntar cuál era el cantor del viento.

No mucho después, la hechicera sintió que le arrebataban el morral de los brazos. Abrió los ojos de golpe y se encontró cara a cara con una mujer alta de rasurados cabellos rojos. La elfa poseía una gran belleza, con una nariz regia, boca pequeña y bien dibujada, y ojos rasgados tan profundos y brillantes como zafiros. Líneas de sinuosos músculos le cubrían las largas piernas y brazos, y la cintura de su esbelto cuerpo era increíblemente delgada y fina.

Junto a ella se encontraba una criatura imponente que pertenecía a una de las nuevas razas. Tenía dos piernas y dos brazos, pero allí terminaba todo su parecido con algo remotamente elfo. La nudosa piel era moteada y ligeramente semejante a la de un reptil, e iba cambiando ante los ojos de Sadira, para pasar del rojo amarronado de la arena del otro lado del valle al negro profundo del profanado suelo. Las extremidades del hombre-bestia eran tan gruesas y redondeadas como los árboles de pharo, y cubiertas de amplios músculos. Como pies, tenía enormes almohadillas con tres dedos bulbosos, cada uno terminado en una afilada uña de un blanco marfileño; las manos eran lo que más llamaba la atención por su tamaño, con cuatro dedos como troncos de árbol y un pulgar achaparrado.

El rostro de la criatura era todo hocico, con una enorme boca sonriente llena de arriba abajo de dientes finos como agujas. Los ojos estaban colocados uno a cada lado de la cabeza, de modo que podían mirar de frente o a lados opuestos según escogiera. Justo detrás de tales gigantescas órbitas tenía un par de expresivas orejas de forma triangular, en aquellos momentos vueltas a los lados en señal de alivio.

—Soy el cantor del viento Magnus —se presentó, hablando con una voz sorprendentemente suave. Señaló con una voluminosa mano a la mujer elfa que lo acompañaba—. Ésta es Rhayn, hija del jefe Faenaeyon.

—¡Faenaeyon! —gruñó Sadira, buscando con la mirada al alto elfo que había ayudado a cruzar en primer lugar.

Las orejas de Magnus giraron al frente, curiosas.

—Pensé que ya os habríais presentado mutuamente —dijo.

—¿Significa algo para ti el nombre de mi padre? —quiso saber Rhayn, estudiando con más atención el rostro de Sadira.

—He oído el nombre antes —respondió la hechicera al tiempo que negaba con la cabeza—, pero seguramente se trataba de otra persona.

—No es muy probable —replicó Rhayn—. A los elfos se les da un nombre de acuerdo con la primera cosa interesante que hacen después de aprender a correr. En nuestra lengua, Faenaeyon significa «más veloz que el león». ¿Cuántas criaturas supones que sobreviven para llevar tal nombre?

—No muchas —concedió Sadira.

Al darse cuenta de que probablemente acababa de conocer al padre que la había abandonado a una vida de esclavitud, la hechicera sintió un terrible nudo en el estómago.

—Así pues, ¿qué es lo que has oído sobre Faenaeyon? —preguntó Rhayn.

—Antes de que se autorizara la hechicería en Tyr, era conocido como alguien que vendía ingredientes para hechizos —contestó Sadira, decidiendo que sería más sensato guardar su secreto.

—Eso describiría a la mitad de los elfos de la ciudad —dijo Rhayn.

Al ver que Sadira no ofrecía más explicaciones, la elfa dirigió a Magnus una mirada desconfiada; luego se quitó un gran odre que llevaba colgado del delgado hombro y lo pasó a Sadira. La falta de costuras y la forma bulbosa del recipiente indicó a la hechicera que aquello había sido en una ocasión el estómago o la vejiga de alguna bestia del desierto. Tras abrir con avidez el gollete, la muchacha tomó un buen trago de agua, incapaz casi de apartar la vista del rostro de su padre.

Sadira se sintió sorprendida ante las emociones que sentía. Desde luego que existía rabia y odio. Una buena parte de ella deseaba arrojarlo contra el suelo y, tras revelarle su identidad, abandonarlo bajo el abrasador sol para que muriera solo y hecho una piltrafa. Otra parte de ella, menos homicida pero igual de vengativa, quería contarle cómo ella y su madre habían sufrido durante aquellos años, y, en venganza por lo que habían tenido que soportar, cegarlo y dejarlo sordo para que experimentara en carne propia lo que era sufrir.

El tercer aspecto de sus sentimientos era lo que más confundía a Sadira. Una parte de ella no odiaba en absoluto a su padre. En lo más profundo de su ser, se sentía asombrada de tenerlo frente a ella; hasta ahora, siempre había sido algo abstracto y lejano, un enigma cuya irreflexiva crueldad le había provocado a ella toda una vida de dolor. Ahora la hechicera sentía simple curiosidad por él. Deseaba averiguar qué clase de hombre era, y si alguna vez había intentado enterarse de lo que había sido de Barakah y de la criatura que aún no había nacido.

Tras un buen rato de dejar correr el agua tibia del odre de Rhayn por su garganta, Sadira apartó el gollete de sus labios.

—Mil gracias —dijo al entregarlo de nuevo a la mujer que, sin lugar a dudas, era su hermana.

—Permíteme que vea esas heridas antes de que reanudemos la carrera —le rogó Magnus arrodillándose junto a la hechicera.

Mientras los gruesos dedos del cantor del viento manipulaban torpemente los vendajes del brazo de la muchacha, Faenaeyon abrió su morral y empezó a examinarlo.

Sadira se puso en pie de un salto con la palma de la mano sana de cara al suelo, lista para absorber energía para un conjuro.

—¡Ciérralo! —exigió.

Acobardada, Rhayn se apartó de Sadira.

—No intentes detenerlo —le advirtió en un susurro—. No vale la pena.

—¡Deja mi morral en el suelo! —insistió Sadira, avanzando hacia su padre.

El elfo siguió revolviendo la bolsa, sin apenas levantar la mirada.

—¿Por qué? ¿Me escondes algo?

—Teníamos un acuerdo —le recordó Sadira—. Te dije lo que sucedería si no lo respetabas.

Faenaeyon sacó el portamonedas de la muchacha del interior del morral.

—Dije que mi tribu te conduciría a Nibenay —respondió, sarcástico—; no te dije cuánto te cobraría.

Arrojó el morral a los pies de Sadira, y se alejó con el portamonedas de la joven todavía en la mano. La hechicera se lanzó en pos de su padre, al tiempo que empezaba ya a absorber la energía para el conjuro que lo mataría.

Magnus rodeó la cintura de Sadira con uno de sus enormes brazos y la levantó del suelo a la vez que cerraba su propia mano sobre la mano de ella.

—¿Es que estás tan loca como él?

6

El oasis del Arroyo Plateado

Faenaeyon penetró a grandes zancadas en el frondoso terreno, utilizando su espada de hueso para abrir un sendero a través de bosquecillos de enebros enanos que despedían un fuerte olor agrio. Se detuvo al llegar a unos cincuenta pasos del fuerte de adobe.

—¡Toramund! —tronó—. ¿Qué me has hecho?

Un elfo cubierto con una armadura se inclinó al exterior desde la torre de guardia de la puerta. Aunque la distancia era demasiado grande para verlo bien, Sadira se dio cuenta de que llevaba un casco de cuero con un protector de nariz y amplias placas de metal sobre las mejillas. Su mano empuñaba una espada curva cuyo mango era de caparazón de kank.

—Coge a tus Corredores del Sol y desaparece, Faenaeyon —aulló el otro como respuesta—. Todo lo que conseguirás de Arroyo Plateado es un vientre lleno de flechas.

Para reforzar las palabras de Toramund, los elfos situados a lo largo de los muros tensaron sus arcos, que apuntaban sus flechas al pecho de Faenaeyon. Los Corredores del Sol, tanto hombres como mujeres, ajustaron también sus flechas como respuesta. Sadira imaginó que Toramund debía de tener unos cincuenta elfos en las murallas, mientras que su padre tenía al menos dos veces ese número fuera de la fortificación.

No obstante la amenaza de inminente combate, Faenaeyon no mostró la menor intención de retirarse. En lugar de ello, paseó una mirada desdeñosa por los guerreros enemigos, como si los desafiara a que dispararan.

La hechicera se volvió hacia Magnus, que iba montado en un kank a su lado. Desde que se había unido a los Corredores del Sol, el cantor del viento había sido su constante compañero, curando sus heridas y ocupándose de su seguridad.

—¿Qué es todo esto?

—Plata —respondió el cantor del viento, con las negras órbitas de sus ojos fijas en el pequeño fuerte.

Era evidente que acababan de construirlo, ya que ninguno de los ladrillos de adobe mostraba la menor señal de erosión y las hileras superiores aparecían todavía negras de humedad.

—Los Manos de Plata —prosiguió Magnus— reclaman este arroyo como propio y exigen una moneda de plata de todo aquel que desee abrevar sus animales aquí.

Sadira hizo una mueca. Sólo habían transcurrido unos pocos días desde que había ayudado a los Corredores del Sol a cruzar el cañón de Guthay, pero ya podía imaginar cómo respondería Faenaeyon a tan exorbitante precio.

—¿Qué sucedió la última vez que estuvisteis aquí?

—Hay más Corredores del Sol que Manos de Plata —respondió Magnus, moviendo las orejas.

—O sea que abrevasteis sin pagar —concluyó Sadira.

—No —respondió Rhayn, dedicando a la semielfa una sonrisa avergonzada—. Les robamos.

Rhayn se encontraba al otro lado del kank de Sadira, junto a la pierna que había sido herida por la lanza halfling. La piel de la elfa brillaba a causa del sudor producido por la carrera de aquella mañana, y una criatura larguirucha dormitaba en una especie de cabestrillo a su espalda. Aunque la criatura era de Rhayn, Sadira no sabía quién la había engendrado, ni a ésta ni a sus otros cuatro hermanos mayores. La elfa trataba a más de un docena de hombres igual que una mujer de la ciudad podía tratar a su esposo, a pesar de que la mayoría de ellos acampaba con mujeres más dóciles que parecían medio esclavas y medio esposas.

—Por lo que parece, los Manos de Plata han decidido construir un fuerte antes que sufrir la afrenta de un nuevo robo —comentó Magnus, volviendo las orejas al frente en gesto pensativo—. Bastante precavidos, ¿no creéis?

Allá en el campo de enebros enanos, Faenaeyon dejó de dirigir miradas airadas a los guerreros enemigos y devolvió su atención al jefe.

—Abre las puertas, Toramund —aulló—. Mis guerreros y animales necesitan tu agua, y mis bolsas ansían tus monedas.

Faenaeyon tomó la pequeña bolsa que le había quitado a Sadira, la más ligera de las cinco que colgaban de su cinturón, y la sacudió para dar más énfasis a sus palabras. Unos pocos Corredores del Sol rieron ante su audacia, pero muchos otros intercambiaron miradas nerviosas.

—¿Es que quiere iniciar una pelea? —inquirió Sadira—. ¿Por qué no hace un trato?

—Los elfos son demasiado listos para eso —respondió Rhayn, mirando a Sadira como si fuese una criatura.

—Las tribus elfas saben muy bien que no pueden confiar unas en otras —explicó Magnus, más paciente—. Es lo malo de nuestra raza, por otra parte, noble.

Sadira deseó preguntarle qué había de noble en un elfo, pero lo pensó mejor y se mordió la lengua.

Al cabo de una corta pausa, Toramund respondió a la amenaza de Faenaeyon.

—Coge a tu chusma y desaparece, ¡antes de que pierda la paciencia!

—Tu patio de cabras no te salvará —replicó Faenaeyon—. Tengo una hechicera que puede transformar ladrillos en polvo con menos palabras de las que ya he pronunciado.

—¿Rhayn? Esa ramera hija tuya no podría conjurar luz ni de una antorcha encendida —se mofó Toramund.

El elfo se inclinó hacia las profundidades de su torre y empujó al frente a un hombre de cabellos grises y luenga barba.

—Bademyr despachará rápidamente a Rhayn... y también a tu cantor del viento.

La risa de Faenaeyon rebotó en las paredes y rodó de regreso hacia sus propios guerreros en crueles oleadas.

—No es de mi hija de quien hablo, aunque pronto tendrás que disculparte ante ella —gritó. Con gesto teatral, se volvió hacia Sadira y dijo—: Destruye el fuerte, Lorelei.

—No —respondió ella.

Su respuesta provocó un murmullo de incredulidad entre los Corredores del Sol, y varios guerreros se giraron para contemplar boquiabiertos a la hechicera.

Al ver que Sadira no hacía ningún gesto para lanzar un hechizo, Toramund se burló:

—Tu nueva hechicera debe de ser realmente muy poderosa, si no puedes controlarla. Tengo tanto miedo que me he meado en las botas. ¡A lo mejor te gustaría beber eso, Corredor del Sol!

Faenaeyon no prestó atención al insulto. Por el contrario, miró enfurecido a Sadira, con los labios fruncidos en una mueca de enojo. No habló ni se movió, pero la enloquecida luz de sus ojos dejó bien claro el mensaje.

—Destruye el fuerte —la apremió Rhayn con un tono de desesperación en la voz.

—Sería lo más sensato —acotó Magnus—. Sin su fortaleza, los Manos de Plata se rendirán; Faenaeyon les robará, pero no habrá derramamiento de sangre. En cambio, si se llega a las manos, la lucha no finalizará hasta que una tribu sea destruida.

—No podéis engañarme con vuestros jueguecitos elfos —siseó Sadira; luego, con voz lo bastante alta para que Faenaeyon la oyera, añadió—: No utilizaré mi magia para ayudaros a robar.

—No pensaba que una profanadora fuera tan exigente sobre sus motivos —comentó Magnus.

La observación hirió a Sadira como ninguna amenaza podría haberlo hecho.

—Sólo hice lo que era necesario para salvar mi vida —replicó.

—En ese caso vuelve a hacerlo —instó Magnus tras dirigir una rápida mirada al encolerizado Faenaeyon—. Una de las vidas que salvarás será la tuya.

—¿Qué te importa a ti si una tribu elfa roba a otra? —inquirió Rhayn—. ¡No comprendes nada! Esto es entre los Corredores del Sol y los Manos de Plata.

—Entonces vuestro jefe no tiene derecho a inmiscuirme a mí —arguyó Sadira, sin apartar los ojos de los de Faenaeyon.

Magnus inclinó el enorme corpachón hacia Sadira.

—Lo que dices podría ser cierto si estuvieras en Tyr, pero no lo estás —musitó—. Estás con los Corredores del Sol, y aquí la palabra de Faenaeyon es la única ley, por rapaz que pueda parecer. Si dice que destruyas el fuerte, debes hacerlo... O un centenar de guerreros saltará sobre ti para matarte cuando él dé la orden.

La arenga del cantor del viento no consiguió más que fortalecer la resolución de la muchacha.

—No os ayudaré —gritó, hablando directamente a Faenaeyon.

El jefe elfo entrecerró los ojos y empezó a avanzar hacia ella. Los Manos de Plata iniciaron una algarabía de abucheos e insultos, en los que se mofaban de la valentía de los Corredores del Sol y de la habilidad de su jefe para gobernar a su tribu. Uno de los guerreros levantó su arco para disparar contra la espalda de Faenaeyon.

—¡Cuidado! —chilló Sadira, y media docena de guerreros repitieron su grito.

El arco chasqueó en el mismo instante en que el jefe elfo empezaba a volverse, y la flecha se hundió profundamente en su cadera antes de que pudiera reaccionar. Faenaeyon dio un traspié y estuvo a punto de caer, pero se recuperó. Levantó una mano al ver que sus guerreros se disponían a disparar sus arcos.

—¡Quietas las flechas! —ordenó.

Los Corredores del Sol obedecieron, aunque mantuvieron las flechas en posición de disparo. Agitando la cabeza para dar su aprobación a esta demostración de disciplina, Faenaeyon se mantuvo de espaldas a los Manos de Plata, en claro desafío para que volvieran a dispararle.

Sadira resistió la tentación de sacar sus ingredientes para conjuros. Faenaeyon había iniciado el problema él solo, y estaba decidida a no dejarse arrastrar a intervenir.

Desde el interior de la empalizada, Toramund recorrió el muro con la mirada y tronó:

—¿Quién hizo eso? ¡No di la orden de atacar!

Varios miembros de los Manos de Plata respondieron arrojando a una joven desde lo alto del muro.

Tras permanecer de espaldas a sus adversarios un buen rato, Faenaeyon giró un brazo hacia atrás y se arrancó la flecha de la cadera. La arrojó a un lado con un gesto de indiferencia y, siguió avanzado hacia Sadira; aunque sangraba profusamente y cojeaba un poco, el rostro encolerizado del jefe de la tribu no mostraba ninguna señal de sufrimiento.

—¿Es que no siente dolor? —exclamó Sadira con voz ahogada, manteniendo la mano en el interior del morral.

—No —respondió Rhayn, apartándose poco a poco de la hechicera—. Nunca siente nada que no sea codicia o cólera. En estos momentos, me temo que es cólera.

Al otro lado de Sadira, Magnus golpeó ligeramente las antenas de su kank y también se apartó.

—Si deseas sobrevivir, no cometas el error de creer que se puede razonar con él.

Sadira empezó a dudar de su buen juicio al desafiar a Faenaeyon. Le resultaba imposible creer que no sintiera dolor, pero, por otra parte, quedaba muy claro que carecía de los sentimientos que controlaban la conducta de la mayoría de los hombres, tales como miedo y compasión. Veía el mundo únicamente como una fuente de monedas de plata.

Faenaeyon se detuvo frente a Sadira, la espada desenvainada todavía. Aunque la hechicera continuaba montada en su kank, su padre era tan alto que la miraba directamente a los ojos.

—Destruye el fuerte —ordenó, levantando la espada lo justo para amenazarla.

Sadira bajó la mirada hacia el arma.

—Si levantas eso contra mí, serán las monedas de tu bolsa las que destruiré, no los ladrillos del fuerte.

Hundió aún más la mano en el morral y, sujetando un puñado de cenizas frías, volvió hacia abajo la palma de la otra mano y empezó a extraer energía para un conjuro.

—¿Cuánto vale mi muerte para ti? ¿Cien monedas?

Faenaeyon abrió los ojos de par en par. Dirigió una rápida mirada al reluciente chorro de energía que fluía hacia la mano de la hechicera, y luego bajó el arma.

—Ya me ocuparé de ti más tarde —masculló. Se volvió de nuevo hacia el fuerte y señaló con la espada a los elfos que lo guarnecían—. Sus muertes caerán sobre tu cabeza.

—Puede, si los Corredores del Sol necesitaran agua y yo me negara a ayudar —replicó Sadira—. Pero tu tribu puede llegar al siguiente oasis sin problemas. La mitad de tus odres siguen llenos.

—No es agua lo que quiero —respondió Faenaeyon y, volviéndose hacia sus guerreros, les dio la señal.

Mientras tensaban sus arcos, Sadira sacó la mano del morral con las cenizas escondidas entre los dedos.

—Ni siquiera un elfo iniciaría una batalla como ésta para obtener plata.

—Yo no soy un elfo corriente —repuso él, bajando la espada.

El rasgueo de un centenar de arcos retumbó en toda la fila y los guerreros de Faenaeyon lanzaron sus flechas al aire. Toramund gritó una orden como respuesta, y los Manos de Plata dispararon también sus flechas.

Sadira arrojó entonces las cenizas al aire, a la vez que pronunciaba su conjuro. Una cinta llameante centelleó en el cielo e interceptó las dos andanadas de flechas sobre el campo de matorrales. A los pocos instantes, todo lo que quedaba de las flechas era una negra nube de hollín y las oscuras partículas de puntas de flecha errantes que iban cayendo inofensivas al suelo.

Faenaeyon volvió la cabeza rápidamente hacia Sadira, el pálido rostro contorsionado en una mueca furiosa.

—Una cosa es no ayudar, y otra interferir. ¡No vuelvas a hacerlo!

Sadira apenas si lo escuchó, pues los enebros enanos situados frente a la torre de guardia de la puerta empezaban a tornarse negros y a secarse. Levantó la vista y vio que el anciano que acompañaba a Toramund se preparaba para lanzar un hechizo, y que sus brillantes ojillos miraban directamente en dirección a ella y a Faenaeyon.

—¡Al suelo! —chilló la muchacha.

La hechicera espoleó su kank al frente y utilizó las mandíbulas del animal para empujar a su padre al suelo. Apenas si acababa de saltar de la silla cuando escuchó el chisporroteo de una bola de fuego que salía disparada de la torre. El proyectil pasó por encima del lomo del kank y, tras dejar una estela de maloliente azufre ardiendo, se estrelló contra el suelo a poca distancia. Permaneció allí unos instantes, chisporroteando y siseando, antes de estallar por fin.

Una oleada de calor pasó rodando por encima de sus cabezas, prendiendo fuego a media docena de resecos matorrales y chamuscando los cabellos de Sadira. El kank de la hechicera se desbocó, y la joven oyó cómo los guerreros de Faenaeyon gritaban el nombre de su jefe.

La hechicera levantó la cabeza y miró en dirección a su padre. Si Faeanaeyon estaba gravemente herido, sabía que resultaría imposible evitar más derramamiento de sangre; al ver que no se movía, preguntó:

—¿Estás herido?

—Estoy furioso —siseó el elfo, incorporándose.

Con un suspiro de alivio, Sadira estudió el terreno que se extendía ante ella. Una amplia extensión situada frente a la torre de la puerta había quedado reducida a terreno negro y estéril. Una iguana desconcertada correteaba por entre las rocas peladas en un intento de alcanzar los marchitos arbustos situados en los límites de la profanada zona. No se veía otra señal de vida.

Una terrible sensación de repugnancia y odio se apoderó de la semielfa, y desvió la mirada hacia la torre de la puerta. Allí se encontraba el hechicero de Toramund, con una sonrisa satisfecha en los labios y sin mostrar el menor remordimiento por el daño producido.

—Márchate, Faenaeyon —gritó Toramund, posando una mano en el hombro del hechicero—. O Bademyr acabará lo que empezó.

Antes de que Faenaeyon pudiera responder, Sadira se incorporó y lo cogió del brazo.

—Haz lo que te digo, y tendrás tu plata —susurró, obligando a su padre a darse la vuelta.

—¿Has cambiado de idea? —inquirió el elfo, dejando que la hechicera lo apartara de la fortaleza.

—Así es —contestó ella. Para evitar que Bademyr se diera cuenta de que extraía energía para un conjuro, se mantenía de espaldas a los Manos de Plata—. Pero tienes que matar al profanador y a nadie más.

—Hecho —asintió el elfo.

Mucho antes de poder destruir ningún arbusto, Sadira interrumpió el flujo de energía al interior de su cuerpo; al contrario que Bademyr, no profanaba porque sí. Con la velocidad del rayo, se agachó, arañó un puñado de lodo rojo de las rocas a sus pies y, girando en redondo, levantó el puño en dirección a la torre. Mientras lanzaba su hechizo, fue dejando que el polvo resbalara por entre sus dedos. Los ladrillos de la fortaleza empezaron a desmoronarse, y, al cabo de un instante, toda la estructura estuvo a punto de hundirse.

Sadira cerró la mano, deteniendo de forma temporal la destrucción.

—¡Manos de Plata! —gritó—. Abandonad los muros al momento, o caeréis con ellos.

Los elfos hicieron caso al momento de la advertencia de la hechicera, excepto el pequeño grupo de la torre de guardia. Allí, Toramund miró a su propio hechicero.

—¡Deténla! —aulló.

En cuanto Bademyr hizo intención de tomar sus ingredientes para hechizos, Sadira abrió la mano y muy despacio dejó que los granos de arena resbalaran por sus dedos. Secciones de muro empezaron a desplomarse a ambos lados de la torre. Toramund agarró a su hechicero por los hombros y lo arrojó por encima de la barandilla.

—Nuestro acuerdo ha terminado —aulló, y permaneció en la torre el tiempo justo para ver cómo Bademyr chocaba contra el suelo.

En cuanto Toramund y los últimos Manos de Plata desaparecieron de la torre de guardia, Faenaeyon hizo una señal a sus guerreros para que avanzaran, al tiempo que gritaba a todo pulmón:

—¡Manos de Plata, reunid vuestras monedas y a vuestras hijas! ¡Los Corredores del Sol se lo llevarán todo!

Sadira permaneció donde estaba, contemplando cómo el herido hechicero intentaba arrastrarse fuera del camino de los Corredores del Sol. La muchacha se sentía sorprendida por sus sentimientos hacia el profanador. Había pedido a Faenaeyon que lo matara, no porque la enojara el atentado contra su vida, sino porque el hombre había profanado el suelo.

A la semielfa no se le pasaba por alto que ella había destruido una zona mucho mayor sólo tres días atrás; pero había recurrido a medidas desesperadas únicamente para protegerse de Nok. Bademyr, por otra parte, había cometido su ofensa con aparente indiferencia, y por un motivo no muy claro. Sadira sabía que Ktandeo habría encontrado la acción de la muchacha tan moralmente indefendible como la del hechicero de los Manos de Plata. Pero para ella existía una diferencia entre utilizar magia profanadora para salvar la vida o para quitarla.

Sadira contempló cómo Faenaeyon se acercaba a la puerta. Aunque el resto de los Corredores del Sol habían dejado atrás al herido profanador, el jefe guerrero fue hacia Bademyr, se inclinó y habló con el hechicero; luego envainó la espada y levantó al anciano. La cabeza de Bademyr asintió en agradecimiento, y Faenaeyon lo llevó hacia Sadira y los elfos jóvenes que se habían quedado atrás para cuidar de los kanks de la tribu.

Tras penetrar en el círculo de terreno destruido, donde podía ver bien a Sadira, el jefe guerrero se detuvo y arrojó su carga al suelo. El anciano lanzó un grito y extendió la mano para extraer energía para un hechizo. Faenaeyon volvió a sacar la espada de su vaina, pero no antes de que nuevos arbustos hubieran empezado ya a marchitarse en los alrededores del ennegrecido círculo.

El guerrero hizo caer la espada, y de un tajo cortó la cabeza del hechicero. Una cegadora cinta de brillante luz verde y dorada surgió como un rayo del cuello seccionado, llenando el aire con un ensordecedor sonido agudo. Faenaeyon dio un salto atrás con un grito de sorpresa y contempló cómo las centelleantes luces se perdían en el cielo. Una vez que éstas hubieron desaparecido de la vista, envainó la espada y corrió al interior del poblado.

Rhayn se acercó y se detuvo junto a la hechicera. La bola de fuego del hechicero había asustado a su hijo, pero la madre elfa no parecía percatarse de los sollozos de la criatura. Sadira se colocó detrás de su hermana para consolar al niño. Éste lloraba con tanto ímpetu que sus arqueadas cejas estaban casi horizontales, y las afiladas orejas tan rojas como el sol.

—Chissst, pequeñín —lo arrulló Sadira, empleando el término que todos empleaban para llamarlo.

Por lo que la hechicera había visto, a los niños elfos no se les daba un nombre hasta que podían correr junto a sus padres. De los otros cuatro niños que habían pasado las noches junto al fuego de Rhayn, sólo había oído llamar por un nombre concreto al mayor de ellos.

Al ver que el niño no dejaba de llorar, Sadira preguntó a su hermana:

—¿Puedo cogerlo en brazos?

Rhayn se volvió para colocar al niño fuera de su vista.

—No lo consueles —dijo la madre—. Será mejor que aprenda a ser valiente.

Aunque Sadira dudaba que consolar a un niño asustado lo convirtiera en pusilánime al llegar a adulto, se sometió a los deseos de su hermana.

—Los elfos son padres muy duros —comentó.

—El desierto es un lugar duro —respondió Rhayn—. Aunque veo que también tú debes de haber tenido una vida difícil... O te han criado idiota. Sólo una mujer muy valiente o muy estúpida habría desafiado a mi padre como lo hiciste tú.

—En el fondo, Faenaeyon es débil —afirmó Sadira—. No es diferente de cualquier otro tirano.

—¡Mi padre no es ningún cobarde! —saltó Rhayn, con sus profundos ojos azules ardiendo de indignación. Estudió a Sadira durante unos segundos, y al cabo su cólera se esfumó—. Y no siempre fue un tirano —siguió—. Hubo un tiempo en que era un gran jefe que bañaba a sus guerreros en plata y a sus enemigos en sangre.

—Si tú lo dices... —repuso Sadira con un encogimiento de hombros—. No significa nada para mí.

—Te equivocas —aseguró Rhayn; la tomó del brazo y la condujo hacia Magnus, que había ido a recuperar el kank de la hechicera—. Faenaeyon pasará por alto tu desafío, porque tus poderes son útiles, y, al final, hiciste lo que él quería que hicieses. Pero también resultas peligrosa para él; cuando amenazaste su fortuna, amenazaste su control sobre la tribu. No tolerará ese riesgo durante mucho tiempo.

Sadira estudió a Rhayn durante unos instantes, intrigada por el motivo que habría inducido a la elfa a transmitirle esa advertencia.

—Gracias —dijo al fin—. Me marcharé tan pronto como encontremos otra caravana que viaje hacia Nibenay.

—¡No seas idiota! —siseó Rhayn; miró a su alrededor para asegurarse de que ningún miembro de la tribu podía oírla—. ¡Aunque veamos otra caravana, Faenaeyon jamás te permitirá unirte a ella!

—¿Qué estás diciendo? —Sadira frunció el entrecejo, perpleja.

Rhayn meneó la cabeza.

—¿Realmente eres tan ingenua? —exclamó—. Te has convertido en la espada de Faenaeyon, y, mientras le sirvas bien, se ocupará de que estés bien afilada.

Pero, cuando te vuelvas tan pesada que tu filo resulte peligroso, acortará tu hoja o te destruirá por completo. No pienses que permitirá que caigas en manos de otro. Existe demasiado peligro de que puedas ser utilizada contra él algún día.

—No creo todo eso —repuso Sadira—. Prometió llevarme a Nibenay, y de momento está cumpliendo esa promesa.

—Verás Nibenay —dijo Rhayn—. No desesperes de eso. Pero, cuando te vayas, será con los Corredores del Sol... o no te irás.

Rhayn hizo una pausa para dejar que Sadira meditara sobre su advertencia. Tras unos momentos, continuó:

—Existe una alternativa.

—¿Y cuál es? —inquirió la hechicera, enarcando una ceja.

—Todos los Corredores del Sol recuerdan la época en que Faenaeyon era un gran jefe, y por eso lo toleran hoy en día. —Rhayn bajó la voz hasta convertirla en un susurro conspirador—. Pero algunos de nosotros estamos cansados de vivir bajo el miedo y de que nos robe todas las monedas que conseguimos.

—No veo qué tiene eso que ver conmigo —dijo Sadira.

—Nada y todo —respondió Rhayn—. Eso es lo que tiene de hermoso. Incluso aunque quisiéramos ver herido a Faenaeyon, lo que no es así, no podríamos matarlo. Demasiados de los viejos guerreros recuerdan cuando era joven, y jamás aceptarían su asesinato.

—¿Qué es lo que quieres de mí? —preguntó la hechicera, decidiendo ir directamente al grano.

—Si pudieras incapacitar a mi padre, la tribu tendría que elegir un nuevo jefe.

—Tú, claro está —concluyó Sadira.

—Puede. —Rhayn se encogió de hombros—. Pero lo importante es que no habría enfrentamientos entre los que apoyan a Faenaeyon y los que no.

—Porque tú me culparás a mí —dedujo Sadira.

Durante los últimos dos días había empezado a sentir un cierto afecto por Rhayn, y había creído que lo mismo le sucedía a la elfa. Ahora, sin embargo, quedaba claro que su hermana no había hecho otra cosa que prepararla para convertirse en cabeza de turco.

—Eso sucedería tan sólo si alguien se imaginara lo que hiciste —replicó Rhayn, sin siquiera intentar desmentir lo traicionero de su plan—. Pero, aun entonces, no tendrías por qué correr peligro. Tú y yo no haríamos nada durante una semana, hasta estar cerca de Nibenay. Cuando alguien se dé cuenta de lo que sucede, ya estarás en la ciudad, libre de nosotros y de Faenaeyon.

Sadira estudió a la elfa unos instantes y luego sacudió la cabeza con incredulidad.

—Debes de pensar que soy una estúpida —dijo.

—En absoluto. Sé que eres una mujer astuta; lo bastante astuta para saber que, si quieres abandonar viva a los Corredores del Sol, ésta es tu única esperanza.

—Me arriesgaré con Faenaeyon —respondió Sadira con frialdad.

—Cometes un error fatal —siseó Rhayn. Dio media vuelta y se alejó a grandes pasos, mientras su hijo redoblaba sus sollozos.

Magnus llegó junto a ella a poco de haberse ido Rhayn, tirando de su propio kank y del de Sadira.

—Debes de amar el peligro —comentó el cantor del viento, contemplando cómo Rhayn se alejaba—. Un extraño entre lirrs no acostumbra dar a dos de las bestias tan buenas razones para devorarlo.

—Me he enfrentado a cosas peores que elfos —replicó Sadira—. Pero ¿cómo sabes lo que ha pasado entre Rhayn y yo?

Magnus ladeó las orejas al frente.

—Cuando alguien habla, casi nunca me pierdo una palabra —dijo a la vez que agitaba los enormes apéndices adelante y atrás—. Es la maldición de mi herencia.

—¿Y cuál es ella? —preguntó y, al ver que el cantor del viento no respondía, volvió a insistir—: Nunca había visto a nadie como tú. ¿Qué eres, exactamente?

—Un elfo, desde luego.

El cantor del viento aplastó las orejas contra la cabeza y empezó a andar, llevando su montura y la de Sadira a reunirse con el resto de los kanks de la tribu.

—No te pareces a ningún elfo que conozca —afirmó Sadira, siguiéndolo.

—Mi aspecto no cambia nada. He estado con los Corredores del Sol toda mi vida —respondió Magnus con aspereza. Luego, con más suavidad, añadió—: Faenaeyon me encontró cerca de la Torre Primigenia, me recogió y me crió junto a su fuego.

—¡La Torre Primigenia! —exclamó Sadira—. ¿Podrías llevarme allí?

—No aunque quisiera. No era más que un bebé cuando Faenaeyon me encontró —repuso el cantor del viento—. De todos modos, no importa lo que hayas dicho a Faenaeyon: no debes ir a ese lugar.

—¿Por qué no?

—Porque está repleto de bestias nuevas, criaturas más horribles y depravadas que en ningún otro lugar de Athas. —Dejó de andar y miró a la hechicera por encima del largo hocico—. No podrías sobrevivir ni un día en ese lugar. Nadie podría.

—Al parecer tú lo hiciste —observó Sadira—. Y también Faenaeyon.

—Cuando era joven, Faenaeyon realizó muchas cosas imposibles —contestó Magnus, reanudando su avance—. Y, en cuanto a mí, los vientos siempre me han cuidado.

Comprendiendo que a través de Magnus no averiguaría nada sobre la situación de la Torre Primigenia, Sadira cambió el tema de conversación hacia otro de interés más inmediato.

—Si te crió Faenaeyon, entonces dudo que estés de acuerdo con los planes de Rhayn —dijo la hechicera—. Podrías advertirle lo que ella hace.

—¿Y por qué habrías de querer tú que yo lo hiciera? —inquirió Magnus.

—Porque él jamás aceptaría mi palabra sobre la de ella —respondió Sadira—. Y no quiero cargar con la culpa si ella intenta algo antes de que lleguemos a Nibenay.

—Lo siento —se excusó Magnus—, pero pienso guardar su secreto. Faenaeyon fue un gran jefe cuando era joven, pero Rhayn está en lo cierto sobre él. Sería mucho mejor para todos nosotros si hicieras lo que te ha pedido.

7

La Puerta de los Danzantes

¿Es eso Nibenay?

Sadira señaló la explanada que se extendía a sus pies, donde una lejana ciudad de minaretes se acurrucaba a la sombra de un rocoso otero.

—Desde luego —respondió Faenaeyon, sin apartar los ojos de la ladera bajo sus pies. Saltó por encima de un ramillete de amarillos arbustos nubes, para ir a aterrizar sobre una roca redonda, y de inmediato se lanzó en dirección a un revoltijo de piedras cobrizas—. ¿Acaso no te prometí que te conduciría a la Ciudad de las Agujas? —le gritó.

—Y ahora lo has hecho —confirmó la hechicera; mantenía las manos bien aferradas al arnés de su kank mientras éste descendía a toda velocidad en pos de la veloz figura de su padre—. Ya has cumplido. No tenéis que escoltarme al interior de la ciudad.

Faenaeyon se detuvo para mirarla.

—Nos necesitarás para que te ayudemos a encontrar un guía —dijo con un destello plateado asomando a sus ojos—. Además, Nibenay es un buen lugar para que los elfos hagan negocios.

—Puedo cuidarme...

La objeción de Sadira se vio interrumpida por un salvaje alarido surgido de las gargantas de los cazadores que corrían delante de la tribu.

—¡Tul'ks!

Cuatro criaturas aterrorizadas surgieron de improviso de un bosquecillo de arbustos plateados y descendieron por la colina dando saltos. Eran más grandes que semigigantes y tan delgadas como elfos, cargadas de espaldas y con cráneos blancos desprovistos de cualquier clase de carne. Los tul'ks tenían ojos saltones, mandíbulas desdentadas, y un par de cavidades oblongas allí donde deberían haber estado las narices. Llevaban túnicas raídas de cuero curtido, sujetas alrededor de la cintura por un cinturón de piel de serpiente.

Mientras corrían, los asustados hombres-bestias arrastraban los nudillos por el suelo, utilizando los larguiruchos brazos a modo de par extra de piernas para evitar dar un traspié. Los cazadores de los Corredores del Sol salieron en su persecución, preparando los arcos llenos de júbilo mientras saltaban de roca en roca.

—¡Detén a tus guerreros! —exclamó Sadira.

—¿Por qué? —inquirió Faenaeyon, dirigiendo a la hechicera una mirada despectiva.

—Porque es un asesinato. Los tul'ks no os han hecho nada.

Uno de los cazadores disparó una flecha, y el proyectil se hundió con fuerza en la espalda de un tul'k. El hombre-bestia trastabilló y cayó dando una voltereta.

—Son animales —se mofó el jefe guerrero, y una sonrisa divertida asomó a sus labios mientras contemplaba cómo el tul'k herido se incorporaba e intentaba huir.

—Los animales no llevan ropa —replicó Sadira. Introdujo una mano en el morral donde guardaba los componentes para sus hechizos—. Di a tus cazadores que se vayan o lo haré yo.

—Como desees —repuso Faenaeyon. Se volvió hacia los cazadores y tronó—: ¡Dejad que los tul'ks se marchen!

Los elfos se detuvieron y giraron la cabeza para mirar a Faenaeyon con una expresión de perplejidad en el rostro.

—¿Qué has dicho? —inquirió uno.

—¡Ha dicho que los dejéis tranquilos! —gritó Sadira—. No os han hecho ningún daño.

El cazador desvió la mirada de ella otra vez a Faenaeyon.

—¿Tú lo quieres?

—Sí —respondió Faenaeyon; luego, mientras los tul'ks desaparecían entre los matorrales, el jefe se volvió hacia Sadira—. La verdad es que no deberías haber detenido a mis cazadores. Al matar a los tul'ks, les hacemos un favor.

Sadira sacó la mano del morral.

—¿Cómo es eso?

—Los tul'ks descienden de los Merodeadores de Ruinas: una tribu de elfos que desapareció hace tres siglos. —Se acercó más y contempló a Sadira con una mueca pícara en los labios—. ¿Quieres saber qué les sucedió a los tul'ks?

—Seguramente no —respondió la hechicera—; pero cuéntamelo de todos modos.

—La Torre Primigenia... —explicó Faenaeyon—. Buscaban los tesoros de los antiguos. —Miró en la dirección en que habían huido los tul'ks y añadió—: Ya viste por ti misma en lo que se han convertido.

—¿Qué intentas decirme? —preguntó Sadira, no muy segura de que el relato de Faenaeyon fuera cierto.

—Los ancianos no saben exactamente cómo sucedió. Puede que los guerreros lucharan entre ellos, o a lo mejor los atacó una horda de erdlus salvajes. O a lo mejor sencillamente tropezaron con un nido de avispas. Fuera lo que fuese, todos los miembros de la tribu resultaron heridos, y se convirtieron en las bestias que has visto.

—No te creo.

—Cree lo que quieras —replicó Faenaeyon—. Pero, si vas a la Torre Primigenia, ten cuidado de no derramar tu sangre. Si te cortas, incluso aunque sólo te hagas un arañazo, la magia del lugar te convertirá en un animal más digno de compasión incluso que los tul'ks. Lo he visto suceder.

Sadira iba a burlarse de su afirmación, cuando recordó lo que el cantor del viento le había contado sobre sus orígenes.

—¿Fue entonces cuando encontraste a Magnus?

Los ojos de Faenaeyon centellearon, más de dolor que de cólera.

—Sí. ¿Qué sabes sobre eso?

—Sólo lo que Magnus me contó: que lo encontraste allí cuando era un niño.

—Era una criatura recién nacida —corrigió el jefe.

—Cuéntamelo —lo instó Sadira—. A lo mejor me dará un motivo para hacer caso de tu advertencia.

—Cuando era un joven guerrero, los Bailarines de las Arenas nos atacaron y se llevaron a mi hermana, Celba. Cuando por fin me recuperé de mis heridas y les seguí la pista por las Llanuras de Marfil, mi hermana se había cansado de ser una esclava-esposa y había huido al interior del desierto. Su esposo y cuatro de sus hermanos fueron tras ella, de modo que Celba huyó al único lugar al que no la seguirían: la Torre Primigenia. Encontré a sus perseguidores acampados en los terrenos que se encuentran justo antes de avistar la torre.

—¿Qué hiciste? —preguntó Sadira.

La muchacha descubrió que se sentía más interesada en la dedicación de Faenaeyon por su hermana que en lo que había sucedido en la Torre Primigenia. Por lo que había relatado hasta ahora, el jefe no parecía la clase de hombre que habría abandonado a una amante embarazada a una vida de esclavitud.

—Maté a los cinco, claro. Luego seguí a Celba al interior de aquel territorio inhóspito. Lo que no sabía era que los Bailarines de las Arenas la habían dejado embarazada. Cuando la encontré, ya estaba dando a luz.

—¿Así que Magnus es tu sobrino? —exclamó Sadira con voz ahogada.

—Sí —asintió el otro—, pero Celba no vivió para criarlo. A causa de la sangre que derramó durante el parto, la magia de la torre la transformó en una criatura repelente y sin inteligencia. Intentó devorar a su hijo, y para salvar a Magnus la maté con mi propia espada.

—Y Magnus resultó herido, lo que explica por qué es...

—¿Tan lento me crees con la espada? —inquirió Faenaeyon malhumorado—. Magnus nació como es.

El jefe calló e inició un lento trotecillo en dirección a Nibenay. Sadira permaneció unos instantes intentando reconciliar la imagen que siempre había tenido de su padre como un cobarde con el relato de valentía que acababa de escuchar. Viendo que le era imposible, se dio por vencida y espoleó a su montura para que fuera tras él.

Cuando su kank se colocó a la espalda de Faenaeyon, la muchacha le gritó:

—Si me cuentas esto porque quieres que me quede con la tribu, no va a servir de nada.

Faenaeyon aminoró la marcha, permitiendo que Sadira condujera su montura junto a él. Cuando habló, su voz era excesivamente tranquila.

—¿Qué te hace creer que quiero que te quedes?

—¿No es así? —inquirió Sadira.

El jefe permitió que una sonrisa conspiradora asomara a sus labios, pero no apartó la mirada del suelo por el que corría.

—Podríamos llegar a un arreglo...

—Lo dudo —profirió la hechicera—. Mis habilidades no están a la venta.

—Es una lástima —suspiró Faenaeyon, encogiéndose de hombros—. Pero no cambia lo que encontrarás en la Torre Primigenia. La verdad es que sería mejor que te quedaras con nosotros.

—Mejor para ti, quizás —respondió Sadira—. Pero prometí ir allí, y lo haré.

—Sólo una loca estúpida permitiría que su promesa la matara —contestó Faenaeyon—. He ahí una razón por la que el miedo es más fuerte que el deber.

Sadira deseó preguntarle si había abandonado a su madre porque tenía miedo, pero se contuvo. Hacerlo habría significado revelarle su identidad, y todavía consideraba más sensato no dar a conocer a su padre ese particular secreto. En lugar de ello, dijo:

—El miedo no es siempre más fuerte que el deber,

incluso para un elfo. Debías de sentir miedo cuando fuiste tras Celba.

—Estaba enojado, no asustado. ¡Nadie me roba a mí! —declaró Faenaeyon al tiempo que le dedicaba una mirada torva—. Si les hubiera permitido llevarse a mi hermana, habrían regresado en busca de mis kanks y de mi plata.

—Debiera haberlo sabido —dijo Sadira. Si había amargura en su voz, fue debido a que se sentía una ingenua por haber pensado que su padre había actuado alguna vez impulsado por motivos nobles—. Vosotros los elfos sólo vivís para vosotros mismos.

—¿Para qué otra cosa si no? —inquirió Faenaeyon. Llegaron al pie de la colina y empezaron a cruzar la lisa llanura, abriéndose paso a través de una espesa aglomeración de arbustos—. La vida es demasiado corta para desperdiciarla en ilusiones como el deber y la lealtad.

—¿Qué hay del amor? —La hechicera sentía curiosidad por los sentimientos de Faenaeyon hacia su madre, y por lo que habría sentido por ella misma, de haber sabido la auténtica identidad de Sadira—. ¿Es eso una ilusión?

—Si lo es, es muy buena —respondió Faenaeyon con una sonrisa de oreja a oreja. El terreno era menos accidentado aquí, de modo que podía permitirse mirar a la muchacha de vez en cuando—. He amado a muchas mujeres.

—Las habrás utilizado quizá, pero no las amaste —lo corrigió ella, mordaz.

No sabía si se sentía más enojada por la frívola utilización que hacía el elfo de la palabra amor, o por la implicación de que su madre había sido una insignificante consorte en una serie de muchas.

—¿Cómo puedes saber tú nada sobre mis mujeres? —gruñó Faenaeyon.

—Si no sientes obligación ni lealtad hacia tus mujeres, no puedes amarlas —replicó Sadira, evitando así una respuesta directa a la pregunta.

—El amor no es esclavitud —se mofó el jefe.

—Lo sé tan bien como tú —replicó ella—. Pero

tampoco es egoísmo ¿Te importaron al menos todas las mujeres que tomaste como amantes?

—Desde luego.

—Entonces demuéstralo.

—¿Y cómo esperas que lo haga?

—De un modo nada difícil. Simplemente di sus nombres —repuso Sadira, preguntándose qué sentiría al oír a Faenaeyon pronunciar el nombre de su madre, o al comprobar que lo había olvidado.

—¿Todos ellos?

—Si te importaron todas ellas —asintió Sadira.

El jefe sacudió la cabeza.

—No podría. Ha habido demasiadas.

—Es lo que pensé —declaró Sadira, sarcástica; dio un golpecito a las antenas de su kank para ponerlo al galope.

Faenaeyon la alcanzó enseguida.

—No hay motivo para apresurarse —dijo, avanzando a grandes zancadas a su lado—. Llegaremos a la ciudad mucho antes de que cierren las puertas al oscurecer.

—Estupendo —contestó ella sin aminorar la velocidad de su montura.

Siguieron a aquella velocidad toda la mañana, hasta que al final llegaron a un sendero de caravana que conducía al interior de la ciudad. Una alegre melodía surgía de la puerta principal y flotaba por la llanura, dando a los viajeros la bienvenida a Nibenay. Muchos de los elfos empezaron a bailar, trotando por la polvorienta carretera en una especie de carrerilla. Algunos de los guerreros seguían el ritmo golpeando las hojas de sus espadas sobre el caparazón de un kank, e incluso aquellos que se encontraban fatigados por la dura carrera de la mañana se unieron a la algarabía y se dedicaron a balancear los hombros de un lado a otro.

Sólo Faenaeyon pareció molesto por el recibimiento y continuó hacia la ciudad sin aminorar el paso marcado por Sadira.

—Por el viento, lo que odio este lugar —refunfuñó—. La última vez que estuvimos aquí, los guardas exigieron cinco monedas de plata para dejarnos entrar. No me extraña que se alegren de vernos.

Sus grises ojos permanecieron fijos en la puerta, un elevado arco flanqueado por un par de escarpados minaretes. Las terrazas de estas torres estaban llenas de guardas nibeneses, que agitaban sus arcos sobre la cabeza mientras se balanceaban al son de la música. Situado entre los minaretes, un contrafuerte en forma de porche se extendía desde la muralla de la ciudad y sobresalía de la puerta de entrada. En esta terraza se encontraban una docena de músicos que tocaban los enormes tambores, xilófonos y flautas que enviaban las melodías a flotar por el plateado desierto.

—Puedo conseguir que entremos por dos monedas —dijo Sadira.

—¿Cómo puedes ahorrarme este dinero?

—Magia —respondió ella.

Sadira le dedicó una sonrisa cómplice con la esperanza de que disimularía la mentira de sus ojos. Su conversación con el jefe la había convencido de que la advertencia recibida anteriormente de Rhayn no había sido del todo egoísta. Pese a la forma despreocupada en que el elfo había aceptado la negativa de la hechicera a unirse a la tribu, estaba claro que Faenaeyon no deseaba que se marchara. En cuanto a sus propios sentimientos, la curiosidad de Sadira por su padre estaba saciada. Si era más valiente de lo que había imaginado, no por eso era menos egocéntrico, y ella no sentía el menor deseo de conocerlo mejor.

—Estupendo —asintió Faenaeyon—. Hazlo.

Al ver que no introducía la mano en ninguna de sus bolsas para sacar las monedas, Sadira extendió la palma de su mano.

—¿Te has olvidado? —inquirió—. Te di todas mis monedas allá en el cañón.

—En cuestiones de dinero, nunca olvido —declaró el jefe, pero, en lugar de sacar su bolsa, hizo acercar a su hijo Huyar. El parentesco del guerrero con Sadira aparecía tan sólo en sus ojos pálidos, ya que sus facciones eran cuadradas y duras para un elfo—. Dale dos monedas de plata, hijo —ordenó Faenaeyon.

—Lo haría de buena gana, pero tú te has quedado con todas mis monedas —respondió Huyar.

Faenaeyon frunció el entrecejo.

—Habría esperado que alguien que espera sustituirme algún día fuera lo bastante sensato como para quedarse con unas cuantas monedas —dijo el jefe, esperando todavía que su hijo sacara el dinero.

—Jamás deshonraría a mi tribu desobedeciendo a mi jefe —repuso Huyar.

El guerrero dirigió una torva mirada a Sadira, a quien claramente culpaba de su contratiempo con su padre.

El resentimiento se había convertido en algo normal en Huyar desde que la hechicera se había congraciado con Faenaeyon. Cada vez que ella deseaba algo, el jefe se volvía hacia su hijo para que lo facilitase. Sadira sospechaba que su padre no sentía un auténtico afecto por Huyar, sino que fingía preferir al crédulo guerrero sólo porque ello lo volvía más dispuesto a hacer lo que deseaba Faenaeyon.

Tras dedicar un furiosa mirada a su hijo, el jefe abrió la bolsa que había cogido a Sadira y dio a ésta dos de sus propias monedas.

—¿Las recuperarás para mí?

Sadira negó con la cabeza.

—Míralo de esta forma: no pierdes dos monedas de plata, ahorras tres. —Tomó las monedas y las deslizó en el bolsillo de su raída capa—. Me adelantaré y lanzaré mi hechizo a uno de los guardas. Espera un cuarto de hora para que el hechizo surta efecto; luego, cuando lleguéis a la puerta, asegúrate de hablar con el mismo guarda con el que yo haya hablado.

—Quizá debería ir contigo —sugirió Faenaeyon con expresión suspicaz.

Sadira tenía ya preparada una respuesta para eliminar la preocupación de su padre.

—Será más fácil llevar a cabo mi hechizo si estoy sola. Os esperaré al otro lado de la puerta.

Los ojos del jefe descendieron hasta el bolsillo donde había depositado las monedas. Se mordió un labio, indeciso; luego asintió y desvió la mirada.

—Dos monedas de plata no es tanto.

—Te ahorrarás más que eso —aseguró Sadira, inclinándose al frente para golpear la parte interior de las antenas del kank.

El animal se fue abriendo paso poco a poco hasta adelantar a la tribu, golpeando el suelo con dos de sus seis patas a cada redoble de los lejanos tambores. Al poco rato, la muchacha pasaba entre dos carracas arrimadas a los muros de la ciudad, una a cada lado del camino. Una larga fila de nibeneses se ocupaba de descargar las enormes fortalezas ambulantes, transportando pesados recipientes y descomunales cestos a la oscura zona de sombras bajo la terraza de los músicos. A los gigantescos mekillots que tiraban de las carracas, lagartos del tamaño de una montaña con una gran afición a tomarse como tentempié a viandantes incautos, los habían colocado bien apartados del camino.

Sadira obligó a su kank a reducir la velocidad hasta ponerse al paso y miró por encima del hombro. La tribu de su padre se encontraba a más de cien metros de distancia y se aproximaba con su acostumbrado desorden; los guerreros avanzaban juntos en una bulliciosa masa confusa mientras sus hijos e hijas se afanaban en la difícil tarea de evitar que los kanks se introdujeran en los campos del rey.

La hechicera se volvió otra vez al frente y, al penetrar en las sombras que se extendían bajo la terraza de los músicos, un semielfo de afiladas facciones le salió al paso. Llevaba un pañuelo de cuadros alrededor de la cabeza y una túnica amarilla arrollada al cuerpo; sus manos empuñaban una lanza de madera de agafari de color azul.

—Nibenay te da la bienvenida —saludó.

Mientras lo decía, otros dos guardas se abrieron paso por entre los ajetreados descargadores y cruzaron sus lanzas par impedir el paso a Sadira, quien pasó una mano por encima de las antenas de su montura para detenerla por completo. La música que surgía del balcón sobre su cabeza resonaba a través del techo de piedra, rebotando en las paredes en sonoros tonos ligeramente menos irresistibles que los que flotaban al interior del desierto.

Sadira introdujo la mano en el bolsillo y sacó una

de las piezas de plata que Faenaeyon le había dado. Sosteniéndola para que el hombre la viera, dijo:

—Si haces la vista gorda con el equipaje de la tribu de elfos que me sigue, habrá nueve más como ésta para ti.

El centinela abrió la palma de la mano y se inclinó.

—Si eso es cierto, mis ojos no verán.

—Estupendo.

Soltó la moneda, y el guarda hizo una señal a sus compañeros para que la dejasen pasar. Mientras atravesaba la entrada con su montura, la hechicera se sintió segura de haber escapado a los elfos. Faenaeyon jamás pagaría un soborno de nueve monedas de plata, y el guarda no permitiría que los Corredores del Sol cruzaran la puerta hasta recibir las monedas prometidas. Con suerte, a la tribu la echarían de la ciudad e, incluso aunque no fuera éste el caso, la retrasaría el tiempo suficiente para que Sadira pudiera dejar su montura en algún lugar. Una vez que lo hubiera hecho, la hechicera podría buscar a alguien de la Alianza del Velo y pedir a la organización secreta que la ayudara a encontrar un guía para ir a la Torre Primigenia.

La puerta daba a un patio bochornoso y maloliente rodeado por un laberinto de torres monumentales y portales tenebrosos. Por todas partes, portones cuadrados conducían a las bases de aserrados minaretes, que recordaban a Sadira las antiguas minas que acribillaban las montañas al oeste de Tyr. Enormes rostros esculpidos, algunas veces vagamente humanos y otras totalmente monstruosos, cubrían toda superficie disponible.

De las esquinas de los edificios asomaban gigantes de largas narices con expresión desaprobadora y miradas en blanco. Donde debiera haber habido ventanas se veían bocas abiertas llenas de afilados dientes, y columnas esculpidas en forma de cráneos amontonados sostenían balcones y aleros. Hasta las paredes quedaban camufladas por gordezuelos rostros querúbicos con sonrisas glotonas o por los rostros esqueléticos de demonios de largos colmillos.

Por entre estos amenazadores edificios discurrían

callejuelas estrechas y sinuosas cubiertas por abovedados techos de piedra. Hileras de porteadores nibeneses se perdían presurosas por dos de estos oscuros túneles, transportando sus pesadas cargas al almacén de algún comerciante en el corazón de la ciudad.

Sadira dirigió a su kank al interior de lo que parecía la calle más ancha. Había esperado que la resguardada callejuela resultaría fresca y agradable, pero, en lugar de ello, un viento sofocante descendía por el túnel, llevando con él el olor acre de una excesiva humanidad y el aroma pútrido de establos descuidados.

La hechicera instó a su montura a que rebasara a una docena de ciudadanos nibeneses y penetró en otro patio, también rodeado de torres cubiertas de esculturas. Muchos de los portales eran más grandes de lo normal, con kanks y jinetes entrando y saliendo. Sadira atravesó la mitad de la plaza hasta una cuadra de aspecto vulgar y, una vez allí, desmontó y condujo a su animal hacia la puerta. Un hombre ya mayor y de cabeza calva vestido con una túnica sucia le salió al encuentro.

—¿Deseas albergar tu montura? —preguntó.

—¿Cuánto pides?

—Tres días de alojamiento por un céntimo del rey —respondió él, refiriéndose a las monedas de cerámica que la mayoría de las ciudades utilizaban como moneda corriente—. Le daremos comida cada noche y agua cada cinco.

—De acuerdo —asintió Sadira—. Pagaré cuando regrese si mi kank se encuentra en buen estado.

—Las cosas no funcionan así en Nibenay —replicó el hombre sacudiendo la cabeza—. Has de pagar por adelantado; cada día si lo prefieres. Si no regresas antes de que se acabe el dinero, entonces venderé tu montura.

Sadira sacó la segunda moneda del bolsillo.

—¿Puedes darme cambio?

—Claro.

Le arrebató la moneda y la condujo al interior. El piso inferior del lóbrego edificio era un taller, repleto de esclavos que se esforzaban por reparar sillas, carretas, e incluso una enorme rueda de carraca. Sadira no tuvo tiempo más que de dar una ojeada a la habitación antes de que su guía tomara una antorcha de un soporte de la pared y la hiciera subir por una rampa que ascendía en espiral por el interior del edificio sin luz. El hedor excesivamente dulzón de los excrementos de kank resultaba insoportable, y la joven se apretó la nariz con los dedos para no vomitar.

No tardaron en llegar al primero de los oscuros corrales. Al pasar ante cada puerta, el kank allí encerrado sacaba las mandíbulas por entre los barrotes de hueso y las chasqueaba en desafío ante el recién llegado. El animal de Sadira devolvía tales demostraciones sin aminorar la marcha, mientras los tres ascendían la empinada rampa.

Tras dejar atrás docenas de corrales, llegaron a uno cuya puerta estaba abierta. Una cuerda colocada sobre una polea de madera y sujeta a una estaca de hueso sujetaba la reja de hueso. El anciano dejó que la montura de Sadira rebasara el corral, luego se detuvo y obligó al animal a retroceder al interior del pesebre colocándose frente a él y golpeándole ligeramente la antena derecha.

En cuanto la cabeza del kank pasó bajo la reja, el animal se detuvo y empezó a agitar las antenas nervioso.

—Entra, bestia estúpida —dijo el anciano.

Alzó la mano y avanzó hacia el kank. Sadira captó un destello de enojo en los ojos del animal.

—Cuidado —advirtió y tiró del hombre hacia atrás justo a tiempo de evitar las chasqueantes mandíbulas del kank.

La bestia empezó a avanzar, pero Sadira se colocó rápidamente a su lado y sujetó con fuerza una antena; tirando con energía de ella obligó a la criatura a regresar al interior del corral.

—Cuando lo suelte, dejad caer la puerta —indicó la hechicera mirando por encima del hombro. El propietario, que contemplaba al kank boquiabierto, no hizo el menor movimiento para obedecer—. ¡Haced lo que os digo!

El anciano salió de su sorpresa con un sobresalto y desató la cuerda que inmovilizaba la reja.

—He regentado este establo durante treinta años, y jamás había intentado morderme un zángano de transporte —dijo, sin dejar de mirar al animal con desconfianza—. ¿Qué le pasa al tuyo?

—No lo sé —respondió Sadira—. Ya hizo algo parecido a esto antes, no mucho después de iniciar mi viaje, pero nunca se ha mostrado tan violento.

La hechicera soltó la antena y, de un salto, traspasó el umbral justo antes de que la reja se estrellara contra el suelo con gran estrépito. El kank se lanzó contra los barrotes, pero, al ver que no daban señales de ir a romperse, retrocedió hasta el fondo del pesebre para luego volver a lanzarse contra la puerta. Repitió la acción una y otra vez mientras Sadira lo contemplaba, perpleja.

—Jamás he visto nada como esto —declaró el hombre, meneando la cabeza desconcertado—. Tendré que contratar a un elfo para que lo vigile.

—¿Para qué?

—Podría estar enfermo —contestó él mientras la conducía de nuevo túnel abajo—. Si es así, tendré que matar y quemar a esa bestia. Si no lo hago, la enfermedad podría extenderse, y podrían morir todos los kanks de mi establo.

Sadira receló de inmediato de sus motivos.

—Lo mejor será que mi montura siga aquí cuando yo regrese —advirtió.

—Eso no lo puedo prometer —replicó él sin molestarse en mirarla—. Y me quedo con toda tu moneda de plata. Tendrás que pagar por el elfo.

—¡No! —protestó Sadira.

—Es tu kank —dijo el anciano—. Es justo que pagues el gasto de examinarlo.

—¿Cómo sé que no os quedaréis con mi moneda, venderéis el kank y luego diréis que el animal estaba enfermo? —exclamó Sadira, indignada.

El hombre se detuvo y señaló rampa arriba.

—No puedes, pero escucha eso. —Los golpes de la montura de Sadira contra la reja seguían resonando en el corredor—. Te devolveré la moneda, pero tienes que llevarte al kank. ¿Crees que cualquier otro dueño de un establo te cobrará menos?

—Supongo que no —admitió la muchacha mientras se preguntaba dónde encontraría el dinero para comer hasta que se pusiera en contacto con la Alianza del Velo... o para comprarse otro kank, si era necesario.

El anciano reanudó el descenso por la rampa.

—No te preocupes —la tranquilizó—. No destruiré a tu animal a menos que sea necesario, y conseguiré un elfo para cuidarlo por el menor precio posible. —En cuanto llegaron a la planta baja, el hombre dio media vuelta y se alejó en dirección a su taller.

Decidida a averiguar qué tal iba su plan para deshacerse de los Corredores del Sol, Sadira volvió sobre sus pasos por la oscura callejuela que la había conducido al establo. Se detuvo al abrigo de las sombras antes de mirar hacia la puerta de entrada a la ciudad. Su padre acababa de llegar a la cabeza de su tribu, y se acercaba al semielfo de facciones afiladas al que Sadira había entregado la moneda de plata. Faenaeyon sonrió con cordialidad y dijo algo al hombre.

El guarda también sonrió y extendió la mano.

El jefe de la tribu frunció el entrecejo y empujó al semielfo con tanta fuerza que lo lanzó dando tumbos al centro de la plaza. Los ayudantes del guarda de la puerta lanzaron un grito de alarma y atacaron a Faenaeyon con sus lanzas, pero el elfo los despojó de sus armas con un simple golpe de las manos; luego pasó junto a los dos hombres y penetró en el patio.

—¡Lorelei! —bramó, escudriñando con sus encolerizados ojos los lóbregos portales que rodeaban la pequeña plaza.

Sadira contempló cómo una compañía de guardas hacía su aparición desde la torre de guardia de la puerta y, sonriendo para sí, dio media vuelta para marcharse de allí.

8

El príncipe de Nibenay

Unas tinieblas impenetrables cubrían la habitación, tan espesas y negras que parecían deslizarse sobre el caparazón del kank como una nube de humo. En aquella total oscuridad, ni siquiera el suelo —la única cosa en la que los débiles ojos del animal siempre estaban fijos— resultaba visible. Para permanecer en armonía con el lugar en el que se encontraba la criatura, Tithian dependía por completo de los otros sentidos del insecto. Para la mente del rey, orientada hacia una dependencia del sentido de la visión, la tarea resultaba muy enojosa.

No obstante, Tithian era consciente de un terroso aroma a moho que persistía en las antenas del insecto, al igual que otro aroma más almizcleño que aterrorizaba al animal. Sujeto entre las poderosas mandíbulas del kank se encontraba el anciano dueño del establo a quien Sadira había confiado su montura; el hombre olía a sudor y a sangre, y respiraba con dificultad.

El repiqueteo de dos docenas de patas tubulares que se acercaban se dejó oír en el otro extremo de la habitación y resonó en los oídos del kank con un escalofriante estremecimiento. Al llegar junto al hombre atrapado entre las pinzas del kank, las patas se detuvieron y permanecieron silenciosas. Entonces Tithian escuchó algo más que se acercaba por el otro extremo de la lúgubre habitación. Esta nueva criatura se movía mucho más silenciosamente, como si sus pies apenas tocaran las fangosas piedras.

Cuando el segundo recién llegado se detuvo junto al anciano, un par de ojos bulbosos aparecieron en la oscuridad. Las órbitas eran de un amarillo dorado, con pupilas tan negras y cristalinas como la obsidiana, pero, aparte de esto, nada más pudo percibir Tithian sobre la criatura, ya que el resplandor de los globos oculares era demasiado débil para iluminar otras partes del rostro.

—Haz hablar al kank, viejo —exigió una voz masculina, tan tranquila y suave como la glacial brisa nocturna.

—El insecto no habla en voz alta, poderoso monarca —jadeó el dueño del establo, debilitado y dolorido por culpa de las mandíbulas del kank que le oprimían las costillas—. Me habla a mí, y yo repito sus palabras.

El color de los ojos se tornó escarlata, pero el rey no dijo nada. En su lugar, una voz más áspera y chillona se dejó oír procedente del lugar en el que se habían detenido las patas repiqueteantes:

—Si has venido aquí pensando en embaucar a mi padre con sofismas, tu muerte será lenta y dolorosa. —El que hablaba permaneció oculto en la oscuridad.

El anciano empezó a temblar.

—Por favor, gran príncipe, no soy más que un prisionero —dijo—. Después de que lo dejaron, el kank se desplomó en el suelo y se comportó como si estuviera muerto. Cuando abrí su pesebre para deshacerme de él, el animal dio un salto, se escabulló de dos de mis empleados y me agarró. Entonces escuché una voz de hombre en mi cabeza que exigía que le mostrase el camino hasta vuestro palacio. Si me lo permitís, puedo demostrar que lo que digo es cierto.

El dueño del establo realizó su declaración con enérgica eficiencia, pues ya la había repetido a los guardas de la puerta, a su comandante y a una mujer de pecho desnudo que recibía el título de Consorte de la Puerta Sur. Para conseguir convencer a los funcionarios de transmitir su solicitud de una audiencia real al siguiente nivel, el anciano les había pedido que ordenaran al insecto hacer cualquier cosa que quisieran, y Tithian había utilizado su control sobre la mente de la criatura para hacer que el kank respondiera de forma apropiada.

Por desgracia, el último funcionario, una matrona desnuda que se llamaba a sí misma la Más Alta Concubina de los Aposentos de Palacio, había resultado ser aún más difícil de convencer. Para conseguir ponerla de su lado, Tithian se había visto obligado a hablarle mentalmente, como había hecho con el dueño del establo. El esfuerzo lo había dejado exhausto, pues no resultaba fácil utilizar el Sendero a distancias tan grandes.

Como el príncipe y su padre permanecían en silencio, el dueño del establo volvió a mirar en dirección a los ojos amarillos.

—Ordenad al animal que haga lo que deseéis —dijo—. Comprobaréis que parece en verdad inteligente.

—Existe un modo mejor de averiguar si mientes —dijo la voz del rey.

Se deslizó junto al anciano y se acercó más a la cabeza del kank, hasta que las antenas de la criatura empezaron a danzar movidas por el mohoso aliento del monarca nibenés. Los ojos del rey brillaron en el interior de los del insecto, y Tithian quedó casi cegado por la dorada luminosidad. La luz brilló y parpadeó unos instantes, formando una serie de figuras efímeras mientras el rey-hechicero utilizaba el Sendero para invadir el cerebro del kank.

Cuando el resplandor se desvaneció, Tithian advirtió que su atención se concentraba en una masa de carne cubierta de baba cuya forma recordaba una lágrima y que iba envuelta en gruesos pliegues de piel. De un extremo del cuerpo se alzaba un torso tubular, con un par de corpulentos brazos que terminaban en garras en forma de garfios. La cabeza de la criatura era la única cosa remotamente humana, con una pesada corona de oro colocada sobre una frente delicada. Poseía una nariz amplia de ventanillas anchas y unos labios abotargados que no conseguían ocultar del todo los curvados colmillos que colgaban de la mandíbula superior. Los ojos eran bulbosos y amarillos, idénticos a aquellos a los que se había dirigido el dueño del establo dándoles el tratamiento de rey-hechicero de Nibenay.

La criatura avanzó sobre seis patas arqueadas, correteando por las onduladas arenas de la mente del kank con sorprendente rapidez. Por fin se detuvo al pie de una duna y se dejó caer en cuclillas, como si esperara a que algún pensamiento pasara cerca para saltar sobre él.

Decidiendo que había llegado el momento de darse a conocer, Tithian se imaginó a sí mismo surgiendo de la arena. La criatura permaneció inmóvil, observando sin dar la menor señal de temor o curiosidad cómo emergía el rey. Apareció primero la diadema de oro, luego la larga cola de cabellos castaños, la nariz aguileña, y por fin el enjuto pecho.

—¿Quién eres? —preguntó la criatura, hinchando las ventanillas de la nariz con desconfianza.

—El rey de Tyr —respondió Tithian, realizando un gran esfuerzo para evitar que su cuerpo se viera arrastrado de nuevo al interior de la arena—. ¿Eres tú el rey de Nibenay?

La bestia-monarca no contestó. En lugar de ello, inquirió:

—¿Deseas hablar conmigo, usurpador?

El rostro de Tithian se endureció ante el tono despectivo del otro.

—Debemos discutir un asunto que concierne a nuestras dos ciudades.

—Seré yo quien juzgue lo que concierne a Nibenay —escupió el rey-hechicero.

—Desde luego —concedió Tithian—, pero estoy seguro de que este asunto te interesará. ¿Has oído hablar de la Torre Primigenia?

Los ojos del rey-hechicero se oscurecieron hasta tornarse de un llameante escarlata. Correteó al frente con los corpulentos brazos semilevantados.

—¿Qué sabes tú de la torre?

Tithian se hundió unos centímetros en la arena.

—Lo bastante como para saber que el dragón no querrá que una cierta persona la visite.

—Nadie que sea lo bastante estúpido para ir allí sobrevivirá.

—Esta persona puede que sí —lo corrigió Tithian—. Es una hechicera poderosa y una de las personas que mataron a Kalak.

—Sadira de Tyr —siseó la criatura.

—¿La conoces? —preguntó Tithian, sorprendido.

—La conozco. Aunque mis espías no me informaran de lo que sucede en Tyr, los trovadores de las caravanas han familiarizado a mis esclavos con su nombre. —El rey-hechicero frunció el entrecejo, pensativo—. Debes matar a la hechicera de inmediato.

Observando que el monarca nibenés ni siquiera había preguntado por qué iba Sadira a la torre, Tithian inquirió:

—¿Qué puede encontrar en la Torre Primigenia?

—Con toda probabilidad la muerte... o algo mucho peor —respondió la bestia-monarca—. Pero, si sobrevive, puede que encuentre lo que quiere. —Dedicó a su interlocutor una mirada llena de recelo y agregó—: Busca una forma de negar al dragón su tributo de vidas, ¿verdad?

—Así es —respondió Tithian.

—Entonces debes asegurarte de que no tenga éxito. Si lo desafía, el dragón descargará su cólera sobre todo Tyr. Eso lo dejará con una ciudad menos que le suministre el impuesto, y nos obligará a todos los demás a que suplamos la diferencia.

—¿Para qué necesita el dragón tantos esclavos? —lo interrogó Tithian, decidido a averiguar todo lo que pudiera en esta conversación.

—Eso no soy yo quién para decirlo ni tú para preguntarlo. A menos que desees que tu reinado sea corto, no te inmiscuyas en estas cuestiones —advirtió el rey nibenés. Extendió uno de los corpulentos brazos en dirección a Tithian—. Limítate a matar a la hechicera de inmediato.

—Si Sadira estuviera en Tyr, ya lo habría hecho...

—dijo Tithian, comprendiendo que ya no averiguaría nada más de su interlocutor—, pero se encuentra en Nibenay.

Los ojos del rey-hechicero se entrecerraron.

—Mi hijo se ocupará de que jamás abandone la ciudad —anunció mientras su cuerpo empezaba a relucir como indicación de que daba por terminada la audiencia—. Pero exigiré un alto precio por este favor.

Sadira jamás había visto nada igual al hombre-bestia que acababa de penetrar con gran estrépito en la plaza. Parecía ser parte humano y parte cilop. De las rodillas para abajo, parecía un enorme ciempiés, con un cuerpo plano dividido en doce segmentos, cada uno de los cuales estaba sostenido por un par de delgadas patas terminadas en ganchudas zarpas. De las rodillas para arriba, resultaba remotamente humano, con el torso envuelto en una túnica de seda y un casquete negro que cubría la afeitada cabeza. Poseía unas orejas diminutas situadas en la base de la mandíbula, ojos bulbosos que recordaban los de un cilop, y un hocico de cavernosas ventanas que se hinchaban cada vez que aspiraba.

Sadira se zambulló en la bochornosa oscuridad del callejón más cercano y deseó que el hombre-cilop pasara sin verla. No tenía ninguna razón especial para ocultarse de él, pero consideró más sensato evitar a los funcionarios del rey-hechicero, de los que sin duda esta persona formaba parte. Dos semigigantes lo precedían, las caderas envueltas en taparrabos de seda y con grandes garrotes de madera de agafari azul entre los brazos. Tras él cerraban la comitiva dos templarias nibenesas con los pechos al aire, cubiertas con collares de cuentas de colores y una falda amarilla adornada con un ancho cinturón cuajado de alhajas.

Cuando el funcionario pasó frente al escondite de Sadira, sus negros ojos giraron hacia ella y parecieron detenerse algún tiempo en el lugar en el que la joven se encontraba. La hechicera contuvo la respiración y no se movió. Ni los ojos de un elfo habrían podido atravesar las negras sombras del callejón mientras permaneciera a la luz del día, pero Sadira no estaba tan segura sobre los otros sentidos del hombre-bestia. A juzgar por el gran hocico y la olfateante nariz, parecía muy posible que pudiera olerla, aunque su olor sería sólo uno entre cientos de otros olores que salían de la sórdida calleja.

Tras lo que pareció un período de tiempo interminable, el funcionario siguió adelante. Sadira lanzó un suspiro de alivio y aguardó, pues no quería salir de su escondite hasta que la procesión se hubiera perdido de vista.

La hechicera había pasado la noche temblando en las atestadas callejuelas de la ciudad en compañía de otros vagabundos, y al amanecer se había dirigido al mercado elfo. Había dado por sentado que su mejor posibilidad de ponerse en contacto con la Alianza del Velo estaba en aquel barrio de mala reputación, pues era allí adonde iban los hechiceros a adquirir lenguas de serpiente, luciérnagas, madera de olmo en polvo y otros ingredientes vitales para su magia. En Nibenay, como en la mayoría de las ciudades de Athas, el rey-hechicero guardaba celosamente el derecho a utilizar magia, reservando la preciosa energía de las plantas de sus campos para sí y para sus agentes. Por lo tanto, los componentes mágicos se entraban de forma clandestina y se vendían en secreto; exactamente la clase de tarea furtiva en la que sobresalían los elfos. Por desgracia, Sadira no había conseguido reconocer a ningún hechicero, de modo que decidió probar suerte en la Plaza del Sabio, lugar al que había oído se dirigían a veces los hechiceros para oír hablar a hombres doctos.

Una vez que se hubieron perdido de vista el hombre-bestia y sus escoltas, Sadira se deslizó fuera del callejón y penetró en el refrescante frescor de la Plaza del Sabio. Los mayores almacenes de mercancías de la ciudad la rodeaban por todos lados, aunque los majestuosos edificios apenas sí eran visibles a través de la arboleda de troncos azules de árboles de agafari que dominaba la plaza. Más de cincuenta de los poderosos árboles de dura madera se encontraban desperdigados por el parque, con sus retorcidas raíces hundidas en el interior de círculos de terreno sin pavimentar. Sus altos troncos se alzaban en el aire, marcados por profundas arrugas y pliegues parecidos a cintas que daban a Sadira una impresión de edad inconmensurable. A unos treinta metros del suelo, desplegaban sus ramas en enormes y amplios abanicos, dando sombra a toda la plaza con un dosel de enormes hojas turquesa con forma de corazón.

Sin dejar de maravillarse ante la belleza de los árboles, Sadira se abrió paso por el bosquecillo hasta llegar a un pequeño grupo. La gente se había reunido alrededor de dos ancianos sentados sobre las nudosas raíces de uno de los árboles, sin más ropa que un taparrabos de simple cáñamo. Ambos eran terriblemente delgados, de rostros ojerosos y extremidades que semejaban simples tiras de piel reseca sobre huesos delgados como cañas.

—Sólo con una mente vacía se puede encontrar el propio yo —decía el primer sabio. Pese a su avanzada edad, parecía tan ágil como un elfo, pues había doblado los tobillos bajo las nalgas en un ángulo que muchos humanos habrían encontrado imposible de conseguir—. Mirar en el interior de una cabeza llena de pensamientos es como ver el propio reflejo en las olas del estanque de un oasis. Puedes distinguir un rostro, pero confundirlo con una de las lunas.

Se produjo un corto silencio mientras el segundo sabio meditaba su respuesta. Por fin éste dijo:

—El corazón es más importante que la mente. Si se encuentra sin mácula, la mente será pura; no hay necesidad de vaciarla.

Sadira se pasó la mano por los labios y la barbilla como si meditara sobre las palabras del sabio. Si había algún miembro de la Alianza del Velo de Nibenay, éste reconocería el gesto como una solicitud de encuentro y, más tarde o más temprano, alguien se le acercaría para averiguar qué deseaba.

Sadira escuchó el debate de los sabios durante varios minutos. Finalmente, repitió el gesto, en esta ocasión fingiendo rascarse la nariz, y se marchó. Cuando se alejaba, un joven delgado vestido con una túnica de cáñamo verde chocó con ella.

—Pensaba que jamás te irías —dijo al tiempo que se inclinaba profundamente y se pasaba la mano por los labios.

El joven era bastante más bajo que la semielfa, de piel rojiza y ojos castaños de mirada afectuosa. Sus facciones era agradables y juveniles, con la fina línea de un incipiente bigote apuntando en el labio superior. Tomó a Sadira del brazo y la condujo hacia un estanque situado en el centro del bosquecillo, donde un hilillo de agua brotaba de la boca de una mantis de piedra.

—¿Qué necesitas? —preguntó el muchacho.

—Ayuda —respondió Sadira sin perder tiempo en preámbulos. No tenía mucho tiempo antes de que el muchacho se marchara, ya que cuanto menos tiempo permanecieran juntos menos peligroso resultaría el encuentro para ambos—. Busco un lugar llamado la Torre Primigenia, situado en el desierto en dirección este. Necesito provisiones, un guía si me podéis facilitar uno, y plata.

—Pides mucho —observó él.

—Es por una buena causa —repuso Sadira—. El secreto del nacimiento del dragón está oculto en la torre. Espero descubrirlo.

—¿Para qué?

—El dragón ha exigido mil vidas a la ciudad de Tyr. Intento salvar esas vidas... y puede que muchas más de Nibenay y de otras ciudades de Athas.

El joven se detuvo y estudió a Sadira por unos instantes con el entrecejo fruncido.

—Si ése es realmente tu objetivo —dijo al cabo—, me temo que has llegado tarde; al menos por esta vez.

—¿A qué te refieres?

—Una vez al año, el rey envía a su hijo al desierto con mil esclavos —explicó el muchacho—. El príncipe y su séquito regresaron hace unos pocos días; sin los esclavos, como de costumbre.

—¿Entregó los esclavos al dragón? —preguntó Sadira.

—No lo sabemos —respondió el joven. Se encogió de hombros y empezó a abrirse paso por entre los árboles—. Nuestros espías jamás han regresado de estos viajes, de modo que tu explicación resulta tan razonable como cualquier otra.

—En ese caso, no tengo mucho tiempo antes de que el dragón llegue a Tyr —concluyó Sadira.

—Puede que cuatro semanas —coincidió el nibenés—. Gulg se encuentra directamente entre las dos ciudades, de modo que el dragón se detendrá primero allí. Es incluso posible que viaje al norte, a Urik, o al sur, a Balic, antes de dirigirse a Tyr...

—Lo dudo —interpuso Sadira—. Necesito vuestra ayuda más que nunca ahora. ¿Puedo contar con ella?

—La decisión no es mía —contestó el muchacho, volviéndose para marcharse—. Pero te diré esto: si mi maestro te cree, sé que te ayudará.

Sadira cogió al muchacho por el brazo.

—Entonces di a tu maestro que es Sadira de Tyr quien necesita su ayuda.

El muchacho le dedicó una reverencia.

—He oído a los trovadores cantar tu valentía y belleza, pero jamás esperé conocerte en persona —dijo—. Apuesto a que tendrás todo lo que necesitas.

Sadira obligó al muchacho a enderezarse, sonrojada ante su declarada admiración.

—Por favor, date prisa —lo apremió—. ¿Dónde nos encontraremos y cuándo?

—Llámame Raka. Nos encontraremos...

Se interrumpió, pues la gente allí reunida se había dividido de improviso en dos grupos para dejar pasar a una pareja de semigigantes. Justo detrás de ellos apareció el hombre-bestia que Sadira había esquivado antes; sus bulbosos ojos escrutaban los rostros de todos los presentes en la plaza.

—¡El príncipe Dhojakt! —seseó Raka en un suspiro aterrado.

Sadira deslizó el brazo por el doblez del codo de Raka y, tras obligar al joven a acercarse más a ella, empezó a dedicarle aduladoras miradas. El sorprendido muchacho dio un traspié y estuvo a punto de caer, pero ella lo sujetó. Deslizando un largo dedo bajo la barbilla del joven, la hechicera le dedicó una sonrisa seductora.

—Tranquilo, dulzura. Pronto conocerás las treinta y seis posiciones del amor.

—¿Sí?

La mirada de Dhojakt alcanzó a la pareja y se detuvo. Avanzó hacia ellos con los ojos clavados en los cabellos ambarinos de Sadira. El corazón de la hechicera empezó a latir con fuerza, ya que era evidente que el príncipe buscaba a una persona y tenía el terrible presentimiento de que esa persona podía ser ella.

La hechicera soltó el brazo de Raka y apartó al joven.

—Lo siento, muchachito —dijo al tiempo que lanzaba al príncipe Dhojakt una sonrisa francamente lasciva—. Creo que he encontrado una bolsa más llena.

Sin esperar a ver cómo respondería Raka, la hechicera se acercó a Dhojakt con un exagerado balanceo de caderas.

—¿Veis algo que os guste, poderoso señor?

Los semigigantes se colocaron entre ella y su señor con una expresión amenazadora en el rostro. Las templarias de Dhojakt avanzaron para salir en pos de Raka, pero la maniobra de Sadira ya había dado a éste varios segundos de ventaja; suficientes, esperó la hechicera, para que pudiera desaparecer en el bosquecillo.

Mientras las templarias pasaban presurosas junto a Sadira, la semielfa paseó la mirada de manera insinuante sobre el fláccido pecho del semigigante que tenía más cerca. Resistiendo la tentación de echar un vistazo atrás para averiguar si Raka había escapado, posó una mano sobre la parte interior del mulso del semigigante y clavó la mirada en Dhojakt.

El príncipe estudió a Sadira durante un rato, sin que sus ojos se apartaran ni un momento de su cara. Acostumbrada a tratar con toda clase de hombres, la hechicera no permitió que la seductora sonrisa abandonara sus labios.

—¿Bien? —inquirió.

—¿De dónde eres? —inquirió el príncipe. Cuando sus gruesos labios se tensaron hacia atrás para hablar, Sadira observó que en lugar de dientes tenía unas mandíbulas óseas.

—De Tyr —respondió ella con sinceridad, pues se daba cuenta de que su acento probablemente ya se lo habría dado a entender.

—¿Cómo llegaste aquí?

—Con una caravana de hierro. —La hechicera se llevó una mano a la cadera—. Me gané el pasaje. El capitán quedó muy satisfecho.

—Sin duda —se mofó el príncipe. La estudió algunos instantes más, sin que su rostro demostrara la menor indicación de si la encontraba o no atractiva o seductora. Por fin, dijo—: Vendrás conmigo..., Sadira de Tyr.

El sonido de su nombre golpeó a Sadira como un mazo de guerra, y la hechicera empezó a preguntarse al momento cómo habría averiguado el príncipe su identidad, sin que se le ocurriera una respuesta razonable. Sabía que no había utilizado el Sendero para sondear su mente, pues Agis había practicado tales invasiones con ella hasta conseguir que las reconociera instintivamente. Además, parecía como si Dhojakt la hubiera estado buscando desde el momento en que penetró en la plaza, y eso sólo podía significar que la habían traicionado. Los Corredores del Sol, desde luego, eran los sospechosos más evidentes... excepto que Sadira no tenía motivos para creer que conocieran su auténtica identidad.

Pero éste no era el momento para conjeturar sobre tales cuestiones. Sin hacer caso del nudo de pánico que empezaba a formarse en su estómago, preguntó:

—¿Adónde vamos? —La hechicera ni confirmó ni negó su nombre, porque se daba cuenta de que, incluso aunque el príncipe no estuviera muy seguro de su identificación, insistiría en interrogarla.

—Al Palacio Prohibido —respondió el príncipe, indicando a uno de los semigigantes que iniciara la marcha—. Seguirás a Ghurs.

La hechicera obedeció. Sin duda Dhojakt contaba con que ella intentara escapar, de modo que sería más sensato ahorrar energías para luego, cuando pudiera tener la oportunidad de cogerlo por sorpresa.

Las templarias de Dhojakt regresaron al cabo de

unos instantes. Entre ambas marchaba un joven asustado de la edad de Raka, vestido también con una túnica de cáñamo verde. El muchacho se arrojó al suelo a los pies de Sadira.

—¡Diles que no estaba contigo! —suplicó.

Sadira lanzó una rápida mirada al príncipe por encima del hombro al tiempo que se preparaba para absorber la energía necesaria para un hechizo. Por desgracia, la súplica del joven no había facilitado la distracción que la hechicera necesitaba; los ojos de Dhojakt estaban clavados en su espalda, los gruesos labios contraídos en una mueca levemente divertida.

Las templarias agarraron al muchacho por los hombros y lo obligaron a incorporarse. Sin dejar de mirar a Sadira, el muchacho gritó:

—¡Por favor, di que no me conoces!

—No me creerían —respondió Sadira volviendo la cabeza.

Aunque la hechicera sospechaba que lo que acababa de decir era cierto, un aguijonazo culpable le atravesó el pecho. Si hacía lo que el muchacho le pedía, existía una muy leve posibilidad de que consiguiera que lo soltasen, pero, desgraciadamente, si las templarias se daban cuenta de que habían capturado a la persona equivocada, era probable que reanudaran la búsqueda de Raka. Sadira no podía permitir que eso sucediera, pues hacerlo pondría en peligro a la Alianza del Velo de Nibenay. Así pues, decidió que intentaría salvar al muchacho más adelante, una vez que Raka hubiera tenido tiempo más que suficiente para desaparecer.

Al parecer Dhojakt no estaba dispuesto a darle esta posibilidad.

—No necesitamos al joven —anunció.

Una de las templarias sacó una daga de su cinturón y lo levantó para asestar el golpe fatal.

—¡No! —chilló Sadira, girando en redondo para mirar a Dhojakt.

El príncipe hizo una señal a la mujer para que se detuviera.

—Está claro que este muchacho no pertenece a la

Alianza del Velo o no habría permitido que lo capturásemos vivo —dijo Dhojakt—. ¿Existe algún motivo por el que deba perdonarle la vida?

—¿Existe algún motivo para quitársela?

—No necesito un motivo —respondió el príncipe con una tranquila sonrisa.

Asintió con la cabeza en dirección a la templaria para indicarle que terminara lo que había iniciado.

Aunque no le cabía la menor duda de que Dhojakt esperaba un ataque por su parte, la hechicera volvió la palma de la mano hacia el suelo; pero, antes de que pudiera extraer la energía para el conjuro, un tremendo chisporroteo resonó en la plaza. Una voz de mujer lanzó un grito de agonía, y la templaria que había estado a punto de matar al inocente joven cayó al suelo. Tenía la espalda cubierta de un cieno burbujeante que ya le había disuelto la carne hasta dejar al descubierto el hueso.

El príncipe alzó una mano y señaló al otro extremo de la plaza, al lugar donde Raka atisbaba desde detrás de un árbol de agafari.

—Ahí está el que queremos —dijo Dhojakt—. ¡Cogedlo!

La templaria que había resultado ilesa y los dos semigigantes obedecieron al príncipe, con lo que provocaron una desbandada de sorprendidos ciudadanos. Raka huyó, y, más cerca de Sadira, también lo hizo el asombrado muchacho que habían confundido con el joven hechicero.

Percibiendo que también le había llegado a ella el momento de escapar, Sadira empezó a extraer energía para un hechizo. Las zarpas de Dhojakt repiquetearon sobre los adoquines y en un instante se colocó junto a ella.

—No lo hagas —advirtió el príncipe, con los voluminosos labios echados hacia atrás y las óseas mandíbulas goteando veneno—. Antes de que mueras, mi padre desea escuchar cómo te enteraste de la existencia de la Torre Primigenia.

—¿Sabes adónde voy? —exclamó Sadira boquiabierta; a pesar de su sorpresa, la hechicera no interrumpió el flujo de energía que penetraba en su cuerpo.

—Ya te he avisado —le espetó Dhojakt. Extendió un brazo para agarrar a Sadira, a la vez que bajaba la espantosa boca a la altura del cuello de ella.

La hechicera dio un salto atrás. Sus pies apenas habían tocado el suelo cuando una llamarada dorada surgió veloz de la oscuridad de una lejana callejuela. El rayo fue a chocar contra la sien del príncipe, donde explotó en forma de bola de ardientes ascuas que habría reducido la cabeza de un semigigante a una masa de hueso carbonizado.

El hechizo ni siquiera chamuscó a Dhojakt. El príncipe sacudió la cabeza como deslumbrado por la luz, y luego dirigió una mirada torva al túnel desde el que lo habían atacado.

El ataque dejó a Sadira más aturdida que a Dhojakt. No parecía extraño que otro miembro de la Alianza del Velo hubiera observado sin ser visto su conversación con Raka, pero a la hechicera le costaba creer que el invisible mago hubiera actuado con tanta rapidez para defenderla. La Alianza tyriana no habría extendido tal protección a un extraño.

De todos modos, Sadira decidió no desperdiciar la valentía del nibenés. A juzgar por la facilidad con que el príncipe había resistido al hechizo que acababan de lanzarle, la hechicera comprendió que resultaría inútil utilizar magia para herirlo. En lugar de ello, todo lo que podía esperar era inmovilizarlo el tiempo suficiente para que ella y sus salvadores pudieran huir.

Dhojakt la sujetó por la muñeca y empezó a avanzar en dirección al callejón.

—¡Pagarás por tu atrevimiento! —aulló.

Sadira arrancó un hilo de la túnica con disimulo y colocó la hebra sobre el brazo del príncipe, a la vez que pronunciaba un encantamiento. El filamento empezó a alargarse, arrollándose alrededor de Dhojakt cientos de veces en cuestión de un instante. El príncipe quedó envuelto en una malla de estrangulantes fibras desde la cabeza hasta el último segmento de su cuerpo de ciempiés.

La hechicera se soltó de un tirón y corrió en dirección al túnel desde el que había actuado su salvador. Se encontraba a pocos metros de su objetivo cuando escuchó la voz de Dhojakt.

—¿Realmente crees que huirás de Nibenay siendo yo quien te busca?

Sadira miró por encima del hombro. El príncipe seguía sujeto por la cuerda, pero se había doblado sobre sí mismo como una pelota y con las zarpas de sus múltiples patas rasgaba enfurecido las hebras de la mágica red; hebras que deberían haber resistido cualquier intento de cortarlas o rasgarlas durante al menos otra hora.

—¡En el nombre de Ral! —exclamó la joven—. ¿Es que no existe magia capaz de detenerte?

9

El barrio de los bardos

Sadira huyó al interior del callejón, dejando a Dhojakt en la plaza. Una vez que hubo alcanzado la protectora oscuridad del túnel, se detuvo y gritó a las sombras:

—Te debo la vida. ¿Adónde ahora?

Nadie respondió. Detrás de la hechicera se escuchó el sonido de nuevos repiqueteos de patas, y al volver ésta la cabeza descubrió que Dhojakt había conseguido liberar las manos. El príncipe se arrancaba la mágica malla del pecho como si se tratara de cuerda corriente mientras mantenía la nariz vuelta hacia ella, las ventanillas bien abiertas buscando en el aire su olor.

La hechicera se introdujo más en el túnel.

—¿Hola?

Al no recibir más respuesta que el apagado rumor de unos pies que corrían, Sadira decidió no perder más tiempo buscando al que la había rescatado y se lanzó a la oscuridad, sin aguardar ni el instante que se precisaba para que su visión elfa se pusiera en funcionamiento. Unos pasos más allá, llegó a una esquina y vislumbró luz que penetraba por el lado derecho.

Dobló la esquina a toda prisa y sintió una enorme mano nudosa que la sujetaba por la muñeca. Una figura grande y pesada se apartó de la pared del callejón y se recortó contra el final del túnel.

—¡Magnus! —exclamó Sadira.

—No voy a hacerte daño —fue la respuesta del cantor del viento.

Una figura más alta y delgada se apartó entonces de la pared opuesta.

—Le costaste a Faenaeyon mucha plata, y quiere que se la devuelvas —dijo Rhayn, blandiendo una daga de hueso—. Ha enviado a toda la tribu en tu busca.

Sadira dirigió una nerviosa ojeada a su espalda, en dirección a la Plaza del Sabio. Desde luego, no vio otra cosa que tinieblas, lo que sólo consiguió que sintiera más temor de la amenaza que pronto vendría tras ella.

—Faenaeyon no recuperará sus monedas, en especial si no salimos de aquí.

Sadira hizo intención de seguir adelante, pero Magnus la empujó hacia atrás, y Rhayn apretó la punta de su daga contra la garganta de la hechicera.

—No hasta que lleguemos a un acuerdo.

—¡No comprendes! —protestó Sadira—. El príncipe Dhojakt estará...

—Lo sé todo sobre el príncipe Dhojakt —siseó Rhayn—. ¿Quién crees que te ha salvado de él?

—¿Tú? —jadeó Sadira con incredulidad.

—Mis hechizos puede que no sean tan poderosos como los tuyos, pero sirven para el caso —asintió ella—. Ahora, tal y como has señalado hace un instante, me debes la vida. Me contentaré con un favor que te costará mucho menos.

—¿Qué quieres? —preguntó Sadira, atenta a cualquier sonido que indicara que Dhojakt había penetrado en el otro extremo del túnel.

—¿Recuerdas el asunto que discutimos en el Arroyo Plateado?

—El derrocamiento de Faenaeyon —respondió Sadira.

Rhayn asintió.

—¿Me ayudarás o prefieres regresar con el príncipe? Responde rápido. Dudo que tengas mucho tiempo para meditar.

—Lo haré —contestó Sadira—. Siempre y cuando me mantengas oculta de Dhojakt hasta que pueda tomar otras medidas.

Rhayn no apartó la daga de la garganta de la hechicera.

—¿Y no cambiarás de idea sólo porque Faenaeyon es tu padre?

—¿Cómo sabes eso? —inquirió Sadira.

Rhayn miró a Magnus, que agitó sus grandes orejas adelante y atrás.

—Del mismo modo que sabemos por qué tienes tanto interés en ir a la Torre Primigenia —respondió el cantor del viento—. ¿Harás lo que te pide Rhayn?

—Puede que la sangre de Faenaeyon corra por mis venas, pero él no es mi padre —dijo Sadira—. Os ayudaré; si Dhojakt no nos mata primero.

Rhayn hizo una señal de asentimiento a Magnus, y el cantor del viento condujo a Sadira fuera del túnel al trote. Rhayn se quedó atrás y sacó un frasco de líquido verde de la bolsa que llevaba colgada al hombro; abrió el tapón y vertió todo el contenido sobre el suelo donde habían estado detenidos los tres. Luego se reunió con los otros dos.

—¿Por qué hiciste eso? —quiso saber Sadira.

—Dhojakt conoce tu olor —explicó la elfa—. Esto impedirá que te siga la pista... y también la nuestra.

Hizo una señal a Magnus, quien las condujo a través de las callejuelas de la ciudad hasta un portal desmoronado que daba al mercado elfo. Esta zona de Nibenay había sido antiguamente un palacio enorme, y sus estropeadas paredes seguían decoradas con relieves de piedra que representaban una selva que no se parecía a nada que Sadira hubiese visto antes. En la parte inferior, cazadores desnudos armados con lanzas de puntas anchas acechaban a toda clase de animales malévolos, y en ocasiones incluso a mujeres de pechos desnudos, a través de una maraña de enredaderas y árboles floridos. Sobre las cabezas de los cazadores colgaban serpientes aletargadas, arrolladas a ramas bajas, y lagartos apáticos se aferraban a las zonas blandas de la corteza de los árboles. Por encima de esta selva, revoloteando de una rama a otra, se veían toda clase de aves de magnífico plumaje y tan gordas que parecía imposible que pudieran volar.

Los relieves no podían contrastar más con el penoso bazar que ahora ocupaba el pabellón exterior de la ciudadela. Con un desprecio total por el orden, docenas de tribus elfas habían montado sus tiendas de campaña de cáñamo y sus marquesinas de piel de lagarto. A dondequiera que volviera la mirada Sadira, elfos de mirada socarrona ladraban sus ofertas de cualquier tipo de mercancía, desde cactus hervidos en miel a niños enanos.

Con la imponente masa de Magnus abriéndose paso por entre la apiñada multitud, el trío se encaminó por entre el enloquecido bazar como podría haber hecho Sadira por los familiares salones de la mansión de Agis. Por fin cruzaron bajo otro portal que conducía a lo que antiguamente había sido el patio interior del palacio, y el parloteo del bazar elfo se transformó en un lejano zumbido.

Los terrenos de este pequeño pabellón estaban tan llenos de chozas de adobe que Magnus apenas si podía avanzar por la callejuela. Cada dos puertas se encontraba sentado un hombre apuesto o una mujer atractiva que extraían dulces notas de un laúd o de un sitar, a menudo acompañando la melodía con la experta voz de un trovador vagabundo.

No obstante los dulces sonidos, Sadira tenía que hacer grandes esfuerzos para no vomitar mientras se introducían más en el patio. El aroma agrio del broy rancio brotaba de cada puerta, y montones amorfos de porquería inundaban el bochornoso ambiente con el hedor de los desperdicios humanos.

Magnus se detuvo frente a un pequeño edificio decorado con calaveras humanas y el esqueleto de un roedor de seis patas tan grande como un halfling.

—Aquí es.

—Vigila a Sadira —indicó Rhayn.

—¿Por qué estamos aquí? —preguntó la muchacha—. ¿No es éste el barrio de los bardos?

—Muy observadora —respondió Rhayn mientras se dirigía a la puerta—. En cuanto al motivo que nos ha traído aquí, no tardarás en comprenderlo.

Magnus cogió el brazo de la hechicera con su enorme mano y lo sujetó con fuerza.

—No te preocupes —la tranquilizó—. Rhayn sabe lo que hace.

A pesar de las palabras del cantor del viento, Sadira mantuvo una cuidadosa vigilancia de los alrededores. Los bardos tenían merecida fama de asesinos, y estaban tan versados en el arte de matar como en el canto y la poesía. Por las historias que le habían contado, estas gentes no vacilarían en asesinar a alguien por el solo motivo de poner a prueba una nueva técnica.

Rhayn regresó a los pocos minutos, acompañada por un semielfo de aspecto extraño con la piel tan blanca como el papel y una estrella tatuada sobre un ojo. El juglar sostenía entre las manos un pequeño tonel de vino, que depositó a los pies de Magnus.

—Una copa y vuestros problemas desaparecerán —dijo, dirigiéndose a Rhayn.

—¿Y el antídoto? —exigió Rhayn con la mano extendida.

—El precio era por el vino —repuso el bardo, dando media vuelta—. El antídoto es extra.

Rhayn hizo intención de sacar su daga, pero Magnus le sujetó el brazo y meneó la cabeza negativamente.

—Posees una bestia inteligente —comentó el juglar, volviéndose despacio para sonreír burlón a Rhayn—. Sólo un estúpido intentaría vencer a un bardo en su propio arte.

—No soy ninguna bestia —gruñó Magnus—. Y Rhayn no es ninguna estúpida. El precio que ofreció era tanto por el antídoto como por el vino.

El bardo dirigió una feroz mirada al cantor del viento, que enseguida cambió por una sonrisa fraternal.

—Vamos, amigo mío. Estamos hablando únicamente de otra moneda de plata. —Alzó un brazo con la intención de posar una mano amistosa sobre el hombro de Magnus.

El repentino cambio de hostilidad a buena voluntad provocó un escalofrío en Sadira. La muchacha volvió una palma hacia el suelo y hundió la otra en el interior de su morral en busca del bolsillo que contenía las bolas de azufre.

—Tócalo y habrá un agujero negro en el lugar en que estás tú y tu casa —advirtió.

El bardo apartó precipitadamente la mano del cantor del viento, y Sadira entrevió cómo una oscura aguja desaparecía entre dos de sus dedos.

—Muy observadora —dijo el hombre. Miró con atención las manos de la hechicera por unos instantes, y luego sacó muy despacio un frasco de hueso del bolsillo. El frasco estaba decorado con lo que parecían notas musicales—. Esto es suficiente para proteger a veinte de los vuestros del veneno. Dos gotas antes de beber contrarrestarán cualquier cantidad de vino, pero necesitaréis el doble de esa dosis si esperáis hasta que el veneno haya surtido efecto. —Entregó el frasco a Rhayn y pasó una palma abierta sobre el puño apretado de la otra—. Nuestra transacción ha concluido. Nada tenéis que temer si hacéis lo que os he explicado.

Tras esto, regresó al interior de su casa.

—Me parece que acabas de salvarme la vida —dijo Magnus volviéndose hacia Sadira—. Gracias.

—No hay de qué —respondió la hechicera, segura de que así había sido. Contempló el tonel con una ceja arqueada—. Pensaba que sólo ibais a incapacitar a Faenaeyon...

—Las serpientes poseen muchos tipos de venenos —replicó Rhayn, indicando al cantor del viento que recogiera el barril—. No todos son fatales.

Mientras se ponían en camino para abandonar el barrio, Sadira inquirió:

—¿Y exactamente qué es lo que quieres que yo haga?

—Muy poco —contestó ella—. Simplemente regresar a la torre con nosotros. Diremos que te encontramos con este tonel de vino...

—Ya te dije antes que no quiero cargar con las culpas —la interrumpió Sadira—. Eso es especialmente cierto ahora, puesto que no sé cuánto tiempo tendré que ocultarme con los Corredores del Sol.

—Nosotros no te culparemos, ni nadie lo hará —aseguró Rhayn—. Parecerá como si Faenaeyon hubiera bebido hasta atontarse y no se hubiera recuperado.

—¿Y esperas que crea que este veneno sólo afectará a tu padre? —preguntó Sadira.

—Tendrá el mismo efecto sobre cualquiera que lo beba, pero Faenaeyon es tan egoísta con su vino como lo es con su plata —explicó Rhayn. Levantó la pequeña botella del antídoto—. Además, es por eso que tengo esto. Si cualquier otra persona se toma un trago a escondidas, le daré esto antes de que nadie se dé cuenta de que ha sido envenenado.

Sadira se detuvo y extendió la mano para tomar el frasco de hueso.

—Yo guardaré el antídoto —declaró—. Si me traicionas, se lo daré a Faenaeyon, y tu plan no servirá de nada.

—No tienes nada que temer —declaró Rhayn, apartando el frasco.

Sadira siguió con la mano extendida y sin moverse.

—Acepté ayudarte y lo haré... pero no porque sea estúpida —insistió—. Me conviene permanecer con los Corredores del Sol durante un tiempo, pero no me involucraré en tu complot a menos que tenga una garantía.

—Después de lo que hiciste por Magnus, jamás dejaría que te sucediese ningún mal —afirmó Rhayn.

—¡Desde luego, no esperarás que me crea eso!

—Si yo fuera tú supongo que no lo haría —suspiró Rhayn entregando el frasco a Sadira—. Pero te lo advierto: si intentas traicionarnos, la tribu aceptará mi palabra y la de Magnus por encima de cualquier cosa que digas.

—Claro —respondió la hechicera y, dando media vuelta, emprendió rápidamente el camino para salir del barrio de los bardos, andando muy por delante de sus compañeros.

Al atravesar el portal que conducía al mercado elfo, la hechicera chocó con un joven elfo que acababa de doblar la esquina. El joven guerrero abrió la boca sorprendido, y se quedó mirándola como si contemplara al rey de Nibenay en persona.

—Perdón —dijo Sadira, apartándose.

El elfo agarró a la hechicera por el cuello del vestido, a la vez que alargaba la otra mano en busca de su daga. Sadira lo golpeó con fuerza en el arco del pie y se apartó bruscamente, dejando un largo pedazo de ropa en la mano del asombrado elfo.

—Déjame en paz —advirtió la muchacha.

El elfo sacó la daga y, con mucha cautela, avanzó cojeando hacia ella.

—¿Quién habría pensado que te encontraría tan cerca del campamento?

El rostro del joven guerrero, con su nariz aguileña y la mandíbula cuadrada, resultaba remotamente familiar a Sadira.

—¿Eres un Corredor del Sol? —preguntó.

—¿A cuántas otras tribus has robado? —replicó el elfo—. Ven conmigo. Faenaeyon quiere...

El joven calló a mitad de la frase y miró por encima del hombro de Sadira.

—¡Magnus, Rhayn! ¿Qué hacéis aquí? —inquirió. Sus ojos descendieron hasta el pesado barril que el cantor del viento sostenía—. ¿Dónde conseguisteis esto?

Un silencio incómodo siguió a sus palabras mientras Sadira esperaba a que sus compañeros respondieran. Cuando vio que tanto Magnus como Rhayn parecían demasiado estupefactos para responder, Sadira lo hizo por ellos.

—Como puedes ver —dijo, señalando a sus capturadores—, ya me habían cogido.

—¿Con un barril del barrio de los bardos? —se extrañó el joven, señalando el vino envenenado con su daga—. ¿Qué loco piensas que bebería eso?

Esta vez, ni siquiera a Sadira se le ocurrió una respuesta razonable. Sólo existía una cosa que pudiera hacerse con un barril del barrio de los bardos y desde luego el joven guerrero parecía darse cuenta de lo que era. Incluso aunque la hechicera afirmara que el vino había sido pensado para otra persona, Faenaeyon no lo bebería ahora.

Entonces Sadira recordó el antídoto que tenía en el bolsillo.

—No le pasa nada malo a este vino —aseguró—. A lo mejor te gustaría compartir un poco conmigo...

—No soy idiota —respondió el guerrero con expresión torva.

—Este vino no está envenenado, Gaefal, si es eso lo que piensas —dijo Rhayn, siguiendo la táctica de Sadira—. Yo también tomaré un poco.

—¿Cómo sabes que este vino se puede beber? —quiso saber el joven.

—Porque no lo compró aquí —explicó Magnus—. Vimos cómo lo compraba a los Alas Veloces.

—No vi vino en la tienda de los Alas Veloces. Y su campamento está al otro lado del mercado —objetó Gaefal, agitando el pedazo de tela que había arrancado del cuello de Sadira en dirección al otro extremo del patio—. ¿Por qué dejarla llegar hasta el barrio de los bardos si la descubristeis allá atrás?

El mismo joven comprendió entonces la respuesta a su propia pregunta y se quedó anonadado.

—Mentís —exclamó con voz ahogada a la vez que retrocedía—. No sé por qué ni lo que tramáis, pero mentís.

Se volvió y empezó a abrirse paso por entre la multitud.

—¡Gaefal, regresa! —aulló Magnus.

Al ver que el joven guerrero no tenía intención de obedecer, Rhayn sacó su daga y la lanzó. El arma fue a clavarse entre los omóplatos del joven, y se hundió hasta la empuñadura. El elfo lanzó un único grito y se desplomó de cara sobre las losas del suelo.

Unos cuantos gritos de asombro surgieron de la multitud, y enseguida la gente se escabulló del lugar tan rápido como pudo. En el mercado elfo moría alguien cada día y, si en esta ocasión resultaba ser un elfo, era más motivo de alivio que de preocupación.

Durante unos instantes, los tres permanecieron en el exterior del barrio de los bardos en completo silencio, con los ojos fijos en la inmóvil figura del muchacho. Finalmente, Magnus dejó que el barril resbalara de entre sus gruesos dedos y fuera a descansar sobre el suelo.

—¡Rhayn! —exclamó—. En nombre del viento de cieno, ¿qué has hecho?

—Impedir que nos denunciara, eso es lo que he hecho —respondió la elfa. Empujó al cantor del viento hacia el cuerpo inerte—. Ahora cúralo. Luego ya decidiremos qué hacer.

Sadira hizo intención de seguir a Magnus, pero Rhayn señaló el tonel.

—No pierdas eso de vista —ordenó—. Alguien podría robarlo.

La hechicera empezó a protestar, pero, cuando pensó en lo que podía sucederle al infortunado ladrón que robara el barril de vino envenenado, comprendió lo sensato de la orden de Rhayn.

La lírica voz del cantor del viento empezó a flotar sobre los adoquines, transportada por una suave brisa. Entonaba el mismo cántico curativo que había utilizado para curar las heridas de Sadira. Era una melodía sosegada y melancólica con un fondo de esperanza y bondad, y Magnus la reproducía de forma magnífica.

Antes de que pudiera darse cuenta totalmente de lo furiosa que estaba con Rhayn por atacar al joven, la hechicera descubrió que toda su cólera se desvanecía en la dulce melodía de la canción del curandero. En su corazón no había espacio para otras emociones que no fueran las que la música le exigía: compasión por el dolor del joven, y el deseo de soportar una parte de su sufrimiento.

La canción finalizó demasiado pronto. Sadira hizo rodar el pesado tonel hasta donde se encontraban Magnus y Rhayn. El cantor del viento estaba arrodillado en el suelo con el cuerpo inerte del elfo herido apoyado en uno de sus enormes brazos. Para taponar el agujero de la espalda de Gaefal había utilizado el pedazo de tela que el joven guerrero había arrancado del cuello del vestido de Sadira.

—¿Qué sucede? —preguntó Sadira—. ¿No puedes curarlo?

El cantor del viento clavó los oscuros ojos en su rostro y meneó la cabeza despacio.

—Ni los vientos nebulosos pueden hacer regresar a un hombre de entre los muertos. —Dirigió una rápida mirada a Rhayn, que contemplaba al muchacho con una expresión de incredulidad y horror—. Has ido demasiado lejos —le reprochó.

—No quería matarlo, pero no podíamos dejar que regresara al campamento y nos delatara —susurró Rhayn.

La elfa apartó los ojos del rostro del muchacho con un gran esfuerzo y estudió la zona. No se veían espectadores, pues los sensatos peatones de esta parte de la ciudad tenían a gala no interferir en los asuntos de otros. No obstante, los tres compañeros resultaban bastante evidentes, ya que, al evitar la zona, los transeúntes habían creado un notorio círculo vacío alrededor del cuerpo.

—Será mejor que nos vayamos —sugirió Rhayn—. Más pronto o más tarde aparecerá un templario.

Magnus asintió y depositó el cuerpo en el suelo. Devolvió a Rhayn su daga, cogió el barril y se dispuso a marcharse.

—¿Qué hacemos con Gaefal? —inquirió Sadira, incapaz de creer que Rhayn y el cantor del viento pudieran abandonar el cadáver en la calle.

—No podemos llevarlo de regreso al campamento —respondió Rhayn, yendo tras los pasos de Magnus hacia el centro del mercado.

Sadira permaneció junto al cadáver un poco más, preguntándose qué ceremonias ofrecerían normalmente los Corredores del Sol a sus difuntos. Por último decidió que, por lo que había averiguado de los elfos hasta ese momento, podría muy bien ser la costumbre el abandonarlos allí donde caían; de modo que dio media vuelta y marchó en pos de sus dos compañeros.

—Rhayn, no pienso ayudarte a convertirte en jefe si eso significa asesinar a gente inocente —dijo en cuanto los alcanzó.

Rhayn se detuvo y giró en redondo para mirar a la hechicera.

—¿Qué le importa a una profanadora la muerte de un elfo?

Esperando que su mirada no traicionara lo mucho que la habían herido las palabras de Rhayn, Sadira replicó:

—Puede que yo sea una profanadora, pero jamás he matado a uno de los míos.

Rhayn agarró a Sadira por el brazo.

—Tú no eres una Corredora del Sol —siseó—. A ti no tiene por qué importarte si muere uno de nosotros o todos. Le llevarás el vino a mi padre.

—No estés tan segura —replicó Sadira.

—¿Te gustaría que la Alianza del Velo descubriera que la legendaria Sadira de Tyr es una profanadora? —inquirió Rhayn, soltando el brazo de la hechicera—. ¿Y que creyeran que iba a delatarlos al rey de Nibenay?

—Me resultaría muy sencillo matarte —advirtió Sadira—. Probablemente debería hacerlo, teniendo en cuenta lo que dices.

—¿Y eso no te convertiría también en una asesina? —retrucó Rhayn. La elfa estudió a Sadira unos instantes, y luego le dirigió una sonrisa conciliadora—. Hagamos lo que hay que hacer y acabemos con esto —dijo—. No hay motivo para lanzarnos amenazas vanas.

—La mía no es una amenaza vana —repuso Sadira—. Te ayudaré con Faenaeyon, pero sólo mientras me convenga permanecer con los Corredores del Sol... y siempre que no haya más asesinatos.

—Entonces estamos de acuerdo —convino Rhayn—. Mientras ambas cumplamos con lo prometido, ninguna tiene que preocuparse por las amenazas de la otra.

10

Vino dulce

Sadira hizo rodar el tonel hacia la oscura arcada, seguida de cerca por Magnus y Rhayn. Penetraban en la desmoronada torre en la que los Corredores del Sol habían establecido su campamento. Los antiguos cimientos de la torre se habían asentado de forma defectuosa, y a la hechicera le dio la impresión de que la abandonada estructura se mantenía derecha únicamente debido a que se encontraba apoyada contra las murallas, en una esquina del mercado elfo.

Antes de trasponer el umbral, la hechicera se detuvo y se apoyó contra el pesado barril como si descansara. Sin alzar la cabeza, musitó:

—¿No se preguntará Faenaeyon cómo he podido empujar esta cosa por todo el mercado elfo?

—No tanto como le asombraría que te lo lleváramos nosotros —siseó Rhayn. La elfa dio a Sadira un violento empujón y ladró—: ¡Sigue!

Con un gran esfuerzo, la hechicera empujó el tonel a través del umbral. Las sombras estaban cargadas del olor mohoso a excrementos de kank, y el constante tintineo de las cortantes pinzas resonaba en las paredes de piedra. Cuando sus ojos empezaron a adaptarse a la oscuridad, Sadira descubrió que el primer piso de la redonda torre constaba de una sola arcada. La mayoría de las columnas que actuaban de soporte se encontraban a punto de desmoronarse, y la mitad de los arcos dobles estaban rotos y desperdigados sobre el polvo.

—Bienvenida de vuelta, querida mía —saludó Faenaeyon, hablando desde las sombras—. Qué agradable volverte a ver.

Sadira descubrió con sorpresa que el jefe guerrero no parecía enojado.

—Ojalá pudiera yo decir lo mismo —respondió la muchacha con cierto recelo.

La hechicera atisbó en la oscuridad y descubrió a Faenaeyon apoyado contra una de las inestables columnas. Apartándose de ella, el elfo avanzó hacia la muchacha y, sin dar muestras de haberse percatado de la presencia de Magnus y Rhayn, señaló con un dedo largo como una daga el tonel de vino.

—¿Qué es lo que tienes aquí?

—Nada que te concierna —repuso Sadira—. Y al hacerme buscar no has conseguido más que malgastar el tiempo de tu tribu. No tengo tu plata.

Los ojos de Faenaeyon centellearon irritados, pero el elfo no permitió que la sonrisa abandonara sus labios.

—Claro que no —replicó—; e, incluso aunque la tuvieras, no podrían devolverme las diez monedas que costó sobornar al sargento de la puerta.

—¿Entonces qué es lo que quieres de mí?

—Sólo deseo ofrecerte un lugar en el que alojarte —contestó el jefe, indicando con una mano la escalera en espiral que ascendía por la pared exterior de la torre—. Nibenay es un lugar peligroso.

—Ya lo he descubierto —dijo Sadira, haciendo rodar el tonel hacia la caja de la escalera.

Aunque la falta de hostilidad en Faenaeyon la sorprendía, Sadira no creía ni por un momento que él la considerara otra cosa que una prisionera. Su amabilidad sólo significaba que deseaba que lo ayudase a recuperar las monedas perdidas... y probablemente muchas más. La hechicera sabía que, si ella no respondía a su cortesía, Faenaeyon estaría totalmente dispuesto a recurrir a medidas más directas para obligarla a cooperar.

Sadira llegó a la escalera y se inclinó para levantar el tonel.

—Deja que te ayude con esto —ofreció Faenaeyon, avanzando para tomar el barril.

Sadira apartó al elfo de un empujón, siguiendo el consejo que Rhayn le había dado antes de no entregar el vino con demasiada facilidad.

—Si realmente soy una invitada, entonces dejarás que me ocupe personalmente de mi vino.

Faenaeyon dirigió una rápida mirada a Rhayn y Magnus con una sonrisa afectada, y luego indicó en dirección a las escaleras.

—Si es eso lo que deseas...

Con un gruñido, Sadira levantó el tonel. A pesar de que no era una mujer débil, únicamente consiguió subir una docena de peldaños antes de que los brazos quedaran tan fatigados que empezaron a temblar. Se detuvo y depositó el tonel sobre un escalón.

—¿Estás segura de que no quieres que lo lleve por ti? —inquirió Faenaeyon, subiendo por las escaleras tras ella.

La hechicera le impidió el paso.

—¿Quizá Magnus, entonces? —sugirió él.

—Puedo hacerlo sola —le espetó Sadira.

El jefe frunció el entrecejo y se apartó de la hechicera, refunfuñando.

—¿Qué sucede? ¿Es que crees que lo vamos a robar?

—Sí —respondió ella con toda franqueza.

Faenaeyon le dedicó una amplia y falsa sonrisa.

—¿Y arriesgarnos a perder tu amistad?

—Soy vuestra prisionera, no vuestra amiga —repuso Sadira—. Si fuéramos amigos, me devolverías la bolsa de monedas que me quitaste.

—Ésa fue una transacción comercial —la atajó el elfo—. Como lo fue tu pequeño engaño en la Puerta de los Danzantes.

Sadira levantó el tonel y ascendió penosamente unos cuantos peldaños más con el creciente temor de que su padre realmente no tenía la menor intención de robarle el vino. Tras otra media docena de peldaños más, Sadira tuvo que volver a dejar el tonel. Esta vez, abandonó el intento de transportarlo en brazos y decidió hacerlo rodar escaleras arriba, peldaño a peldaño. Faenaeyon la seguía a poca distancia, mirando por encima del hombro de la hechicera, listo para atrapar el barril si a ella se le escapaba de las manos.

Al llegar al segundo piso, Sadira respiraba con gran dificultad.

—Bienvenida de regreso al campamento de los Corredores del Sol —saludó Huyar.

El moreno elfo estaba de pie en un corto corredor que conducía a una irregular aspillera para flechas que daba a las callejuelas situadas fuera del mercado elfo. La resplandeciente luz amarilla de la tarde penetraba a raudales a su espalda, de modo que la hechicera apenas si podía distinguir sus afiladas facciones de los extremos de la abertura de la ventana.

Al otro lado del descansillo, la habitación se abría a lo que antiguamente debía de haber sido el vestíbulo de los aposentos oficiales de alguien. Adosados a las paredes había varios bancos de piedra, rodeando los destrozados restos de una fuente decorativa, y, en la parte posterior de la pequeña sala de recibo, una entrada en forma de arco conducía a un aposento mucho mayor, aunque el suelo de éste hacía tiempo que se había derrumbado sobre la arcada del piso de abajo.

Sin hacer caso de Huyar, Sadira hizo rodar el tonel en dirección al siguiente tramo de escalera. En cuanto hubo espacio suficiente, Faenaeyon la adelantó veloz y le arrebató el tonel.

—Esto es demasiado pesado para ti —dijo, levantando el barril como si estuviera vacío.

Aunque sintió alivio al ver que Faenaeyon finalmente se hacía con el vino, Sadira se sintió también algo desilusionada de que Rhayn hubiera estado tan en lo cierto con respecto a la glotonería de su padre.

—He ahí lo que significa la amistad —dijo.

—Los amigos comparten sus cosas, ¿no es verdad?

El jefe guerrero deslizó el tonel bajo un brazo y utilizó su daga de acero para hacer palanca y sacar el tapón; luego envainó el arma y levantó el tonel por encima de su cabeza. El afrutado vino empezó a manar por la abertura y descendió por su garganta en un rojo torrente.

Rhayn y Magnus salieron de la primera escalera y cruzaron al siguiente tramo, que conducía al tercer piso de la torre. No se detuvieron ni el tiempo suficiente para dirigir una ojeada en dirección a su jefe.

Por fin, Faenaeyon bajó el tonel y cerró la boca. A pesar de que sólo habían transcurrido unos segundos desde que había empezado a beber, sus ojos aparecían ya vidriosos.

—Demasiado dulce, pero fuerte —anunció al tiempo que tendía el barril a la hechicera—. Toma un poco.

Sadira sintió que el corazón le daba un vuelco. Por la velocidad con que la droga surtía efecto, la hechicera temió no conseguir escabullirse y tomar el antídoto antes de caer en el sopor.

—Vamos —insistió Faenaeyon, bizqueando como si le costara ver a Sadira.

Huyar empujó al frente a la muchacha.

—No insultes al jefe haciendo que te lo vuelva a pedir —dijo—. No acostumbra compartir su vino.

Faenaeyon inclinó el tonel y un chorro de vino envenenado se derramó por el rostro de la hechicera. Ésta dio un paso atrás.

—Prefiero beber de una jarra —escupió, utilizando la manga de su raído vestido para limpiarse el rojo líquido de los labios.

El comentario arrancó sendas carcajadas a Faenaeyon y Huyar; luego el jefe indicó a su hijo con la mano que se dirigiera hacia las escaleras.

—Ve a buscarle una —ordenó—, y hazlo rápido. Mi sed es terrible, y jamás me perdonaría si terminara con todo este vino antes de que regresaras con una jarra para nuestra invitada.

Huyar vaciló en obedecer la orden.

—Ten cuidado —advirtió—. Puede intentar huir.

—Si quisiera escapar, ¿crees de verdad que habría permitido que Rhayn y Magnus me trajeran hasta aquí? —preguntó Sadira en tono autoritario—. Tengo mis propios motivos para regresar junto a los Corredores del Sol.

—¿Qué motivos? —inquirió Huyar, entrecerrando los ojos.

—A ti no te importan mis razones —respondió Sadira, volviendo la cabeza—. Ahora ve a buscarme una jarra mientras todavía queda un poco de mi vino.

—No soy tu criado —le espetó Huyar. No obstante, empezó a subir la escalera.

Mientras el guerrero se perdía de vista, escalera arriba, Faenaeyon lanzó una risita ahogada.

—Tendrías que tener más cuidado con los sentimientos de Huyar —la amonestó—. Algún día, será el jefe.

—No estaré tanto tiempo con los Corredores del Sol —respondió Sadira con brusquedad.

—No estés tan segura —farfulló el otro.

—¿Qué quieres decir con eso? —exigió ella con voz perentoria.

—Nada en absoluto —repuso Faenaeyon—. Sólo que la vida puede resultar tan sorprendente como corta.

—Supongo que es así..., en especial para los elfos.

Con el pretexto de mirar a la calle, la muchacha penetró en la aspillera para flechas y se colocó de espaldas a su padre. La hechicera fingió interesarse por los transeúntes que deambulaban abajo, contemplando cómo pasaban arriba y abajo envueltos en sus brillantes túnicas. Al escuchar cómo Faenaeyon empezaba a tomar un nuevo trago de vino, miró por encima del hombro para asegurarse de que su atención estaba enteramente dedicada a la bebida.

Vio que el elfo tenía la cabeza bien echada hacia atrás y el tonel apoyado contra la barbilla, con lo que el vino fluía en un chorro regular al interior de su garganta. Aprovechando la circunstancia, sacó el antídoto de su morral y depositó dos generosas gotas sobre la lengua.

Apenas si acababa de devolver el frasco de hueso a su escondite cuando Faenaeyon dejó que un sonoro eructo escapara de sus labios.

—La única cosa que me gusta más que el vino es la plata —comentó, depositando el barril sobre el suelo con un fuerte golpe.

Sadira se apartó de la aspillera. Faenaeyon se había dejado caer junto a un banco y rodeaba con un enorme brazo el tonel.

—¿Por qué te gusta tanto la plata? —preguntó la hechicera—. Después de todo no te la puedes beber.

—Un jefe necesita plata —declaró Faenaeyon con rostro solemne—. Representa la medida de su poder y del respeto que sienten por él sus guerreros.

Sadira sacudió la cabeza ante esta superficial definición del mando.

—Eso no es cierto —dijo, sentándose en el banco a su lado—. He oído a tus guerreros hablar de ti. Hablan sobre tus actos de valentía y tu destreza como guerrero; no sobre cuánta plata hay en tus bolsillos.

Faenaeyon la miró con la cabeza ladeada en actitud de sorpresa.

—¿De veras? —exclamó. Las palabras sonaron un tanto ininteligibles.

—He oído decir que, cuando Faenaeyon era joven, no existía nada imposible para él.

—Así era —corroboró Faenaeyon con un destello de melancolía en sus ojos grises—. Nada en el desierto corría tan rápido como yo, e incluso los halcones tenían motivos para temer a mis flechas. —El jefe miró al vacío durante un rato más; luego la felicidad se desvaneció lentamente de sus ojos—. ¿Y qué es lo que dicen ahora?

Parecía incapaz de mirar a Sadira mientras realizaba su pregunta.

—Nada que no pudieras cambiar —respondió ella, dejando de lado por el momento el hecho de que el elfo muy pronto se encontraría más allá de poder cambiar nada—. Dicen que reclamas como tuyas demasiadas de las cosas que ellos obtienen.

De una forma casi inconsciente, los dedos de Faenaeyon juguetearon con la empuñadura de su daga de acero. Asintió con tristeza, y Sadira se preguntó si Rhayn y Magnus no actuarían prematuramente al querer reemplazarlo.

Sus dudas tuvieron un brusco final. Faenaeyon apartó la mano de la daga y la empujó fuera del banco.

—¿Qué sabes tú de nuestras costumbres? —bramó—. No eres una Corredora del Sol... ¡Ni siquiera eres una elfa!

—No hay que ser elfo para saber lo que convierte a uno en un buen jefe... o en un mal jefe —replicó Sadira, levantándose del suelo.

—Nuestra amistad llega únicamente hasta ahí —advirtió Faenaeyon mientras una fría luz empezaba a relucir en sus acerados ojos—. No me hables de este modo.

—¿De qué modo? —inquirió Huyar, abandonando la escalera. Sostenía en la mano una mugrienta jarra de esteatita—. ¿Qué ha dicho esta mujer para enojarte, jefe mío?

—Sólo la verdad —contestó Sadira con la mirada fija en Faenaeyon.

Con una sonrisa afectada ante la temeridad de Sadira, Huyar extendió la mano libre para llevarse a la hechicera.

—Me aseguraré de que no te moleste.

Sadira se apartó con brusquedad.

—Si me tocas, será la última vez. —Su reacción era deliberadamente exagerada; no sabía cuánto tiempo más tendría que permanecer con los Corredores del Sol y quería dejar bien claro que su visita era en sus propios términos.

Huyar tiró a un lado la jarra y avanzó para asir a Sadira con ambas manos. Faenaeyon se puso en pie y se colocó entre ambos con mayor rapidez de lo que podría haberlo hecho Rikus.

—Ella puede cumplir su amenaza, y no quiero tener que vengar tu muerte —dijo el jefe, hablando con la lengua pegajosa de un borracho—. Tengo planes para esta mujer.

Faenaeyon empujó a Huyar hacia la abandonada jarra.

—Ahora entrégame ese recipiente —ordenó—. Le prometí un poco de vino a esta mujer.

Huyar hizo lo que su padre ordenaba y sostuvo la jarra mientras Faenaeyon la llenaba. Luego, con una última mirada colérica a Sadira, el guerrero entregó el recipiente a la muchacha y se alejó a grandes zancadas hacia la escalera.

En cuanto Huyar hubo subido las escaleras, Sadira preguntó:

—¿Qué planes?

—¿Eh? —Faenaeyon arrugó la frente como si no supiera de lo que le hablaba.

—Dijiste a Huyar que tenías planes para mí —explicó la hechicera—. ¿Cuáles son?

—Oh, ésos —respondió el jefe—. No te preocupes. Ganaremos gran cantidad de plata, y te podrás quedar tu parte... después de que me hayas devuelto lo que me costaste en la puerta.

La hechicera no se lo dijo a su padre, pero tenía sus propios planes. Al día siguiente por la mañana, regresaría brevemente a la Plaza del Sabio para intentar encontrar a Raka, o al menos descubrir si había escapado de los criados de Dhojakt. Si eso fallaba, regresaría al campamento de los Corredores del Sol y lo utilizaría como base para intentar restablecer contacto con la Alianza del Velo.

Sadira pasó el resto de la tarde contemplando cómo bebía Faenaeyon. Resultaba imposible saber cuánto del creciente adormecimiento del jefe se debía al veneno del bardo y cuánto al vino en sí, pero no importaba demasiado. El elfo fue hundiéndose en un sopor, cada vez menos consciente del mundo que lo rodeaba. De vez en cuando se acordaba de ofrecer un poco de bebida a la hechicera, pero ésta rara vez aceptaba. Nada deseosa de poner a prueba los límites del antídoto, la semielfa sorbía sólo la cantidad indispensable del afrutado líquido para hacer creer a su padre que le gustaba tanto como a él. Finalmente, Faenaeyon se derrumbó contra la pared, con las largas piernas extendidas ante él y el rojo vino goteando por la puntiaguda barbilla. Sadira depositó a un lado su jarra y dejó de beber.

Muy pronto, en el exterior el cielo se tornó de un morado oscuro, los Corredores del Sol empezaron a regresar al campamento en grupos pequeños, generalmente trayendo con ellos algún pequeño trofeo robado a una víctima desprevenida. Al llegar al segundo piso, todos se mostraban más que sorprendidos de ver a Sadira sentada en un banco cerca de la roncante figura de Faenaeyon, pero nadie le dirigió la palabra. En lugar de ello, considerándose afortunados por haber regresado mientras su jefe se encontraba en un estado de semiinconsciencia y no podía reclamar lo que habían robado, se escabullían escaleras arriba tan silenciosamente como les era posible.

Algo después de anochecer, un muchacho descendió las escaleras con un pedazo de pan de pharo y un odre de broy.

—Rhayn pensó que a lo mejor tenías hambre —dijo.

—Gracias —contestó Sadira, aceptando la comida que le tendía.

El muchacho dirigió una rápida mirada al tonel semivacío situado junto a Faenaeyon y se pasó la lengua por los labios.

—¿Qué tal está el vino? —preguntó.

—No está mal —respondió Sadira, dirigiéndole una mirada de reojo—. ¿Por qué no tomas un poco...? A menos que creas que a Faenaeyon no le gustaría...

—No tengo tanta sed —repuso él, retrocediendo hasta la aspillera.

Una vez allí, se acomodó como centinela. Convencida de que el joven había venido a vigilarla a ella a la vez que a la calle, Sadira terminó su comida. Para asegurarse de que al joven centinela no se le ocurriría tomar algunos sorbos de vino de su jarra, la hechicera se bebió lo que quedaba, para luego tenderse sobre el banco y cubrirse con la capa. A los pocos instantes estaba profundamente dormida; había sido un día difícil y necesitaba descanso.

El sonido de pies que corrían despertó a Sadira. La habitación seguía tan negra como la obsidiana, pero con su visión elfa pudo distinguir el final de una larga hilera de guerreros que descendía a la planta baja. Tras ellos iban Rhayn y Magnus, quienes se detuvieron en la habitación donde se encontraba Sadira.

—¿Qué sucede?

—Huyar y algunos amigos van a salir a buscar a su hermano —explicó Rhayn como sin darle importancia—. Ese estúpido muchacho no ha regresado todavía.

—¿Gaefal?

Sadira pronunció la palabra en un susurro, ya que el joven centinela que había bajado antes seguía en su puesto. Rhayn asintió, y Magnus se encaminó a la aspillera.

—Yo te relevaré —dijo el cantor del viento al centinela.

El muchacho asintió de buena gana e hizo intención de dirigirse a la escalera que conducía a la calle, pero Rhayn lo cogió por la manga y lo dirigió escaleras arriba.

—Un muchacho perdido esta noche es suficiente —dijo—. Ve y duerme un rato.

No bien el joven guerrero hubo obedecido de mala gana, Magnus sacó un odre de agua vacío de debajo de su túnica. Tras entregárselo a Rhayn levantó el tonel y sacó el tapón.

—¿Para qué es eso? —inquirió Sadira.

—Dudo que lo necesitemos, pero es mejor estar preparados —explicó Rhayn.

La elfa mantuvo firme el odre mientras Magnus lo llenaba. Cuando hubieron terminado, el cantor del viento estrelló el tonel junto al jefe.

—Si alguien pregunta, Faenaeyon lo rompió él mismo —dijo Rhayn, cerrando el pellejo que sostenía—. Ahora, vuelve a dormirte.

—Vigila bien ese vino —advirtió Sadira—. Alguien podría intentar tomar un trago a hurtadillas.

—No de mis bolsas —replicó Rhayn, volviendo a subir.

Esta vez Sadira tardó bastante más en conciliar el sueño. Cuando por fin se durmió, fue para pasar toda la noche soñando con asesinatos y traiciones.

11

Una marcha repentina

Sadira notó cómo alguien le quitaba la capa que había estado utilizando como manta; luego una mano áspera empezó a tirar de su vestido. La muchacha abrió los ojos y se encontró con Huyar inclinado sobre ella sujetando un arrugado pedazo de tela azul empapada de sangre. Detrás de él se veía a una docena de elfos con los verdes rayos del amanecer cayendo sobre sus hombros. Dos de los guerreros sostenían entre ambos el cuerpo sin vida de Gaefal.

—¿Qué es lo que haces? —inquirió Sadira, intentando sentarse.

Huyar la obligó a tenderse otra vez sobre el banco, agarró el vestido y colocó junto a él el pedazo de tela. El olor a sangre reseca inundó la nariz de la hechicera.

Un nudo de terror se formó en el estómago de Sadira.

—¡Apártate de mí! —aulló, empujando la mano del elfo.

—¡Es el mismo color! —chilló Huyar, apretando el andrajo ensangrentado contra el rostro de Sadira.

—¿Y eso qué? —quiso saber Magnus. Se abrió paso por entre los elfos situados detrás de Huyar y arrancó al enfurecido elfo del lado de Sadira—. Déjala en paz.

—Encontré esta tela en la herida que mató a mi hermano —explicó Huyar, levantando el pedazo de ropa para que Magnus lo pudiera ver.

Sadira agarró su morral y se puso en pie, temiendo tener que hacer uso de la magia para defenderse.

Sin soltar a Huyar, el cantor del viento tomó el pedazo de ropa y lo colocó frente a uno de sus negros ojos.

—Esta tela está tan manchada de sangre que es imposible decir de qué color es.

—Hay azul en los extremos —dijo Huyar. Señaló el vestido de Sadira—. El mismo azul que ella lleva ahora.

—He visto un millar de túnicas de este color —repuso Magnus quitándole importancia.

El cantor del viento hizo intención de introducir la ensangrentada tela en el bolsillo, pero Huyar se la arrebató y volvió a acercarse a Sadira.

—Entonces veamos si concuerda con el pedazo roto de su cuello —anunció, estirando el pedazo.

—Concuerda —respondió Sadira al comprender que no haría otra cosa que levantar sospechas si intentaba evitar que Huyar comprobase el desgarrón—. Pasaba junto al barrio de los bardos cuando vi a ese joven que salía tambaleante por la puerta —explicó, señalando a Gaefal—. Me detuve y vendé su herida, pero murió de todas formas.

—Rhayn y yo la encontramos no muy lejos de allí —corroboró Magnus, frunciendo el hocico de dientes prominentes en lo que podría haberse tomado por una sonrisa de aprobación.

—Lo que lamento es no haberlo reconocido como un Corredor del Sol —añadió Sadira—. Os habría hablado de él antes.

—¿Qué crees que estaría haciendo Gaefal en el barrio de los bardos? —preguntó Magnus, soltando por fin a Huyar—. ¿No nos ha advertido siempre Faenaeyon que dejemos en paz a los bardos?

La estratagema del cantor del viento casi funcionó. Los guerreros empezaron a discutir los motivos que el joven podría haber tenido para penetrar en lugar tan peligroso. Incluso Huyar cayó en un pensativo silencio.

Por desgracia, el guerrero llegó a una conclusión equivocada.

—Sólo existe un motivo por el que Gaefal habría desobedecido a su jefe —declaró, mirando con ferocidad a Sadira—. Te perseguía, de modo que lo mataste.

—No sabes que eso sea cierto —objetó Magnus.

—Tampoco sé que sea falso —replicó Huyar, avanzando hacia Sadira mientras llevaba la mano a su daga—. No aceptaré la palabra de Lorelei.

Magnus sujetó la muñeca del elfo y le impidió sacar el arma.

—¿Habéis visto alguna arma en mi cinturón? —inquirió Sadira, tirando de la vacía funda que colgaba de su cintura—. Perdí mi daga mucho antes de ayudar a los Corredores del Sol a cruzar el cañón de Guthay. Si maté a tu hermano, ¿qué utilicé?

—Eres una hechicera —contestó el elfo—. Podrías haber utilizado magia.

—Cierto, pero eso me parece una herida de cuchillo —terció Rhayn, descendiendo de la escalera—. ¿Por qué insistes en culpar a Sadira?

—¿Sadira? —repitió Huyar, confuso—. ¿De qué hablas?

—De nuestra invitada —explicó Rhayn—. Justo antes de que la capturásemos, Magnus la oyó hablar con un muchacho de la Alianza del Velo. Su auténtico nombre es Sadira, Sadira de Tyr.

Sadira maldijo para sí. Sabía que Rhayn intentaba desconcertar a Huyar y salvarle la vida, pero la hechicera habría preferido que se hiciera sin revelar su identidad al resto de la tribu.

Huyar contempló a Sadira anonadado, y un murmullo de asombro surgió de los guerreros reunidos a su espalda.

—¿Tú eres la hija de Faenaeyon..., la que mató a Kalak?

—Soy la hija de Barakah de Tyr y de vuestro jefe —concedió Sadira, contemplando meditabunda a su dormido padre—. Aunque, después de que me abandonó a una vida de esclavitud, no estoy muy segura de que Faenaeyon tenga el derecho de llamarme hija.

—Lo que Faenaeyon reclama es suyo —repuso Huyar—. Pero eso no me da un motivo para creerte. A lo mejor tu amigo de la Alianza del Velo tenía una daga.

En Tyr, ningún Templario de la Justicia del Rey habría aceptado la lógica del elfo, pero cada vez resultaba más claro que Huyar no buscaba la verdad sino un chivo expiatorio.

—No maté a tu hermano, pero ya veo que de nada sirve que te lo diga —declaró Sadira, deslizando una mano al interior de su morral—. Así pues, atácame ahora u olvida el asunto.

—No soy ningún estúpido —replicó Huyar a la vez que dirigía una inquieta mirada a la mano oculta de la hechicera—. Pero no permitiré que la muerte de mi hermano quede sin venganza.

—Nadie te pide que lo hagas —intervino Rhayn—. Pero no eres tú quien debe decir a quién se debe castigar. Faenaeyon es el jefe... ¿O lo has olvidado?

—No lo he olvidado —repuso Huyar. Hizo una señal a uno de los elfos inclinados sobre el cuerpo sin vida de Gaefal—. Despierta al jefe, Jeila.

El guerrero, una mujer con una maraña de cabellos castaños y tres anillos de hueso perforándole una aleta de la nariz, hizo una mueca a espaldas de Huyar, pero no obstante fue hasta su jefe y, tras colocar una mano a modo de prevención sobre la empuñadura de la daga de éste, lo sacudió por los hombros.

—Faenaeyon —llamó en voz baja—, te necesitamos.

El jefe profirió un gruñido de indignación, y sus párpados se alzaron para mostrar un par de pupilas vidriosas. Luchó por enfocar el rostro de la mujer y por un momento pareció como si fuera a conseguir salir de su sopor. Luego lanzó un sonoro gemido, como si fuera víctima de un gran dolor, y volvió a dejar caer la afilada barbilla sobre el pecho. Sus vidriosos ojos permanecieron abiertos y mirando al vacío.

—Sigue borracho —informó Jeila.

Huyar sacudió la cabeza y fue hasta su padre.

—No lo creo —dijo, colocando una mano bajo la camisa del jefe.

—¿Está muerto? —preguntó otro guerrero.

—No, pero está enfermo. Su corazón apenas palpita, y su piel está fría como la noche —respondió Huyar; tras apartar la mano de su padre, el elfo se volvió hacia Sadira—. Me pregunto cuántas otras tragedias traerá tu regreso con los Corredores del Sol...

—Yo no soy responsable de la glotonería de Faenaeyon, si es eso a lo que te refieres —replicó Sadira—. Me robó el vino, ¿recuerdas?

—Huyar, di lo que piensas o quédate callado —añadió Rhayn—. Únicamente un cobarde da a entender lo que tiene miedo de declarar en voz alta.

—Ella tiene razón —asintió Magnus—. Sadira es la huésped de Faenaeyon, y harás bien en recordarlo.

En un principio Sadira pensó que ambos la defendían porque los había ayudado, pero no tardó en ocurrírsele una explicación mejor. Intentaban socavar la influencia de Huyar sobre el resto de la tribu para que a Rhayn le fuera más fácil maniobrar hasta el puesto de nuevo jefe.

Tras contemplar enfurecido a Rhayn durante un buen rato, Huyar siseó:

—No soy ningún cobarde. En cuanto a la «invitada» de Faenaeyon, le ha lanzado un hechizo.

—¿Con qué propósito, Huyar? —inquirió Sadira, haciéndose cargo de su propia defensa.

Huyar se le acercó y no se detuvo hasta quedar a pocos centímetros de su rostro.

—¿No me dijiste ayer que tenías tus propios motivos para regresar con nosotros?

—Eso dije —concedió Sadira.

—Creo que regresaste para hechizar a Faenaeyon —concluyó Huyar—. Para obligarnos a llevarte a la Torre Primigenia.

Rhayn dirigió una mirada de soslayo a la figura aletargada del jefe.

—Lo que sea que le pase a Faenaeyon, no está hechizado —afirmó—. Si tuvieras algo de sentido común, te darías cuenta.

—¿Y tú qué sabes? —replicó el guerrero—. Tú no eres más que una embaucadora.

—Tengo conocimientos suficientes para ponerte en tu lugar —escupió Rhayn—. Aunque no necesito la magia para eso.

Huyar avanzó hacia su media hermana apretando los puños con rabia. Magnus se colocó entre ambos, impidiendo oportunamente a Rhayn que cumpliera su amenaza.

—¡Somos miembros de la misma tribu! —rugió—. Actuad en consonancia.

Aunque Magnus fingía hablar a ambos, sus negros ojos estaban vueltos sólo hacia Huyar.

Antes de que Huyar pudiera responder, un joven guerrero se precipitó en la sala procedente del piso superior.

—¡Vienen las templarias!

Huyar hizo una señal a los guerreros que rodeaban el cuerpo de Gaefal.

—Entretenedlas, y ocupaos de los kanks —ordenó. Mientras los elfos corrían escaleras abajo, Huyar miró a Sadira y gruñó—: No me sorprendería enterarme de que esto también es culpa tuya.

—Lo que deberíamos hacer es sacar a la tribu de esta torre, no preocuparnos de por qué están aquí las templarias —dijo Rhayn y se precipitó escaleras arriba—. Vamos.

Huyar se echó el cuerpo de su hermano sobre la espalda y la siguió.

—¿Adónde van? —preguntó Sadira—. ¡Quedaremos atrapados!

Magnus meneó la cabeza.

—Los elfos siempre pueden correr —dijo al tiempo que salía en seguimiento de los otros dos Corredores del Sol.

—¡Esperad! —llamó Jeila—. No consigo que Faenaeyon se ponga en pie. Tendremos que llevar...

Un ruido sordo sacudió la torre, interrumpiendo a la mujer en mitad de la frase. El ruido fue seguido de un momento de aterrador silencio; luego los gritos de elfos heridos empezaron a dejarse oír procedentes del piso de abajo. Magnus se lanzó hacia la escalera.

—Veré si puedo ayudar —anunció—. Subid a Faenaeyon arriba con los otros.

El cantor del viento apenas si había alcanzado el umbral cuando el zumbido de una docena de arcos al ser disparados resonó en la parte inferior de la escalera. Magnus levantó un brazo para protegerse los ojos, y lanzó un gruñido cuando una andanada de flechas repiqueteó contra su gruesa piel. Ante la sorpresa de Sadira, no cayó. En lugar de ello, se sacó las flechas del cuerpo a manotazos entre gritos terribles, igual que podría hacerlo un hombre normal tras ser atacado por un enjambre de avispas.

La hechicera se acercó a Jeila y pasó uno de los brazos de Faenaeyon sobre su hombro. Mientras arrastraban el cuerpo inerte del jefe por el suelo oyeron rugir de rabia al cantor del viento, y Sadira vio cómo la punta de una lanza de agafari rebotaba en su nudoso codo. Entonces el guerrero levantó en vilo a una templaria aterrorizada y la arrojó escaleras abajo. La mujer fue a estrellarse contra una hilera de otras mujeres que la habían seguido de cerca, y todas ellas cayeron rodando por los peldaños. Magnus abrió la enorme boca e inició una profunda balada de guerra que hizo que latiera con fuerza el corazón de Sadira y avivó la sed de venganza en su espíritu.

Una explosión ensordecedora silenció al cantor del viento y lanzó por los aires su corpulenta figura. Magnus chocó contra el extremo opuesto de la habitación, se golpeó la cabeza contra la pared, y resbaló hasta el suelo en medio de un estrépito de piedras sueltas. A pesar del chamuscado círculo visible en la parte central de su pecho, Magnus sacudió la cabeza para despejarla; luego apoyó los enormes brazos con fuerza a ambos lados y, tras recoger las piernas bajo el cuerpo, empezó a incorporarse lentamente.

El cantor del viento estaba ya casi de pie cuando las rodillas se le doblaron. Cayó con gran estrépito sobre el suelo y no se movió, la barbilla apoyada sobre el pecho y el negro de los ojos tornándose gris.

De nuevo se escucharon en la escalera voces nibenesas y el choque de las sandalias sobre la piedra. Jeila dejó que el brazo de Faenaeyon resbalara de su hombro.

—Vamos —dijo, sacando el puñal de acero del cinto del jefe—. Hemos de dar tiempo a la tribu para que escape. —Entregó su propia daga, hecha de hueso, a la hechicera.

Sadira dejó que la daga cayera al suelo.

—Conténlos unos instantes —rogó mientras buscaba sus ingredientes para hechizos—. Tengo un modo mejor.

Jeila asintió y saltó en dirección a la escalera. Tras esquivar un violento mandoble de la espada de obsidiana de la primera templaria, abrió en canal el brazo que la sujetaba. La elfa devolvió a su atacante de una patada al hueco de la escalera y, con la mano libre, se apoderó de la espada que caía.

Mientras Jeila luchaba contra la siguiente pareja de templarias, Sadira moldeó un pedazo de parafina en forma de pequeño cubo y, tras reunir la energía necesaria para un hechizo, lanzó la cera por encima del hombro de Jeila y pronunció el conjuro. La parafina estalló en una fina neblina y se extendió por todo el hueco de la escalera. Al cabo de un instante, se congeló en forma de gel transparente y sepultó a las templarias.

Las nibenesas intentaron en vano liberarse, pero los brazos y piernas se agitaron a cámara lenta entre la viscosa masa. Jeila retrocedió y contempló divertida cómo los rostros de las templarias se tornaban morados a medida que aparecían los primeros síntomas de asfixia.

Sin perder tiempo en tales frivolidades, Sadira se acercó a Magnus y lanzó otro conjuro. Cuando el cuerpo del cantor del viento se alzó del suelo, lo sujetó del brazo y tiró de él en dirección a la escalera.

—¡Jeila, trae a Faenaeyon, y date prisa! —gritó Sadira mientras iniciaba el ascenso—. Ese tapón no durará eternamente.

La elfa deslizó la daga y la espada en su cinturón y, agarrando al pesado jefe por los sobacos, empezó a arrastrarlo mientras seguía a Sadira. Cuando alcanzaron la mitad de la escalera, ambas mujeres se encontraban ya sin aliento; aunque Magnus flotaba en el aire, no resultaba fácil para una mujer de la estatura de la hechicera tirar de una mole tan grande por la empinada pendiente.

Al acercarse al final de la escalera llegó hasta ellas el confuso parloteo de voces elfas procedentes del piso superior. Jeila se detuvo y miró hacia lo alto.

—La mitad de la tribu debería haberse marchado ya —jadeó—. Algo va mal.

—No lo descubriremos hasta que lleguemos allí —resolló Sadira sin detener su ascensión.

Jeila iba a seguirla cuando del pie de la escalera les llegó un repiqueteo de zarpas sobre la piedra. Sacando fuerzas de flaqueza, Sadira arrastró a Magnus hacia arriba a la carrera.

Jeila no fue tras ella. Depositó a Faenaeyon en el suelo y empezó a descender.

—Las contendré ahí abajo. Ve a conseguir ayuda y regresad a buscar a Faenaeyon —dijo mientras sacaba espada y daga.

—¡No! —chilló Sadira, deteniéndose en el último escalón—. No parecen templarias.

La advertencia llegó demasiado tarde. En la curva de la escalera apareció en ese momento la cabeza de Dhojakt, y Sadira lo contempló boquiabierta, pues estaba cubierto de pegajoso cieno desde la coronilla de su casquete hasta la punta de la redondeada barbilla. A juzgar por las apariencias, se había abierto paso a la fuerza a través del lodazal mágico de la hechicera; algo que ni siquiera un gigante habría conseguido.

Sadira empujó a Magnus al otro lado de la abertura de la puerta, e inició los preparativos para otro hechizo. Al mismo tiempo, Jeila se lanzó sobre Dhojakt, blandiendo la espada contra su cuello e intentando hundirle la daga en los oscuros ojos.

El príncipe ni se molestó en interceptar el ataque: se limitó a desviar el rostro de la daga y permitió que la espada le golpeara el cuello. Sin producir la más leve herida en la piel de Dhojakt, la hoja de obsidiana se rompió en mil pedazos, mientras que la daga de acero tampoco obtenía mejores resultados pues rebotó en la mejilla sin producir más que un ligero arañazo bajo el ojo.

Llevada por el ímpetu del salto, Jeila fue a aterrizar justo delante del príncipe, con los ojos abiertos como platos. Levantó la daga para volver a atacar, pero Dhojakt lanzó un brazo contra ella y tres de sus delgados dedos le atravesaron la garganta. El puñal se le escapó de las manos y se agarró al brazo del príncipe, quien, como sin darle importancia, arrojó a la elfa por encima del hombro y echó a correr escaleras arriba.

Mientras Dhojakt pasaba ruidosamente por encima del cuerpo inconsciente de Faenaeyon, Sadira lanzó un tubo de madera tallada sobre los escalones y pronunció una retahíla de palabras místicas. Con un gran estruendo, el hueco de la escalera se estiró hasta alcanzar una longitud inverosímil; de improviso el príncipe y el padre de la hechicera fueron a parar tan lejos que apenas si se los veía.

La muchacha dio media vuelta, sin dejar de escuchar cómo el lejano tintineo de las zarpas de Dhojakt iba aumentando de volumen por el mágico túnel. Por el momento, había conseguido retrasar al príncipe, pero sabía que no pasaría mucho tiempo antes de que él —y cualquiera de las templarias que lo hubieran seguido a través de su primera trampa— cayeran de nuevo sobre ella.

La hechicera penetró en el tercer piso, donde la escalera iba a terminar en una sala redonda. Seguramente en una época anterior la habitación había estado dividida en compartimientos más pequeños, ya que todavía atravesaban el suelo en diferentes lugares las bancadas de piedra de paredes desaparecidas mucho tiempo atrás. Ahora era un único desván enorme, repleto de fragmentos de cerámica, jirones de tela de cáñamo y huesos de animales pequeños.

Los Corredores del Sol habían atado media docena de cuerdas a las vigas del techo, pero no habían lanzado los extremos por las ventanas de la torre. En su lugar, se dedicaban a disparar flechas contra alguien situado abajo. Sadira encontró a Rhayn y a Huyar juntos, uno a cada lado de una puerta que se abría al vacío; un par de contrafuertes de piedra era todo lo que quedaba de un antiguo balcón.

—¡Marchémonos! —les gritó Sadira mientras se acercaba a ellos—. Dhojakt viene pisándome los talones.

—Tú primero —invitó Huyar, indicando con la mano a Sadira que pasara delante.

La hechicera miró al exterior, hacia la avenida que bordeaba la muralla exterior del mercado elfo. En medio de la calle, justo debajo de la torre, había una compañía de semigigantes nibeneses que, para defenderse de las flechas de los Corredores del Sol, sostenían sobre sus cabezas los escudos de madera a modo de improvisado techo.

Sadira extrajo un puñado de azufre en polvo de su bolsa.

—Ordenad a vuestros guerreros que dejen los arcos y lancen sus cuerdas cuando yo lo diga —dijo—. Y haced que alguien traiga a Magnus; yo despejaré el camino para nuestra huida.

Mientras Rhayn transmitía las instrucciones, la hechicera se volvió hacia Huyar.

—Necesito un poco de agua.

El elfo hizo como si no la oyera y escudriñó la habitación con expresión preocupada.

—¿Qué les ha sucedido a Jeila y a Faenaeyon?

—Jeila está muerta, y Faenaeyon, en poder de los nibeneses.

Huyar cerró una mano alrededor del brazo de Sadira.

—No te salvarás de esa forma —rugió—. No te irás hasta que Faenaeyon esté a salvo.

—Fuiste tú quien lo dejó abajo, no yo. Yo intenté ayudarlo —replicó Sadira, soltándose de un tirón de la mano del guerrero—. Y, si no me traes el agua que necesito, abandonaré a los Corredores del Sol aquí para que se enfrenten a la cólera de Dhojakt. Me resultaría más cómodo si no tuviera que salvar a toda tu tribu aparte de a mí misma.

Huyar la miró con ferocidad durante un momento; luego se volvió y le arrebató un odre a un guerrero situado cerca de él. Sadira abrió las manos y le indicó que vertiera agua sobre el azufre; una vez que el polvo se hubo convertido en barro amarillento, la muchacha lo lanzó por la ventana y pronunció su encantamiento.

En lugar de caer al suelo, la bola de barro quedó suspendida en el aire y de ella empezó a surgir una neblina amarilla que se fue extendiendo lentamente. Abajo, en la calle, empezaron a sonar los murmullos preocupados de los semigigantes, acompañados por las admoniciones de sus jefes para que se mantuvieran firmes en sus puestos. Sadira dejó que la nube se extendiera hasta cubrir a toda la compañía.

Rhayn regresó junto a ellos con dos enormes bolsas colgadas a la espalda y tirando de la flotante figura de Magnus.

—¡Rápido! Dhojakt ya está aquí, seguido de una compañía de templarias.

—Tormenta —dijo Sadira, agitando la mano en el exterior.

La nube estalló con un potente trueno y una exhibición de dorados relámpagos, y un torrente de fuego cayó sobre los semigigantes en forma de llameante diluvio. Los escudos con que se cubrían se disolvieron en un sudario de humo, y en cuestión de segundos el aire se llenó con el malévolo olor de la carne quemada. Los semigigantes retrocedieron tambaleantes, dejando tras de sí un reguero de humo mientras sus alaridos de agonía resonaban por las callejas como un viento aullador.

Sadira aguardó unos instantes a que la tormenta de fuego se apagara, y gritó:

—¡Lanzad las cuerdas!

Media docena de sogas salieron disparadas por las ventanas y, casi antes de que sus extremos tocaran los adoquines del suelo, los primeros elfos empezaban a descender ya por ellas hasta la calle. Sadira se dirigió a la cuerda que colgaba del hueco del inexistente balcón, pero Huyar la apartó de un empujón.

—No antes de que se haya ido el último Corredor del Sol —le espetó, indicando con la mano a una fornida mujer de frente muy arrugada que pasara delante.

Para no retrasar las cosas discutiendo sobre el asunto, la hechicera optó por hacerse a un lado y esperar junto a Rhayn. La mitad de la tribu había abandonado ya la habitación con las bolsas de sus objetos personales colgadas a la espalda. No obstante, considerando que era más sensato estar preparada para enfrentarse a Dhojakt, Sadira recogió un poco de arenilla del suelo y preparó un nuevo conjuro.

Cuando lo hubo hecho, miró por encima del cuerpo de Magnus y preguntó:

—¿Ensayáis a menudo esta clase de huidas?

Rhayn meneó la cabeza sin apartar la vista del hueco de la escalera.

—Jamás practicamos —respondió—. Hacemos esto tan a menudo que no hay necesidad.

Sadira escuchó el repiqueteo de las patas de Dhojakt y proclamó en voz alta su conjuro al tiempo que lanzaba el polvo de su mano en dirección al sonido. Una furibunda tormenta de arena se desató en la boca de la escalera, y se precipitó por el negro agujero con tal violencia que toda la torre se estremeció. Aunque resultaba imposible escuchar ningún grito por encima del fragor del viento, la hechicera sabía que aquellos que hubieran quedado atrapados en medio de la furia de la tormenta estarían gritando como locos mientras el abrasivo remolino de arena les arrancaba la carne a jirones.

—¡Eso debería detenerlo! —chilló Rhayn.

La elfa apenas si había acabado de hablar cuando Dhojakt surgió de la escalera. La expresión del príncipe no mostraba ninguna señal de que sintiera el arañar de la arena sobre la piel; muy al contrario, mantenía el cuerpo perfectamente erguido, como si la feroz ventisca no fuera para él más que una brisa.

Sadira volvió la cabeza hacia las cuerdas y vio que todavía quedaban varios elfos esperando descender por cada una de ellas. Incluso aunque consiguiera situarse en fila, jamás conseguiría alcanzar la calle antes de que Dhojakt cayera sobre ella.

Los negros ojos del príncipe escudriñaron la habitación por un momento y luego se posaron en la hechicera. Cuando empezó a avanzar hacia ella, una pareja de guerreros elfos corrió a interceptarle el paso, no tanto por Sadira —de eso ella estuvo segura— como para proteger a Huyar y a los otros elfos que todavía no habían descendido por las cuerdas.

Los guerreros blandieron sus espadas de hueso y golpearon a Dhojakt con tanta fuerza que el ruido de sus golpes resultaba audible por encima del rugido de la ventisca mágica de Sadira. La hoja de una de las armas se partió a la altura de la empuñadura y salió despedida por el suelo, mientras que la otra rebotó como si hubiera golpeado contra una piedra.

El príncipe ni aminoró el paso. Colocándose entre los dos elfos, acabó con uno de un puñetazo al corazón, hundiendo el puño hasta la muñeca en el pecho del guerrero. Al otro lo mató de una forma más latina; extendiendo el brazo por detrás de la espalda del alto elfo, pasó la mano por delante para agarrarlo por la barbilla y, con un violento tirón del brazo, le partió el cuello a su víctima, cuyo cuerpo lanzó a un lado antes de continuar su inexorable avance en dirección a Sadira.

—¡Suéltalo, Rhayn! —chilló la hechicera al tiempo que sujetaba la muñeca de Magnus y tiraba del cantor del viento en dirección a la puerta del balcón—. A menos que quieras aprender a volar.

—¡Me arriesgaré contigo! —respondió Rhayn, dirigiendo una atemorizada mirada a Dhojakt.

Huyar y los demás elfos situados frente a la abertura se apartaron rápidamente ante la enorme masa de Magnus. Sadira y Rhayn empujaron al cantor del viento fuera de la torre y luego se lanzaron sobre su inmenso pecho. En un principio, empezaron a descender con rapidez, pero su descenso se volvió más lento tras los primeros metros y planearon en dirección a la chamuscada calle más o menos de forma controlada.

—Limítate a sujetarte bien —advirtió Sadira—. Todo saldrá bien.

—No lo creo —contestó Rhayn, mirando en dirección a la torre.

Sadira estiró el cuello y, ante su consternación, descubrió que ella y Rhayn descendían mucho más despacio que los elfos por las cuerdas. Huyar ya había saltado a una de las cuerdas y había descendido más que ellas.

Pero esto no era lo que más preocupaba a Rhayn. Dhojakt estaba de pie en el umbral de lo que había sido un balcón y apuntaba un delgado dedo en dirección a ellas. Mantenía la palma de la otra mano vuelta hacia abajo, y Sadira a duras penas consiguió discernir el brillo de la energía mágica que fluía hacia su cuerpo.

—¡No! —exclamó—. ¡No me digas que es un hechicero!

Rhayn no tuvo oportunidad de contestar. Dhojakt pronunció su conjuro, y la magia que Sadira había utilizado para hacer levitar a Magnus se esfumó; el cantor del viento se precipitó hacia la calle, con Sadira y Rhayn aferrándose desesperadamente a sus brazos.

Magnus fue a estrellarse contra el cuerpo carbonizado de un semigigante muerto. La hechicera escuchó el repiqueteo de las costillas del guarda al partirse, y luego una brutal sacudida zarandeó sus propios huesos; un grito de dolor dejó sin aire sus pulmones, y la conmoción le enturbió el cerebro. Se sintió rebotar fuera del cuerpo del cantor del viento, pero apenas si se dio cuenta cuando chocó contra los adoquines a su lado. Percibió un nauseabundo olor acre, una lluvia de ceniza negra, y una explosión de dolor inimaginable.

Sadira no perdió el conocimiento. Permaneció lo bastante despabilada para ver cómo un par de elfos que huían se agachaban para recoger el cuerpo de Rhayn. Unos cuantos más se detuvieron para agarrar a Magnus y arrastrar al pesado cantor del viento a lugar seguro. La tarea de ayudar a la hechicera recayó en uno de los últimos rezagados, una elfa embarazada de ojos verdes.

Al intentar levantar a Sadira, la mujer lanzó una ahogada exclamación de dolor y se sujetó el hinchado vientre.

—No puedo levantarte —dijo, agarrando las muñecas de la hechicera—. A lo mejor podré arras...

—Sigue adelante —repuso Sadira, sacudiendo la cabeza. La muchacha sabía que, si no podía incorporarse por sí misma, la embarazada elfa arriesgaría su vida con muy pocas posibilidades de salvar la de Sadira—. Estaré bien.

La mujer no necesitó que se lo dijeran dos veces. Sin mediar otra palabra, dio la vuelta y se perdió de vista.

Sadira se arrodilló con un supremo esfuerzo. Todo el cuerpo protestó por el tormento al que lo sometían, pero no se detuvo; apoyó las puntas de los pies bajo el cuerpo y se puso en pie. Por unos instantes, consiguió mantenerse erguida.

Entonces un dolor abrasador le recorrió las piernas, como si tuviera las venas llenas de fuego en lugar de sangre. Perdió el control de sus músculos y volvió a derrumbarse sobre los adoquines.

Sadira no se permitió ni un segundo de autocompasión, y de inmediato recurrió a arrastrarse por la calle impulsada sólo por las manos; no se atrevió a mirar atrás, por temor a descubrir a Dhojakt lanzándose sobre ella como un ave de presa para llevársela.

Al cabo de unos metros de arrastrarse de esta guisa, la hechicera comprendió que jamás escaparía así. Su única esperanza era lanzar otro hechizo y esperar que Dhojakt no pudiera disiparlo. La hechicera introdujo la mano en su bolsa.

Un pie cubierto por una sandalia le inmovilizó el brazo contra el suelo.

—No hay tiempo para eso —dijo una voz conocida.

La muchacha levantó los ojos y se encontró con el juvenil rostro de Raka inclinado sobre ella. Aunque un lado de su mandíbula estaba moteado con las costras de una quemadura reciente, tenía más o menos el mismo aspecto que la última vez que lo había visto.

—¡Escapaste! —jadeó Sadira, encantada.

—Ayer, al menos —respondió el joven, agarrándola por debajo de los brazos—. Hoy puede que no tengamos tanta suerte.

Sadira siguió su mirada hasta la torre. Dhojakt descendía por la pared de cabeza, sujetándose con facilidad a las grietas de la roca merced a las afiladas garras de sus dos docenas de patas.

La visión trajo nuevas fuerzas a las piernas de la hechicera y consiguió incorporarse lo suficiente para deslizar un brazo sobre el hombro de Raka. El joven la condujo al interior de una de las estrechas callejas por las que habían huido los Corredores del Sol, pero, en lugar de seguir a los elfos hacia el corazón de la ciudad, penetró en una casucha medio derrumbada.

—¿Qué haces? —inquirió la hechicera.

—Mi maestro me dio también algo para ocultarnos del príncipe —explicó él mientras extraía un pequeño plato de cerámica de su bolsa de monedas—. Esto hará que pierda nuestro rastro durante un tiempo y nos dará una posibilidad de escapar.

—Entonces me buscabas —conjeturó Sadira—. Imagino que esto no es precisamente un encuentro casual.

—Así es —confirmó Raka, colocando el plato sobre el suelo—. Después de que desapareciste de la Plaza del Sabio, hicimos vigilar las entradas del Palacio Prohibido. Cuando vimos que Dhojakt lo abandonaba esta mañana con una compañía de templarias y otra de semigigantes, supimos que te encontraríamos sólo con seguirlos.

—¿Entonces la Alianza me ayudará? —preguntó Sadira, esperanzada.

—Todo lo que seamos capaces —afirmó Raka. Pasó la mano sobre el plato y murmuró una orden; el disco se fundió con el suelo y desapareció de la vista—. Pero no tanto como te gustaría. No podemos llevarte a la Torre Primigenia.

—¿Por qué no?

Raka la tomó del brazo y la condujo por entre las ruinas de la casucha.

—Porque ignoramos dónde está. Por lo que sabe mi maestro, únicamente los elfos la han visitado... e, incluso entonces, sólo los más valientes se han atrevido a intentar ese viaje. Puede que no exista más que una docena de guerreros en el mercado elfo que conozcan su ubicación. Intentaremos ayudarte a encontrar uno, pero no queda mucho tiempo. Hemos averiguado que las ciudades del norte enviaron sus impuestos al dragón hace muchas semanas, mientras que la Oba de Gulg reúne ya a sus esclavos en estos momentos. Mi maestro cree que eso significa...

—Que el dragón se dirige del norte al sur —concluyó Sadira—. Tyr está después de Gulg, lo que deja Balic para el final.

Raka asintió y ayudó a la hechicera a trepar por la pared trasera de la choza.

—Te quedan quizás unas tres semanas para detenerlo.

—En ese caso no puedo perder el tiempo buscando un guía —decidió Sadira, mirando en dirección a la torre en la que su padre había sido capturado—. Pero conozco a alguien que puede llevarme allí; siempre y cuando me ayudéis a rescatarlo de las manos del príncipe.

—Haremos todo lo que podamos —prometió Raka.

El ahogado repiqueteo de los pies de Dhojakt resonó a través de la casucha. Raka sonrió y se llevó una mano a los labios. Al cabo de un instante, un siseo terrible se dejó oír al otro extremo de la choza, y un chorro de chispas verdes salió disparado hacia el cielo. Dhojakt rugió enfurecido, y casi de inmediato el aire se llenó de un hedor tan horrible que Sadira no pudo evitar una sensación de náusea.

—Ya está —dijo Raka—. Ahora estarás a salvo... Al menos el tiempo suficiente para abandonar esta parte de la ciudad.

12

El almacén

Encontraron a Faenaeyon encerrado en un pesebre, en la parte posterior del almacén, sentado con las rodillas apretadas contra el pecho y la vacante mirada clavada en las agrietadas losas del suelo. Una de sus manos no cesaba de rebuscar en el cinturón en busca de sus desaparecidas bolsas de monedas, y su macilento rostro estaba crispado en una mueca de enojo. Murmuraba frases incoherentes, con un largo hilillo de baba resbalando por la puntiaguda barbilla, y no parecía darse cuenta de lo que pasaba a su alrededor.

Era evidente que el elfo no se encontraba en condiciones de intentar la huida, pero los dependientes del almacén lo habían sujetado en la misma forma que a cualquier otro esclavo del mercado. Alrededor del cuello, el jefe llevaba un collar de áspera soga negra, y empalmada con ella había una cuerda que se extendía a su espalda hasta la pared, donde el otro extremo quedaba sujeto a un aro de hueso incrustado entre bloques de piedra. De sus días de esclavitud, en los que había dormido con una soga parecida alrededor del cuello, Sadira sabía que ni Magnus podría haberla partido; ni tampoco se podía cortar la cuerda con facilidad, pues estaba trenzada con pelo de gigante. La cuerda resultante era tan fuerte y resistente que incluso las hojas de acero se embotaban contra ella.

—Espero que estés lo bastante despierto para darte cuenta de lo que se siente al estar atado —musitó Sadira, desviando la mirada de la jaula de su padre.

La hechicera dudó que su padre la hubiera reconocido aun de estar lúcido, ya que había utilizado raíz de alheña para teñirse los cabellos de un rojo oscuro, la corteza de un fresno enano para oscurecerse la piel y *kohl* negro para decorarse los párpados. También había cambiado su acostumbrado vestido azul por una túnica verde.

Mientras Raka y ella avanzaban por el pasillo, Sadira se detuvo varias veces delante de otros esclavos, como si evaluara si eran adecuados para su casa. El almacén de esclavos de la Casa de Comercio Shom era mayor y estaba más atestado que ninguno que Sadira hubiera visto nunca. Se trataba de una única galería cavernosa, iluminada por ventanas enormes e inundada con el murmullo de las discusiones de cientos de compradores y vendedores. El techo de la sala era alto y envuelto en sombras, sostenido por innumerables arcos dobles y columnas de mármol que quedaban casi ocultas bajo exuberantes plantas trepadoras repletas de flores aromáticas.

Bajo cada hilera de arcos discurría un amplio pasillo, flanqueado a cada lado por pesebres apenas lo bastante grandes para alojar a los hombres y mujeres que yacían en ellos. A lo largo de la parte posterior de aquéllos se alzaban las elevadas paredes de losas de piedra a las que estaban sujetas las cuerdas de los esclavos.

Cuando llegaron al final del pasillo, Raka preguntó:

—¿Es ése el elfo que buscas?

Sadira asintió y rodeó una columna tan cubierta de enredaderas que no se veía su superficie.

—No he visto ninguna señal de templarias o de guardia real —comentó la muchacha.

—Sin embargo, están ahí —afirmó el joven—. Uno de nuestros agentes intentó comprarlo esta mañana, pero el precio era escandaloso. La casa Shom no quiere vender a este elfo en cuestión; sin duda porque Dhojakt ha deducido que se trata de tu guía. El príncipe lo utiliza como señuelo.

Pasaron junto a un esquelético anciano que regaba las enredaderas de la galería con un enorme cubo. El hombre mantenía los ojos fijos en su trabajo, sin prestar atención a los ruegos de los esclavos para que les diera un poco de agua.

—Tienes razón, por supuesto —contestó Sadira, dirigiendo una mirada cautelosa a la muchedumbre que tenía delante. Por lo que ella sabía, la mitad de las mujeres vestidas con túnicas podían ser templarias, y miembros de la guardia real los vendedores ataviados con la librea de la casa Shom—. Sería demasiado simple si todo lo que tuviéramos que hacer fuera comprarlo.

Se abrieron paso por el pasillo, hasta el lugar donde Magnus y Huyar se encontraban examinando los larguiruchos brazos y cuadradas cabezas de dos tareks. Aunque el cantor del viento había utilizado su magia para curar la herida sufrida durante la batalla del día anterior, parecía cansado y le costaba evitar que su fornido cuerpo se balanceara mientras permanecía de pie. Se cubría con una chilaba oscura, cuya capucha llevaba echada sobre la cabeza. El vestido no ayudaba demasiado a ocultar su inmenso tamaño, pero al menos ocultaba las señales de quemaduras de su pecho.

—¿Lo encontraste? —preguntó Huyar, que no se había molestado en disfrazarse; aunque los agentes de Dhojakt se encontraran allí, no podrían distinguirlo de un guerrero de cualquier otra tribu—. ¿Se ha recuperado de su sopor?

—Lo hemos encontrado, pero sigue enfermo —respondió Sadira—. ¿Continúa en pie nuestro acuerdo?

—Desde luego —confirmó el elfo—. Siempre y cuando Faenaeyon recupere el sentido y nos diga dónde encontrar la Torre Primigenia.

Por supuesto, Sadira no esperaba que Huyar mantuviera su palabra. El guerrero diría cualquier cosa para recuperar a su padre, pero sabía que no la absolvería tan fácilmente de la muerte de Gaefal. Al mismo tiempo, la hechicera era muy consciente de que, cuando Faenaeyon regresara con la tribu y se le diera el antídoto, la decisión final sobre ir a la torre estaría en sus manos.

De todos modos, la promesa de Huyar y el hecho de que fuera Sadira quien lo hubiera rescatado ayudaría a convencer al jefe de llevarla a la Torre Primigenia. Todavía podía negarse, pero la hechicera se ocuparía de esa posibilidad cuando tuviera lugar. Por el momento, lo importante era rescatar al elfo.

A Sadira la preocupaban más los motivos que pudieran tener Rhayn y Magnus para ayudarla. Ambos eran lo bastante astutos para darse cuenta de que planeaba utilizar el antídoto para despejar la mente del jefe, y sin embargo habían aceptado su oferta con la misma rapidez que los demás. A lo mejor, tal y como Rhayn había afirmado siempre, no sentían ningún deseo de que Faenaeyon recibiera un daño físico. O a lo mejor tenían un plan diferente... como por ejemplo utilizar el vino que habían ocultado para volver a envenenarlo.

Fuera cual fuese su plan, la hechicera no quería verse involucrada en él. Mientras los Corredores del Sol la condujeran a la Torre Primigenia, no le importaba lo que le sucediera a Faenaeyon; al menos, eso era lo que se decía a sí misma.

Sadira se volvió hacia Raka.

—¿La Alianza está lista para ayudar?

Antes de que el muchacho pudiera responder, un tremendo estallido sonó al otro extremo del almacén, y una serie de gritos aterrorizados resonaron por los pasillos. Sadira miró en dirección al ruido y distinguió un penacho de humo que se alzaba de un montón de cascotes que poco antes habían sido un arco. Junto a este montón se veía el plinto de una columna de mármol; las enredaderas que la envolvían humeaban aún por los efectos del conjuro basado en el fuego.

—La Alianza pone ya a prueba la respuesta de nuestro enemigo —explicó Raka a Sadira con una sonrisa.

La galería se llenó de gritos asustados, y más de un comprador empezó a dirigirse a la salida. Un puñado de los dependientes de Shom se unieron al desfile sin hacer caso de las súplicas de los esclavos que dejaban atrás. La mayoría de los vendedores, no obstante, permanecieron en sus puestos, asegurando a sus sobresaltados clientes que era mucho más sensato permanecer donde estaban y finalizar el trato. Aquellos que se enfrentaban a clientes excepcionalmente nerviosos incluso consiguieron transformar el acontecimiento en una ventaja para la negociación por el sencillo método de sujetar por el brazo a los aterrorizados compradores y dejar bien claro que no los soltarían hasta que se hubiera llegado a un acuerdo.

Unos cuantos guardas en cuyos escudos aparecía la triple libélula de la casa Shom se precipitaron hacia el arco derrumbado, pero nadie más se unió a ellos.

—Si las templarias de Dhojakt se encuentran aquí, se mantienen ocultas —observó Raka—. Avísame cuando estés preparada para el siguiente paso.

Sadira miró a Huyar.

—Después de hoy, sospecho que la casa Shom deseará vengarse de la tribu de Faenaeyon —le advirtió—. Espero que tengas razón sobre lo fácil que será recuperar vuestros kanks y abandonar la ciudad.

—No dije que serían nuestros kanks los que recuperaríamos —respondió éste—. En cuanto a abandonar la ciudad, nuestros guerreros deberían haber salido al amanecer. Cuando nos encontremos con Rhayn, ella nos dirá dónde se reunirá la tribu. —Lanzó a Magnus una mirada malévola y añadió—: A menos que haya decidido que resultaría más fácil autoproclamarse jefe abandonándonos aquí.

El cantor del viento hizo una mueca de enojo.

—Sabes muy bien —le escupió— que los guerreros de Faenaeyon jamás tolerarían algo así.

—Vamos, Huyar —dijo Sadira, indicándole que se dirigiera a la puerta.

El elfo no la obedeció.

—Debería quedarme contigo —objetó—. Faenaeyon es mi padre.

—Alguien tiene que esperar en la puerta, para vigilar por si Dhojakt prepara una emboscada en el exterior —replicó Sadira—. Y únicamente un elfo no despertará sospechas si se queda holgazaneando ahí fuera. Pensarán que intentas robar bolsas.

—Si insistes... —convino Huyar—. Pero te lo advierto: si algo le sucede a Faenaeyon...

—No estará peor que ahora —le espetó Magnus mientras empujaba al elfo en dirección a la salida.

Huyar dedicó una mirada feroz al cantor del viento; luego se dio la vuelta y abandonó el recinto a grandes zancadas.

Raka fue el siguiente en marcharse, no sin advertir antes:

—Cuando escuches un trueno, sabrás que hemos atacado. Espera unos instantes después de ello antes de liberar a tu elfo. Reúnete conmigo en la Plaza del Sabio al alba, y os sacaré a todos de la ciudad.

El joven desapareció por una esquina, y Magnus y Sadira permanecieron un rato frente a los tareks, a la espera de que se iniciara el ataque de distracción. La hechicera no tardó en observar que uno de los vendedores se encaminaba hacia ella y al momento indicó su falta de interés por regatear tomando a Magnus del brazo y conduciéndolo pasillo adelante.

—Mientras esperamos la actuación de Raka, responde a una pregunta que me tiene intrigada.

—Si está en mi poder —prometió el cantor del viento.

—¿Por qué estás tan unido a Rhayn? Si no supiera que es imposible, diría que estás enamorado de ella.

—¿Crees que no puedo amar porque pertenezco a las nuevas razas? —inquirió el cantor del viento con un destello de cólera en los negros ojos.

—No dudo que puedes hacerlo —contestó Sadira—. Era a Rhayn a quien me refería; son los elfos los que no pueden amar.

—¿Por qué piensas eso? —quiso saber Magnus aplastando las orejas contra la cabeza.

—Fíjate en Faenaeyon —dijo Sadira—. Mi madre lo amó hasta el día de su muerte; en cambio él la abandonó a la esclavitud.

—Confundes el amor con la responsabilidad.

—Son la misma cosa —protestó Sadira—. Cuando amo a un hombre, me preocupo por él.

—Preocuparte, sí —concedió el cantor del viento—; pero no lo atrapas asumiendo el control de su vida. Cuando los elfos aman, lo hacen libremente; sin obligaciones y sin promesas. De esa forma, cada uno hace lo que quiere.

—¡Mi madre no escogió la esclavitud! —siseó Sadira.

—Tampoco escogió la libertad —replicó el otro—. Podría haber escapado o haber muerto intentándolo.

—¡Tenía una criatura en la que pensar! —gruñó la hechicera.

—Lo que explica por qué eligió quedarse —repuso Magnus—. No puedes culpar a Faenaeyon por eso. Puede que haya amado a tu madre tanto como ha amado a cualquier otra, pero eso no significa que tuviera que llevársela con él.

Una explosión ensordecedora sacudió el almacén y resonó por toda la galería como un trueno. Cientos de murciélagos abandonaron sus escondites entre el entramado de madera del techo y se lanzaron hacia las ventanas en negras riadas; sus chillidos eran apenas distinguibles de los gritos de las personas reunidas abajo. Antes de que los primeros de la bandada alcanzaran su objetivo, el aire empezó a chisporrotear y rugir con el sonido de una docena de hechizos diferentes lanzados todos a la vez. Rayos de luz y surtidores de fuego naranja estallaron en la entrada principal, haciendo pedazos columnas, y arrasaron los pasillos con llameantes avalanchas.

—¡Muerte a los mercaderes de esclavos! —gritó la voz colérica de un hombre.

—¡Muerte a los compradores de esclavos! —añadió una mujer.

Chillidos de pánico y gritos de terror retumbaron por la galería. Dependientes y compradores atemorizados echaron a correr en dirección a Sadira y Magnus en una enloquecida oleada; en su desesperación, aquellos situados en retaguardia pisoteaban a los que iban delante. A su espalda resonó un nuevo trueno y, por un brevísimo instante, sus siluetas se recortaron bajo una luz blanca. Al momento siguiente, una hilera de cuerpos chamuscados se desplomó sobre el suelo, dejando un largo surco humeante en el centro de la multitud. En el otro extremo se erguía un hechicero cubierto con un velo; las puntas de sus dedos relucían en un tono blanco rosáceo.

—¡Esclavos, levantaos contra vuestros amos! —gritó la voz de Raka. El joven hechicero extendió los dedos de la mano mientras se preparaba para un nuevo conjuro—. ¡Ha llegado el momento de que os liberéis!

En respuesta al grito del muchacho, muchos esclavos intentaron deslizar los negros collares por encima de sus cabezas, y otros tiraron de las grasientas cuerdas que los sujetaban a las paredes. Al ver que no conseguían soltarse, Raka creó una reluciente espada de dorada energía y empezó a cortar sus ataduras. Los esclavos así liberados se lanzaron de inmediato sobre aquellos que los habían encarcelado y se dedicaron a enrollar las cuerdas en torno a las gargantas de aquellos mercaderes que tenían más cerca.

Los comerciantes que consiguieron escapar de los furiosos esclavos corrieron todavía más rápido. Magnus colocó toda su mole en el centro del pasillo para obligar así a la riada a dividirse y rodearlo. Apretándose con fuerza contra la espalda del cantor del viento, Sadira aulló:

—¡Abandona la diversión!

—Tendría que haber sabido que harían algo como esto —respondió el cantor del viento—. La Alianza nibenesa aprovecha cualquier excusa para atacar a los traficantes de esclavos.

Sadira oyó el grito agónico de uno de los dependientes de Shom que acababa de pasar junto a ella y, al girar en redondo, vio una daga robada en manos del esclavo esquelético que había estado regando las enredaderas antes. El anciano utilizaba el arma para acuchillar el fláccido cuello del vendedor.

Cuando el hombre cayó, el esclavo levantó su puñal y se lanzó sobre Sadira, pero la hechicera esquivó el torpe ataque extendiendo un pie a modo de barrera ante el tobillo del otro a la vez que le descargaba el puño entre ambos omóplatos. El anciano cayó al suelo, y Sadira plantó un pie sobre la muñeca que sujetaba el arma, se agachó y le arrebató el cuchillo.

—No está mal —comentó Magnus.

—Rikus me lo enseñó —contestó ella, apartándose con el cuchillo en la mano.

El hombre rodó sobre sí mismo, encogiéndose asustado y cubriéndose la cabeza. Un ojo aterrorizado, amarillo por la ictericia, atisbó por el pliegue del codo, pero el esclavo ni gritó ni suplicó misericordia.

—Estamos de tu lado —dijo Sadira.

La hechicera se inclinó y tiró del anciano para ponerlo en pie; luego miró a su alrededor para ver si los seguidores de Dhojakt daban señales de vida. Aquí y allá, unas cuantas mujeres observaban con tranquilidad la revuelta desde la seguridad de un corral de esclavos vacío, pero todavía no habían hecho nada que las señalara como templarias. Sadira introdujo la daga en la mano del esclavo y lo empujó hacia la salida.

—No tienes mucho tiempo. Utilízalo bien.

La desdentada boca del esclavo se desencajó de sorpresa y el hombre, tras dedicar a Sadira una rápida reverencia, se dio la vuelta para acuchillar a una mujer que llevaba una túnica de seda y un brazalete de cobre. Un chorro de sangre brotó de la herida y salpicó el nudoso rostro de Magnus.

—¿Tenías que devolverle el cuchillo? —se quejó Magnus mientras se limpiaba el pegajoso líquido del ojo.

—Si hubieras sido esclavo alguna vez, no harías esa pregunta —afirmó Sadira y, cogiendo al cantor del viento por el brazo, lo condujo pasillo abajo. A su espalda, el fragor de la batalla aumentaba y se volvía más tumultuoso.

Cuando se acercaban a la última columna, un par de templarias nibenesas surgieron de improviso de una esquina y, despojándose de sus túnicas, invocaron a su rey-hechicero para que les concediera poderes mágicos. Se detuvieron nada más entrar en el corredor, y una dejó caer algo al suelo. Se produjo una pequeña detonación, y el olor a azufre llegó hasta la nariz de Sadira.

Una diminuta esfera de fuego apareció sobre el suelo y creció con rapidez hasta alcanzar el tamaño de un kank. La mujer extendió las palmas hacia afuera delante de ella como si empujara la llameante bola, y ésta empezó a rodar por el pasillo, aumentando de velocidad y tamaño con cada vuelta. Allí por donde pasaba, la esfera de fuego no dejaba tras de sí más que enredaderas ennegrecidas, cuerpos carbonizados y losas chamuscadas.

Sadira introdujo la mano en el morral donde guardaba sus componentes para hechizos, pero Magnus la detuvo.

—No —musitó—. Estamos aquí para llevarnos a Faenaeyon, no para matar templarias.

La hechicera retiró la mano y contempló cómo las dos mujeres pasaban junto a ellos, siguiendo a la esfera pasillo abajo. Aunque todo su ser le gritaba para que tomara parte en la batalla, sabía que el cantor del viento tenía razón.

A mitad del pasillo, la bola estalló en un surtidor de fuego, y se desvaneció en una bocanada de humo. Una transparente pared de energía cortaba el paso por el pasillo, y a través de su reluciente superficie Sadira distinguió a Raka que se giraba para huir.

—Creo que ha llegado el momento de ir en busca de Faenaeyon —anunció la muchacha.

Mientras hablaba, la segunda templaria apuntó la mano hacia el arco situado justo encima de la cabeza de Raka. Una piedra azul salió disparada de la mano de la mujer y golpeó el arco justo en el centro. Las piedras se esfumaron en una cascada de chispas, y acto seguido el techo se desplomó en medio de una lluvia de cascotes.

Magnus sacudió la cabeza y desvió la mirada.

—Qué desperdicio —observó entristecido—. Ahora ¿cómo conseguiremos salir de la ciudad?

—A lo mejor la Alianza enviará a otra persona —dijo Sadira mientras observaba cómo una pareja de esclavos caían de rodillas y empezaban a retirar los escombros—. Además, puede que Raka siga vivo.

El cantor del viento meneó la cabeza, descorazonado.

—¿Cómo puedes pensar eso?

—A lo mejor ellos ven algo que nosotros no podemos —respondió la hechicera señalando a los esclavos que escarbaban.

Sadira estudió la posibilidad de perder unos instan tes para defender a los esclavos, pero se dio cuenta de que la trémula barrera de fuerza del joven hechicero todavía resistía. Eso impediría que las templarias siguieran adelante, al menos durante un corto espacio de tiempo.

—Vamos en busca de Faenaeyon —dijo Magnus, arrastrando a la hechicera al otro lado de la esquina.

Aquí, la situación era aún más confusa que en el lugar del que venían. Docenas de hombres y mujeres ataviados con túnicas de seda se acurrucaban en el centro del pasillo, justo fuera del alcance de los pobres desgraciados que seguían sujetos a la pared. Desperdigados por entre los pesebres se veían los cuerpos de aquellos que no habían sido tan prudentes, compradores y comerciantes con rostros hinchados y amoratados, labios azules, y ojos vidriosos que se abrían en blanco en las cuencas. En muchos casos, las grasientas cuerdas que los habían estrangulado seguían arrolladas fuertemente a sus cuellos, y los aturdidos e inexpresivos rostros de sus ejecutadores se asomaban por encima de sus hombros.

A mitad del corredor, una muralla mágica de luz dorada cortaba el paso. Una docena de hombres que empuñaban escudos con la insignia de la casa Shom permanecían inmóviles frente a la barrera, a la espera de que tres templarias de pechos desnudos disolvieran la pared. A través de la reluciente barricada, Sadira consiguió ver la figura de un anciano hechicero que se alejaba trabajosamente hacia la salida.

Magnus fue hasta el pesebre donde se encontraba Faenaeyon y agarró su cuerda. El cantor del viento dio un poderoso tirón de ella, pero ni la cuerda ni la argolla de piedra que la sujetaba cedieron. Tensó entonces la cuerda, abrió la boca y lanzó una profunda y retumbante nota que hizo temblar el suelo; en el punto donde estaba incrustada la argolla de piedra, la pared se estremeció visiblemente, y la hechicera esperó ver desmoronarse los ladrillos en cualquier momento.

Pasillo abajo, las templarias y los guardas se dieron la vuelta al escuchar la voz de Magnus y, al darse cuenta de lo que estaba a punto de suceder, abandonaron su persecución del hechicero y corrieron hacia Faenaeyon.

Sadira reunió a toda prisa la energía que necesitaba para un hechizo.

—¡Magnus, rápido!

El cantor del viento miró pasillo abajo y, con una mueca, dejó de cantar. Sin soltar la cuerda, cerró la otra mano hasta formar un gigantesco puño y lo descargó contra la pared.

Los ladrillos se desintegraron en un surtidor de afilados fragmentos, y la argolla se soltó. Magnus se echó a Faenaeyon a la espalda, lanzó un gruñido de dolor y agitó el puño que había utilizado para destrozar la pared. Sadira le indicó que se dirigiera al pasillo contiguo y luego lo siguió, andando de espaldas para poder vigilar a los nibeneses que se acercaban.

Los guardas balanceaban sus curvas espadas a uno y otro lado en un frenético intento de abrirse paso por entre los hombres y mujeres acurrucados ante ellos, pero no consiguieron más que llenar el pasillo de transeúntes mutilados demasiado aturdidos y asustados para arrastrarse fuera de su camino.

Una de las templarias se detuvo e invocó la magia de su rey. Una piedra incandescente salió disparada de su mano y fue a golpear a Magnus en la espalda. La roca rebotó en su dura piel, llevándose con ella un pedazo de piel, y el aire se llenó con el olor del cuero quemado. El cantor del viento se desplomó sobre el suelo hecho un ovillo aullante, mientras Faenaeyon salía despedido contra la pared trasera del almacén.

—¡Magnus! —chilló Sadira—. ¡Levántate!

Éste no le contestó, pero la hechicera no se atrevió a apartar los ojos de sus enemigos el tiempo suficiente para mirarlo. Una segunda templaria le apuntó entonces con un dedo acabado en una larga uña, y Sadira arrojó un pequeño fragmento de cristal al aire y musitó su conjuro.

El cristal describió un arco, permaneció suspendido en el aire unos instantes y estalló en un reluciente disco de cristal sólido. Aunque Sadira sabía que la oblea no era más gruesa que un dedo, era imposible darse cuenta de ello a simple vista. El círculo parecía infinitamente profundo, y repleto de capas que recordaban los colores de las piedras preciosas: esmeralda, amatista e incluso destellos diamantinos.

Cuando el hechizo de la templaria chocó contra el otro lado, se produjo una llamarada blanca que enseguida se dividió en deslumbrantes oleadas de amarillo, rojo y azul. Cada explosión de color saltó en una dirección diferente; luego perdió velocidad con rapidez hasta detenerse y quedar atrapada en el interior de las resplandecientes profundidades del disco.

La hechicera describió un círculo en el aire, y el cristal, girando sobre sí mismo en un torbellino de color, echó a volar por el corredor absorbiendo a su paso todo lo que tocaba. A los pocos instantes ya estaba lleno con las retorcidas figuras inertes de aquellos que habían estado en el pasillo: compradores de esclavos, dependientes y las tres templarias nibenesas.

Sadira se volvió hacia Magnus y vio que el cantor del viento intentaba ponerse de rodillas, pero, cuando iba a ayudarlo, algo apareció arrastrándose por encima de la pared a la que había estado atado Faenaeyon. La muchacha giró en redondo y descubrió la figura de Dhojakt apareciendo por la parte superior, los ojos llameantes de odio.

Sadira empezó a absorber energía para otro conjuro. Al mismo tiempo, Dhojakt apuntó con la mano a la zona del suelo sobre la que ella se encontraba y, cerrando la mano, la levantó hacia arriba como si extrajera algo del suelo. Con una serie de sonoros chasquidos, las losas bajo los pies de la hechicera se partieron y dejaron al descubierto un profundo agujero. La hechicera lanzó un grito de alarma y retrocedió, con la palma de la mano dirigida todavía hacia el suelo.

Un cilop se arrastró fuera de la fisura, balanceando la ovalada cabeza a uno y otro lado mientras agitada las antenas con frenesí. Sus ojos compuestos se posaron de inmediato sobre Sadira, y la bestia abrió sus tres pares de pinzas. Tras lanzarle una potente bocanada de su mohoso aliento, la criatura se lanzó al frente.

La hechicera saltó al interior de un corral vacío, pero no podía competir con la velocidad del animal, que la atrapó por el muslo y la levantó por los aires. Un chorro de sangre caliente empezó a manar de su pierna, y notó cómo la adormecedora punzada del veneno penetraba en sus venas.

—¡Magnus! —aulló, aterrorizada por la idea de ser envenenada—. ¡Ayúdame!

—No busques a tu enorme compañero —se mofó Dhojakt—. Tiene lo que vino a buscar, y ahora se ha ido.

La hechicera echó una ojeada a la pared trasera del almacén. Tal y como el príncipe había afirmado, no se veía a Magnus ni a Faenaeyon por ninguna parte. Maldiciendo al cantor del viento por haber sido tan rápido en marcharse, Sadira hundió una mano en su morral y sacó la primera cosa que tocó: una bolita de cáñamo cubierto de hollín. Estuvo a punto de devolverlo a su lugar, ya que se trataba de un ingrediente para un hechizo que sólo podía lanzar sobre sí misma. Entonces se le ocurrió una idea y bajó los dedos hasta las pinzas del cilop; aplastó el cáñamo contra la cabeza de la bestia y, tras agarrar una antena, pronunció su conjuro.

El cilop se tornó tan negro como los ojos de Dhojakt y se desvaneció en una silueta insustancial. Sadira se desplazó por entre las pinzas y se dejó caer al suelo. La espectral criatura intentó volver a atacar, pero sus mandíbulas pasaron a través de la hechicera sin hacerle el menor daño. Sin prestar atención a su inofensivo atacante, Sadira desgarró un pedazo de tela de su túnica y colocó un torniquete alrededor del desgarrado muslo. El vendaje impediría que el veneno corriese por el resto del cuerpo, al menos durante unos minutos.

—Tu rey no dijo que fueras a resultar tan difícil de matar —comentó Dhojakt mientras su cuerpo segmentado se deslizaba por encima de la pared.

—¿Haces esto por Tithian? —exclamó Sadira.

Acabó de atarse el vendaje y apoyó las manos sobre

las losas, como para tomar impulso e incorporarse. Pero en lugar de intentar levantarse, lo que hizo fue absorber energía para un nuevo hechizo. Con la palma apoyada directamente sobre el suelo, no se produciría el menor destello de energía que traicionara lo que hacía.

—Yo no sirvo a ese idiota —siseó Dhojakt—. Tengo mis propios motivos para acabar con tu vida.

—¿Y cuáles son?

En lugar de responder, Dhojakt empezó a descender, haciendo resbalar su cuerpo de cilop por encima de la pared.

Sadira sentía ya el hormigueo de la energía mágica, pero todavía no era suficiente para detener al príncipe. Si quería superar lo que fuera que lo había protegido de sus hechizos el día anterior, necesitaría mucho más poder. La hechicera mantuvo la mano abierta y vuelta hacia el suelo. De las columnas empezaron a caer enredaderas, marchitas y ennegrecidas, pero no se detuvo, ni siquiera después de que se convirtieron en cenizas, dejando el suelo de debajo del almacén tan sin vida como su suelo de losas.

El chorro de energía se apagó. Sadira temió que ya no le llegaría más fuerza, pero entonces sintió cómo otra fuente le transmitía su vida. Ésta venía de fuera del almacén y fluía más despacio al interior de su cuerpo, como si las plantas fueran reacias a entregarla. La hechicera comprendió que la fuerza tenía que provenir de la Plaza del Sabio, donde crecían los magníficos árboles de agafari.

—¡No! —aulló Dhojakt, avanzando por el pasillo—. ¡No puedes profanar el bosque de mi padre!

Sadira apretó los dientes y atrajo la energía con toda la fuerza que le fue posible. Al mismo tiempo, alargó la mano libre en busca de sus ingredientes para hechizos. Por un instante, pareció como si el bosque de agafari no fuera a entregar su vida como ella exigía; luego, de improviso, sintió como si una nube de tormenta acabara de descargar. La energía mágica penetró en su interior con tal potencia que los músculos de la hechicera empezaron a arder y temblar desde la cabeza a los pies. Cerró la mano, pero el flujo continuó en contra de su voluntad, manando como un torrente al interior de su cuerpo e impidiendo que controlara sus propios miembros.

A medida que Dhojakt se acercaba, las aletas de la nariz del príncipe se hinchaban y deshinchaban con furia, y Sadira escuchó el siseo de su respiración al atravesar las cavernosas aberturas. La piel que rodeaba la nariz estaba agrietada e inflamada, probablemente a causa de la trampa que Raka le había tendido el día anterior.

El príncipe extendió las óseas mandíbulas de debajo de los labios y, agarrando a Sadira por los hombros, la atrajo hacia sí. La hechicera sintió cómo parte de la energía fluía de su cuerpo al de él, y recuperó el control de sus extremidades.

—Mi intención era matarte de forma misericordiosa —escupió el príncipe—. Pero ahora es necesario castigarte.

Sadira pellizcó entre los dedos una pepita de ácido vitriólico. Los aceites de su piel desencadenaron una reacción instantánea, e hizo una mueca cuando el vitriólico material le corroyó la piel.

—No malgastes esfuerzos —rezongó Dhojakt, girando la cabeza de modo que las mandíbulas pudieran perforar su garganta—. Tus hechizos no me harán nada.

—Éste sí.

Sadira sacó el cristal de su morral y lo introdujo con fuerza en una de las aletas de la nariz de Dhojakt. Nada más pronunciar el conjuro, una nube de vapor marrón brotó de la nariz del príncipe, quien lanzó un terrible grito de dolor y arrojó a la hechicera lejos de sí.

Sadira golpeó contra la pared posterior del corral con tanta fuerza que dio la impresión de que iba a derribarla. Un fuerte dolor le recorrió todo el cuerpo, y evitó por muy poco que su cabeza chocara contra los ladrillos. De todos modos, le pareció como si fuera a perder el conocimiento; su visión se convirtió en un negro túnel, y los alaridos de dolor de Dhojakt empezaron a sonar cada vez más distantes.

La hechicera sacudió la cabeza y luchó por mantener los ojos abiertos. Si se permitía perder el conocimiento, a buen seguro despertaría bajo la custodia de las templarias nibenesas... si es que despertaba. Sadira concentró todos sus pensamientos en el palpitante dolor de su cabeza, aferrándose al dolor como un hombre que cae se aferra a una cuerda.

Finalmente, los gritos de Dhojakt empezaron a volverse más nítidos. Algo más allá, la hechicera podía oír las esporádicas explosiones y siseos de un combate mágico, y se aferró a estos sonidos para que le sirvieran de guía en su regreso a la realidad.

La visión de Sadira fue volviendo poco a poco a la normalidad, y entonces se incorporó con un gran esfuerzo. La pierna que el cilop había desgarrado estalló en un terrible dolor sordo y una oleada de náuseas se apoderó de su estómago; las articulaciones empezaron a dolerle y un sudor frío la envolvió. Comprendió que el veneno del cilop empezaba a surtir efecto.

Al otro lado del pasillo, Dhojakt yacía en el suelo, agitando las múltiples piernas y retorciéndose de un lado a otro enloquecido. Se ocultaba el rostro con las manos y aullaba pidiendo ayuda con una voz inhumana y llena de dolor.

Sadira apenas podía creer que la criatura siguiera viva. El hechizo utilizado había sido el más potente que conocía, capaz de eliminar a toda una compañía de soldados de una sola vez. Que el príncipe hubiera sobrevivido parecía totalmente inconcebible, ya que, en lugar de esparcir la niebla ácida sobre varios acres de terreno, la había concentrado en el interior de sus conductos respiratorios. A esas horas, no habría debido quedar de su cabeza más que un charco de purulento líquido marrón.

Sadira consideró por unos instantes volver a intentar matarlo, pero no se le ocurrió cómo hacerlo. Incluso aunque hubiera tenido un arma, Dhojakt era tan invulnerable a las espadas como lo era a la magia. En cuanto a otro hechizo, si la niebla mortal no lo había destruido, no se le ocurría qué podría hacerlo. La hechicera decidió que la línea de acción más sensata era desaparecer antes de que viniera alguien a ayudar al príncipe.

Sadira se volvió hacia la parte posterior del pasillo y, al hacerlo, descubrió a una robusta figura allí de pie, estudiando la escena. Puesto que su rostro estaba oculto por un pañuelo blanco, la hechicera consideró que no se equivocaba si daba por sentado que se trataba de un miembro de la Alianza del Velo.

—No puedes imaginar qué contenta estoy de verte —dijo, cojeando hacia él.

En lugar de ir en su ayuda, el hombre torció por una esquina y huyó.

—¡Regresa! —chilló ella, siguiendo a la velada figura.

Pero cuando dio la vuelta a la esquina, al hombre no se lo veía por ninguna parte. Sin embargo, Magnus sí se encontraba a poca distancia en medio del pasillo cubierto de cascotes. El cantor del viento se abría paso por entre un montón de guardas que, al parecer, acababa de matar. Sobre la espalda llevaba el cuerpo de Faenaeyon, cuyos ojos en blanco permanecían clavados en el suelo.

—¡Magnus, espera! —aulló Sadira. Una sensación de mareo se apoderó de ella y estuvo a punto de dar un traspié—. ¡Necesito tu arte!

El cantor del viento se detuvo el tiempo suficiente para girarse y echarle una ojeada.

—Date prisa —conminó; luego siguió adelante y avanzó a trompicones por el pasillo cubierto de escombros con toda la rapidez de que era capaz—. Nos encontraremos en la puerta.

La hechicera tomó un pedazo de cordel y formó con él una correa en miniatura, la levantó en dirección a Magnus y lanzó un nuevo hechizo. El cantor del viento se detuvo en mitad de la zancada, con uno de sus pies de tres dedos levantado varios centímetros del suelo.

—¿Es que no me has oído? —refunfuñó Sadira—. ¡Dije que esperaras!

13

La arboleda muerta

Sadira pasó cojeando junto a una pira de llameantes troncos de árbol y penetró en la sombra del cubierto callejón sin dejar de toser violentamente a causa del humo producido por la madera de agafari al arder. Era una mañana calurosa y sin viento, y el humo de los incendios se pegaba al suelo como una nube de polvo que cayera a la tierra. La neblina de la plaza era tan espesa que resultaba imposible respirar sin asfixiarse con el acre olor de las cenizas, y cualquiera que se encontrase a más de un metro de distancia se tornaba en una fantasmal silueta para aquel que miraba.

A pesar del humo, los esclavos nibeneses trabajaban por toda la Plaza del Sabio, ocupados en talar árboles y arrojar los ennegrecidos troncos a las monumentales hogueras. En algún punto en medio del humo, un conjunto de los mejores flautistas de ryl inundaba el aire con una tristísima melodía, para acompañar a un taciturno cantor que lloraba la pérdida de la antigua arboleda.

—¿Encontraste a tu guía? —preguntó Magnus.

—No —respondió Sadira. Era ya bien pasado el amanecer y no habían visto la menor señal de Raka, ni de nadie enviado por la Alianza del Velo—. ¿Estás seguro de que viste cómo el muchacho escapaba del almacén?

—Sí —contestó el cantor del viento—; un par de esclavos lo sacaron de entre los escombros mientras yo transportaba a Faenaeyon pasillo abajo. Se fue con ellos, tambaleándose, pero por sus propios medios. Después de eso, ya no sé qué sucedió. Me atacaron los guardas de Shom y lo perdí de vista.

Por entre el humo que llenaba el callejón, Sadira apenas si podía distinguir la capa que el cantor del viento había utilizado para vendarse las heridas. Detrás de ellos se alzaba Faenaeyon, encorvado al frente para no golpearse la cabeza con el bajo techo. El jefe elfo todavía parecía débil y vacilante, pero había salido de su sopor lo suficiente para andar por sí mismo. Después de escapar del almacén, una de las primeras cosas que hizo la hechicera fue verter el antídoto en la garganta de su padre. Luego Sadira pidió a Magnus que utilizara su magia para curarla; por fortuna el cantor del viento había conseguido neutralizar el veneno del cilop y detener la hemorragia, pero la pierna de la hechicera seguía tan dolorida que a ésta todavía le resultaba muy doloroso y difícil andar.

Junto a Faenaeyon se encontraba Huyar, quien, muy sumiso, ayudaba a su padre y jefe a mantenerse en pie. Rhayn era la única ausente del grupo. Había ido a buscar el kank de Sadira, para que la hechicera pudiera seguirlos en cuanto el grupo abandonara la ciudad.

—A lo mejor tu amigo te ha traicionado —dijo Huyar a Sadira tras unos minutos de silencio—. Después de todo, sería lo sensato.

—No cometas el error de juzgar a la Alianza del Velo según tus propios patrones —replicó Sadira, molesta por el tono malicioso del elfo.

—No importa si el guía te ha traicionado o no —dijo Faenaeyon. Sus palabras surgieron lentas y con una cierta pastosidad, ya que era la primera vez que hablaba desde que había salido de su sopor—. Pero sí parece que tendremos que arreglárnoslas solos para salir de la ciudad.

—Eso no será fácil —repuso Sadira—. Estuve a punto de matar al hijo del rey-hechicero ayer. Dudo que los guardas de la puerta nos dejen salir como si nada.

—Incluso los muros de Nibenay tienen sus grietas —afirmó Faenaeyon, dedicándole una tranquilizadora sonrisa—. Sacarte de la ciudad será mi pago por haberme rescatado.

—Gracias, pero ya he negociado mis honorarios por esa acción —contestó ella, dirigiendo una significativa mirada a Huyar.

—¿Lo ha hecho? —inquirió el jefe, mirando a su hijo—. ¿Qué?

Huyar tragó saliva antes de responder:

—Dije que la conduciríamos a la Torre Primigenia.

—Entonces quizá debas ser tú quien la lleve allí —dijo Faenaeyon al tiempo que le lanzaba una colérica mirada.

—Pero yo no sé dónde...

—¡Ve hasta la Roca Hendida y sigue la salida del sol hasta que veas la torre! —gruñó el jefe. Agarró a Huyar por el cuello y lo acercó a él—. ¿Cómo pudiste poner en peligro a la tribu ofreciendo tal cosa?

—Era la única forma de que pidiera a sus amigos que te encontraran —se disculpó Huyar—. Además, no tenemos por qué mantener la promesa...

—¿Tan poco vale para ti la vida de Faenaeyon? —quiso saber Sadira.

—La vida de mi jefe me es tan preciada como la mía propia —repuso el elfo—. Pero también lo era la de Gaefal... y no pienso dejar que su muerte quede sin castigo.

—Entonces averigua quién mató a tu hermano y véngate —le espetó Sadira—. Pero, si valoras la vida de Faenaeyon, mantendrás lo que me prometiste.

El jefe arrugó la frente y avanzó hacia la hechicera.

—¿Me amenazas?

—No —dijo Sadira, negando con la cabeza—. Pero esperaba que el pago por salvar la vida de un jefe era una deuda de honor que su tribu respetaría.

Faenaeyon estudió a Sadira unos instantes antes de hablar.

—Primero debemos escapar de la ciudad. Luego

decidiremos qué hacer con respecto a la Torre Primigenia y a la muerte de Gaefal. —Dedicó una risita ahogada a la hechicera y posó una mano sobre su hombro—. Sea lo que sea lo que decida, no creas que olvidaré lo que hiciste. Admiro tu valentía y astucia.

Sadira se quitó de encima la mano del jefe con un brusco movimiento del hombro. Antes de que pudiera decir a Faenaeyon que le importaba más llegar a la torre que lo que él pensara de ella, Magnus interrumpió:

—Ha heredado la valentía y la agudeza de ingenio de su padre. ¿No es así, Sadira?

Faenaeyon entrecerró uno de sus ojos color perla y miró a la muchacha de la cabeza a los pies.

—Pensaba que tu nombre era Lorelei...

La hechicera negó con la cabeza.

—No; es Sadira..., Sadira de Tyr.

—¿La hija de Barakah? —Las palabras fueron más una exclamación que una pregunta.

—Me sorprende que recuerdes su nombre —respondió la hechicera.

Los delgados labios de Faenaeyon se torcieron en una melancólica sonrisa.

—Mi famosa hija —dijo, extendiendo la mano para acariciar los mechones teñidos con alheña—. Debiera haberlo sabido desde el principio. Posees la belleza de tu madre.

—Yo no puedo saberlo —escupió Sadira, apartando la mano de él de un manotazo—. Mis recuerdos son de una desdichada de aspecto ojeroso y con el corazón partido, abandonada a la esclavitud por el único hombre al que amó.

Faenaeyon se quedó boquiabierto y pareció genuinamente perplejo.

—¿Qué otra cosa podría haber hecho? —inquirió—. ¿Llevármela de Tyr y apartarla de su propia gente?

—¡Desde luego! —contestó Sadira.

Ahora el elfo pareció totalmente confuso.

—¿Y entonces qué? ¿Tenerla conmigo en calidad de daeg?

Pronunció esta última palabra en tono despectivo.

Un daeg era un cónyuge —tanto varón como hembra— robado a otra tribu. Los daegs vivían en una situación de servidumbre hasta que el jefe decidía que habían olvidado su lealtad para con su antigua tribu. Podían pasar muchos años antes de que a un daeg se lo aceptara como miembro de pleno derecho en una nueva tribu, y a veces no sucedía nunca.

—Eso habría sido mejor que lo que sucedió —masculló Sadira.

—No sabes nada —se mofó Faenaeyon—. Barakah no era elfa. Los Corredores del Sol jamás la habrían aceptado como otra cosa que no fuera una daeg, y nuestro jefe te habría entregado a los lirrs nada más nacer.

Llena de rabia, Sadira propinó a su padre un violento empujón. El enorme elfo apenas se movió. Con una mueca de enojo, Faenaeyon la agarró por la muñeca.

—¡Suéltame! —siseó Sadira mientras con la mano buscaba su morral.

—Silencio —replicó Faenaeyon, empujándola hacia Magnus. Con la mano libre, extrajo la daga de la vaina que pendía de la cadera de Huyar.

Sadira escuchó el ruido seco de dos armas al entrechocar. Se volvió entonces y vio cómo su padre rechazaba el ataque de un barong de obsidiana. Nadie empuñaba la pesada tajadera; el cuchillo simplemente danzaba solo por el aire. Faenaeyon intentó agarrarlo por el mango y tuvo que hacer una rápida finta para salvar la mano cuando la hoja giró para lanzarse contra su muñeca.

De improviso, sin hacer caso del arma, el jefe guerrero echó a correr por el callejón. Al final de la oscura calleja se encontraba una juvenil silueta cuyos dedos apuntaban al flotante barong. El muchacho agitó la mano en dirección a Sadira, y el pesado cuchillo se lanzó contra la cabeza de la joven.

La hechicera se dejó caer al suelo, y al rodar sobre las mugrientas losas, un dolor insoportable se apoderó de su pierna herida. Gritó sin poderlo evitar y fue a detenerse contra un par de pies enormes de zarpas de marfil. El barong descendió hacia su garganta, pero el brazo de Magnus salió disparado al frente y aplastó la negra hoja contra la pared de piedra.

Con un suspiro de alivio, Sadira volvió su atención callejón abajo y vio que Faenaeyon levantaba su daga para atacar a Raka.

—¡No lo mates! —gritó.

El cuchillo se detuvo en el aire, y el elfo agarró al muchacho.

—Pero intentaba matarte.

—No importa —respondió Sadira, incorporándose—. Ése es nuestro guía. Tráelo aquí.

Faenaeyon enarcó las puntiagudas cejas como si la muchacha estuviera loca, pero hizo lo que le pedía. Utilizó una mano para inmovilizar los brazos de Raka, y mantuvo la otra lista para cortarle el cuello en cualquier momento. Al llegar junto a Sadira, el joven hechicero contempló a la muchacha con franca repugnancia. Raka tenía el rostro cubierto de arañazos y chichones por haber quedado atrapado bajo el arco desmoronado, pero aparte de esto parecía haber salido indemne.

—Prometiste ayudarnos a escapar de la ciudad —dijo Sadira, contestando a la furiosa mirada de Raka con una expresión de infinita paciencia—. ¿Por qué intentaste matarme en su lugar?

—Me traicionaste —le espetó el joven—. Mi maestro me ha expulsado de la Alianza.

—¿Por qué? —exclamó Sadira, perpleja.

—No puedo creer que tengas que preguntarlo —respondió Raka, sacudiendo la cabeza enojado—. Yo respondí por ti, y eres una profanadora. Te vimos lanzando hechizos ayer.

Sadira sintió como si el muchacho le hubiera propinado un puñetazo en el estómago. Se mordió el labio inferior y desvió la mirada.

—No espero que apruebes mis métodos —murmuró—. Pero era la única forma en que podía detener a Dhojakt. No tuve elección.

—Podrías haber muerto con honor —replicó Raka.

—¿Con qué fin? —inquirió Sadira, tan enojada ya

como el muchacho—. ¿Para que el dragón pueda seguir aterrorizando Athas?

—Eso sería mejor que ayudarlo a destruirlo —repuso Raka.

Con un brusco movimiento, se desasió de Faenaeyon y, agarrando a Sadira por el brazo, la arrastró hasta el final del callejón.

—Esa arboleda era tan antigua como la misma Nibenay —dijo, indicando los marchitos troncos de los árboles de agafari—. El mismo rey-hechicero la proclamó un refugio, y ningún profanador se atrevió jamás a tocarla... hasta que apareció Sadira de Tyr.

—Siento que vuestros árboles murieran —manifestó Sadira con amargura—. Pero detener al dragón es más importante... ¿O no significa nada para ti la muerte de miles de personas?

—Desde luego que sí —reconoció Raka, ablandando su actitud—. Pero también me importan esas vidas.

Sadira meneó la cabeza.

—Llámame profanadora si quieres, pero, si tengo que escoger entre personas o plantas, siempre escogeré a las personas.

—No hablo de los árboles —contestó Raka. Señaló a una docena de esclavos que se esforzaban por arrojar un pesado tronco a la hoguera más cercana—. El rey tenía un centenar de esclavos para cuidar de esta arboleda —explicó—. Cuando hayan acabado de limpiarla, los guardas los obligarán a que se reúnan con los árboles en las piras.

La hechicera sintió una terrible opresión en el pecho.

—No puedes culparme por esto —se defendió—. No podía saberlo.

—Deberías haberlo sabido —replicó Raka—. Siempre muere alguien cuando se profana la tierra. Puede que no inmediatamente, pero sí cuando necesitan el pharo que antes crecía allí o cuando necesitan la carne y la piel de los lagartos que antes se alimentaban allí.

—Es suficiente —interrumpió Faenaeyon, arrastrando con rudeza a Raka al interior del callejón. Alzó una mano para abofetear al joven—. Deja de predicar y...

—No le hagas daño —intervino Sadira, sujetando el brazo de su padre—. Tiene razón.

Tomando su comentario como una señal para continuar, Raka agregó:

—Lo que es peor, matas el futuro. Si la tierra deja de dar fruto, no sólo muere el hombre, sino también sus hijos... y todos los hijos que habrían vivido allí durante los siguientes mil años.

El joven hechicero acababa de terminar su sermón cuando apareció Rhayn por el otro extremo del túnel.

—Estupendo —dijo la elfa—. El guía está aquí.

—¿Dónde está mi kank? —inquirió Sadira al observar que su hermana no traía su montura—. No puedo ir muy lejos así.

—No estaba allí —explicó Rhayn—. Ya te contaré el motivo más tarde. Pero, en estos momentos, lo mejor será marcharnos, una patrulla de enganche viene para aquí.

—¿Una patrulla de enganche? —exclamó Faenaeyon—. Jamás he visto algo así en Nibenay.

—El hijo del rey-hechicero no había sido herido jamás —replicó Raka—. El rey ha enviado a sus templarias a reunir víctimas para que Dhojakt se recupere.

—Ninguna magia curativa que yo conozca exige el sacrificio de vidas —refunfuñó Magnus, frunciendo el entrecejo.

—Los reyes-hechiceros tienen su propia clase de magia —dijo Sadira, volviéndose hacia Raka—. ¿Nos ayudarás a salir de la ciudad?

Al ver que el joven hechicero negaba con la cabeza, Huyar lo agarró por la garganta.

—¡Nos mostrarás la salida o morirás!

—En ese caso moriré —jadeó el muchacho y, mirando a Sadira, añadió—: No ayudaré a una profanadora.

Sadira intentó apartar los brazos de Huyar.

—Suéltalo —rogó—. No nos salvarás matándolo.

En lugar de soltar al joven, Huyar apretó los pulgares contra el gaznate del chico. Un terrible borboteo surgió de la garganta de Raka mientras éste luchaba por liberarse.

—Esto no conseguirá nada —dijo la hechicera, volviéndose hacia su padre. Faenaeyon consideró su súplica unos instantes; luego movió la cabeza en señal de asentimiento en dirección a Huyar.

—Déjalo ir —ordenó—. De todos modos creo que conozco una forma de salir de la ciudad.

El guerrero apartó las manos de mala gana de la garganta del muchacho y lo apartó de un empujón.

—Vete, y alégrate de que Sadira de Tyr sea una tonta indulgente.

Del otro extremo del callejón llegó el rumor de docenas de pies que avanzaban a trompicones, acompañado por el chasquear de látigos y las ásperas órdenes de las templarias nibenesas. El muchacho se llevó las manos a la dolorida garganta e hizo intención de marcharse en dirección opuesta, pero Faenaeyon lo agarró por los hombros.

—No hacia la Plaza del Sabio —dijo el jefe, volviendo a Raka en dirección a la patrulla de enganche—. Puedes pagarme haciendo de señuelo.

—Yo no lo salvé para eso —protestó Sadira, sujetando el brazo de Raka—. Vendrá con nosotros. Si hay que luchar, a todos nos irá mejor.

El muchacho se soltó de la hechicera.

—Prefiero arriesgarme con las templarias que luchar al lado de una profanadora. —Tras esto, introdujo la mano en su bolsa para sacar un ingrediente para un hechizo y echó a correr por el callejón gritando—: ¡Muerte a Dhojakt!

—¡Raka! —chilló Sadira—. ¡No!

Hizo intención de seguirlo, pero Faenaeyon la sujetó por el brazo y se lo impidió.

—Por aquí, hija —dijo, levantándola en vilo y transportándola a la Plaza del Sabio.

Apenas si habían penetrado en la humeante plaza cuando una luz aceitunada centelleó desde el callejón, acompañada por un sonoro siseo del aire. Durante un instante, el grito triunfal de Raka resonó en la calleja, pero fue bruscamente interrumpido por el chisporroteo de un rayo.

Delante de Faenaeyon apareció un trío de enormes siluetas que corrían en dirección al lugar del que había surgido el estruendo. Cada uno de los semigigantes empuñaba en una mano una espada curva, y en la otra un tridente de aserradas puntas. Los oscuros círculos de sus ojos estaban clavados en Faenaeyon y su grupo de elfos.

—Si te dejo en el suelo, no cometerás ninguna estupidez, ¿verdad? —musitó el jefe.

—Estaré bien —respondió Sadira con voz extrañamente tímida. Las últimas palabras de Raka pesaban en su mente, y no hacía más que pensar si realmente podía justificar todas las cosas horribles que había hecho en nombre de su lucha contra el dragón.

Los semigigantes se detuvieron frente a Faenaeyon.

—¿Qué es ese ruido? —preguntó el jefe mientras contemplaba al elfo con expresión suspicaz.

—Una emboscada de la Alianza —contestó Faenaeyon, dirigiendo una nerviosa mirada al callejón—. Parece que vienen en esta dirección..., probablemente a atacaros.

—¿Por qué dices eso?

Faenaeyon volvió a mirar al callejón.

—¿No habéis oído? Sadira de Tyr está en la ciudad —replicó—. Si me preguntáis, creo que ha venido a liberar a los esclavos, tal y como hizo en su propia ciudad.

El comentario provocó que el corazón de Sadira empezara a latir con fuerza, pero los semigigantes no parecieron darse cuenta de su malestar. Se miraron entre ellos con expresión preocupada, y luego el jefe hizo una señal al grupo para que siguiera adelante.

—Mantened silencio sobre lo de esa hechicera —advirtió—. Se supone que nadie debe saber que está aquí.

El jefe elfo se encogió de hombros.

—Si eso es lo que queréis..., pero no se escucha otra cosa en el mercado. ¿Por dónde se va a la Torre de la Serpiente desde aquí?

El semigigante señaló la nebulosa boca de otro callejón y se dirigió con cautela a la calle donde Raka acababa de perecer. Faenaeyon condujo a su grupo al otro lado de la plaza, medio transportando a la hechicera para evitar que su cojera fuera evidente.

Al penetrar en la cubierta calleja, el jefe soltó por fin el brazo de Sadira.

—Te mostraste un poco descarado ahí atrás, ¿no crees? —comentó la hechicera.

Fue Rhayn quien contestó.

—Es lo mejor. De lo contrario, creen que intentas ocultarles algo.

—¿Y qué le sucedió a mi kank? —quiso saber Sadira, haciendo denodados esfuerzos para que su cojera no le impidiera el paso de los otros—. ¿Lo hizo matar el dueño del establo?

—Más bien al revés —la corrigió Rhayn—. Según sus esclavos, cuando el viejo abrió la puerta para que lo examinaran, el bicho lo agarró y se fue. Sus ayudantes siguieron a la criatura hasta las puertas del palacio, donde tu animal realizó algunos trucos ante los guardas. Tras eso, tanto el kank como el anciano fueron conducidos al interior, y no se ha vuelto a ver a ninguno de ellos desde entonces.

—¡Tithian! —siseó Sadira.

—¿Qué tiene que ver con esto tu rey? —inquirió Faenaeyon.

—Según Dhojakt, fue Tithian quien le dijo que yo estaba en Nibenay —respondió ella.

Magnus meneó la cabeza, perplejo.

—¿Cómo?

—Por medio del kank —explicó Sadira—. Tithian se ha convertido en un doblegador de mentes bastante bueno, y creo que utilizó el Sendero para espiarme a través de mi montura. Es el único modo en que podía saber que me encontraba en Nibenay o de que me dirigía a la Torre Primigenia.

—Creía que Tithian era un buen rey —declaró Faenaeyon—. ¿Por qué tendría que traicionarte?

—Tú fuiste mejor padre de lo que Tithian ha sido rey —replicó Sadira—. En cuanto a su traición, al parecer no quiere que vaya a la Torre Primigenia. Tampoco lo desea Dhojakt.

—Pues en ese caso quizá tendrías que recapacitar sobre tus planes —sugirió Faenaeyon, sin prestar atención al solapado desaire de la hechicera—. Si el hijo de un rey-hechicero no quiere que...

—Voy a ir —interrumpió Sadira—. Si están tan decididos a mantenerme alejada de ella, debe existir un buen motivo. Todavía no sé cuál es, pero tengo que darme prisa. El dragón no tardará en llegar a Tyr, y quiero estar esperándolo.

—Entonces, démonos prisa, por supuesto —repuso Faenaeyon, no sin cierto sarcasmo.

El jefe los condujo fuera de la callejuela a una calle más ancha que corría paralela a la parte posterior de los almacenes de los comerciantes. Siguió avanzando más o menos en dirección al risco situado al norte de la ciudad, aunque de vez en cuando se detenía para preguntar el camino. En ocasiones, el nervioso transeúnte se negaba a responder y se escabullía a toda prisa sin dejar de sujetar su bolsa de monedas, pero la mayoría de las veces el viandante se sentía aliviado de que los elfos se detuvieran sólo para interrogarlo y no para intentar sacarle algo.

La caminata dejó su huella en la pierna herida de Sadira, quien incluso de haberse encontrado en plenas facultades físicas habría tenido dificultades para seguir el ritmo de las largas piernas de los elfos. Ahora, con ellos andando deprisa y cada paso un terrible esfuerzo para la hechicera, tal cosa resultaba casi imposible. Al cabo de media hora, tuvo que pedirles que aminoraran el paso.

—Quizá deberíamos ocultarnos en la ciudad un día o dos —sugirió Magnus—. No puedo hacer nada más por tu pierna hasta mañana, y sin un kank no podrás recorrer más que unos pocos kilómetros en el desierto.

—No, debemos marcharnos hoy —declaró Sadira, negando con la cabeza—. Por lo que dijo Raka, el rey-hechicero está ocupado curando a su hijo. Cuando lo haya hecho puede volver su atención hacia mí.

—En ese caso, quizá deberíamos dejar a Sadira aquí —insinuó Huyar, mirando a su padre—. No creo que deseemos poner en peligro a la tribu por su culpa.

—Yo decido cuándo la tribu está en peligro, y por quién hay que ponerla en peligro —replicó Faenaeyon dedicando a su hijo una mirada torva—. Si es necesario, llevarás a Sadira a la espalda.

—Gracias —dijo la hechicera—. Es agradable saber que puedes ser un hombre de honor.

—Agradecido —sonrió Faenaeyon con hipocresía.

—Pero, antes de que abandonemos la ciudad, hay una cosa que necesito conseguir —añadió ella.

La sonrisa de su padre se desvaneció.

—No —contestó, iniciando de nuevo la marcha.

—No será demasiado problemático —insistió Sadira—, y lo necesitaré cuando llegue a la Torre Primigenia.

Faenaeyon se detuvo y le dedicó una mirada perpleja.

—¿Qué es?

—Bolas de obsidiana —respondió ella—. Para las sombras.

Por la forma en que el color desapareció del rostro de su padre, la hechicera comprendió que éste había visto las sombras cuando visitó la torre. Al cabo de un instante, Faenaeyon recuperó el control.

—¿Tienes monedas? —preguntó.

—Claro que no —repuso ella—. Las cogiste...

—Pues yo tampoco tengo monedas —la cortó el elfo—. Y ahora no es el momento de robarlas. Si necesitas obsidiana, la cambiaremos por algo en el camino o la cogeremos de una caravana.

Antes de que pudiera protestar, Faenaeyon hizo una señal a Magnus y Rhayn.

—Ocupaos de que mantenga el ritmo —ordenó, reanudando el camino.

No tardaron mucho en llegar a una pequeña plazoleta. Al otro lado de la plaza se alzaba el risco cortado a pico que bordeaba el lado norte de Nibenay. Tallados en la rocosa ladera de la escarpadura se veían una docena de palacios distintos, cada uno situado a una altura diferente del suelo. Por encima de las mansiones, un muro bajo de piedra coronaba el farallón, formando las fortificaciones defensivas que protegían esta parte de la ciudad.

Frente al farallón, separada de éste por una corta distancia, se alzaba una elevada torre a la que se había dado la forma de una maraña de serpientes enroscadas, con cientos de ventanas en forma de escama de serpiente. En la base del torreón, la entrada semejaba las fauces abiertas de una serpiente.

Un sinuoso sendero aéreo, tallado también en forma de cabeza de serpiente, discurría desde la torre hasta cada uno de los palacios del farallón. La pasarela más elevada iba desde el suelo a la muralla de la ciudad, detrás de la cual Sadira apenas pudo distinguir las diminutas figuras de media docena de centinelas desperdigados por una zona de muchos metros de longitud.

Faenaeyon condujo a su pequeño grupo hasta la base de la torre. Cuando llegaron ante la boca de la serpiente de piedra, un par de guardas muls les salieron al paso. Ambos hombres iban armados con espadas curvas de obsidiana, y vestían capotes que mostraban el emblema de un escorpión negro. Aunque ninguno parecía mucho mayor que Rikus, sus cuerpos se habían vuelto blandos. Su aspecto le sugirió a Sadira que se trataba de los gladiadores mimados de un noble, y que se los había retirado de los combates para utilizarlos como guardas de la mansión.

El padre de la hechicera intentó pasar directamente por entre los dos hombres como si no existieran, pero el mul más alto colocó una mano sobre el pecho del elfo y lo empujó rampa abajo.

—¿Adónde vas? —interrogó el guarda.

—Tengo negocios con lord Ghandara —contestó Faenaeyon, dirigiéndole al mul una mirada feroz—. Aunque eso no es cosa tuya.

Los dos muls bajaron las espadas, pero no se hicieron a un lado.

—Nadie nos informó que vendrías —dijo el segundo mul.

—Eso es porque no me he anunciado —declaró Faenaeyon. Agarró a Sadira del brazo y la arrastró violentamente hacia adelante—. Pensé que a lo mejor estaría interesado en realizar una compra.

Acostumbrada al papel de esclava, Sadira bajó la

barbilla y se mostró asustada. Al mismo tiempo, permitió que sus pálidos ojos vagaran por los muls, como si fuera incapaz de resistir la tentación de admirar sus cuerpos.

Su silenciosa súplica funcionó. Los muls pasearon a su alrededor, estudiando su figura desde todos los ángulos.

—Lord Ghandara tiene gustos refinados —comentó el más alto—. No estoy seguro de que esta mercancía esté a su nivel.

Sadira irguió la barbilla y frunció el entrecejo; luego se mordió el labio como para reprimir una réplica mordaz. Tal y como esperaba, los guardas se echaron a reír y se hicieron a un lado.

—Os mostraré el camino —ofreció el más alto.

—No es necesario que te molestes —respondió Faenaeyon, conduciendo a su pequeña compañía rampa arriba—. He estado aquí antes.

Nada más entrar en la torre, Sadira sintió como si se zambullera en un pozo encantado. Una luz verde ambiental bañaba la atmósfera, iluminando el polvo de su piel como si se tratara de minúsculas gemas que centelleaban en un millar de deslumbrantes colores. Delante de ellos, el pasillo se dividía en tres ramales, de los que llegaba una brisa caliente impregnada de olor a moho y podredumbre, enmascarado por el aroma excesivamente dulce del incienso al quemarse.

Faenaeyon los hizo entrar en el pasillo situado a la derecha y empezó a ascender por la empinada cuesta en espiral. El corredor estaba bordeado por las ventanas en forma de escama que la muchacha había visto desde el exterior, y, al mirar por las aberturas, pudo advertir que subían rápidamente hacia la cima de la torre. Cada vez que bordeaban el lado norte, la vista de la plaza a sus pies era reemplazada por los escarpados peñascos del risco. De vez en cuando, pasaban junto a uno de los palacios del farallón, donde una pareja de centinelas de expresión severa montaba guardia sobre la pasarela que conectaba la casa de su señor con la torre. A veces, Sadira tenía la impresión de escuchar pasos que descendían por el pasillo hacia ellos, pero sólo en una ocasión se encontraron con alguien: una anciana que transportaba un cesto de fruta vacío al mercado.

Cuando se sintió razonablemente segura de que no los oirían, Sadira preguntó:

—Faenaeyon, ¿qué vamos a hacer cuando lleguemos a la parte alta de la torre?

—Habrá un par de guardias reales —le informó el elfo—. Los mataré, y cruzaremos hasta la muralla.

Sadira atisbó por una ventana. El suelo se encontraba a unos quince metros, y la hechicera no podía imaginar que la pared exterior tuviera una altura inferior.

—¿Entonces qué?

—Lanzarás el conjuro que utilizaste para que la tribu cruzara el cañón —respondió el jefe—. Nos habremos ido antes de que los centinelas se den cuenta de nuestra presencia.

—No —anunció Sadira, dejando de andar—. Para utilizar ese hechizo debo profanar el suelo. No volveré a hacerlo.

—Tienes que hacerlo —replicó Faenaeyon sin dejar de ascender por la rampa—. Es el mejor modo.

—Entonces tendrías que haberme preguntado antes de traernos aquí —protestó Sadira.

Faenaeyon se volvió hacia ella, enfurecido.

—¡Yo no tengo que preguntar nada! —le espetó—. Yo soy el jefe, y tú harás lo que yo digo. —La contempló enfurecido durante unos momentos y continuó pasillo arriba sin más discusión.

Rhayn deslizó una mano bajo el brazo de Sadira y la arrastró tras el jefe. Muy pronto, el pasillo se volvió horizontal y giró hacia el lado norte de la torre.

—Dejadme a mí los guardas —susurró Faenaeyon—. Magnus, tú y Huyar mantened la puerta abierta. Rhayn, vigila a Sadira.

Al cabo de unos momentos, el pasillo se ensanchó para convertirse en una sala cuadrada. A un lado, un rastrillo de hueso pendía sobre un corto pasaje que conducía a la calzada elevada. Justo detrás de esta puerta, un estrecho vestíbulo salía del corredor principal y giraba luego a la derecha, al parecer para dar a una pequeña cámara que no podía verse desde el pasaje principal.

Una pequeña extensión de la calzada era apenas visible, suspendida sobre el vacío entre la torre y la muralla de la ciudad.

Tal y como había pronosticado el padre de Sadira, una pareja de centinelas montaba guardia junto al rastrillo. Ambos eran humanos y vestían túnicas de color morado, con capotes blancos que mostraban la insignia de un cilop en la parte superior. En las manos sostenían sendas lanzas cortas y escudos, ambas cosas hechas de madera azul de agafari.

Los guardas cruzaron las lanzas frente a la calzada.

—¿Qué haces aquí? —preguntó uno.

Faenaeyon siguió andando hacia ellos con paso tranquilo, las manos bien lejos de la funda de su daga. Los guardas tomaron la precaución de apuntarle con las lanzas, aunque no parecieron alarmados por su inofensivo acercamiento.

—No puedes aproximarte más —dijo el primer guarda.

El jefe se detuvo frente a los dos hombres y permitió que apoyaran las puntas de sus lanzas contra su pecho.

—Vamos, apártate y vete...

Faenaeyon pasó bruscamente a la acción lanzando ambas manos hacia arriba por entre las lanzas, con lo que las obligó a separarse. Antes de que los guardas pudieran dar la alarma, agarró a ambos por la parte posterior del cuello. Una tras otra, empujó las cabezas hacia abajo y les aplastó el rostro contra las rodillas. Los nibeneses lanzaron un grito ahogado y soltaron las lanzas. Entonces el elfo los empujó hasta una pared y les golpeó la cabeza contra las piedras hasta dejarlos inconscientes.

—Tal y como prometí, una cuestión muy sencilla —comentó, indicando a los otros que se adelantaran.

Magnus y Huyar penetraron en el pasaje y recogieron las lanzas de los guardas inconscientes, pero, antes de que Rhayn y Sadira pudieran cruzar bajo el rastrillo, una templaria nibenesa apareció de improviso en un pasillo lateral. Tras echar un rápido vistazo a los guardas sin sentido, se volvió hacia el pasaje elevado, abriendo ya la boca para invocar la magia del rey.

Sadira agarró a la mujer por los cabellos y, tirándole la cabeza hacia atrás, golpeó con el filo de la otra mano la garganta de la templaria. La nibenesa lanzó un gorgoteo de dolor, y entonces Rhayn terminó con su vida hundiéndole una daga de hueso en el corazón.

—No tan simple como pensabas —dijo Sadira, sacudiendo la cabeza en dirección a su padre.

—Las cosas no han salido tan mal —repuso Faenaeyon, abriendo la marcha por la calzada.

Cuando acababan de cruzar el puente, los centinelas esparcidos por el otero se lanzaron contra ellos. Faenaeyon le quitó la lanza a Magnus y la lanzó contra el pecho del guarda más cercano, mientras que Huyar arrojaba la suya a otro que se acercaba desde el lado opuesto. Viendo que los elfos no tenían ya otra cosa que dagas, los siguientes hombres de la fila desenvainaron las cortas espadas de obsidiana y cargaron.

—¡Lanza tu hechizo! —ordenó Faenaeyon.

—Lanzaré un hechizo —replicó Sadira, extrayendo un pequeño disco de madera de su bolsa.

Faenaeyon hizo caso omiso de ella y empuñó la daga que había cogido antes a Huyar. Mientras el jefe se preparaba para enfrentarse al primer centinela, Rhayn entregó su propia daga a Huyar; luego sacó un fragmento de caparazón de kank de su morral e inició los preparativos para su propio conjuro.

Sadira se acercó a la muralla y atisbó por encima del borde. Ante ella se extendían interminables hectáreas de plateada maleza del desierto, salpicadas de macizos de acebos silvestres del tamaño de rocas. A lo lejos, trabajando bajo el látigo de un único capataz semigigante, una docena de esclavos utilizaban cubos para regar el campo del rey.

Mientras la hechicera reunía la energía necesaria para el hechizo, los primeros centinelas llegaron hasta ellos y atacaron. Faenaeyon eliminó al suyo casi sin esfuerzo, esquivando una torpe embestida, para luego arrancar la espada de la mano de su atacante y abrirlo en canal con su propia arma. Huyar tuvo más problemas, ya que se le cayó la daga al resultar herido en el antebrazo, y finalmente Magnus tuvo que intervenir arrojando el centinela al precipicio.

Sadira sostuvo su disco sobre el extremo del muro y pronunció su conjuro. El círculo de madera se alzó de su mano y se quedó flotando en el aire, y enseguida empezó a crecer poco a poco.

—¿Qué es eso? —inquirió Faenaeyon.

—La forma en que saltaremos de esta pared —explicó Sadira.

Se escuchó el tañido de un arco y una flecha fue a clavarse en la gruesa piel de Magnus. El cantor del viento lanzó un grito de dolor, pero se colocó de forma de actuar como escudo de los otros.

—¡Lanza el otro conjuro! —ordenó Faenaeyon.

—Ya te dije que no lo haría —contestó Sadira, utilizando una mano para evitar que su disco se alejara mientras continuaba creciendo—. Esto es más peligroso, pero tendrá que servir.

En el lado que Magnus no podía proteger, un centinela se arrodilló y disparó una flecha contra el grupo. El proyectil rebotó contra las piedras cerca de la cabeza de Sadira, y la hechicera descubrió que varios otros guardias venían a unirse al atacante.

Fue entonces cuando Rhayn decidió lanzar su conjuro, arrojando el pedazo de caparazón de kank al aire. El fragmento desapareció y fue reemplazado por un caparazón entero. Huyar se hizo con él al momento y lo utilizó para proteger al grupo. A ambos lados, los centinelas maldijeron en voz alta y, dejando sus arcos en el suelo, se lanzaron adelante para combatir cuerpo a cuerpo.

—Creo que ya es lo bastante grande —dijo Sadira, indicando a Faenaeyon que subiera al disco, que en estos momentos tenía ya el tamaño de una mesa—. Sube.

El jefe la miró con expresión torva, pero hizo lo que se le ordenaba. Rhayn y Sadira fueron las siguientes; luego Huyar abandonó el caparazón de kank y se reunió con ellos. Magnus fue el último, y otra vez colocó su enorme cuerpo salpicado de flechas entre los otros y los atacantes. Empujó el disco lejos de la pared y empezó a cantar. En cuestión de segundos, se levantó un poderoso viento que transportó al grupo por encima de los exuberantes campos del rey hacia la inmensidad del desierto athasiano.

14

Un nuevo jefe

Dos guerreras elfas, con los hombros presionados uno contra otro y un brazo pasado alrededor del cogote de la otra se encontraban en el centro de un sucio círculo que los niños habían limpiado cuidadosamente de piedras. Las dos luchadoras se habían cubierto los cuerpos con un aceite extraído de brotes tiernos de yara, se habían afeitado la cabeza, y se habían desnudado hasta quedarse sólo en taparrabos. Ambas mujeres respiraban pesadamente, y los poderosos músculos de sus largas piernas parecían a punto de estallar por el esfuerzo mientras luchaban por mantener el equilibrio.

El resto de la tribu permanecía fuera del redondel. Los adultos animaban a la luchadora por la que habían apostado, en tanto los niños imitaban el combate luchando entre ellos sobre el pedregoso suelo. Magnus yacía boca abajo en el extremo opuesto del círculo, con la alfileteada espalda cubierta de un maloliente bálsamo que los elfos afirmaban mitigaría el escozor de las innumerables heridas de flecha sufridas esa mañana. A juzgar por la expresión vacante de su rostro y el tono gris de sus ojos, el bálsamo había cumplido su cometido mediante el simple método de sumirlo en la somnolencia.

Faenaeyon presidía, sentado sobre una roca cerca

de Magnus, con un enorme frasco de broy en la mano. Tenía el rostro contorsionado en una mueca, con una furiosa lucecita gris ardiendo en las profundidades de sus vidriosos ojos hundidos, y se mordía las uñas sin cesar, sin que al parecer se diera cuenta de cómo se arrancaba pedazos de cutícula.

Mientras Sadira contemplaba a su padre, la más alta de las dos luchadoras consiguió deslizar el brazo libre alrededor de la cintura de su oponente y giró por debajo de los hombros de la otra.

—¡Bien, Katza! —aulló Huyar, junto con docenas de otros miembros de la tribu—. ¡Acaba ya!

Katza, una mujer con un rostro muy arrugado y a la que faltaba el extremo de una de sus puntiagudas orejas, se echó a su oponente a la espalda y, haciendo girar los hombros, lanzó a la otra mujer por los aires. La mujer, que era algo más baja que su oponente y la mitad de fornida, extendió los brazos para frenar la caída. Por un momento, dio la impresión de que iba a caer de espaldas, pero luego, en el último instante, colocó los pies en el suelo y saltó a un lado en una voltereta lateral. Aterrizando justo en el interior del círculo, la luchadora giró en redondo y clavó los llameantes ojos negros en su rival.

—¡Vamos, Grissi! —la animó Rhayn—. ¡Arroja a esa ramera amazona de kanks a los matorrales!

Katza lanzó una furiosa mirada a Rhayn. Decir de un elfo puro que monta en un kank era un insulto terrible, pues daba a entender que éste no era lo bastante rápido para mantener el ritmo de la marcha de su tribu a pie.

—¡Tú serás la siguiente, novia de un tul'k! —rugió la luchadora.

—¿Cómo lucharás con una pierna rota? —quiso saber Grissi, adelantándose.

Aunque Faenaeyon había convocado el torneo de lucha para celebrar la huida de Nibenay, la tribu no parecía estar de un humor muy festivo. Si el jefe había esperado que el torneo uniría más a sus guerreros, se había equivocado por completo. Hasta ahora, cada combate se había deteriorado en una rivalidad entre

Rhayn y Huyar, mientras sus partidarios tomaban partido detrás de ellos. El resto de la tribu apostaba más sobre qué grupo obtendría la victoria que sobre los luchadores mismos.

Cuando Grissi se acercó al centro del redondel, Katza se deslizó a un lado y lanzó una pierna al frente en una violenta patada. El golpe dio a la elfa más menuda en pleno rostro, y el pulgar le acertó justo en el ojo. Las rodillas de Grissi se doblaron, y ésta se llevó las manos al ojo, incapaz casi de mantenerse en pie. Todos los reunidos lanzaron una exclamación de asombro. Incluso Faenaeyon parpadeó sorprendido, pero nadie gritó «juego sucio».

Katza se adelantó con expresión complacida, los brazos extendidos para agarrar a su tambaleante oponente. Grissi dejó que le cogiera el brazo, concentrados sus esfuerzos al parecer en mantenerse en pie. La elfa de oreja caída tiró de su aturdida adversaria, dispuesta a efectuar el golpe definitivo.

Justo en ese momento, Grissi volvió a la acción. Encogió el brazo que Katza había cogido, arrastrando con él a su sorprendida adversaria, y golpeó con su frente el puente de la nariz de Katza; el cartílago se rompió con un sonoro crujido, y la sangre empezó a correr a raudales por ambas aletas.

Mientras Katza se llevaba ambas manos al rostro, Grissi la sujetó por el cuello con un brazo y se acuclilló para pasar el otro por entre los muslos de su oponente. Tras echarse el cuerpo de Katza sobre los hombros, se incorporó en un rápido movimiento y lanzó a la desorejada elfa fuera del círculo. Cinco de los partidarios de Huyar tuvieron el tiempo justo de hacerse a un lado mientras Katza pasaba volando junto a ellos para ir a estrellarse contra un montón de piedras.

—Yo gano —gruñó Grissi, sin molestarse en comprobar si su oponente sería capaz de volver a ponerse en pie. Tenía el ojo inyectado en sangre y muy enrojecido, pero al parecer intacto—. ¿Quién es el siguiente?

Un joven elfo situado junto a Huyar empezó a quitarse la ropa.

—Tus trucos no me engañarán —anunció, arrojando su chilaba al suelo—. ¡Afeitadme la cabeza!

Mientras los amigos del joven lo preparaban para la competición, el campamento se llenó con el zumbido de los cuchicheos de elfos que liquidaban antiguas apuestas y realizaban otras nuevas. Dos de los hijos mayores de Katza arrastraron a su madre fuera de allí para que se recuperase, pero nadie más le prestó la menor atención.

La mujer de ojos verdes que había intentado ayudar a Sadira durante la huida del mercado elfo se acercó a la hechicera. Sadira sabía ahora que la mujer se llamaba Meredyd, ya que una de las primeras cosas que la hechicera había hecho nada más reunirse con la tribu fue darle las gracias por sus esfuerzos.

Los labios de Meredyd se extendían de oreja a oreja en una afectada sonrisa. La mujer tenía una profunda hendidura en la larga barbilla y una maraña de cabellos castaños que apenas si ocultaban las puntas de sus puntiagudas orejas. Sus caderas y abdomen estaban hinchados hasta tal punto por efectos del embarazo que Sadira se maravillaba de que hubiera encontrado fuerzas para llevar a cabo la larga carrera desde Nibenay.

—He observado que no tienes cuchillo —dijo Meredyd. Introdujo una mano bajo su chilaba y sacó una larga daga con una hoja de afilado hueso; el mango de marfil había sido tallado para representar una pareja de serpientes entrelazadas, cuyas cabezas formaban el pomo—. Encontré éste en Nibenay —siguió—. A lo mejor te gustaría tenerlo...

La oferta no era tan generosa como parecía. Al inicio del torneo de lucha, Faenaeyon había anunciado la auténtica identidad de Sadira y había declarado a la muchacha miembro de los Corredores del Sol. Todo el mundo había actuado como si el jefe le concediera un gran honor a la hechicera, pero las intenciones reales del elfo no habían pasado inadvertidas a la muchacha. Al nombrarla miembro de la tribu, intentaba infundirle un sentimiento de obligación que pudiera facilitarle el hacer valer su autoridad.

Desde entonces, a Sadira se le habían hecho muchos regalos, incluida la nueva capa con que se cubría y las suaves botas de piel que calzaba. Pero, como la hechicera había descubierto enseguida, cada presente suponía la obligación de expresar verbalmente su apoyo a una solicitud que se le iba a hacer a Faenaeyon.

—No me iría mal la daga —asintió Sadira—. ¿Qué quieres a cambio?

La sonrisa de Meredyd se tornó más sincera.

—¿Conoces al daeg de Esylk, Crekun?

La hechicera asintió. Crekun era un apuesto varón de otra tribu que había resultado gravemente herido durante una batalla con los Corredores del Sol. Esylk lo había colocado en una litera y lo había cuidado hasta que recuperó la salud, y desde entonces había sido su esclavo.

—¿Qué pasa con Crekun?

La mano de Meredyd resbaló hasta el hinchado vientre.

—Sería mucho mejor para esta criatura si Crekun fuera un Corredor del Sol. —Con una mueca asesina en el rostro, dirigió una rápida mirada a una mujer de cabellos rojizos de figura bronceada y labios gruesos. El blanco de la animosidad de Meredyd se encontraba cerca de Huyar, afeitando la cabeza del joven guerrero que estaba a punto de retar a Grissi—. De lo contrario, si resulta que se parece a su padre, Esylk reclamará a la criatura como propiedad suya; probablemente cuando estemos cerca del mercado de esclavos de alguna ciudad.

—No se venderán niños como esclavos si yo puedo evitarlo —dijo Sadira, aceptando el regalo de manos de Meredyd.

Mientras enfundaba el arma, el hijo mayor de Katza, Cyne, regresó del campamento de su madre con un odre de broy. Se abrió paso hasta quedar delante del grupo de personas y, pasando junto a la litera de Magnus, ofreció el fermentado néctar de kank a Faenaeyon.

—El brazo de mi madre está roto. Por lo tanto, pido que Grissi realice su próximo combate con un brazo atado al costado. —Ni se molestó en emplear el acostumbrado ardid de fingir que su regalo tenía como intención cualquier otra cosa excepto un soborno.

Faenaeyon apenas se dignó dedicar una mirada al muchacho mientras tomaba el broy. Depositando el odre en el suelo junto a él, el jefe miró por encima de la cabeza del chico al resto de los reunidos.

Tal y como Sadira esperaba, los seguidores de Huyar expresaron su acuerdo con la sugerencia del joven, y los partidarios de Rhayn se opusieron. Pero su impaciencia le costó a Cyne el apoyo de la mayoría de los elfos, que seguían en una posición neutral en el conflicto entre Huyar y Rhayn. Irritados por su descortesía al no comprar su apoyo con regalos o promesas, también ellos alzaron su voz en contra de su propuesta. Algunos fueron incluso hasta el extremo de sugerir que fuese el oponente de Grissi quien llevara el brazo atado.

Tras calibrar la reacción de su tribu, Faenaeyon volvió los ojos hacia el muchacho.

—Ya oíste a la tribu —declaró. Aunque su voz resultaba ya pastosa, volvió a llenar su frasco con el odre que el muchacho le había dado—. Gracias por el broy.

Cyne hizo un rápido movimiento con la muñeca y una moneda de plata se escapó de la manga de su chilaba. Sosteniendo el disco de metal frente a los ojos de Faenaeyon, dijo:

—No es a la tribu a quien lo pido.

Los ojos del jefe se clavaron en la moneda, y éste plantó la palma extendida de su mano bajo las narices del muchacho.

—¿Es ésa mi moneda?

—Lo es ahora —repuso el joven, dejando caer la plata sobre la mano extendida. Permaneció de pie ante Faenaeyon mientras el jefe friccionaba la superficie de la moneda entre las puntas de los dedos.

—Grissi luchará con un brazo atado al costado —anunció finalmente Faenaeyon.

Un murmullo de desaprobación recorrió el campamento, pero Faenaeyon lo silenció con rapidez mediante una severa mirada. Por lo que Sadira había averiguado sobre política tribal, la mayoría de los jefes aceptaban sobornos; pero sólo con un pretexto adecuado. No obstante, su padre hacía caso omiso incluso de esta mínima convención, confiando en su fuerte brazo para evitar que sus guerreros protestasen con demasiada energía.

Cyne se apartó del jefe y dirigió a Grissi una mueca triunfal. La mujer sostuvo su mirada y lanzó una risita sarcástica, antes de volverse de nuevo hacia el hombre que la había desafiado.

—Enseguida estaré lista —anunció, apartándose para que le ataran el brazo—. ¿Y tú, Nefen?

Nefen se adelantó, frotando un último puñado de yara sobre su piel.

—Soy yo quien espera ahora.

Observando que su padre todavía no había apartado la vista de su nueva moneda, Sadira susurró a Meredyd:

—Espero que tengas algo de plata en reserva.

La embarazada elfa negó con la cabeza.

—Todo lo que puedo esperar es que Esylk tampoco tenga.

Grissi penetró en el redondel con un brazo atado a la cintura, y Nefen también entró por el lado opuesto. No se produjo un desafío formal, ni ninguna declaración que anunciara que el combate se iniciaba; los reunidos simplemente callaron, y los dos luchadores avanzaron el uno contra el otro con odio en la mirada.

Seguro de que podría vencer con facilidad a un oponente que se encontraba en inferioridad de condiciones, Nefen se lanzó al frente. Fue un gran error. Grissi detuvo su carga lanzando una potente patada a su estómago, y, mientras su oponente rugía de sorpresa y dolor, giró rápidamente en redondo y utilizó la otra pierna para volver a patearlo. Debido al impulso del giro, el golpe levantó a Nefen del suelo y lo envió por los aires fuera del círculo. El luchador fue a estrellarse contra Esylk, y ambos cayeron al suelo.

—¡Eso no es luchar! —objetó Huyar.

—Puede que sí, puede que no... pero ella ha ganado. Eso es lo que cuenta —respondió Rhayn, adelantándose para desatar el brazo de su campeona antes de que alguien sugiriera que lo mantuviera atado durante el resto del torneo—. ¿Quién sigue?

Al ver que nadie se ofrecía de inmediato, Meredyd aprovechó la pausa para acercarse a la roca en la que se sentaba Faenaeyon. Sacó de debajo de su capa una hermosa bolsa para colgar del cinturón hecha de escamas de lagarto laqueadas y la ofreció al jefe. Éste continuó contemplando la moneda que el hijo de Katza le había dado sin darse cuenta, al parecer, de la presencia de la embarazada elfa ni de su regalo.

—Faenaeyon, tengo algo aquí para que guardes en su interior tu moneda —dijo ella.

El jefe levantó la vista y, con un brillo de avaricia en los ojos, le arrebató la bolsa.

Meredyd aguardó un instante a que le diera las gracias, pero no lo hizo. Finalmente, la mujer siguió adelante con su petición.

—Me parece que Crekun ha sido el daeg de Esylk durante un tiempo más que suficiente —manifestó—. Crekun debería ser ya un Corredor del Sol.

Al contrario que el hijo de Katza, Meredyd había preparado con sumo cuidado su caso con el resto de la tribu. Casi la mitad de los guerreros presentes alzaron sus voces para expresar su aprobación. Tan sólo Huyar y un puñado de amigos de Esylk se opusieron a la sugerencia.

Faenaeyon respondió al coro de voces levantando la bolsa de Meredyd hasta su oído y agitándola. Al no escuchar nada en su interior, el jefe frunció el entrecejo y miró a la mujer que se la había entregado.

—Está vacía.

La esperanzada sonrisa de los labios de Meredyd se esfumó.

—Era mi intención llenar la bolsa de plata —contestó, incapaz casi de controlar su cólera—, pero nuestra repentina salida de Nibenay me lo impidió.

Faenaeyon se encogió de hombros; luego abrió la bolsa y deslizó su moneda de plata en el interior.

—Te doy las gracias por la bolsa —dijo mientras la ataba a su cinturón—. Pero me temo que Crekun no ha olvidado su lealtad para con los Nadadores de las

Arenas. Seguirá siendo el cónyuge de Esylk durante... —El jefe dejó sin terminar la frase mientras estudiaba el hinchado vientre de Meredyd—. Seguirá como cónyuge de Esylk durante otros dos meses... a menos que tengas una moneda que depositar en mi nueva bolsa.

Meredyd entrecerró los ojos y contempló a Faenaeyon con descarado odio. Viendo que la mano de la mujer se deslizaba hacia su daga, Sadira se adelantó para impedir que hiciera alguna tontería. Nada más penetrar la hechicera en el redondel, Huyar la siguió, con Rhayn pisándole los talones.

—¡Cuando era una niña, mi madre no hablaba de otra cosa que de lo sabiamente y bien que gobernabas a la tribu! —gruñó Meredyd—. Pero ahora parecemos más esclavos de las canteras que elfos...

Sadira sujetó el brazo de Meredyd y la apartó de la roca, tropezando casi con la yaciente figura de Magnus.

—Ven y toma un poco más de broy. A lo mejor la bebida que te ha soltado la lengua la hará dormir ahora —dijo en voz alta; luego, en voz más baja, musitó—: ¿Ayudará a tu hijo el que te maten?

Meredyd estudió a Sadira unos instantes con ojos llameantes de furia.

—¡No dejaré que Esylk venda esta criatura! —le espetó.

—Lo que mi propiedad produce me pertenece —declaró Esylk, abriéndose paso hasta la parte delantera del pequeño grupo reunido cerca del jefe.

—Una criatura pertenece a su madre —replicó Sadira, dedicando a Esylk una mirada furiosa.

—Ése es un buen punto, Sadira —dijo de improviso Faenaeyon—. Me has convencido.

Sadira miró por encima del hombro y vio que Rhayn y Huyar se encontraban ahora uno a cada lado de su padre. Entre el pulgar y el índice, Rhayn sostenía un pequeño círculo de reluciente metal dorado. Los extasiados ojos de Faenaeyon estaban fijos en el disco, al igual que los de toda la tribu... y por un buen motivo: en Athas, ni siquiera los diamantes eran tan escasos como las monedas de oro.

—Desde este momento, Crekun es un Corredor del Sol —anunció el jefe—. Los niños engendrados por él serán tratados como niños engendrados por cualquier otro de nuestros guerreros.

—Eres muy sabio, jefe mío —aprobó Rhayn con una sonrisa, pasando la mano por encima del broy de su padre y dejando caer la moneda de oro en su interior.

Faenaeyon abrió los ojos de par en par y apuró al instante el contenido del frasco de un solo trago. Cuando terminó, tomó la moneda de oro de entre sus dientes y la limpió con sumo cuidado sobre su chilaba.

—Ésa no es manera de tratar el oro —se quejó, introduciendo la moneda en la bolsa que Meredyd le había dado.

—Mis disculpas —se excusó Rhayn. Recogió del suelo el odre de broy que Cyne había traído antes y volvió a llenar el frasco vacío de Faenaeyon—. Bebe, padre.

Mientras Faenaeyon se llevaba el recipiente a los labios, Sadira se reunió con su hermana.

—Esto ha sido extraordinariamente generoso —susurró—. ¿O es que tan sólo quieres desconcertar a Huyar?

—Hice lo que era mejor para la tribu —respondió Rhayn, tomando a Sadira del brazo y conduciéndola lejos de los demás elfos—. Meredyd se ganó el favor de muchos guerreros. Faenaeyon se equivocaba al no hacerles caso sólo porque ella no tenía monedas.

—¡Pero una moneda de oro! —exclamó Sadira—. ¿Dónde la encontraste?

—Tengo la costumbre de guardar cosas que pueden resultar útiles en momentos cruciales —respondió Rhayn, encaminándose a la hoguera de su familia—. Y, ahora, debo pedirte que me des algo que has estado guardando.

Rhayn se llevó un dedo a los labios y no dijo nada más hasta que llegaron a su destino. Todos sus hijos se encontraban aún en el combate, de modo que las dos mujeres estaban completamente solas.

—No voy a darte el antídoto —musitó Sadira, dando por supuesto que era esto lo que su hermana quería—. No quiero que se envenene a Faenaeyon.

—¿Por qué no? —exigió Rhayn mientras abría la albarda de un kank—. Ya has visto cómo puede ser, y no tengo más monedas. ¿Cómo sobornarás a nuestro jefe cuando Huyar exija venganza por la muerte de Gaefal?

—No importa —contestó Sadira—. Únicamente Faenaeyon sabe cómo encontrar la Torre Primigenia.

—Te conduciré a la Roca Hendida —ofreció Rhayn—. Por lo que me ha dicho Magnus, puedes seguir sola desde allí.

La hechicera sacudió la cabeza.

—Me arriesgaré con Faenaeyon.

—¿Qué te hace pensar que cumplirá la promesa de Huyar? —inquirió la otra. Sacó el odre de vino que ella y Magnus habían llenado con el contenido del barril envenenado.

—A lo mejor no lo hará, pero ¿por qué no habría de llevarme al menos hasta la Roca Hendida?

—Porque la tribu necesita dinero, y ese pozo está muy lejos de cualquier ciudad o ruta de caravanas donde podamos robarlo. Pero no tienes por qué aceptar mi palabra; esta noche presentaremos nuestras solicitudes ante el jefe. Haz la tuya y veamos qué dice.

Sadira estudió a la elfa largo rato en un intento de pensar en un motivo por el que no debiera hacer lo que su hermana sugería. Al no ocurrírsele ninguno, asintió y dio media vuelta para marcharse.

—Lo haré.

Rhayn la cogió por el hombro.

—Necesitarás un regalo —dijo, entregándole el odre de vino—. Coge dos copas, y pon el antídoto en una. Si Faenaeyon acepta llevarte, vierte el vino en la que tenga el antídoto.

La elfa no necesitó decir lo que Sadira debía hacer si éste rehusaba. Ella y Rhayn prepararon el regalo, y luego la hechicera depositó unas gotas del antídoto en su lengua... por si tenía que beber de la copa que no lo llevaba. Regresaron a la zona de lucha; Sadira transportaba el odre de vino al hombro y una jarra en cada mano.

Cuando Faenaeyon vio a las dos hermanas, hizo una señal a Rhayn para que fuera a su lado.

—¡Hija! —saludó al tiempo que le entregaba una jarra de broy—. Ven y bebe conmigo.

El jefe hizo chocar su jarra con la de su hija, y ambos se bebieron el agrio líquido como si fuera agua. Cuando Faenaeyon volvió a bajar su recipiente, Sadira se adelantó para efectuar su petición pero Huyar se lo impidió y llenó otra vez la jarra de su padre de su propio odre.

—Lamento no tener una moneda de oro que poder darte, jefe mío —dijo el elfo.

—También yo —respondió Faenaeyon, bizqueando por culpa del alcohol.

—Me duele ver al jefe de los Corredores del Sol con tan pocas monedas en su bolsa —continuó Huyar mientras dedicaba a Sadira una mirada de soslayo—. Es una lástima que a la nueva hechicera de la tribu no se le ocurriera recuperar tus monedas cuando te rescató del mercado de esclavos... o a lo mejor lo hizo. ¿No podría ser que Rhayn te hubiera regalado tu propia moneda?

—¡Sabes muy bien que no es así! —profirió Rhayn—. Estabas con nosotros cuando huimos de Nibenay. ¿Viste alguna de las bolsas de Faenaeyon?

—Eso no quiere decir que no estuvieran allí —arguyó Huyar—. Sadira es una hechicera poderosa. Le habría sido muy sencillo ocultarlas.

Faenaeyon dedicó a Sadira una torva mirada.

—Eso es cierto —dijo, hablando con gran dificultad por culpa de la bebida—. ¿Me robaste mis monedas, mujer?

—¡No! —gruñó Sadira—. Si Huyar tuviera al menos el sentido común de un insecto, se daría cuenta de que no te habrían enviado al mercado de esclavos con las bolsas colgando del cinturón. En estos momentos, tus monedas deben descansar en los sótanos del rey-hechicero. —Lanzó una mirada enfurecida a su rival y añadió—: A lo mejor *él* estaría dispuesto a ir allí y recuperarlas para ti...

—Lo que me gustaría hacer y lo que es posible son cosas diferentes —repuso el guerrero.

—Una buena respuesta —rió Faenaeyon. Devolvió su atención a Sadira, quien todavía sostenía las copas y el odre—. Y bien, ¿qué tienes aquí?
—Vino —respondió Sadira.
—No es tan bueno como el oro, pero servirá —declaró Faenaeyon, extendiendo la mano hacia la copa que contenía el antídoto.
Sadira la apartó.
—Primero, tengo una petición.
El jefe retiró la mano con expresión enojada.
—Confío en que no será algo muy difícil de cumplir.
—Simplemente responde a una pregunta —replicó Sadira—. ¿Piensas hacer honor a la promesa de Huyar? El vino es mi regalo para ti siempre y cuando respondas con la verdad.
Faenaeyon la estudió con una mueca de indecisión.
—Los Corredores del Sol tienen mejores lugares a los que ir que la Torre Primigenia —dijo al fin, apoderándose de la jarra que había intentado coger antes, la que llevaba el antídoto—. ¡Ahora dame mi vino!
Sadira maldijo en silencio, pero sonrió a Faenaeyon y llenó la copa. Sin embargo, antes de que éste pudiera beber, dijo:
—¿No te diste cuenta de que traje dos jarras?
—¿Y? —inquirió Faenaeyon con una mueca despectiva.
—Pensé que te gustaría compartir el regalo con tu hija favorita —explicó la hechicera, indicando a su hermana. Rhayn hizo una mueca, no muy segura de cuál de las dos copas contenía el antídoto. Sadira le sonrió con la esperanza de que el gesto tranquilizara a Rhayn, y añadió—: ¿Una moneda de oro no se merece un buen regalo a cambio?
—Sí que se lo merece —sonrió Faenaeyon, entregando la jarra a su hija.
Rhayn palideció, pero aceptó el vino.

No obstante las festividades de la noche anterior, la tribu lo tenía ya todo guardado y se encontraba lista para partir a media mañana. Sadira, que se había quedado despierta hasta tarde estudiando su libro de hechizos, se encontraba entre los últimos en unirse a la fila. La hechicera cabalgaba en uno de los kanks de su hermana, conduciendo a la bestia sobre la que iba Magnus, ubicado de modo que tuviera el viento a favor. La espalda del cantor del viento estaba cubierta de una nueva capa de bálsamo, y la muchacha seguía encontrando el acre aroma terriblemente ofensivo.

Sadira se sentía satisfecha de haber hecho que Magnus se ocupara de su mordedura de cilop antes de que ella hiciera lo propio con los aguijonazos de flecha de la espalda del cantor del viento. La canción que había entonado esa mañana había sido tan efectiva que ya se consideraba curada, y la única señal de la herida que quedaba era una ligera tirantez en el músculo. De haber esperado a después de haber extendido la pomada por la espalda del cantor del viento, todavía sentiría dolor. Nada más tocar el ungüento la nudosa piel, Magnus se había sumido en un sopor tan intenso que apenas si podía hablar, y mucho menos cantar.

Sadira localizó a Rhayn cerca de la cabecera de la tribu; su hijo más pequeño iba colgado a la espalda, y el resto de sus hijos montaban en kanks detrás de ella. La hechicera cabalgó para reunirse con su hermana sin poder reprimir un bostezo.

—¿Por qué estás tan cansada? —inquirió Rhayn.

—Estuve despierta hasta muy tarde —respondió Sadira, dando una palmadita al morral donde guardaba su libro de hechizos—. Consideré prudente aprender algunos hechizos especiales, por si Dhojakt nos sigue.

—Una buena precaución, pero no es excusa para estar cansada —replicó Rhayn—. Yo me siento estupendamente, y no he dormido en absoluto.

—¿Entonces cómo pasaste la noche?

Rhayn dedicó a su hermana una sonrisa burlona.

—Reforzando mi apoyo —dijo—. Hoy los Corredores del Sol escogen un nuevo jefe..., aunque puede que no se den cuenta de lo que hacen. —Hizo una señal a Sadira para que desmontara, y condujo a la semielfa hasta un grupito de guerreros.

Nada más unirse al grupo, Sadira vio a Faenaeyon

tendido sobre el suelo. El jefe yacía con los hundidos ojos cubiertos por un tosco pedazo de tela, y la lengua sobresaliendo ligeramente por entre los labios; su piel aparecía blanquecina, y el sudor corría por su rostro en diminutos riachuelos. Sadira se sintió culpable, y una sensación de náusea se apoderó de su estómago.

Si Rhayn sintió alguna emoción parecida, no lo demostró. La elfa se dirigió a grandes zancadas hacia Huyar y señaló con el dedo la pálida figura del jefe.

—¿Qué le hiciste? —bramó—. ¿Tenías miedo de que cambiara de idea y te obligara a mantener la promesa que efectuaste a Sadira?

Sadira se mordió el labio inferior, asombrada por la desfachatez de su hermana. La audacia de Rhayn le recordó a Tithian, y eso la asustó, más por los Corredores del Sol que por ella misma.

Cualquiera que fueran los recelos de Sadira, el ataque cumplió su propósito; Huyar se puso de inmediato a la defensiva.

—No fui yo —saltó, señalando a Sadira—. Ésta es la segunda vez que le ha ofrecido vino, y es la segunda vez que se ha puesto enfermo.

Rhayn arrugó la frente, pensativa, y miró a Sadira como si meditara sobre aquella afirmación. Por un instante, la hechicera temió que su hermana fuera a traicionarla, pero la elfa volvió a mirar por fin a Huyar y sacudió la cabeza negativamente.

—Entonces, ¿cómo es que yo no estoy enferma? —preguntó—. Bebí tanto vino como Faenaeyon.

Al comprobar que Huyar no podía facilitar una respuesta, Rhayn señaló con la mano el pálido rostro de Faenaeyon.

—Lo que sea que le suceda, no quiero esperar aquí hasta que se recupere. Estamos demasiado cerca de Nibenay.

—Estoy de acuerdo —convino Huyar con un tono de voz bastante razonable—. Pienso que debemos marchar hacia el sur, en dirección a las rutas comerciales de Altaruk.

—Yo digo que mantengamos tu promesa a Sadira —declaró Rhayn, y señaló al este.

—¿Estás loca? —chilló Huyar—. Ya oíste lo que dijo Faenaeyon sobre la torre.

—No vamos a ir a la Torre Primigenia, sólo al pozo de la Roca Hendida —respondió Rhayn—. Desde allí, Sadira puede encontrar el camino.

—No —se opuso Huyar—. Todavía queda la cuestión de la muerte de mi hermano.

—Y Faenaeyon juzgará eso cuando se recupere... Sin duda mucho antes de que lleguemos al pozo —replicó Rhayn.

Huyar sacudió la cabeza con tozudez.

—No lo permitiré.

—No eres tú quien debe decidir —interpuso Rhayn.

Grissi se acercó a ambos.

—Yo diría que nos encontramos ante un callejón sin salida. —Se colocó entre los dos y empezó a arrastrar el talón del pie sobre el polvo, marcando una débil línea sobre el pedregoso suelo. Cuando hubo terminado, pasó por encima de ella y se colocó junto a Rhayn.

Una revoloteante nube de polvo se elevó de la revuelta masa mientras los elfos se empujaban unos a otros a un lado y a otro de la línea. En pocos instantes, la línea dibujada por Grissi quedó totalmente borrada, pero no existía la menor duda sobre el lugar donde había estado. La tribu aparecía dividida en dos mitades casi idénticas, con una parte detrás de Rhayn y la otra detrás de Huyar. Únicamente Sadira, Magnus y los niños no se habían unido a un grupo u otro. Entre ambos bandos se extendía una zona de nadie de menos de un metro de anchura, y tanto Huyar como Rhayn estaban muy ocupados contando el número de elfos a su lado de la línea.

Al estudiar a los dos grupos, Sadira advirtió que los partidarios de Huyar eran en su mayoría guerreros de más edad que recordaban los días de gran jefe de Faenaeyon. El grupo de Rhayn incluía a las mujeres que tradicionalmente la apoyaban, pero también a casi todos los miembros jóvenes de la tribu. Sadira se sorprendió de descubrir a tantos de ellos al lado de su hermana, ya que, durante el torneo de lucha del día anterior, muchos habían parecido apoyar a los campeones de Huyar. Al parecer, los esfuerzos nocturnos de Rhayn por obtener su apoyo habían sido extraordinarios.

Huyar y Rhayn terminaron de contar casi a la vez. Se contemplaron mutuamente con expresión satisfecha.

—Parece que iremos al sur —anunció Huyar.

—No, iremos al este —replicó Rhayn, indicando a Sadira y después a Magnus—. Has olvidado a dos miembros de la tribu.

El rostro de Huyar palideció.

—¡Ellos no cuentan! —saltó—. Sólo los miembros de la tribu con edad suficiente para poder correr pueden elegir.

—Ellos tienen edad más que suficiente —contestó Rhayn—. Y los dos son Corredores del Sol... ¿O has olvidado que ayer Faenaeyon declaró a Sadira una de nosotros?

—Pero de todos modos no pueden correr —opinó uno de los hombres que estaban del lado de Rhayn—. Nuestras costumbres son muy explícitas en esto.

Muchos guerreros de ambas mitades de la tribu expresaron su aprobación a este punto, de modo que Rhayn, para no perder el apoyo de ninguno de los de su lado de la línea, asintió.

Luego señaló a Faenaeyon.

—Él tampoco puede correr —dijo—, de modo que no cuenta.

Esta vez le tocó ceder a Huyar, lo que hizo con suma cortesía.

—Eso es justo; pero ahora cada uno de nosotros tiene el mismo número de guerreros a su lado. ¿Cómo vamos a decidir quién conducirá la tribu hasta que Faenaeyon se encuentre mejor?

—¡Una carrera! —sugirió una mujer del grupo de Rhayn.

—No, que luchen —replicó un hombre del bando de Huyar.

Rhayn meneó la cabeza y alzó los brazos para acallar a los reunidos.

—No es ningún secreto que Huyar y yo nos detestamos —declaró—. Yo sugeriría que decidamos esto de una vez por todas. Un combate a muerte.

El asombrado silencio que cayó sobre la tribu dejó bien claro que tales competiciones no se daban muy a menudo entre los Corredores del Sol.

Finalmente, una de las mujeres del bando de Rhayn exclamó:

—¿Por qué quieres hacer algo así?

Aunque Sadira no podía ver a quien había efectuado la pregunta, reconoció la voz como la de Meredyd.

Rhayn dirigió una rápida mirada en dirección a Sadira antes de responder.

—Sólo sugiero lo que es mejor para los Corredores del Sol. —Agitó una mano para señalar las dos mitades de la tribu—. Mientras tanto yo como Huyar sigamos con vida, estaremos divididos como lo estamos ahora. Si uno de nosotros desaparece, desaparecerá también la división.

Sadira comprendió que Rhayn la dejaba deliberadamente sin otra elección que utilizar la magia para garantizar la victoria. Si Huyar ganaba el combate, Sadira sería ejecutada por el asesinato de Gaefal antes incluso de que el cadáver de Rhayn se hubiera enfriado. En el plan de su hermana existía una despiadada genialidad que a Sadira cada vez le recordaba más y más a Tithian.

Tras estudiar a Rhayn un buen rato, Huyar hizo intención de hablar, pero Sadira se adelantó antes de que pudiera aceptar el desafío.

—Hoy correré con la tribu —anunció en voz alta, aproximándose al grupo—. Eso me da voz en la elección de nuestro jefe, ¿no es así?

—Sí —contestó Grissi.

—Sólo si sobrevive —replicó Esylk—. Y no sólo un día... ¡Yo digo que cuando ya no pueda correr, su voz ya no contará!

—De acuerdo —aceptó Sadira, colocándose en el lado de Rhayn de la línea—. Pongámonos en marcha. Tengo que llegar a la Roca Hendida lo antes posible.

15

La Roca Hendida

Sadira tenía la impresión de que ella y Grissi jamás dejarían de correr. Cada inspiración le producía una abrasadora oleada de dolor, y con cada nuevo paso un dolor sordo retumbaba por toda su cabeza. Hacía horas que había perdido la sensibilidad en sus pies llenos de ampollas, y apenas si notaba cómo las entumecidas piernas la transportaban por el rocoso terreno.

—Sigue corriendo —la animó Grissi mientras trotaba sin ningún esfuerzo junto a la hechicera—. No nos queda mucho.

De no haber estado tan fatigada, Sadira habría pegado a la elfa, pues Grissi había dicho lo mismo cuatro tardes seguidas, después de que el resto de la tribu hubiera desaparecido en el desierto y las hubiera dejado que siguieran avanzando pesadamente.

—No —refunfuñó Sadira—; me has dicho eso ya demasiadas veces.

—No, es cierto —insistió Grissi, señalando la línea del horizonte—. ¿No los ves?

Sadira levantó los ojos del polvo naranja que levantaban sus pies y miró al frente. Su sombra se extendía junto a la de Grissi, nadando sobre el irregular terreno como una anguila de oasis. Los colores morados del atardecer empezaban a ascender por entre las rocas, y, desperdigadas sobre la llanura, se veía un puñado de briznas de hierba de la longitud de una espada que los kanks no habían devorado a su paso. En el horizonte, una extraña telaraña de líneas violetas cubría un suave montículo abovedado, pero Sadira no veía la menor señal de la tribu.

—Unos cuantos minutos más y podrás descansar —aseguró Grissi.

—Si no me derrumbo en esa colina —jadeó ella.

Esta vez, sus palabras resultaron apenas reconocibles. Grissi se quitó el aplastado odre de agua del hombro, le desató el gollete y lo entregó a la semielfa.

—Bebe —dijo—. Se te empieza a cerrar la garganta.

Sadira lanzó a su compañera una furiosa mirada, pero aceptó el odre y cerró los labios alrededor de la abertura. Teniendo cuidado de mantener la barbilla baja de modo que sus ojos pudieran observar el terreno, inclinó el odre hacia arriba. Continuó respirando por la nariz mientras un hilillo de caliente agua rancia se deslizaba por el interior de su garganta, y, sin reducir el paso, mantuvo el pellejo levantado hasta haber consumido las últimas gotas del preciado líquido.

Una vez que el odre estuvo vacío, lo devolvió a Grissi.

—Hace una hora me dijiste que ya no nos quedaba agua. —Esta vez sus palabras resultaron perfectamente comprensibles.

—Nunca bebas el último trago de agua hasta que no tengas a la vista el próximo —sentenció la elfa, colgándose el pellejo vacío al hombro.

Sadira volvió a atisbar las oscuras líneas del horizonte. Esta vez, le pareció distinguir las ondulantes copas de cientos de árboles.

—Demos gracias a los vientos —jadeó—. Un oasis.

—No es sólo un oasis. Es la Roca Hendida —anunció Grissi, señalando la parte superior de la loma—. ¿La ves?

Sadira entrecerró los ojos en dirección a los lejanos árboles.

—No —respondió—. ¿Qué es lo que tengo que buscar?

—Una roca partida —repuso Grissi—. Jamás comprenderé cómo la gente de ciudad puede ir por la vida medio ciega.

Sadira hizo caso omiso de este último comentario, ya que la sensibilidad regresaba a sus piernas. Olvidando el punzante dolor de su espalda, empezó a correr al doble de su velocidad anterior. El esfuerzo hizo que las sienes le martillearan como si alguien las golpeara con un pico, pero la hechicera no aminoró el paso.

Sadira no tardó en ver el campamento elfo. Los guerreros se encontraban desperdigados por la cima, reunidos en oscuros grupos y ocupados en la preparación de sus cenas. Los niños ya habían llevado los kanks a pastar y ahora conducían de regreso a las bestias colina arriba donde pasarían la noche atadas.

—Me debo de estar volviendo más rápida —comentó Sadira—. Normalmente, la mitad de la tribu ya está dormida cuando yo llego.

—No eres más rápida que antes —la desilusionó Grissi—. Es sólo que hoy no hemos tenido que correr tanto trecho.

Por fin, las dos mujeres alcanzaron el pie de la elevación. Mientras ascendían, tuvieron que abrirse paso por entre una red de canalones llenos de ondulantes sauces y matorrales de esponjosos hongos amarillos. Daba la impresión de que los canales habían sido excavados por alguna raza inteligente, ya que estaban dispuestos en una serie de círculos concéntricos y todos tenían la misma profundidad y anchura. De vez en cuando, una estrecha acequia discurría de un canal a otro, lo que daba al lugar su aspecto de tela de araña.

Cuando las dos mujeres salieron del último surco, Grissi se encaminó a la cima de la colina. Allí, un monolito circular de granito negro se erguía en el polvoriento suelo; la roca le llegaba a Sadira a la altura del pecho, y su circunferencia era del tamaño de una carreta grande. En el centro se veía una desigual hendidura, de unos dos metros de longitud y apenas lo bastante ancha para que un niño se introdujera en su interior. De sus profundidades surgía un agudo zumbido, interrumpido periódicamente por un chirriante borboteo y el sonido del agua corriente.

Rhayn, Huyar, Magnus y varios elfos más se encontraban encima del monolito, reunidos alrededor de la grieta. Sus ojos estaban fijos en una cuerda de cáñamo que se había atado al asta de una lanza y arrojado al interior de la fisura. Grissi trepó a la roca y ayudó a subir a Sadira.

—Dadme algo de beber —jadeó Sadira, apoyando las manos en las rodillas mientras intentaba controlar su agitada respiración.

Huyar sorprendió a la hechicera ofreciéndole su aplastado odre. Sadira le dirigió una mirada de desconfianza, pero, al no descubrir indicios de traición en sus ojos, levantó el pellejo y vertió su contenido en la reseca boca. Un hilillo de fétida agua caliente se deslizó por su garganta, y luego el odre quedó vacío.

Sadira devolvió violentamente el pellejo a Huyar.

—No estoy de humor para bromas —refunfuñó. Miró a su hermana y preguntó—: ¿Podrías darme un poco de agua fresca?

—Lo que Huyar te facilitó es todo lo que tenemos aquí —respondió Rhayn—. En un minuto, los niños enviarán más aquí arriba.

Sadira se sentó sobre la caliente roca, demasiado agotada para permanecer en pie mientras esperaba. Huyar cruzó la hendidura y se colocó junto a la muchacha.

—Me sorprendes —dijo—. No creí que fueras a durar hasta que alcanzáramos la Roca Hendida.

—La mayor parte del tiempo tampoco lo creí yo —reconoció Sadira, sorprendida por la reticente felicitación del elfo—. Si hubiera corrido sólo por mí y no por todo Tyr, probablemente no lo habría conseguido.

—¡Qué noble! —exclamó él con una voz que rezumaba sarcasmo—. Entonces todo Tyr debe de sentirse tan feliz como tú de que nuestro padre no se haya recuperado de su enfermedad.

—No me alegra el estado en que se encuentra Faenaeyon —replicó Sadira, observando que Rhayn mantenía los oídos bien atentos a su conversación.

—Vamos —insistió Huyar—. Tienes que admitir

que te ha ido muy bien. Hemos llegado a la Roca Hendida.

—¿Adónde quieres ir a parar, Huyar? —interrogó Sadira.

—Sólo quiero decir que por la mañana te irás en busca de tu torre —repuso el guerrero—. Si puedes ayudar al jefe a recuperarse, ya no necesitas ocultarlo.

—Se me ocurre un motivo —intervino Rhayn, reuniéndose con la pareja—. En cuanto Faenaeyon esté despierto, exigirás venganza por la muerte de Gaefal.

—A lo mejor estaba equivocado con respecto a la intervención de Sadira —dijo Huyar, sonriendo a la semielfa—. Debiera darte las gracias por intentar salvarle la vida, no culparte de su asesinato.

Sadira sacudió la cabeza, indignada por la disposición del elfo a comerciar con la muerte de su hermano a cambio de ventajas políticas.

—Veamos si lo he entendido bien —dijo—. Si Faenaeyon se recupera, tú eres el primero de la fila para ser el siguiente jefe; pero, si Faenaeyon continúa sumido en su sopor, la ventaja pertenece a Rhayn porque ella es el jefe temporal.

—Esto no tiene nada que ver con...

—¡No lo niegues! Aclaremos lo que dices —lo interrumpió Sadira—. Si ayudo al jefe a recuperarse, me permitirás que me vaya en paz y dejarás de culparme de la muerte de Gaefal... ¿No es eso lo que ofreces?

—Si fueras capaz de ayudar a Faenaeyon, eso me convencería de tu buena voluntad hacia toda la tribu, sí —respondió Huyar, estudiando a la hechicera con expresión cautelosa.

—Lo siento, pero fue Rhayn la que tuvo que mantener tu última promesa. No veo cómo podría confiar en que hicieras honor a ésta —repuso Sadira dirigiendo una sonrisa afectada al elfo.

—Además, yo tengo su obsidiana —añadió la hermana de la hechicera, tanto dirigiéndose a Sadira como a Huyar.

El mismo día en que habían nombrado jefe a Rhayn, los Corredores del Sol se habían cruzado con otra caravana, y la elfa había cambiado dos kanks por varios pedazos de obsidiana sin tallar. Sadira no sabía si las sombras aceptarían los trozos como regalo, pero era lo mejor que podría ofrecer.

Huyar miró a la hechicera entrecerrando los ojos.

—Si crees que esto ha terminado, te equivocas —escupió—. La Torre Primigenia queda todavía a una...

La amenaza del guerrero se vio interrumpida por un grito que brotó de la hendidura. Sadira se incorporó de un salto y siguió a los elfos hasta la fisura; luego atisbó al oscuro agujero.

—¡Socorro! —gritó un niño—. Están...

La voz calló de improviso, y los únicos sonidos que surgieron de la hendidura fueron el agudo zumbido y el áspero borboteo que Sadira ya había escuchado al acercarse por primera vez a la abertura.

—En el nombre del viento, ¿qué es lo que sucede? —tronó Magnus.

Al no contestar nadie, Katza se adelantó. Llevaba todavía el brazo roto en un cabestrillo, pero no parecía que la herida le molestase demasiado.

—¡Cyne está ahí abajo! —exclamó—. ¿Qué vamos a hacer?

Sadira ya había cogido su morral del hombro de Grissi y, tras sacar un puñado de agujas de pharo, empezó a colocarlas formando un gran cuadrado, con la cuerda en el centro.

—Magnus, sujeta bien esa cuerda —dijo Sadira, señalando la soga de cáñamo—. El asta de una lanza puede aguantar el peso de un niño, pero dudo que soporte el de un adulto.

—¿Entonces puedes hacernos pasar por esta grieta? —preguntó Katza.

Sadira asintió mientras empezaba a acumular la energía que precisaba para el hechizo. Teniendo en cuenta la cantidad de árboles que crecían en las laderas de la colina, el flujo de energía vital resultó sorprendentemente flojo. No obstante, cuando Magnus hubo terminado de atar la cuerda alrededor de su cintura, la hechicera estaba ya lista. Tras indicar a los demás que se apartaran, lanzó su conjuro.

En el interior del cuadrado que había dibujado, la roca se volvió fluida y se arremolinó despacio en un perezoso remolino. Poco a poco la corriente empezó a ganar velocidad, y, a medida que lo hacía, el líquido se transformó en neblina. Pronto, cuando ya no quedó más que vapor en el interior del cuadrado, cesó todo movimiento y apareció una nube negra allí donde había habido roca unos momentos antes.

Sadira tomó la cuerda y se la pasó por encima del hombro y alrededor de un muslo. Penetró en la neblina y empezó a resbalar hacia abajo.

—Antes de seguirme, esperad hasta que Magnus note cómo tiro de la cuerda —advirtió.

Tras descender unos cuatro metros, Sadira abandonó la negra nube creada por su hechizo y se encontró en la parte superior de una inmensa caverna llena de vapor. Veía la verde silueta de la cuerda descendiendo al interior de las relucientes tinieblas rosadas del fondo, pero más allá de los doce metros, que era lo máximo que alcanzaba su visión elfa, no había otra cosa que oscuridad.

La hechicera tensó la cuerda contra el muslo y detuvo el descenso, a la escucha de cualquier sonido que pudiera darle alguna idea de lo que sucedía abajo. No oyó otra cosa que el mismo zumbido que ya había percibido desde el exterior, interrumpido a cortos intervalos por un estrangulado borboteo y el rumor de agua corriente.

Levantó la vista y vio un techo abovedado formado por una piedra porosa de color blanco que tenía un leve parecido con la piedra pómez. La cúpula no había sido tallada, ya que sus contornos estaban tan suavemente redondeados que la estructura daba más la impresión de haberse desarrollado por sí sola que de haber sido excavada. Toda la superficie parecía brillar con unas diminutas gotas rosadas que de cuando en cuando se soltaban y se hundían en la oscuridad del fondo.

Decidiendo que lo más sensato era averiguar dónde se metía, Sadira sacó una pelota de madera de su bolsa y dirigió la palma de la mano hacia el techo para absorber la energía que necesitaba para crear iluminación, pero no sintió el cosquilleo de la fuerza vital al penetrar en su cuerpo. En su lugar, un abigarrado conjunto de colores pastel centelleó en el interior de la roca porosa situada justo encima de su mano. La muchacha tiró con más fuerza, y la mancha de color adquirió más intensidad y extensión, pero ella siguió sin recibir energía. Sadira lanzó una exclamación de sorpresa y cerró la mano, a la vez perpleja y asustada. Parecía como si el techo absorbiera la energía vital que ella extraía, pero jamás había oído hablar de ninguna roca que pudiera hacer tal cosa.

La hechicera volvió a guardar la pelota y continuó su descenso al interior de la rosada neblina. A medida que descendía por la cuerda, el zumbido y el borboteo fueron creciendo en intensidad y adquiriendo un tono más siniestro, hasta que al fin estos sonidos ahogaron por completo el rumor del agua que corría.

Al poco rato, el fondo de la caverna apareció ante sus ojos. Bajo la hechicera se alzaba la irregular figura de un cristal enorme que resplandecía al rojo vivo. Era al menos tan alto como la misma Sadira, y una gruesa capa de minerales lo recubría. Un agudo zumbido surgía de su interior. Cada pocos segundos, un chirriante chisporroteo interrumpía el zumbido, y un chorro de vapor, que su visión elfa percibía de un reluciente color rojo, se elevaba en el aire.

Sadira descendió junto al cristal, encima de una cúpula redondeada de roca porosa. Tras desembarazarse de la cuerda, tiró de ella para indicar a los otros que bajaran y desenvainó la daga que Meredyd le había dado. Se apartó de la cuerda, sintiéndose extrañamente ciega; podía ver su propio cuerpo y el suelo de la caverna, pero la estancia era tan grande que las paredes quedaban fuera del alcance de su visión elfa. Nunca antes había experimentado una sensación tan parecida a encontrarse a solas en la oscuridad.

Una gota de vapor condensado cayó sobre la coronilla de la muchacha, que sintió cómo un hilillo de agua caliente le resbalaba por el rostro. Se secó la gota de la frente y lamió el agua de la punta del dedo; tenía la temperatura de su cuerpo pero su sabor era a agua limpia y potable.

Huyar fue el primero en bajar por la cuerda, seguido de Grissi, Katza y otros diez elfos más. A excepción de Katza, que sólo llevaba una daga, todos iban armados con largos arcos y espadas de hueso.

—¿Dónde está Rhayn? —preguntó Sadira.

—El jefe debe quedarse con la tribu en momentos como éste —contestó Grissi.

—Tendrás que confiar en mí —intervino Huyar, sonriendo a la hechicera con afectación. Hizo una seña a los otros elfos—. Separaos a ver qué podéis encontrar.

Casi al momento, Katza llamó:

—¡Por aquí! ¡Hay huellas!

Sadira y los otros siguieron el sonido de su voz, lo que los llevó a descender un tramo de la suave pendiente. Cuando estuvieron lo bastante cerca para distinguirla, encontraron a la mujer arrodillada cerca del borde de la enorme sala. Hilillos de vapor condensado, de un brillante color rosa, descendían del abovedado techo en relucientes riachuelos. Esta agua se acumulaba en un arroyo oscuro y poco profundo que al parecer rodeaba toda la caverna. Al otro lado de la corriente de agua se abría un diminuto pasillo, tan pequeño que ni un enano habría podido permanecer de pie en su interior.

—¿Qué encontraste? —inquirió Huyar.

Con la mano sana, Katza señaló unos cuantos montoncitos de arena mojada.

—Alguien salió de este túnel y penetró en la cueva —afirmó—. Parece como si hubiera regresado por el mismo camino.

—¿De qué raza dirías tú, y cuántos? —quiso saber Sadira.

Grissi, que también examinaba el débil rastro de barro, sacudió la cabeza.

—Varios humanos; es imposible decir cuántos, pero sus pies eran demasiado grandes para ser los de nuestros niños.

—¿Podrían venir de Nibenay? —volvió a preguntar Sadira.

La hechicera temió que, imaginando que tendría que pasar por este oasis, Dhojakt hubiera enviado a una compañía de sus hombres a tenderle una emboscada.

—Podría ser —respondió Huyar con una mueca—. Entremos y averigüémoslo.

Vadeó el negro arroyo y se arrastró al interior del exiguo túnel, seguido por los otros elfos. Tras una pausa para llevarse a la boca un poco de agua, Sadira cerró la retaguardia. Siguió a los elfos por el pasadizo y por una delgada calzada, que cruzaba una sima tan profunda que sólo se la podía describir como un abismo. De sus entrañas surgía el borboteo de otro río, aunque parecía como si el arroyo se encontrara a más de un kilómetro de distancia.

Al igual que sus compañeros, la hechicera se quedó boquiabierta de asombro. De un lado de la gruta llegaba una vivificante brisa, que transportaba con ella el mohoso olor de pasadizos invisibles y el fresco toque del rocío. Del otro llegaba el susurro de una lejana cascada, aunque resultaba imposible saber si fluía del abismo o caía a él.

Cuando alcanzaron el otro extremo del puente, el sendero giró a la izquierda y empezó a discurrir por un estrecho saliente. A un lado se encontraba la sima, mientras que el otro estaba bordeado de abovedadas entradas, ninguna de las cuales le llegaba a Sadira más arriba del pecho. Mientras pasaba junto a cada una, la hechicera atisbaba a su interior, pero por lo general no veía otra cosa que unos veinte metros de pasillo que se deslizaban por la misma roca porosa que recubría el resto de la gruta.

De vez en cuando, no obstante, el túnel era corto, y Sadira podía ver que daba a una amplia estancia. En más de una ocasión pudo vislumbrar un magnífico arco o columna que se elevaban en la oscuridad del final del pasadizo, y en una ocasión incluso vio una enorme sala llena de arcadas.

Por fin, arrastrándose a cuatro patas, Huyar los condujo al interior de uno de los pasillos laterales. Uno a uno, todos los elfos fueron lanzando una ahogada exclamación de alarma al seguirlo al interior del pasadizo, que luego se transformaba en suspiro de alivio mientras gateaban a toda prisa por él.

Cuando le llegó el turno a Sadira, ésta comprendió el motivo de la preocupación de los elfos. Las paredes de este pasillo estaban cubiertas de huecos que parecían criptas, aunque ninguna podría haber alojado a nadie cuyo tamaño fuera mayor que el de un niño. Las criptas estaban tapadas por una curiosa especie de piedra translúcida que Sadira no había visto nunca, un poco demasiado nebulosa para ser cristal y con una textura tan fina como el marfil. En cada hueco pudo distinguir la figura de un cuerpo pequeño, y en un principio Sadira temió que se tratara de los niños elfos.

Cuando escudriñó el interior de una de las criptas con más atención, la hechicera descubrió que la borrosa figura de su interior no era la de un niño. Más bien parecía un hombre maduro, con una tez tan viscosa como la arcilla, el cabello muy corto y facciones proporcionadas. Llevaba un capote sin adornos, con un casquete en la parte superior de la cabeza. Sólo el hecho de que la visión elfa de Sadira viera el cuerpo envuelto en un tinte azulado sugería que estaba muerto.

—¿Qué piensas de esto? —preguntó Grissi, hablando desde algo más adelante—. ¿Un antiguo enano?

—No; por lo que he oído, los antiguos enanos eran de facciones duras y muy peludos —contestó Sadira. Ahuecó las manos alrededor del rostro y las apretó contra la transparente cubierta en un intento de poder ver mejor al hombrecillo—. ¡Tiene más aspecto de halfling!

—¿Aquí en el desierto? —se burló Grissi—. Imposible. Los halflings son salvajes que habitan en las montañas.

Los ojos del hombrecillo se abrieron con un ligero parpadeo, y un par de negras pupilas se volvieron hacia el rostro de Sadira. Ésta se apartó violentamente de la cripta con un escalofrío de miedo recorriéndole todo el cuerpo.

—¡Se ha movido! —exclamó, alejándose por el pasillo a toda prisa—. Salgamos de aquí.

Pasaron arrastrándose junto a una docena de criptas más, y luego siguieron al resto del grupo al interior de un túnel que se cruzaba con aquél. Este otro pasadizo era ya lo bastante alto para que Sadira pudiera permanecer en pie, pero los elfos sólo podían hacerlo si mantenían la parte superior del cuerpo encorvada como los baazrags.

Huyar señaló pasillo abajo, donde un hilillo de luz rosada se derramaba en el túnel desde un agujero del techo.

—Ahí es a donde conduce el rastro —susurró.

—¿Cuál es tu plan? —inquirió Sadira.

—Si se trata de los nibeneses, probablemente han venido en tu busca —respondió Huyar—. Si es así, te entregaré a ellos.

—¡No! —siseó Grissi—. Faenaeyon la nombró miembro de la tribu. Al bajar la primera por la cuerda en pos de nuestros niños, demostró que es un honor que se merece.

—Grissi tiene razón —asintió Katza—. Si la traicionas a ella, también puedes traicionar a cualquiera de nosotros.

Huyar se mordió los labios.

—Desde luego no pensaríais que realmente pensaba entregarla, ¿verdad? —replicó—. Lo que pensaba hacer era utilizarla como anzuelo.

El elfo esbozó un sencillo plan que tenía buenas posibilidades de éxito, a excepción de un único detalle que él no podía haber detectado. Sadira señaló la porosa roca blanca de la que estaba hecha la caverna.

—Este tipo de roca impide el flujo de la magia —explicó—. No puedo preparar hechizos hasta estar en el exterior.

—Entonces nosotros tendremos que encargarnos de que tengas el tiempo suficiente —concluyó Huyar, señalándose a él y a los otros guerreros.

Tras esto, colocó una flecha en su arco y, avanzando a gachas, se alejó por el pasadizo. Se detuvo en la abertura el tiempo suficiente para dejar que sus ojos se acostumbrasen a la lóbrega luz, y luego atisbó al exterior. Al parecer no encontró a nadie vigilando la salida, pues indicó a los otros que lo siguieran y trepó por el agujero.

Sólo Sadira se quedó atrás, agazapada bajo la abertura y con el ingrediente que pensaba utilizar para su hechizo bien apretado en la mano. Durante un buen rato no oyó nada en el exterior y empezó a temer que se habían equivocado con respecto a quién se había llevado a los niños y por qué.

Por fin, una mujer nibenesa, casi con seguridad una templaria, gritó:

—¿Has venido en busca de tus niños, elfo?

—Sí —respondió Huyar—. ¿Por qué nos los habéis quitado?

—Era imposible que una compañía de semigigantes llegara a este oasis antes que tu tribu —contestó la mujer—, de modo que coger rehenes nos pareció la forma más segura de obtener lo que queremos.

—¿Qué es?

—Conoces la respuesta tan bien como yo —declaró la templaria.

—No creo que os interese nuestro jefe hasta el punto de seguirnos al desierto —dijo Huyar, haciéndose el tonto—. Después de todo, cuando lo capturasteis la primera vez, os limitasteis a venderlo a los negreros de Shom.

—No es a vuestro jefe a quien queremos, ¡y lo sabes! —saltó la mujer—. No lo valoramos más de lo que lo valoráis vosotros.

—¿Qué quieres decir con esto? —inquirió Huyar, menos cauteloso que un momento antes—. Nuestro jefe es nuestro padre.

—¿Ah, sí? ¿Es que tu tribu tiene por costumbre envenenar a sus padres? —replicó la templaria—. ¿O era el estado de vuestro jefe cuando lo capturamos una excepción?

Sadira sintió un nudo en el estómago al pensar en lo que podía suceder ahora. Huyar permaneció en silencio un buen rato, y ella empezó a temer que el elfo fuera a enfurecerse tanto que olvidara a los niños y regresara para atacarla.

—Faenaeyon puede que hubiera bebido vino en

mal estado —respondió por fin el elfo—. Supongo que lo que queréis es a la mujer que se lo sirvió...

Aunque ésta no era la forma en que el elfo había dicho que se desarrollaría la conversación, la hechicera no dio media vuelta para marcharse. Incluso Huyar era lo bastante astuto como para no confiar en que las templarias hicieran honor a cualquier trato que acordaran. Sin importar lo que hubiera hecho Sadira, su mejor posibilidad de recuperar a los niños seguía estando en ejecutar el plan convenido.

La templaria debió de indicar su respuesta con un gesto, ya que la hechicera no la oyó.

—Entonces traed a los niños aquí donde podamos verlos —habló Huyar—. Una vez que sepamos que están a salvo, iremos en busca de Sadira y nos encontraremos en mitad de la ladera de la colina.

—En ese caso dejad los arcos —exigió la templaria.

—¿Para que podáis matarnos? —se mofó Huyar—. Mientras nuestros hijos estén bien, no tenéis nada que temer. No arriesgaríamos sus vidas atacando.

—Muy bien, pero no vacilaremos en matarlos si rompéis vuestra palabra.

Se produjo un momento de silencio, y luego la voz de Katza inquirió:

—Cyne, ¿cómo es posible que te dejaras sorprender por un puñado de gentes de ciudad?

La pregunta era la señal para Sadira. La hechicera se colocó el ingrediente para el hechizo —un pequeño bloque de granito— entre los dientes y trepó por la abertura. Antes de haber salido del todo, ya había empezado a absorber la energía que necesitaba.

La salida conducía a un pequeño claro rodeado por un bosquecillo de sauces llorones. Aunque ya había oscurecido, tanto Ral como Guthay se encontraban muy altas en el cielo, y la zona quedaba iluminada por un brillante fulgor ambarino lo bastante potente para permitir ver con suficiente claridad.

En el extremo del pequeño prado se encontraban las seis templarias que habían hecho adelantarse a los niños. Cada mujer sostenía una criatura frente a ella, con una daga apretada contra la garganta del joven elfo. Aunque los niños estaban claramente asustados, no parecían tan atemorizados que no pudieran seguir las instrucciones de sus mayores. De hecho, ninguno de ellos lloraba.

—¡Ahora! —siseó Sadira sin dejar de apretar el bloque de granito entre los dientes.

Sin la menor vacilación, los elfos alzaron los arcos y dispararon por encima de las cabezas de sus hijos. Mientras las asombradas templarias lanzaban una exclamación de sorpresa, Katza chilló:

—¡Corred, niños! ¡Venid aquí!

Cuando Sadira consiguió por fin salir del agujero, se encontró con que cinco templarias yacían muertas en el suelo con flechas clavadas en el cráneo; los elfos sólo habían fallado en el caso de la mujer que sujetaba a Cyne. Mientras los otros niños corrían hacia la libertad, la templaria cortó con su cuchillo la garganta del niño, el cual no murió sin lucha y consiguió hundirle un codo en las costillas mientras la vida se le escapaba a borbotones por la herida.

Con un alarido de rabia, Katza se lanzó contra la mujer alzando su daga, pero, antes de que hubiera podido dar tres pasos, se escuchó el tañido de seis arcos y una andanada de flechas pasó por encima de su cabeza. Esta vez, los proyectiles no erraron el blanco.

Sadira tomó el pedazo de granito que llevaba en la boca y lo lanzó sobre las cabezas de los niños a la vez que pronunciaba su conjuro. En ese mismo instante, un hechicero nibenés que se encontraba oculto lanzó también un hechizo, y un surtidor de luces de todos los colores del arco iris surgió del bosquecillo. Por unos segundos, la hechicera y sus compañeros quedaron cegados.

Sadira escuchó una serie de sonoros chisporroteos que indicaban que su hechizo surtía efecto; aunque no podía verlo, sabía que una alta pared de granito surgía del suelo allí donde había caído la piedra. La barrera había sido pensada para servir como protección temporal mientras los elfos cogían a los niños y huían al túnel subterráneo, pero sospechó que el hechizo del enemigo interferiría en sus planes.

Al escuchar el repiqueteo de pequeños pies que venían hacia ella, la hechicera gritó:

—Meteos dentro del túnel y regresad hasta la sala del pozo. Ataos a la cuerda y decid a Magnus que os suba.

Sus palabras fueron seguidas por un momento de silencio, y Sadira temió que los niños no la obedecieran. Entonces Huyar les espetó:

—¡Haced lo que os dice!

Mientras los niños gateaban al interior del agujero, Sadira reunió más energía para otro hechizo. Parecía como si su visión no fuera a aclararse nunca, pero por fin consiguió distinguir las siluetas de los Corredores del Sol a su alrededor.

Sólo Huyar y Grissi parecían empezar a recuperarse del hechizo. Los otros miraban al vacío con expresión vacante, mascullando atemorizados y sin hacer el menor esfuerzo por desprenderse de los efectos del surtidor de color.

Huyar agarró al guerrero que tenía más cerca y empezó a abofetearlo.

—¡Despierta! —Sus esfuerzos no parecieron tener el menor efecto en el elfo.

Sadira escuchó el siseo de flechas hendiendo el aire, y al instante media docena de elfos aturdidos cayeron al suelo sin siquiera un suspiro. La hechicera volvió la mirada hacia la pared que había creado y vio que tres soldados nibeneses, con la insignia del cilop real en sus capotes, salían corriendo de cada extremo de la pared de granito.

La joven hundió la mano en su bolsa en busca de un nuevo ingrediente mágico, y entonces escuchó el arañar de unas zarpas que avanzaban por una zona rocosa. Los nibeneses lanzaron una nueva lluvia de flechas, y esta vez Grissi pasó a formar parte de las bajas. Huyar dejó de tratar de despertar a sus aturdidos compañeros e hizo intención de desenvainar su espada.

—No servirá de nada —advirtió Sadira—. Viene Dhojakt.

—Entonces espero que te arranque los ojos —contestó el elfo mientras saltaba al interior del agujero.

Aunque Huyar no lo sabía, Sadira pensó que el elfo había hecho exactamente lo que debía hacerse y también ella se introdujo en la abertura hasta dejar fuera únicamente la cabeza y los hombros. Sin dejar de vigilar a los nibeneses, continuó absorbiendo energía, pero no sacó ningún ingrediente.

Un momento después, Dhojakt apareció por una esquina de la pared de piedra. A la luz de las lunas, la hechicera podía verlo con la suficiente claridad como para observar que su nariz estaba muy hinchada y amoratada, con una única lesión allí donde antes había habido dos orificios.

Los negros ojos de Dhojakt se dirigieron de inmediato al lugar donde se ocultaba Sadira. La hechicera vio brillar una lucecita de odio en sus pupilas.

—Se me ocurrió que ésta sería la forma más sencilla de apartarte de tus protectores —dijo el príncipe.

El príncipe la apuntó con un dedo, y Sadira se dejó caer al interior del túnel. Con la energía mágica absorbida hormigueando todavía por todo su cuerpo, la muchacha dio media vuelta y echó a correr a toda prisa tras el rumor de los veloces pies de Huyar. Un sonoro chisporroteo resonó a su espalda, y al volver la cabeza vio una nube de polvo negro que se introducía por el agujero. Por suerte, la nube fue a posarse en el suelo y no se extendió por el pasadizo, y a los pocos segundos los pálidos rayos de las lunas volvían a penetrar por la abertura.

Sadira apartó la mirada del agujero, esperó hasta que su visión elfa volvió a funcionar, y se introdujo en el exiguo pasillo donde había visto al halfling. Una vez allí, se detuvo y escuchó; las pisadas de Huyar se habían apagado, y el único sonido que llegaba hasta ella era el de una catarata que susurraba en el abismo al otro extremo del corredor.

Al poco rato, escuchó a los arqueros nibeneses que penetraban en la gruta, con el repiqueteo de las múltiples patas de Dhojakt pisándoles los talones. Sadira empezó a avanzar por el pasadizo, arrastrando intencionadamente una pierna para que pudieran oírla, pero teniendo buen cuidado de no mirar al interior de ninguna de las extrañas criptas, no fuera a descubrir a otro halfling que se movía.

Al llegar al final, se acurrucó en la esquina para esperar. Empuñó su daga con una mano, mientras con la otra sacaba de su morral un pequeño trozo de savia de árbol endurecida. La lechosa pepita tenía el mismo aspecto que un terrón de ácido cristalizado.

No tardó en oír a los soldados nibeneses deslizándose por el pasadizo. Tal y como esperaba, avanzaban a tientas. No había habido tiempo para encender antorchas, y, puesto que no se podía atraer energía a través de la roca blanca de la gruta, Dhojakt no había podido utilizar su magia para ayudarlos a ver. El príncipe iba al final de la fila, golpeando con impaciencia el suelo con las patas mientras empujaba a sus hombres hacia adelante.

Sadira observó cómo los primeros tres hombres se arrastraban fuera del túnel, con los rostros enrojecidos por el nerviosismo. Permaneció totalmente inmóvil hasta que éstos se dieron cuenta de que habían abandonado el pequeño pasadizo y empezaron a levantarse; en ese momento, atacó, acuchillando el rostro del primer hombre al tiempo que lo lanzaba por encima del borde de una patada.

Sadira apenas si necesitó atacar al segundo guarda. Éste agitó a ciegas su corta espada de obsidiana y el mismo impulso de la estocada dirigió el arma hacia el abismo; la muchacha se colocó detrás del brazo que blandía la espada y utilizó el hombro para empujar al guarda por el precipicio. Éste aún no había comenzado a gritar que ella ya hundía su cuchillo en la barbilla del tercer guarda. El hombre murió con un borboteo de sorpresa y se desplomó sobre el saliente, mientras ella daba un paso atrás.

—¿Qué es lo que sucede ahí? —exigió la furiosa voz de Dhojakt—. ¡Seguid!

El cuarto soldado obedeció, pasando a gatas por encima del cadáver de su camarada. Con el cuerpo hirviendo con la emoción del combate y la energía mágica que había absorbido antes, Sadira volvió a dar un paso al frente. En esta ocasión la hechicera hundió la hoja en el hueco situado en la base del cráneo del desdichado.

El quinto guarda se detuvo en la salida y se negó a moverse.

—¡He dicho que siguierais! —chilló Dhojakt.

El furioso príncipe empujó hacia adelante, y los soldados quinto y sexto se vieron lanzados al abismo. Dhojakt sacó la cabeza por el pasadizo y miró a Sadira.

—¡Ya me has causado suficientes problemas! —escupió; tenía las óseas mandíbulas totalmente extendidas hacia afuera, goteando veneno, y las hacía chasquear con violencia.

Sadira retrocedió, manteniendo la daga frente a ella y el endurecido pedazo de savia de árbol en la otra mano. Dhojakt ni siquiera intentó atraer la energía necesaria para un conjuro, pues sin duda ya había descubierto que no podía hacerlo. En lugar de ello, pareció no preocuparle en absoluto el abandonar la seguridad del túnel y seguir a la hechicera al precario saliente.

Mientras el príncipe pasaba por encima de los cuerpos de sus dos guardas, Sadira se detuvo. A su derecha se abría un oscuro pasadizo; aunque ofrecía a la hechicera un poco de seguridad como posible ruta de escape, ésta sospechó que, si necesitaba huir, no sobreviviría el tiempo suficiente para utilizarlo.

Dhojakt no perdió tiempo para atacar. Una vez que hubo dejado atrás a los dos hombres muertos, se lanzó contra ella..., pero no por el saliente, como Sadira esperaba. En lugar de ello, su cuerpo de ciempiés empezó a ascender por la pared, y se le acercó colgado de la pared de la caverna. En cuanto llegó a la entrada situada junto a la hechicera, se detuvo y estiró los brazos para cogerla.

—Deberías haber dejado que te matara en Nibenay —dijo—. Nos habrías ahorrado a ambos muchos problemas y dolores.

—A ti puede que sí, pero no a mí —respondió Sadira y alargó el pedazo de savia hacia el rostro del príncipe.

Al ver cómo el terrón en forma de cristal se acercaba a él, Dhojakt volvió la cabeza para proteger la vulnerable nariz.

—¡Eso no funcionará esta vez, muchacha estúpida! —declaró.

Sadira pronunció su conjuro, pero el chorro que surgió de su mano no fue un ácido venenoso, sino una espesa y pegajosa resina que cubrió rápidamente la cabeza y el pecho del príncipe en un único glóbulo. Al comprender que lo había engañado, Dhojakt volvió con dificultad la cabeza para mirar a la hechicera. Cuando intentó cogerla, ésta retrocedió y pronunció una orden consistente en una sola palabra.

La resina se endureció para convertirse en una lechosa cuenta, tan sólida como la piedra e igual de inflexible. Sadira apenas si podía distinguir la silueta de los brazos extendidos del príncipe y sus sobresalientes mandíbulas debajo del amorfo glóbulo. De todos modos, el hechizo no había sido lo bastante potente para cubrir sus muchas patas, y parecía un gigantesco ciempiés que hubiera tenido la desgracia de quedar medio encajado en una bola de olíbano.

Sadira envainó la daga, se apoyó en el pesado glóbulo y empujó. Dhojakt intentó aferrarse a la porosa pared con sus afiladas uñas, pero el peso de la lechosa burbuja que encerraba su cuerpo era demasiado para él. Impulsado por la hechicera, el glóbulo se desprendió poco a poco de la piedra, hasta que Sadira consiguió por fin acercarlo al borde del precipicio.

Entonces, todas a la vez, las garras del príncipe se soltaron. Dhojakt resbaló por encima del saliente y, mientras las patas intentaban en un esfuerzo desesperado agarrar a Sadira para arrastrarla con él, desapareció en la oscuridad. Sadira se dejó caer sobre la repisa y escuchó cómo los pies del príncipe arañaban la pared de la sima.

No se escuchó ningún chapoteo ni un último choque. El chirrido de las zarpas del príncipe sencillamente se apagó mucho antes de lo que hubiera debido, sin ninguna indicación de que hubiera chocado contra el fondo del cañón.

La hechicera miró por encima del borde. Casi esperaba ver a Dhojakt escalando la pared, pero no vio otra cosa que oscuridad.

—Bien hecho —dijo la voz de Huyar—. En especial el ataque a los guardas con la daga.

Un grito de sorpresa escapó de los labios de Sadira, y ésta estuvo a punto de caer por el precipicio, pero Huyar la agarró por el hombro con mano firme. Mientras la ayudaba a incorporarse, le quitó la daga de la funda y la apretó contra los riñones de la muchacha.

—Veamos qué tienes en la bolsa, ¿no te parece?

Utilizó la mano libre para quitarle la bolsa del hombro; luego la abrió y volcó el contenido en el suelo. Con mucho cuidado para que la daga no dejara de oprimir la espalda de la hechicera, extendió el brazo y levantó el frasco tallado que Magnus y Rhayn habían obtenido en el barrio de los bardos de Nibenay.

—¿Qué es esto? —preguntó el elfo; mientras sostenía la botella junto al rostro de Sadira, sus dedos recorrieron las notas musicales talladas en sus costados—. ¿El veneno que utilizaste con nuestro jefe?

—No —respondió Sadira. Por el momento, la verdad le parecía la mejor opción; desde luego no podía esperar correr más rápido que el elfo o vencerlo en combate—. Es el antídoto.

16

Los páramos

—Mi propia hija! —rugió Faenaeyon—. ¿Cómo pudiste?

Sadira se encontraba encima de la Roca Hendida, contemplando el rojo disco del sol que se alzaba por entre una neblina de color oliváceo. Tenía las manos atadas a la espalda; su padre caminaba arriba y abajo frente a ella, y Huyar estaba de pie junto a ella con una espada en la mano. Todos los otros Corredores del Sol se hallaban reunidos alrededor del monolito, contemplando el proceso en lúgubre silencio.

—Tengo que llegar a la Torre Primigenia —contestó con calma Sadira.

—¡La torre, por supuesto! —profirió el jefe—. Allí de donde surgen las nuevas razas... ¿Quién puede decir que no encontrarás allí el poder para desafiar al dragón? —Sacudió la cabeza con desprecio, y luego señaló a Magnus con una mano—. Incluso aunque tuvieras esa suerte, ¿podrías soportar vivir con aquello en lo que te convertirías?

—Eso no es algo de lo que tú te tengas que preocupar —replicó Sadira—. Lo que sí te afecta, o más bien debería afectarte, es que te rescaté de los corrales de esclavos a cambio de una promesa de conducirme a la Torre Primigenia.

—Y, como Faenaeyon no quiso cumplirla, hiciste

un trato con Rhayn para convertirla en jefe —concluyó Huyar.

Al ver que Sadira no respondía, Faenaeyon se detuvo frente a ella.

—¿Es así como sucedió?

—No tengo motivos para decirte nada —repuso ella volviendo la cabeza.

Faenaeyon la agarró por la mandíbula y la obligó a girar la cabeza hacia él.

—Contesta con la verdad, y vivirás para ver la Torre Primigenia —declaró—. Rhayn te ayudó, ¿no es así?

Como Sadira siguiera sin contestar, la tiró al suelo.

—Ya me parecía —refunfuñó mientras se volvía para mirar a su otra hija—. ¿Cómo pudiste? Sadira es alguien de fuera, pero tú eres una Corredora del Sol.

—Padre, yo no... —empezó Rhayn.

—Rhayn, no sirve de nada mentir —la interrumpió Sadira mientras intentaba volver a incorporarse—. Nuestro padre no es ningún estúpido. Se da perfecta cuenta de lo que sucedió. Si le dices la verdad, a lo mejor saldrá algo bueno de todo esto para la tribu.

—¿Qué es lo que dices? —inquirió Faenaeyon, dirigiendo a Sadira una mirada torva.

Sadira clavó sus ojos en los de él.

—Dijiste que, si contestaba con honradez, viviría para ver la Torre Primigenia. ¿Mantendrás esa promesa... o pasará lo mismo que con las otras?

—Cumpliré mi palabra, aunque te arrepentirás de que lo haga —respondió él—. Ahora dime qué sucedió.

—La verdad de todo esto es que no mereces ser jefe..., ya no. Robas lo que ganan tus seguidores, tratas a tus guerreros como esclavos y resuelves las disputas mediante sobornos. Es por eso que Rhayn me pidió que te envenenara; su idea, dicho sea de paso, no la mía. Más tarde o más temprano, algún otro volverá a intentarlo y, por el bien de los Corredores del Sol, espero que tenga éxito.

Faenaeyon escuchó sus palabras sin demostrar la menor emoción; luego se volvió hacia su otra hija.

—¿Es así?

Rhayn dirigió una enfurecida mirada a la hechicera y negó con la cabeza, pero Magnus se colocó frente a ella.

—Sadira tiene razón: de nada sirve negarlo. —Miró al jefe y dijo—: Me criaste en tu campamento, pero yo también ayudé.

Faenaeyon cerró los ojos unos instantes. Cuando los volvió a abrir, parecía increíblemente viejo y cansado.

—Quizás hubo un tiempo en que fui mejor jefe —dijo—; pero esto no excusa lo que hicisteis. En justicia, debería mataros ahora mismo.

—¡Lo exijo! —clamó Huyar, levantando su espada—. Está claro que Gaefal los descubrió saliendo del barrio de los bardos y por eso lo asesinaron. Si no haces justicia, yo me la tomaré.

Faenaeyon dirigió a la espada de Huyar una mueca despectiva.

—¿Es que no me oíste prometer a Sadira que viviría para ver la Torre Primigenia?

—¡Pero quiero mi venganza!

—A menos que sea a mí a quien tienes intención de atacar, aparta tu espada —rugió Faenaeyon, avanzando hacia el elfo.

La cólera de Huyar se tornó agitación al contemplar la mirada de los grises ojos de su padre. Aunque él iba armado y el jefe no, estaba claro que no le gustaba la idea de medir sus habilidades con las de su padre. Huyar envainó la espada y, con la vista clavada en el suelo, repitió:

—Exijo...

—Tú no exiges nada —gruñó Faenaeyon—. Si tuvieras el coraje de Rhayn, serías jefe y Gaefal estaría vivo. —Apartó la mirada de su hijo y la paseó por el resto de la tribu—. Pero todavía soy jefe y, hasta que aparezca alguien lo bastante fuerte para ocupar mi puesto, es así como será.

Cuando nadie expresó ningún inconveniente a su declaración, Faenaeyon señaló con un gesto a Magnus y a Rhayn.

—En cuanto a vosotros, seré misericordioso —anunció—. Podéis escoger la muerte, o podéis acompañar a Sadira en su viaje a la Torre Primigenia.

Tras una rápida mirada a Magnus, Rhayn se volvió otra vez hacia su padre y dijo:

—Escogemos la torre, desde luego.

Faenaeyon enarcó una ceja con falsa expresión de tristeza.

—Si hubierais sido lo bastante valientes para escoger la muerte, habríais sufrido menos. —Hizo una señal a Magnus y Rhayn para que subieran al monolito, e indicó con un largo dedo el lugar donde Huyar había arrojado las pertenencias de Sadira—. Colocad vuestras bolsas, armas y odres aquí. Os iréis de la tribu tal y como llegasteis a ella; sólo permitiré que conservéis las ropas que lleváis.

Sadira y sus dos acompañantes se arrodillaron al borde de un brezal verde plateado. El terreno se extendía sin interrupción hasta la línea del horizonte, tan exuberante e inmenso que ninguna excrecencia de roca ni parcela de terreno baldío asomaban por entre la espesa maraña de arbustos. En el horizonte se alzaba una aguja de roca blanca, tan lejana que a menudo parecía desaparecer tras los ondulantes haces de la neblina de la tarde.

Aunque la roca no podía ser más que la Torre Primigenia, los tres compañeros apenas si parecían conscientes de ello; su atención estaba concentrada en un punto más cercano al lugar en el que se encontraban, en una manada de erdlus salvajes que acababan de aparecer trotando momentos antes.

Tan altas como elfos y tan gordas como kanks, estas aves sin plumas parecían totalmente ignorantes de que eran observadas. Avanzaban por el terreno a una velocidad constante mientras sus alargados cuellos se movían de un lado a otro como látigos, lanzando al frente diminutas cabezas redondeadas para arrancar conos de plateada retama negra y los capullos marfileños de los altos algodoncillos. De cuando en cuando, un erdlu soltaba un excitado graznido y arañaba el suelo, para luego agitar las inútiles alas con júbilo mientras atravesaba una serpiente con el afilado pico.

Por encima de las aves, flotando en alas de la brisa, se encontraba una especie de vaina de membrana viscosa en forma de campana. La flotante criatura tenía más de diez metros de longitud, con docenas de finísimos zarcillos que se balanceaban del borde de su parte inferior. En el interior de su cuerpo transparente, un revoltijo de órganos azules palpitaba a intervalos regulares, despidiendo de vez en cuando un brillante resplandor amarillo.

—¡El flotador ha vuelto! —siseó Sadira con los pálidos ojos clavados en la extraña bestia.

La hechicera sostenía en una mano un pedazo de cuarzo que habían encontrado en el desierto, y su cuerpo bullía con la energía mágica que había absorbido hacía un instante.

—Nos debe de seguir —susurró Magnus.

—Por si no te has dado cuenta, hemos viajado contra el viento durante el último día y medio —replicó Rhayn—. Además, sin alas ni patas, ¿cómo podría seguirnos aunque quisiera? Está a merced del viento.

—El viento está en todas partes —respondió Magnus—. Te sorprendería averiguar la cantidad de cosas que pueden hacer aquellos que conocen sus secretos.

Mientras el cantor del viento hablaba, cuatro tiras de membrana azul cayeron de la parte central del cuerpo de la criatura y se deslizaron alrededor de un erdlu que comía. La sorprendida ave intentó huir y arrastró al flotador por el aire, graznando enloquecida. El resto de la manada se puso en movimiento al instante y huyó en todas direcciones.

Rhayn se incorporó al momento.

—¡Ahora, Sadira! —chilló mientras salía en pos de las aves—. ¡No podemos perderlos!

Sadira apuntó al erdlu de mayor tamaño con el pedazo de cuarzo y pronunció su conjuro. Un rayo transparente salió con un zumbido de su mano y se estrelló contra el animal, desparramando escamas marrones por todas partes. Con un cacareo de sorpresa, la criatura dio dos pasos más y se desplomó sobre el suelo. Rhayn saltó sobre ella inmediatamente y, tras colocar un pie sobre su garganta, tiró de la cabeza hacia arriba para partir el cuello.

—Bien hecho —gritó, volviendo la cabeza para mirar a su hermana—. No estropeaste la carne.

Pero la atención de Sadira no estaba puesta en Rhayn. La hechicera contemplaba extasiada la escena que se desarrollaba algo más allá, donde la criatura flotante había levantado por los aires a su presa y subía lentamente al pájaro en dirección a sus palpitantes entrañas azules. El erdlu se debatía violentamente, atacando con pico y zarpas las cintas que lo sujetaban, pero sin conseguir arrancar más que alguna gota de baba.

La lucha del ave finalizó por completo al entrar ésta en contacto con los cortos zarcillos que rodeaban el cuerpo de su capturador. En cuanto los finísimos filamentos tocaron al erdlu, su cuello cayó fláccido a un lado y las zarpas dejaron de debatirse en el aire. Graznando tristemente, la criatura dejó que la subieran muy despacio y penetró en el cuerpo gelatinoso del flotador, donde se convirtió en una oscura figura en el interior del revoltijo azul que eran las entrañas de su asesino.

—Recordadme que no deje que esa cosa flote sobre mi cabeza —observó Sadira reprimiendo un escalofrío.

—Hasta ahora hemos conseguido evitarla —repuso Magnus—. De todos modos me gustaría echarle un vistazo más de cerca. Podría aprender mucho de un ser que vive en tal armonía con el viento.

Las meditaciones del cantor del viento se vieron interrumpidas por un grito de enojo procedente de Rhayn.

—¡Sadira, necesito tu ayuda!

La hechicera fue hacia su hermana, abriéndose paso por entre conos de retama negra y largos tallos de algodoncillos. La hierba era tan alta que sus pies desaparecían bajo ella al andar, y el suelo del que brotaban las verdes hojas resultaba totalmente invisible.

Al llegar junto a Rhayn, Sadira descubrió el motivo del malhumor de su hermana. Alrededor de la ennegrecida herida del costado del erdlu, algunas de las escamas empezaban a transformarse en suaves plumas, mientras que otras se fusionaban para formar una especie de piel nudosa similar a la de Magnus, y un bulto deforme había aparecido bajo las amarillas escamas justo donde le habían partido el cuello. Rhayn había arrancado una de las garras del ave para utilizarla como cuchillo, y en la herida resultante había surgido la yema de un dedo grisáceo.

De sus anteriores conversaciones con Faenaeyon, Sadira sabía que el pájaro padecería una transformación después de resultar herido, pero no esperaba que ésta ocurriera tan deprisa ni que fuera tan horripilante.

Ansiosa por no prolongar el infortunio de los últimos tres días, la hechicera reprimió las ganas de vomitar y se arrodilló junto a su hermana. Desde que los habían expulsado de los Corredores del Sol sin armas ni agua, los tres camaradas habían conseguido sobrevivir de milagro. Sólo habían comido en una ocasión, compartiendo un único lagarto que Magnus consiguió sacar de debajo de una roca. En cuanto al agua, habían pasado horas desenterrando y machacando tubérculos, para luego exprimir unas pocas gotas de amargo zumo de la pulpa resultante.

Así pues, cuando Rhayn le informó que un solo erdlu podía facilitarles armas, odres de agua y comida, Sadira había aceptado al momento retrasar el viaje el tiempo necesario para matar una de las aves. Y ahora parecía como si la magia de la Torre Primigenia amenazara con robarles su trofeo.

—¿Qué quieres que haga? —preguntó Sadira.

Rhayn utilizó la zarpa que sostenía para cortar otra garra, que entregó a la hechicera. La punta de un nuevo dedo empezó a aparecer en la herida recién abierta.

—Necesitamos las zarpas, los tendones y los huesos de las patas, el estómago, el pico, las escamas más duras; todo aquello que puedas arrancar —instruyó Rhayn—. Pero ten cuidado. Si te cortas...

Dejó la frase sin acabar y señaló la mano diminuta que acababa de aparecer de debajo de una de las escamas del ave.

—Quizá deberías dejar que Magnus lo hiciera —sugirió Sadira—. Su piel es mucho más dura que la nuestra.

Rhayn negó con la cabeza.

—Jamás terminaría a tiempo. Sus dedos son demasiado gruesos. Es mejor que vigile al flotador.

La elfa contempló con preocupación un par de afilados colmillos que habían empezado a sobresalir de la boca del erdlu; luego calló y concentró toda su atención en despedazar al animal. En pocos minutos ya habían obtenido un buen montón de partes del pájaro que no se habían transformado en otra cosa: zarpas, escamas, un par de largos huesos de las patas, tendones y algo de carne. También tenían más o menos una docena de cosas que las dos mujeres esperaban poder utilizar como sustitutos de los componentes para hechizos que habían perdido junto con sus bolsas.

Rhayn arrojó el estómago del erdlu al montón.

—Esto será nuestro odre —anunció, mirando el extenso brezal—, siempre y cuando encontremos algo para llenarlo.

—¿Sabes una cosa? Si este lugar es tan peligroso como dice Faenaeyon, no es muy probable que todos consigamos llegar a la torre —dijo Sadira—. Si tú y Magnus no queréis venir conmigo...

—Iremos —contestó Rhayn—. No he llegado tan lejos para nada.

—Pero ¿por qué? —inquirió Sadira—. Yo hago esto por los habitantes de Tyr, pero ellos no significan nada para vosotros.

—¿Encontrarás el poder para desafiar al dragón en la Torre Primigenia? —quiso saber Rhayn, evitando una respuesta directa a la pregunta.

—No sé lo que encontraré. —Sadira se encogió de hombros—. Todo lo que puedo decir con seguridad es que Dhojakt se está tomando muchas molestias para impedir que vaya a echar un vistazo.

—*¿Se está tomando?* —repitió Rhayn—. ¿Quiere eso decir que sigue vivo? Huyar dijo que lo arrojaste por un precipicio.

—Lo hice, pero no creo que se estrellara contra el

fondo —respondió la hechicera—. E, incluso aunque lo hiciera, eso no quiere decir que muriera.

—Me pregunto qué es lo que no quiere que descubras —dijo Rhayn, arrancando un largo tendón de uno de los huesos de las patas.

—O en lo que no quiere que me convierta —añadió Sadira—. Faenaeyon dijo algo muy interesante antes de expulsarnos. Si es aquí donde nacen las nuevas razas, tal vez la magia me permita obtener lo que quiero. A lo mejor es así como Dhojakt se convirtió en mitad hombre y mitad cilop.

—No me parece algo que pueda controlarse —objetó Rhayn, contemplando los transfigurados restos del erdlu.

—Puede que aquí fuera no, pero vi a alguien sufrir un cambio similar. Cuando matamos a Kalak, se encontraba en pleno proceso para transformarse en dragón, y creo que lo habría conseguido.

—¿Y piensas que algo parecido puede suceder en la Torre Primigenia?

Sadira se encogió de hombros.

—He oído decir que el dragón original fue creado allí. Por lo que he visto hasta ahora, lo empiezo a creer.

—Es por eso que vengo contigo —dijo Rhayn—. Si es como dices, entonces tendría que poder encontrar lo que quiero en la torre.

—¿Y qué es? —inquirió Sadira, enarcando una ceja.

—El poder para obtener el puesto de Faenaeyon como jefe de la tribu —contestó su hermana; luego miró al oeste, en dirección a la Roca Hendida.

—Los Corredores del Sol jamás volverán a aceptarte —opinó Sadira—. No importa lo que encontremos.

—No estés tan segura. Los elfos son gente práctica —replicó Rhayn—. Seguirán a un jefe poderoso... en especial si no tienen otra elección.

—¡Tiranizarías a tu propia tribu! —exclamó Sadira.

—Lo que no haré es permitir que mis hijos crezcan sin mí. Los tratarán como esclavos en el campamento de otra mujer.

—Meredyd no permitirá que eso suceda —protestó Sadira—. Después de lo que hiciste por ella...

—En estos momentos, Meredyd ya ha olvidado que mi oro compró la libertad de su hijo —escupió Rhayn. Se sentó en el suelo y, utilizando un fragmento de hueso como aguja, empezó a coser el fondo del estómago del erdlu para cerrarlo.

Sadira sacudió la cabeza.

—Meredyd es tu amiga.

—La amistad se basa en la necesidad mutua —rió Rhayn—. Ahora que Meredyd ya no puede obtener nada de mí, ya no es mi amiga. No se preocupará para nada por mis hijos... del mismo modo que yo tampoco me ocuparía del suyo si la hubieran expulsado.

La dulce voz de Magnus flotó por el brezal hasta ellas. Sadira miró al lugar del que procedía y descubrió al cantor del viento casi cien metros más allá. Se encontraba debajo del flotador, los ojos negros fijos en el cuerpo palpitante de la criatura. Sus orejas se movían adelante y atrás muy despacio como si escuchara algún sonido que la hechicera no percibía y su hocico estaba fruncido en una expresión de total éxtasis.

—¿Qué hace Magnus? —inquirió Sadira, alarmada.

El flotador hizo descender sus brazos en forma de cintas y permitió que se agitaran a pocos metros del suelo. Un suave gorjeo empezó a sonar en el viento, tan dulce y débil que la hechicera lo captaba sólo como vacilante hormigueo en la parte posterior de su cabeza.

—Parece como si estuviera hablando con él —respondió Rhayn, reanudando su tarea—. Yo lo dejaría tranquilo. No creo que quieras asustar a esa cosa.

Al poco rato, la elfa remató el hilo y dejó el nuevo odre a un lado. Tras arrancar nuevos tendones de las piernas, indicó a Sadira que se sentara junto a ella, y las dos mujeres iniciaron la fabricación de un par de armas, atando las zarpas afiladas como cuchillas a los extremos de los huesos del muslo.

Casi habían terminado cuando Sadira observó la presencia de más de una docena de sombras que las rodeaban a ella y a Rhayn. Poseían cuerpos vagamente humanos, con extremidades filiformes, pechos sinuosos, y ascuas azules donde deberían haber estado los ojos. La hechicera miró a su alrededor en busca de los seres que producían las sombras, pero no encontró a nadie... ni siquiera cuando miró al cielo.

Una de las sombras se inclinó para coger el estómago que Rhayn acababa de coser. En cuanto uno de sus dedos tocó el pellejo, el recipiente se volvió negro y se convirtió en parte de la sombra.

—¿Qué son? —quiso saber Rhayn, con los ojos también fijos en las negras figuras que las rodeaban.

—El pueblo de las sombras —contestó Sadira, recordando la descripción que Rikus había hecho de Umbra. También recordó el relato de Er'Stali sobre los dos enanos que habían ido a la Torre Primigenia y habían utilizado la obsidiana para sobornar a las sombras—. Creo que vienen de la torre.

Rhayn se puso en pie, al parecer menos interesada en lo que eran que en lo que hacían.

—¡Diles que nos devuelvan el odre! —exigió, indicando a las criaturas con la lanza que había estado fabricando.

—¿Cómo? —inquirió Sadira.

Cuando varias de las sombras empezaban a rodear a Rhayn, ésta lanzó un sencillo hechizo y un rayo de luz surgió de su mano. La elfa lo dirigió al suelo frente a ella, en un intento de rechazar a las oscuras figuras que se arrastraban a sus pies. Pero lo único que consiguieron sus esfuerzos fue que las siluetas se tornaran más oscuras y consistentes.

Una de las sombras dejó de hostigar a Rhayn. Su cuerpo empezó a volverse más denso y a asumir una forma sólida; luego se colocó en una posición arrodillada. Cuando hubo obtenido una forma tridimensional completa, se incorporó. La criatura tenía la estatura de un semigigante y se alzaba por encima de Rhayn igual que la elfa lo hacía por encima de Sadira.

—¿Con qué derecho cazáis en nuestras tierras? —inquirió, lanzando negros vapores por la abertura azul que se había abierto en su rostro a modo de boca.

En lugar de responder, Rhayn volvió la cabeza y miró en dirección a Magnus. Cuando vio que él y el flotador seguían cantándose el uno al otro, llamó:

—¡Magnus, deja en paz a esa cosa y ven aquí!

Pero éste no pareció oír la llamada. La sombra bajó los ojos hacia sus compañeros del suelo e hizo un gesto indicando en dirección al cantor del viento. Varias de las siluetas corrieron hacia Magnus, deslizándose por entre la maleza como una persona nadaría por el estanque de un oasis. Al llegar junto al cantor del viento, empezaron a rodearlo en una enloquecida danza; al cabo de unos instantes, se detuvieron y, adoptando una forma sólida, se alzaron del suelo en posición erecta.

El agudo trinar del flotador cesó, y la criatura lanzó sus brazos en forma de cintas hacia el suelo para agarrar a Magnus. La canción del cantor del viento se interrumpió en una nota estrangulada, seguida de un grito de dolor. Las extremidades de la criatura flotante empezaron a retraerse, pero en lugar de levantar al pesado cantor del viento por el aire, fue la criatura la que descendió hacia él. Las espectrales sombras que rodeaban a Magnus volvieron a fundirse entonces con el suelo y se alejaron de él tan deprisa como se habían acercado.

Rhayn gritó asustada y echó a correr hacia el cantor del viento. Sadira hizo intención de seguirla, pero la sombra que había estado hablando con su hermana le cortó el paso.

—La caza de estas tierras nos pertenece —siseó la silueta, sujetando a Sadira de la muñeca. Una mancha negra empezó a correr muy despacio por su brazo, acompañada por un dolor frío y entumecedor que parecía absorber todo el calor de su cuerpo—. ¿Cómo vas a pagar por ella?

—Perdónanos. No sabíamos que los pájaros pertenecían a alguien. —Sadira liberó su brazo, pero la sombra siguió cortándole el paso y no le permitió adelantarse. La muchacha señaló con la mano el montón de carne erdlu—. ¿Da la impresión de que nosotros…?

Sus palabras se vieron interrumpidas por la atronadora voz de Magnus que retumbó por todo el brezal, entonando una única nota baja. Tan profundo y rico era el tono que Sadira no podía oír nada más; lo sentía incluso en los huesos en forma de resonante vibración que hacía chirriar sus articulaciones y temblar su abdomen.

Allá en el prado, Sadira vio cómo su hermana llegaba junto a Magnus y empezaba a acuchillar las cintas que lo mantenían prisionero, pero sin conseguir otra cosa que cubrirse de baba. El cantor del viento la apartó de un empujón al tiempo que elevaba aún más su voz. Un abrasador torbellino, lleno de arena ardiente y de piedras, hizo su aparición procedente del desierto y envolvió al cantor del viento y a su atacante. El cuerpo del flotador se vio atacado por violentas ondulaciones, y a poco sus azuladas entrañas empezaron a retorcerse como enloquecidas.

Al cabo de un instante, el torbellino consiguió despedazar a la criatura, enviando pegajosos zarcillos y pedazos de viscosa carne en todas direcciones. La porción mayor del cuerpo del flotador salió despedida a lo lejos por encima del brezal, donde el rápido movimiento de la lengua llena de púas de una criatura invisible la arrancó de la corriente de aire y la hizo desaparecer. Magnus cerró la boca y se desplomó en el suelo, mientras el remolino se disipaba tan rápido como había aparecido.

Sadira esquivó a la sombra que le cerraba el paso y corrió junto al cantor del viento, a cuyo lado llegó pocos instantes después que su hermana. El rostro y los brazos de Magnus estaban enrojecidos e inflamados allí donde el flotador lo había sujetado. En una de sus piernas se veía un gran verdugón que había reventado y rezumaba sangre muy despacio.

—¡Magnus, cúrate! —instó Sadira mientras le arrancaba un pedazo de baboso tentáculo del hombro.

El cantor del viento asintió e inició su canción, pero el verdugón no cicatrizó. En lugar de ello, la punta de una raíz marrón surgió de la herida. Sadira le arrebató a Rhayn el arma y utilizó la garra de erdlu para cortar la excrecencia.

Magnus lanzó un alarido de dolor y, arrebatándole la lanza, la arrojó lejos.

—¡No! —exclamó—. Es parte de mí ahora. Siento cómo crece de mis huesos.

Una nueva raíz surgió de la herida. Los tres camaradas contemplaron con horror cómo crecía y se ensanchaba, hasta ser tan gruesa como la muñeca de Sadira. De improviso, la punta giró hacia abajo y se hundió en la tierra. Rhayn y Sadira agarraron el tallo y, sin hacer caso del grito de Magnus, intentaron arrancarlo del suelo, pero a punto estuvieron de verse derribadas cuando la cosa siguió enterrándose aún más en el suelo. Finalmente, cuando el tallo era ya tan ancho que no podían ni abarcarlo, las hermanas se dieron por vencidas.

—Hemos de intentar otra cosa —declaró Sadira—. Quizá si lo volamos...

—Eso sería como arrancarme una pierna, puede que peor —repuso Magnus, los dientes apretados para contener el dolor.

—Entonces ¿qué quieres que hagamos? —inquirió Rhayn con tono de contrariedad.

—Nosotros podríamos invertir la metamorfosis por vosotras —dijo una voz grave.

Sadira se volvió y descubrió que todas las sombras habían adoptado forma sólida. Se encontraban a varios metros de distancia, con los fríos ojos azules clavados en la raíz que sujetaba a Magnus al suelo.

—¿Podéis hacerlo? —preguntó la hechicera.

—Desde luego —respondió la sombra—. Ésta es nuestra tierra, ¿no es así?

Sadira y Rhayn se hicieron a un lado e indicaron a las sombras que se acercaran.

—Por favor, hacedlo.

El jefe del grupo sacudió la cabeza negativamente.

—Primero, está la cuestión del pago —replicó—. Ha pasado más de un año desde nuestro último cargamento. Pensábamos que erais nuestros correos.

—Pues no lo somos, así que dejad de perder el tiempo y ocupaos de él —bufó Rhayn, señalando a Magnus.

La sombra volvió a negar con la cabeza.

—No sin un pago.

—¡Os pagaré! —aulló la elfa, extendiendo los dedos para absorber energía para un hechizo.

Sadira posó una mano conciliadora sobre la de su hermana, y luego se dirigió a las sombras.

—Lo siento, pero no tenemos obsidiana...

—En ese caso vuestro amigo se quedará como está hasta que nos la traigáis —siseó el portavoz de las sombras.

Tras esto, la sombra se acercó y tomó el arma que Magnus había arrojado antes al suelo. Mientras su oscuridad envolvía la improvisada lanza, las otras sombras se acercaron al lugar donde Sadira y Rhayn habían estado despedazando al erdlu. Allí, recogieron las zarpas, escamas y huesos que las dos hermanas habían reunido con tanto trabajo; luego se fundieron con el suelo y se deslizaron rápidamente por él en dirección a la lejana torre.

—¿Ahora qué? —apremió Rhayn.

—Las seguiremos —decidió Sadira—. Si pueden anular lo que le ha sucedido a Magnus, apuesto a que pueden controlar la magia de la torre. Todo lo que tenemos que hacer es idear una forma de convencerlas para que nos den lo que queremos.

—Deja eso para mí —dijo Rhayn—. No se ha proyectado todavía la sombra que pueda vencer a un elfo en una negociación.

—¿Y qué pasará conmigo? —quiso saber Magnus.

Sadira le dedicó una mirada entristecida.

—No veo cómo podemos ayudarte si nos quedamos aquí —repuso—. Si tenemos éxito en la torre, regresaremos con las sombras a liberarte.

El cantor del viento asintió con la cabeza.

—Imagino que tiene sentido, pero ¿qué hay de la comida... y del agua?

Rhayn lo besó en la mejilla, al tiempo que daba una palmadita al tallo marrón que lo sujetaba al suelo.

—¿No es para eso para lo que sirven las raíces?

17

La Torre Primigenia

Sadira se deslizó junto a la retorcida forma de un árbol bogo, teniendo buen cuidado de mantenerse apartada de las púas del tamaño de dagas que cubrían su tronco. Mientras avanzaba, la hechicera vigilaba con atención las nudosas ramas que se extendían sobre su cabeza. A pesar de que ella y Rhayn no llevaban ni tres horas en el bosque, ya las habían atacado media docena de veces unas criaturas parecidas a serpientes que acechaban en los árboles. Estos seres tenían por costumbre columpiarse contra sus presas en el momento en que éstas pasaban bajo una rama, en un intento de empalar a sus víctimas en las aserradas espinas que cubrían sus cuerpos.

Una vez que hubo pasado sin problemas junto al árbol bogo, Sadira volvió su atención al frente, sin esperar ver más que nuevos troncos retorcidos. Pero, en lugar de ello, la sorprendió descubrir que se encontraba al borde de un pequeño prado cubierto de matas de color ceniza. Miles de lanudos capullos blancos, sostenidos por largos tallos amarillos, se balanceaban a merced del caliente viento.

Sadira apenas si prestó atención al prado. Durante el último día y medio, ella y Rhayn habían visto una docena de campos diferentes. Todos habían sido igualmente hermosos, y todos habían ocultado peligros a los que habían tenido que enfrentarse con riesgo de sus propias vidas. Así pues, en esos momentos, la hechicera sentía más interés por lo que se encontraba en el centro del prado.

Allí, una reluciente aguja de piedra blanca se alzaba hacia el cielo, tan alta como una nube y tan vertical como una columna tallada. A sus pies se veía una antigua caseta de guardia, de donde partía una estrecha escalera que ascendía rodeando la aguja hasta que ya no se la podía distinguir de la estructura. La columna no parecía tener un final, al menos no uno que Sadira pudiera ver; sencillamente se volvía más y más pequeña, hasta desaparecer en el cielo.

—Diría que hemos llegado a la Torre Primigenia —anunció Rhayn, acercándose por detrás de la hechicera.

—Todavía no —contestó Sadira, mientras penetraba con cautela en el prado—. Nos faltan aún unos cien metros... y eso no es una distancia corta en este lugar.

Las dos mujeres avanzaron despacio, evitando el contacto con los matorrales y sus flores. Cuando eso era imposible, inspeccionaban con sumo cuidado los tallos en busca de espinas o pinchos que pudieran hacerles derramar una sola gota de sangre. Era un modo lento y tedioso de moverse, pero, con lo sucedido a Magnus todavía fresco en el recuerdo, las mujeres sabían que era necesario.

Llevaban recorrido la mitad del prado cuando un coro de bufidos y chillidos estalló a poca distancia. Cañas amarillas y capullos lanosos se agitaron violentamente cuando las rugientes criaturas se lanzaron contra las dos hermanas.

—Yo me encargo —dijo Rhayn, sacando un pellizco de arena de un bolsillo.

Al cabo de un instante, varios rechonchos roedores con cuerpo de comadreja y colmillos de jabalí surgieron de entre la maleza y se dirigieron directamente a las dos hermanas, levantando en su carrera nubes de polvo con sus patas terminadas en garras.

Rhayn arrojó la arena hacia ellos y pronunció su conjuro. Los granos empezaron a centellear y formaron una pequeña nube a ras de suelo. Los animales se abalanzaron directamente al interior de la relumbrante neblina y se desplomaron al momento unos sobre otros, sumidos en profundo sopor.

—Ése era mi último hechizo —comentó Rhayn, volviéndose de nuevo hacia la torre.

—Yo tampoco lo tengo mejor —repuso Sadira—. Esperemos que todo vaya bien.

Durante el trayecto hasta la torre, las dos mujeres habían dependido de su magia para defenderse de innumerables criaturas. Por desgracia, cada vez que lanzaban un hechizo, el conjuro se desvanecía de sus mentes. Normalmente, las palabras místicas y los gestos podían renovarse mediante el estudio, pero, como Faenaeyon no les había permitido conservar sus libros de hechizos, les era imposible reponer sus conjuros.

Sadira reanudó su aproximación a la torre, escuchando aún con más atención en busca de cualquier señal de peligro. Cuando estuvieron más cerca de la blanca aguja, la hechicera descubrió que estaba hecha de la misma piedra porosa que la gruta de la Roca Hendida. Aunque lo encontró enigmático, no le preocupó en gran medida; puesto que tanto ella como Rhayn habían agotado sus hechizos, no necesitarían absorber energía mágica a través de la piedra.

Unos pocos y angustiosos minutos más tarde, llegaron a la torre de guardia. Era una antigua estructura, sólidamente construida en bloques de granito y surcada de oscuras aberturas para flechas. Bisagras de madera colgaban todavía de los postes de la entrada, y bajo la arcada se veían las púas de un rastrillo hecho pedazos clavadas en las agrietadas losas del vestíbulo.

Cuando las dos mujeres penetraron bajo la arcada de acceso, un par de centelleantes ojos azules aparecieron en la oscuridad de una de las aspilleras.

—¡Quedaos donde estáis! —ordenó una voz que no era ni masculina ni femenina.

Una vez que las hermanas hubieron obedecido, una silueta negra se deslizó fuera de la aspillera y adoptó el filiforme aspecto de una de las sombras. Se adelantó para cerrarles el paso e inquirió:

—¡Traéis obsidiana?

—No, eso vendrá más tarde —respondió Rhayn, haciéndose cargo de las negociaciones—. Por el momento, sólo traemos un pequeño regalo para demostrar nuestra buena voluntad, y a cambio buscamos un favor que pruebe la vuestra.

—¿Cuál es vuestro regalo? —preguntó la sombra.

—Noticias con respecto a Umbra y las minas de obsidiana de la familia Lubar —contestó Rhayn.

Como preparación para las negociaciones, Sadira había repetido a su hermana todo lo que Rikus y Er' Stali le habían contado sobre la relación de Maetan de Lubar con Umbra, el pueblo de las sombras y la Torre Primigenia. Tras enterarse de que la familia Lubar enviaba caravanas de obsidiana como pago por los servicios de Umbra, Rhayn declaró que no tendría problemas en obtener lo que querían de las sombras.

Al ver que la silueta no mostraba interés en lo que se había ofrecido hasta el momento, Rhayn siguió:

—Pensábamos que estaríais interesadas en resucitar el flujo de caravanas de obsidiana.

Esta oferta tuvo más éxito.

—Escucharemos lo que tengáis que decir —repuso la sombra; luego flotó a un lado y se desvaneció en el interior de la aspillera.

—Después de ti —dijo Rhayn, indicando a Sadira que se adelantara.

La hechicera pasó por encima de los restos del destrozado rastrillo y abrió el camino en dirección a la estrecha escalera situada al fondo. Descubrió que tendrían que tener aún más cuidado para ascender por la torre del que habían tenido para aproximarse a ella. Aunque cada escalón no tenía más que unos centímetros de altura, su anchura era la mitad de la longitud del pie de Sadira. Para empeorar las cosas, en algunos lugares la escalera estaba tan desgastada que se había convertido más bien en una rampa, cubierta con el polvo y la arena de un millar de años. La ascensión era tan traicionera que la resbaladiza ladera de una duna habría resultado más fácil de subir.

—Ten cuidado —advirtió Sadira—. Después de llegar tan lejos, sería una vergüenza herirse aquí.

—Los elfos no tropiezan en las escaleras —replicó Rhayn.

Sadira se dio la vuelta y, con mucho cuidado de cómo ponía el pie, inició la ascensión. Al mismo tiempo, preguntó:

—¿No crees que prometiste demasiado ahí atrás?

—¿A qué me comprometí? —inquirió Rhyan.

—A nada, imagino. Pero es lo que diste a entender que podías hacer lo que me preocupa —dijo Sadira—. Cuando descubran que no podemos enviar caravanas de obsidiana, se enojarán... ¿Y adónde nos conducirá eso?

—Se sentirán interesados, y eso es todo lo que necesitamos —contestó Rhayn—. A lo mejor no les daremos obsidiana, pero averiguaremos qué otra cosa quieren y se la daremos; o les haremos creer que vamos a hacerlo.

—Espero que no estén acostumbrados a tratar con elfos —refunfuñó Sadira, meneando la cabeza.

Continuaron subiendo durante un tiempo interminable, escogiendo cada escalón con el mayor cuidado. Los muslos de Sadira no tardaron en empezar a dolerle por el esfuerzo de la inacabable ascensión, mientras que la tensión de apoyar todo el peso del cuerpo en las puntas de los pies le provocaba agarrotamientos en las pantorrillas. La hechicera intentó no hacer caso del dolor y concentrarse en la subida.

De vez en cuando, se detenía para descansar y aprovechaba para echar una ojeada al panorama. No se veía ni una duna de arena ni extensión de terreno baldío por ninguna parte. Allí donde mirara, el suelo estaba cubierto por la misma tonalidad verde: retama negra de un verde grisáceo en el horizonte, un anillo de matorrales tortuga de tinte marrón algo más cerca, y las ramas azuladas del bosque de bogos rodeando la torre. De no haber sido por los riesgos corridos para llegar hasta allí, habría valido la pena la ascensión sólo para contemplar un paisaje tan abundante en vida vegetal.

Durante uno de estos breves descansos, Sadira preguntó:

—¿Has visto alguna señal de Dhojakt?

Rhayn negó con la cabeza.

—Hay muchas criaturas ahí abajo, pero ninguna de ellas parece seguir nuestro mismo camino. —Hizo una seña a Sadira para que reanudara la ascensión—. Sigamos. Cuanto menos tiempo demos a nuestras víctimas para pensar, tanto mejor.

Las hermanas subieron el resto de la escalera sin detenerse y pronto llegaron a lo alto de la aguja. La escalera terminaba ante los muros de una pequeña fortaleza, construida toda ella en alabastro y rematada con un ondulante capitel de marfil. Al otro lado de las abiertas puertas, un sendero de bloques de piedra caliza cruzaba un inmenso estanque de relucientes aguas azules, para acabar en un minarete que surgía directamente del estanque. Esta torre estaba recubierta de ónice blanco y coronada por una cúpula de cristal que lanzaba destellos rosas bajo los rojos rayos del sol.

Tras atravesar la entrada, Rhayn y Sadira se arrodillaron a la orilla del estanque. A pesar de su sed, vacilaron en beber. El agua despedía un olor salobre y desagradable, y las afiladas hojas de alguna planta acuática cubrían todo el tanque. En los pocos lugares donde se podía ver el fondo, distinguieron una vegetación rocosa que recordaba las retorcidas ramas de un árbol de mirra, excepto que brillaba con una docena de colores diferentes, desde el rosa pálido al verde jade.

Sadira tomó con el hueco de la mano un poco de agua y, sin prestar atención al fétido olor, se la llevó a los labios; pero, cuando intentó tragar el horrible líquido, su garganta se rebeló ante el salado sabor y tuvo que volver a escupirlo en el estanque.

—Esa agua no es para beber —advirtió la voz de una sombra.

Las dos hermanas giraron en redondo y se encontraron con una docena de sombras de pie a su espalda. Todas las siluetas habían adoptado forma tridimensional, con los brillantes ojos azules clavados en ellas dos.

Mientras Sadira y Rhayn se incorporaban, el jefe exigió:

—Habladnos de Umbra.

—¿Quién eres tú? —inquirió Rhayn.

—Yo soy Khidar, jalifa en ausencia de Umbra —respondió la sombra—. Habladme de Umbra.

—Antes tienes que contestarnos a una pregunta —dijo Rhayn.

Khidar se adelantó y agarró a la elfa por la garganta. Una mancha negra empezó a ascender por su barbilla y a bajar por sus hombros.

—No hay nada que nosotros *tengamos* que hacer —gruñó la sombra, vomitando negros vapores sobre el rostro de Rhayn.

—Y yo no tengo por qué contarte lo que le sucedió a Umbra —replicó la elfa en respuesta al desafío.

—Cierto... ¡Puedes morir en su lugar!

La oscuridad siguió extendiéndose, cubriendo todo el rostro de Rhayn. Comprendiendo que o bien Khidar no comprendía el concepto de negociar o no deseaba hacerlo, Sadira gritó:

—¡Díselo!

Su hermana no pareció escucharla. En lugar de responder, mientras la oscuridad le engullía cabeza y pecho, Rhayn golpeó a su capturador. Sus puños atravesaron el cuerpo y, cuando los retiró, también ellos estaban cubiertos de oscuridad.

—¡Creemos que Umbra fue destruido! —le espetó Sadira—. ¡Ahora déjala!

Khidar soltó a la elfa, y la oscuridad desapareció del cuerpo de ésta. Rhayn se desplomó sobre la calzada, temblando y tan pálida como los bloques de piedra caliza sobre los que yacía.

El jefe de las sombras se volvió hacia Sadira.

—Ahora que ya sabéis quién manda en esta torre, puedes contarme más cosas sobre lo que le sucedió a Umbra.

Sadira estudió a su hermana durante unos instantes, y luego volvió a mirar a Khidar.

—Antes de continuar, deja que te explique algo —dijo—. Rhayn y yo vinimos a la Torre Primigenia porque necesitamos vuestra ayuda. A menos que nos la deis, moriremos antes de haber cruzado el prado situado al pie de esta torre. De modo que, como puedes ver, tus amenazas no significan nada para nosotras.

—El mundo de las tinieblas no os resultaría un lugar muy agradable —siseó Khidar.

—Sospecho que me gustaría más que convertirme en una semibabosa y tener que pasarme el resto de la vida arrastrándome por el bosque de bogos —repuso Sadira. Al ver que la sombra guardaba silencio, la hechicera continuó—: Tu única elección es si nos ayudas o no... y lo mismo es aplicable a nosotras. Podemos decirte lo que sabemos sobre Umbra y la obsidiana de los Lubar o podemos negarnos.

—En cuyo caso, moriréis...

—Y no por ello estaremos peor que ahora —terció Rhayn, recuperando el control de su tembloroso cuerpo.

Viendo que Khidar no intentaba volver a amenazarlas, Sadira agregó:

—Deja que proponga esto: nosotras te diremos lo que necesitamos. Si accedes a facilitárnoslo, te diremos lo que sabemos de Umbra.

—Eso no sirve de nada —protestó Rhayn, poniéndose en pie—. ¿Cómo sabemos que no renegarán de su promesa?

—¿Cómo sabrán ellos que hemos dicho la verdad? —replicó Sadira—. En algún momento, tendremos que confiar unos en otros.

—Dinos lo que queréis —dijo Khidar.

—Poder —respondió Rhayn—. Quiero que utilices la magia de la torre para volverme tan poderosa que pueda convertirme en jefe de mi tribu.

—Tendrás poder en proporción al valor de lo que nos digas —asintió Khidar. Miró a Sadira—. ¿Y qué es lo que quieres tú?

La hechicera vaciló, preguntándose cómo reaccionarían si les decía la verdad. Al recordar la reticencia inicial de Lyanius a la idea de ayudarla a desafiar al dragón, pensó que quizá sería más sensato andarse con rodeos hasta poder averiguar más sobre el pueblo de las sombras. Por desgracia, como ya había comprobado hasta el momento, éstas tenían poca paciencia para tales estratagemas negociadoras.

Temerosa de empeorar las cosas si se mostraba remilgada, Sadira aspiró con fuerza y declaró:

—Quiero impedir que el dragón tiranice mi ciudad.

Khidar se acercó más, los ardientes ojos azules clavados en los de Sadira.

—¡Desde luego, no creerás que podemos hacer eso por ti!

—No he pedido que lo hagáis por mí, pero sé que existe algo en esta torre que puede ayudarme a hacerlo por mí misma —respondió la hechicera—. De lo contrario el rey Tithian y el príncipe Dhojakt no se habrían esforzado tanto por impedir que llegara hasta ella.

Esto pareció satisfacer a la sombra.

—Haremos lo que podamos para ayudarte —anunció—. Ahora háblanos de Umbra.

—¿Estáis enterados de la guerra que tuvo lugar entre Tyr y Urik? —preguntó Sadira, refiriéndose a la invasión que Rikus había rechazado el año anterior. Al ver que las sombras asentían, Sadira continuó—: Durante esa guerra, un gran campeón de Tyr, el gladiador Rikus, luchó con Umbra en varias ocasiones. Durante su último combate, Umbra recibió una terrible herida...

—Eso es imposible —la interrumpió Khidar—. ¡Ninguna arma puede hacernos daño!

—La espada de Rikus era especial —replicó Sadira—. Era el *Azote de Rkard*, la hoja que...

—Borys de Ebe utilizó para matar a Rkard, el último de los reyes de Kemalok —terminó la sombra—. La espada es una de tan sólo unas pocas que pueden hacer lo que tú afirmas; pero ha estado perdida durante siglos. ¿Dónde la encontró ese Rikus?

—Se la entregó un grupo de enanos —explicó Sadira, animada por la familiaridad de Khidar con el arma. De todos modos, dejó el resto de los detalles intencionadamente vagos, para cumplir la promesa hecha a Neeva y Caelum sobre no revelar los tesoros de Kled—. Rikus también resultó herido durante el combate, y perdió el conocimiento antes de ver lo que sucedía con su enemigo. Cuando despertó, Umbra había desaparecido... aunque la zona del suelo donde había caído permanecía tan oscura y fría como la noche.

—Entonces Umbra realmente pereció —concluyó Khidar. Por la nota de alivio de su voz, la hechicera se dijo que no le desagradaban sus deberes como nuevo jefe del pueblo de las sombras—. Pero ¿por qué no se ha puesto nadie en contacto conmigo para que fuese a Urik en su lugar? Durante siglos, nuestra gente ha intercambiado los servicios del jalifa por la obsidiana de la familia Lubar.

—Después de que Urik perdió la guerra, el rey Hamanu destruyó a toda la familia como castigo por el fracaso de Maetan de Lubar al no conseguirle la victoria —repuso Sadira—. Si sobrevive algún Lubar, será como esclavo en una cantera, no como señor.

—Eso explica muchas cosas —comentó Khidar—. Parece que tendremos que encontrar otra fuente para nuestra obsidiana.

—Quizá pudiéramos llegar a un acuerdo —intervino Rhayn, adelantándose.

Khidar volvió las azules ascuas en dirección a su rostro.

—No sabía que los elfos extrajeran obsidiana.

—No seas vulgar —dijo ella, ofendida por la simple sugerencia de tal posibilidad—. Pero, en cuanto me convierta en jefe de los Corredores del Sol, podremos robar toda la que quieras.

—Dudo de que eso suceda —declaró Khidar.

—No subestimes las habilidades de los Corredores del Sol.

—No lo hago... Aunque dudo que una tribu de ladrones pudiera suministrarnos un centenar de esferas de obsidiana sin mácula cada año —contestó la sombra—. Lo que quería decir es que jamás te convertirás en su jefe.

—¿Qué? —exclamó Rhayn.

—Prometí darte poder en proporción a lo que nos dijeras —dijo Khidar—. No dijiste nada. Todo lo dijo ella. —Señaló a Sadira—. Por lo tanto, le daremos a ella lo que ha pedido..., pero no a ti.

—¡No intentes estafarme! —advirtió Rhayn al tiempo que introducía una mano en el estanque—. O juro que lo lamentarás.

—Tus hechizos no nos harán ningún daño —se mofó Khidar con una carcajada.

—Puede que no, pero puedo estropear este jardín —escupió.

Para dar credibilidad a su amenaza, empezó a absorber energía vital del estanque. Un remolino empezó a evolucionar bajo la mano, y una columna de vapor apareció en el lugar donde la energía empezaba a elevarse. Dado que el resto de la Torre Primigenia estaba hecho de la misma piedra porosa que la Roca Hendida, Sadira se dio cuenta de que el poder que absorbía su hermana sólo podía provenir de las plantas del estanque, y, a la velocidad a la que iba, en cuestión de segundos la elfa habría acabado con ellas por completo.

—¡Rhayn, no! —gritó Sadira, acercándose a su hermana.

—¿Realmente crees que te darán lo que quieres? —gruñó Rhayn—. Lo que quieren es que nos enfrentemos... ¡Y tú les estás haciendo el juego!

—Incluso aunque sea verdad, lo que haces está mal —afirmó Sadira.

Bajo la mano de Rhayn, las plantas empezaron a volverse marrones, y el desagradable olor de la podredumbre se elevó de la espumeante agua.

—¡Deténte! —aulló Khidar.

—¿Por qué debería hacerlo? —inquirió la elfa—. Moriremos igualmente.

—No importa —intervino Sadira con los ojos fijos en la mancha marrón que iba extendiéndose por el estanque—. Ésta es la última vez que te pido que te detengas.

—Pide todo lo que...

Rhayn no tuvo tiempo de terminar. Sadira se dejó caer sobre una rodilla y, girando sobre sí misma, utilizó la parte inferior de la pierna para derribar a su hermana. La elfa perdió el equilibrio y, con un grito de sorpresa, cayó al estanque de amarronadas aguas.

Media docena de sombras se deslizaron al interior del estanque sin provocar ni una ondulación en las aguas y, acercándose a la figura forcejeante de Rhayn, la sujetaron con fuerza por los brazos. Mientras la arrastraban a las profundidades del estanque, un manto negro empezó a extenderse lentamente por el cuerpo de la elfa. Rhayn se volvió hacia Sadira y abrió la boca para gritar. Ésa fue la última vez que la hechicera vio a su hermana.

Por un momento, Sadira no pudo dejar de mirar el agua, con expresión taciturna y sombría. No se sentía culpable, sin embargo, pues Rhayn había estado profanando el jardín y, tal y como Sadira había aprendido en Nibenay, ni siquiera la traición de las sombras podía justificar el destrozo de un terreno fértil. Al querer llevar a cabo su mezquina venganza sobre el pueblo de las sombras hoy, la elfa había estado dispuesta a condenar a un incontable número de generaciones futuras a una existencia de dolor y miseria.

Mientras Sadira meditaba sobre el destino de su hermana, una mano helada le tocó el hombro.

—Vamos, hemos de darnos prisa —dijo la voz de Khidar.

—¿Por qué? ¿Para que también podáis traicionarme? —replicó Sadira.

—No traicionamos a la elfa —respondió Khidar—; sencillamente nos atuvimos a la letra de nuestra promesa...

—En lugar de al espíritu —concluyó Sadira. Se incorporó y levantó los ojos para clavarlos en las azules ascuas que servían de ojos a la sombra—. ¿Tan difícil habría sido darle lo que pedía?

—No, pero entonces no habríamos podido darte a ti lo que querías —contestó Khidar—. ¿Lo habrías preferido?

—Al menos habría tenido motivos para confiar en ti —repuso Sadira, eludiendo una respuesta a tan difícil pregunta.

—El que confíes en nosotros o no, no importa —dijo la sombra—. Ahora ven. Debemos darnos prisa o te transformarás en un animal estúpido y huirás antes de que podamos ayudarte.

Señaló las piedras sobre las que había caído la hechicera cuando derribó a Rhayn. Se veía una débil mancha sobre la piedra caliza. Sadira bajó la mirada y descubrió que se había arañado la rótula y ya empezaba a formarse un caparazón amarillo en los alrededores del rasguño.

Mientras Khidar la conducía en dirección a la torre del centro del estanque, Sadira preguntó:

—¿Por qué me ayudas... si es que es eso lo que haces? Habría sido fácil encontrar un pretexto y traicionarme, como hiciste con Rhayn.

—Ya te dije que vamos a cumplir nuestra palabra —repitió la sombra, aunque su tono indicaba que no le decía toda la verdad.

—Hay más de lo que dices —insistió Sadira, deteniéndose. Un espasmo de dolor le atenazó la pierna y apretó los dientes con fuerza—. Tienes algún motivo para querer que me enfrente al dragón.

—¿Qué te importa? Estamos dispuestos a ayudarte y eso es lo que importa.

—Si quiero tener una posibilidad de derrotar al dragón, tengo que averiguar todo lo que pueda sobre él y sobre este lugar —dijo Sadira—. De lo contrario, ya puedes dejarme morir aquí.

—Supongo que no hay ningún mal en contártelo, y a lo mejor incluso ayudará —decidió Khidar, iniciando el camino hacia la torre—. Fuiste lo bastante poderosa y despabilada para llegar hasta la torre por ti misma..., y eso es un buen presagio para la lucha a la que te enfrentas.

—Esto es todo muy interesante, pero sigue sin contestar a mi pregunta —respondió Sadira, sin permitir que la sombra la desviara del tema mediante la adulación.

—¿Cuánto sabes ya sobre la Torre Primigenia? —inquirió Khidar con un suspiro.

—Lo suficiente para imaginar que me llevas a la Cúpula de los Cristales —empezó a decir la hechicera y de ahí pasó a relatar con rapidez todo lo que Er'Stali le había contado: que los campeones se habían rebelado contra Rajaat y lo habían obligado a convertir a Borys en el dragón.

Sadira y Khidar llegaron a la Cúpula de los Cristales justo en el momento en que la muchacha llegaba al punto en que Jo'orsh y Sa'ram seguían a Borys hasta la Torre Primigenia.

En cuanto mencionó los nombres de los enanos, Khidar profirió:

—¡Ojalá que los espíritus de esos ladronzuelos no encuentren jamás la paz!

—¿Qué robaron? —preguntó Sadira arrugando el entrecejo.

—No tardarás en verlo —repuso la sombra, tendiéndole la mano—. Tendrás que cogerte a mí unos instantes.

La hechicera tomó la gélida mano, y tuvo que ahogar un grito de dolor cuando el contacto con la sombra empezó a arrebatarle todo el calor del cuerpo y la hizo temblar con un frío tan intenso como jamás lo había sentido. Khidar dio un paso al frente, y se fundió con la pared de ónice. La sombra arrastró a Sadira tras ella, y un escalofrío de náusea le recorrió el cuerpo cuando también ella atravesó la barrera. Al cabo de un momento, la sombra le soltó la mano.

—Bienvenida a la Cúpula de los Cristales —dijo—. Fue aquí donde Rajaat imbuyó a sus campeones con el poder para llevar a cabo su voluntad, y aquí donde los traidores lo obligaron a convertir a Borys en el dragón.

Al principio, la hechicera no pudo ver nada excepto un llameante fulgor rojo que daba vueltas a su alrededor como una neblina arrastrada por el viento. Cuando se habituó a la extraña luz, Sadira descubrió que la torre sólo albergaba una tenebrosa habitación. Un espejo abovedado hacía las veces de suelo, mientras que las verticales paredes blancas se alzaban hacia lo alto para sostener la cúpula de cristal que había visto desde la pasarela exterior.

Un haz de luz rosa descendía desde la cúpula al centro del espejo, donde se habían reunido una docena de esferas de obsidiana de diferentes tamaños. En un principio, a Sadira le pareció que las bolas debieran de haber rodado hacia los costados, pero entonces observó que las mantenían en su lugar unas diminutas cuñas de mármol. En el interior de cada globo se revolvía una voluta de luz azul, como si un ser vivo nadara en el negro cristal.

—¿Qué son esas cosas? —preguntó Sadira. La pierna le empezó a escocer de un modo insoportable y, cuando estiró la mano para rascarse, descubrió que una concha articulada de color amarillo la rodeaba por completo.

—Huevos —respondió Khidar, indicando con la mano a la hechicera que se acercara hacia las oscuras esferas.

Al apartarse de la pared, cojeando ligeramente, Sadira vio que había docenas de sombras de pie a lo largo del borde del suelo de espejo. Cada vez que exhalaban, chorros de vapor oscuro surgían de sus azules bocas y se alzaban hacia el techo para reunirse con la oscuridad que ya llenaba la habitación. La hechicera no sabía si las sombras ya estaban allí antes o acababan de penetrar en la sala, ya que, con las bocas cerradas, habría sido imposible distinguirlas de las lóbregas paredes.

—Debemos incubar a nuestros hijos aislados; luego, a medida que crecen, los transferimos de las esferas más pequeñas a otras mayores —explicó Khidar, señalando los globos de obsidiana con la espectral mano—. Antes de que llegaran Jo'orsh y Sa'ram, esto no era necesario. Los criábamos a todos juntos, en el interior de la lente oscura.

—¿La lente oscura? —repitió Sadira.

—Rajaat utilizaba la lente oscura para realizar su magia. Sin ella no podemos hacerte tan poderosa como tú querrías. Pero, si puedes robar a ese Rikus el *Azote de Rkard*, tendrás dos de las tres cosas que necesitas para matar al dragón.

—¿Podrías explicarlo con más claridad? —rogó Sadira—. ¿Por qué necesito el *Azote de Rkard*?

—Porque fue forjada por Rajaat —respondió Khidar—. No es tan sólo una de las pocas espadas que pueden herir al dragón, sino que también te protegerá de sus ataques. Ningún campeón, ni siquiera los traidores, puede golpear a quien empuña un arma forjada por Rajaat.

—Puedo obtener esa espada —aseguró Sadira—. Ahora dime, ¿qué es lo que harás por mí?

—Lo comprenderás mejor cuando hayamos terminado —contestó Khidar—. Pero básicamente te abriremos una nueva fuente de energía mágica; una que no se ha utilizado desde la época de Rajaat.

—¿Y la tercera cosa?

Khidar señaló un punto situado entre el suelo y el techo de la torre.

—La lente oscura —dijo—. Jamás matarás al dragón sin ella.

Sadira dirigió la mirada al lugar que le indicaba el dedo de la sombra y vio un enorme anillo de acero sujeto a las paredes. En éste estaban incrustadas siete piedras preciosas diferentes, cada una tan grande como la cabeza de un semigigante. De la cara interior del anillo surgían seis barras de metal que sostenían otro anillo de acero situado justo sobre la parte central del suelo; por el tamaño de este aro vacío, Sadira dedujo que el cristal que había sujetado debía de tener el tamaño de un kank. Ahora el engarce estaba vacío, excepto por el haz de luz roja que lo atravesaba para bañar los huevos situados abajo.

—¿Dónde encontraré esta lente oscura? —inquirió la muchacha, preguntándose al mismo tiempo cómo la movería una vez que la localizara.

—Eso es algo que tienes que descubrir tú. No tenemos ni idea de adónde fueron Jo'orsh y Sa'ram después de abandonar la torre. Bien, ahora tendrás que soportar mi contacto una vez más. —Khidar extendió el brazo para tomar la mano de la hechicera—. Tengo que llevarte allí arriba, donde podemos hacer converger la magia del sol en ti.

—Aún no —dijo Sadira, apartándose.

Aunque la asustaba el cambio ocurrido en su pierna, la hechicera estaba decidida a averiguar todo lo que pudiera sobre la Torre Primigenia y el dragón. Además, estaba segura de que Khidar podría devolver la normalidad a su pierna, si es que el pueblo de las sombras decía la verdad cuando se habían ofrecido a curar a Magnus.

—¿Qué obtenéis vosotros al ayudarme? —quiso saber.

Una nube negra abandonó la boca de Khidar.

—Nuestra recompensa es muy simple —repuso—. Nuestra raza nació de la magia que convirtió a Borys en dragón. Somos los descendientes de los leales siervos de Rajaat..., de los hombres y mujeres que los campeones sacrificaron para completar la traición a su señor. Cuando Borys muera, nuestra raza se verá liberada de esta fatalidad.

—Gracias —dijo Sadira y, tras asentir con la cabeza, añadió—: Ahora estoy lista.

Khidar tomó a la hechicera en sus brazos. Un frío insoportable se apoderó de todo el cuerpo de la muchacha, produciéndole un terrible escozor en la piel y helándole la carne hasta la médula. Una mancha negra empezó a extenderse desde el punto en que los oscuros brazos la rodeaban, y con ella llegó también un gélido entumecimiento de los miembros que recordaba a la muerte. La hechicera sintió que se le doblaban las rodillas y acto seguido se derrumbó en los brazos de la sombra.

Khidar se elevó por los aires, transportando con él el cuerpo tembloroso de Sadira. A sus pies, el resto de las sombras avanzaron hacia el centro de la habitación, donde empezaron a revolotear en una salvaje y rítmica danza. Centelleantes haces de luz comenzaron a brotar del espejo, para ir a atravesar las joyas incrustadas en el anillo de acero que antiguamente sostenía la lente oscura.

Khidar llevó a Sadira casi hasta la cúpula de cristal antes de detenerse. La hechicera descubrió que ahora su cuerpo se parecía al de él: una silueta negra, sin nada que recordara su enjuto cuerpo ni su femenina figura. A los pies de la muchacha, un chorro de luz multicolor brincaba en las paredes, procedente de las joyas del aro de la lente, para ir a lamerle los pies como llamas que no despedían calor.

Mientras Sadira contemplaba el espectáculo, los bailarines rayos se juntaron entre sí para formar un prisma de luz. La explosión que siguió a esto dio paso a una reluciente nube de color, que subió como el agua hirviendo hasta llegar bajo sus pies. Un profundo y sonoro trueno retumbó desde el núcleo de la tormenta. Rayos de luz dorada y negros relámpagos de oscuridad cayeron sobre ella, enviando ardientes oleadas de dolor y un suplicio de gélidos aguijonazos por todo su cuerpo. Sadira se sintió resbalar de los helados brazos de Khidar y, mientras se hundía en una tormenta de color, se escuchó a sí misma gritar de dolor.

Pero, cuando el eco le devolvió su voz, ésta estaba llena de júbilo y triunfo.

18

El canto de los lirrs

Mientras el sol tocaba con su rojo disco el horizonte occidental, Magnus elevó la cansada voz para unirse a los lirrs en otro más de los morbosos cánticos de estos animales. Los saurios lo rodeaban por todas partes, erguidos sobre las patas traseras y con las espinosas colas bien extendidas para mantener el equilibrio de sus pesados cuerpos cubiertos de escamas. Al cantar, hinchaban los pliegues del cuello en magníficos abanicos y abrían las bocas hasta tal punto que parecían ser todo garganta rosa y colmillos.

Magnus llevaba cantando con la jauría lirr desde que se le habían acercado trotando a través del campo poco después del mediodía. Al principio, el cantor del viento esperó que lo confundieran con un árbol y siguieran adelante. Por desgracia, las ramas que habían surgido en la parte superior de su cuerpo empezaron a temblar de miedo y lo delataron. Uno de los lirrs se acercó y hundió las zarpas en el tronco.

En ese momento, Magnus comprendió que la jauría acabaría por devorarlo, pero, decidido a no morir sin presentar batalla, había partido el cráneo de la criatura con uno de sus enormes puños. El resto de la jauría regresó al instante y se puso a dar vueltas a su alrededor, bramando a todo pulmón las horripilantes notas de su canción de caza. Fue entonces cuando se le ocurrió la idea de unirse a ellos.

La táctica había funcionado bien, pues su voz tenía la versatilidad suficiente para duplicar las notas de su lamento fúnebre. Los saurios habían continuado girando en torno a él, no muy seguros de si se trataba de una presa, un árbol o alguna especie de curioso lirr. No obstante, el tiempo que Magnus conseguiría mantener a raya a los depredadores tenía un límite, y el cantor del viento sabía que no tardaría en alcanzarlo. Ya comenzaba a notar cómo la voz se le quebraba, afónica, y sabía que ésta le fallaría por completo antes de que finalizara la noche.

De improviso, con gran alivio para Magnus, los lirrs dejaron de cantar. Simultáneamente, todos ellos se dejaron caer a cuatro patas y se volvieron hacia el este con un brillo de avidez en los ambarinos ojos. Al cabo de un instante, se alejaron juntos dando saltos. El cantor del viento los siguió con la mirada y vio que habían ido a atacar a una figura solitaria que regresaba de la Torre Primigenia. Desde tan lejos, y en la escasa luz del crepúsculo, Magnus no estuvo muy seguro de si se trataba de Sadira o de Rhayn.

—¡Cuidado! —aulló—. ¡Lirrs!

La advertencia llegó demasiado tarde, pues los animales habían alcanzado ya a su presa. Se lanzaron sobre la mujer y sus afilados colmillos se cerraron sobre su garganta mientras las largas uñas le desgarraban el abdomen. Las frondosas ramas de Magnus se estremecieron horrorizadas y el cantor del viento intentó desviar los ojos desprovistos de párpados, pero, inmovilizado como estaba por el tronco, no pudo volverse lo suficiente para no ver lo que sucedió a continuación.

Para su sorpresa, el ataque de los animales no derribó a la mujer. Ésta se limitó a dejar de andar y ellos resbalaron, arañando y mordiendo, por su cuerpo. En cuanto los lirrs volvieron a estar en el suelo, cambiaron de táctica y atacaron las piernas de su presa en un intento de hacerla caer.

La lejana figura dirigió una mano hacia el sol que

se ponía. Cuando la retiró, todo su cuerpo refulgía con una luz roja. Pateó a los voraces lirrs con los pies, en un intento de obligarlos a marcharse y no tener que utilizar la magia; esta acción dio a entender a Magnus que era Sadira, pues ningún elfo habría tratado a los reptiles con tanta amabilidad.

Al ver que los lirrs no aprovechaban su acto de clemencia, la hechicera hizo un gesto con la mano en dirección a ellos, y un brillante relámpago rojo surgió de debajo de la palma. Magnus quedó deslumbrado, y, cuando los puntitos de luz que danzaban en sus ojos desaparecieron, descubrió que los animales habían desaparecido. A pesar de lo poderosa que ya era Sadira antes de penetrar en la torre, el cantor del viento se dio cuenta de que regresaba ahora con sus poderes aún más intensificados.

La hechicera avanzó tranquilamente hacia Magnus como si nada hubiera sucedido, y éste no tardó en poder ver los reflejos de sus ambarinos cabellos reluciendo bajo la luz del atardecer. El rostro, sin embargo, permaneció envuelto en sombras hasta que estuvo casi junto a él.

Cuando por fin se encontró lo bastante cerca como para que él pudiera verla bien, el cantor del viento no pudo evitar una exclamación de sorpresa. En los lugares donde la habían arañado los lirrs no se veía el menor rasguño; pero no fue la inmunidad a las heridas lo que sorprendió más al cantor del viento. Aunque seguía tan hermosa como siempre, su piel se había vuelto de un color negro azabache, y sus ojos no tenían ahora pupilas y brillaban como ascuas encendidas. Cada vez que exhalaba, una bocanada de vapor negro surgía de sus labios, que habían cambiado de color para hacer juego con el azul de sus ojos.

—¿Qué sucede, Magnus? —preguntó Sadira, dirigiéndole una afectuosa sonrisa—. ¿No te gustan las mujeres de negro?

—Mientras sigas siendo Sadira, no me importa —respondió el cantor del viento con una mueca nerviosa.

Sus palabras hicieron aflorar una sonrisa a los labios de la hechicera.

—Soy yo... más o menos —dijo. Su expresión se entristeció y añadió—: Lamento tener que decirlo, pero Rhayn no regresará.

El cantor del viento asintió en silencio; luego tragó con fuerza y repuso:

—No pasa nada. Tampoco iba a ir con ella a ninguna parte. —Sacudió las ramas para dar más énfasis a sus palabras.

Sadira permaneció en silencio unos instantes.

—A lo mejor te gustaría venir conmigo, entonces... —ofreció al cabo.

—No te burles de mí —contestó Magnus—. Ya será bastante difícil contemplar cómo te alejas.

—No me burlo —aseguró Sadira.

Y, dando un paso al frente, empezó a arrancar ramas del cuerpo del cantor del viento.

—¡Me haces daño! —protestó Magnus, intentando apartar los brazos de la hechicera. Ante su asombro, descubrió que no podía. No era que fuesen muy fuertes; simplemente no cedían ante sus esfuerzos—. ¡Deténte!

Sadira siguió arrancando, desgarrando incluso ramas grandes de su cuerpo como si se tratara de simples brotes.

—Supongo que quieres pasarte el resto de tus días con hojas por toda tu espalda... —comentó mientras arrancaba la última rama.

—Ése es el aspecto que tiene un árbol —respondió el cantor del viento, contemplando con tristeza el montón de ramas que ella había arrojado alrededor de su tronco.

—Sí, pero tú no eres un árbol —replicó Sadira, colocando las manos sobre el tronco—. Eres un elfo... más o menos.

Magnus sintió en el interior del tronco un extraño hormigueo, justo en el lugar donde antes estaban sus piernas. Intentó mover los pies y notó que los músculos respondían a sus órdenes, aunque la parte inferior de su cuerpo permaneció encerrada en una envoltura de madera.

—Prepárate —advirtió Sadira—. Esto te dolerá.

—¿Qué vas a...?

El tronco de Magnus estalló en llamas. El cantor del viento gritó con todas sus fuerzas, lanzando un sonoro y resonante aullido que retumbó por todo el terreno. Por un momento, se revolvió enloquecido, semiasfixiado por la acre humareda mientras intentaba apagar con las manos el fuego que consumía su parte inferior. Un dolor insoportable se apoderó de todo su cuerpo, y pensó que Sadira había decidido que sería más humanitario matarlo que dejarlo allí, solo e inmovilizado.

Entonces sus piernas se liberaron y cayó al frente, a los pies de la hechicera.

—¿Cómo lo hiciste? —jadeó mientras se pasaba las manos por las piernas, todavía humeantes.

—Un legado del pueblo de las sombras —dijo la hechicera, extendiendo una mano hacia el cantor del viento—. Entre otras cosas, he obtenido bastante control sobre casi todas las formas de magia.

Magnus aplastó las orejas contra la cabeza con expresión de duda.

—¿Qué tonterías...?

—No son tonterías —afirmó Sadira.

Para demostrarlo, tiró de la enorme mole del cantor del viento para levantarlo del suelo, y éste se alzó como si pesara menos que una criatura. Boquiabierto, Magnus contempló los brazos de la muchacha con franco asombro.

—¡Posees la fuerza de un semigigante! —exclamó.

—No es fuerza —explicó Sadira—. Se trata del sol. Mientras se encuentra por encima de la línea del horizonte, estoy impregnada de su poder.

—¿Así que te has convertido en una sacerdotisa del sol?

—No —respondió Sadira, negando con la cabeza—. Las sombras me lo explicaron así: el sol es la fuente de toda vida. Toda la magia procede de la energía vital, tanto si se extrae de plantas como si se extrae de animales. Los hechiceros obtienen su energía mística de las plantas, el dragón de los animales y, a partir de ahora, yo obtendré la mía del sol..., la fuente más poderosa de todas.

Magnus siguió mostrándose dudoso.

—¿El pueblo de las sombras hizo esto por ti? —inquirió—. No tiene mucho sentido que las sombras sepan tanto sobre el sol.

—¿Quién podría saber más sobre la luz? —preguntó a su vez Sadira—. Sin luz, no puedes tener sombra.

En lugar de responder, Magnus ladeó las orejas al frente y miró por encima del hombre de la hechicera.

—Hay algo ahí —susurró.

Sadira se volvió justo en el momento en que una figura envuelta en una túnica surgía de detrás de un arbusto, unos cincuenta metros más allá. Incluso desde aquella distancia, la hechicera pudo distinguir que las enrojecidas aletas de la nariz olfateaban el aire llenas de odio, y que los bulbosos ojos estaban clavados en su rostro. La figura levantó una mano y apuntó hacia ella.

La hechicera apartó a Magnus de un empujón que lo lanzó por los aires en un amplio arco.

Los labios de Dhojakt se movieron mientras pronunciaba su conjuro. La figura resplandeciente de un búho apareció sobre su cabeza y se lanzó veloz hacia Sadira. En el sitio donde debían haber estado los ojos, el mágico animal tenía llamas de color naranja, y, en lugar de zarpas, un par de chisporroteantes rayos.

Sadira no intentó siquiera evitar el ataque; permaneció inmóvil y dejó que el ave se abalanzara sobre ella desde lo alto. Cuando el ave de presa la tuvo a tiro, lanzó sobre ella una lluvia de chispas y llamas; las plateadas zarpas crepitaron impotentes contra su piel mientras los ojos lanzaban oleadas de fuego que se deslizaron sobre su cuerpo sin el menor efecto. Sadira permitió que el ataque continuara unos instantes; luego colocó la mano sobre el cuerpo del ave, y empezó a absorber energía de él, de la misma forma en que siempre la había obtenido de las plantas cuando quería lanzar un hechizo. Los ataques del búho cesaron, y su cuerpo empezó a empequeñecer hasta no quedar nada de la mágica rapaz.

Mirando en dirección a Dhojakt, Sadira giró la

mano hacia abajo y expulsó la energía. Mientras ésta regresaba al suelo del que había salido, la muchacha avanzó hacia el príncipe.

—Me preguntaba qué habría sido de ti, príncipe —gritó.

A su espalda, Magnus se incorporó y la siguió a prudente distancia.

—¿Qué haces? —susurró a la muchacha—. Salgamos corriendo... al menos hasta que perdamos de vista la torre. Si nos produce el menor rasguño...

—¡No lo hará! —siseó Sadira.

Dhojakt no retrocedió ante su avance.

—Tuviste suerte en la Roca Hendida —dijo—. Tardé bastante en liberarme; especialmente porque la roca de la gruta me impedía utilizar magia.

—Esperaba haber acabado contigo —respondió ella, deteniéndose a pocos pasos del príncipe. Magnus dio un rodeo para colocarse a un lado, teniendo buen cuidado de mantenerse a distancia—. Esta vez lo haré.

—No lo creo —repuso el príncipe, sin prestar atención al cantor del viento—. Sólo porque no me atreví a seguirte al interior de la torre no quiere decir que no pueda matarte ahora.

Sadira levantó una mano para recoger energía para un hechizo, pero lo pensó mejor y dejó caer la mano de nuevo al costado. Quería averiguar más cosas sobre por qué Dhojakt había tenido miedo de seguirla al interior de la Torre Primigenia.

—Eres un mentiroso —afirmó Sadira—. Si no tenías poder suficiente para ir a la torre, tampoco tienes poder suficiente para herirme ahora.

El comentario no provocó la enojada respuesta que la hechicera esperaba. En lugar de ello, Dhojakt le dedicó una confiada sonrisa.

—No era que careciera de poder suficiente para ir a la torre. Pero ¿de qué habría servido perseguirte hasta donde se encuentran los enemigos más acérrimos de mi padre? Habría estado tan ocupado luchando con ellos que no habría tenido tiempo para matarte.

—Ni tú ni tu padre tenéis motivos para ser enemigos del pueblo de las sombras... o de mí —dijo la hechicera, desconcertada por la predisposición del príncipe a hablar. Nunca le había parecido el tipo de persona que perdía mucho tiempo conversando con el enemigo, y no le gustaba que lo hiciera ahora—. Después de todo, el dragón es tan enemigo de tu padre como del pueblo de las sombras.

Estas palabras arrancaron una sonora carcajada de la garganta del príncipe.

—¿Qué te hace creer eso?

—Incluso a tu padre no debe gustarle tener que pagar el impuesto cada año —contestó Sadira.

—No, pero lo hace de buena gana —rió por lo bajo Dhojakt. Dirigió una rápida mirada en dirección oeste, donde el disco solar se encontraba ya medio hundido en el horizonte. Volvió a clavar los ojos en Sadira y añadió—: Creía que las sombras te lo habrían dicho: mi padre ayudó a crear al dragón.

Estaba claro que el príncipe había hecho este comentario con la intención de sobresaltar a Sadira, y lo había conseguido. Por fortuna, la hechicera no quedó tan aturdida como para que se le escapara el significado de la rápida mirada de Dhojakt en dirección al sol. Intentaba entretenerla hasta que anocheciera, lo que sugería que había deducido la naturaleza de sus nuevos poderes; y eso sólo podía significar que conocía muy bien la Torre Primigenia.

—Lo que afirmas es imposible —replicó—. Fueron los campeones de Rajaat quienes convirtieron a Borys en el dragón...

—Y, cuando terminaron, cada uno reclamó para sí una de las ciudades de Athas, y se convirtieron en los reyes-hechiceros —terminó el príncipe—. Mi padre era Gayard...

—Exterminador de Gnomos —añadió Sadira, reconociendo el nombre citado por Er'Stali.

—Sí —respondió Dhojakt mientras volvía a mirar al oeste.

Sadira no se molestó en seguir su mirada, pues ya había oído suficiente. Por increíble que pareciera que los campeones pudieran sobrevivir durante tantos siglos, lo que el príncipe contaba tenía sentido. Explicaba todo lo que sabía sobre la torre, la buena disposición de los reyes-hechiceros para pagar el impuesto exigido por el dragón, y el motivo por el que su padre lo había enviado para impedir en primer lugar que ella consiguiera llegar a la torre.

Decidiendo que ya había averiguado del príncipe todo lo que necesitaba, la hechicera alzó una mano en dirección al sol. Por la lentitud con que le llegó la energía, comprendió que más de la mitad del disco solar se había hundido tras el horizonte.

—¡Cuidado! —chilló Magnus.

Apenas había acabado de hablar el cantor del viento cuando Dhojakt flexionó sus dos docenas de patas y saltó hacia adelante. Mientras descendía sobre Sadira, el príncipe proyectó por entre los labios las óseas mandíbulas y fue en busca de la garganta de la hechicera; ésta permitió que las venenosas mandíbulas se cerraran alrededor de su cuello y retrocedió un único paso, impelida por el pesado cuerpo de Dhojakt al chocar contra ella. Durante un instante, ambos se encontraron cara a cara; una leve sonrisa brilló en los labios de Sadira mientras ésta sentía cómo las venenosas pinzas intentaban en vano perforar su carne.

Finalmente, Sadira bajó la mano que había mantenido alzada hacia el sol.

—Deberías haberme escuchado —dijo—. Te advertí que eras demasiado débil para hacerme daño.

La hechicera golpeó violentamente las costillas de Dhojakt con los filos de ambas manos. Se escucharon una serie de crujidos ahogados; luego las mandíbulas del príncipe soltaron su cuello, y el aliento brotó de los pulmones de éste en un agónico rugido. La parte humana del torso se dobló con violencia hacia atrás, y la parte posterior de la cabeza chocó con fuerza con el propio caparazón de cilop.

Dhojakt giró en redondo para huir, pero Magnus salió corriendo de entre los matorrales y agarró los segmentos posteriores del príncipe. Tras afianzar los enormes pies en el suelo, el cantor del viento cerró los brazos alrededor del forcejeante cuerpo de Dhojakt y no lo soltó.

—¡Rápido, Sadira! —jadeó Magnus—. ¡El sol casi se ha ocultado!

Sadira miró por encima del hombro y vio que el cantor del viento tenía razón. Tan sólo se veía una fina media luna sobre la línea del horizonte.

Con las patas traseras, Dhojakt arañó enloquecido los brazos que lo inmovilizaban. Al comprobar que sus garras no conseguían desgarrar la gruesa piel del cantor del viento, giró sobre sí mismo e intentó atacar a Magnus con las mandíbulas. Sadira se colocó entre ambos y apartó las pinzas de un manotazo.

—Suéltalo, Magnus —ordenó—. No quiero que resultes herido ahora que no tardará en oscurecer.

—No te preocupes por mí —dijo el cantor del viento—. Si consigue escapar...

—¡No lo conseguirá! —aseguró Sadira, manteniendo la palma extendida en dirección a la media luna solar cada vez más estrecha—. ¡Suéltalo!

Magnus hizo lo que le ordenaba. Tal y como esperaba la hechicera, Dhojakt intentó huir inmediatamente, pero ella lo sujetó por un brazo y le impidió moverse. Con la mano libre, Sadira extendió un único dedo refulgente en dirección a la cabeza del príncipe.

—¡Espera! —gritó éste.

—¿Por quién la tomas, por una idiota? —se burló Magnus.

—No, claro que no —repuso Dhojakt—. Pero hay algo que debe saber antes de atacar al dragón. Después de que te lo diga, mátame si quieres... pero escúchame primero.

Sadira dirigió una ojeada al sol. No era más que una pequeña línea cuya luz roja temblaba indecisa en el nebuloso cielo.

—Intenta ganar tiempo —advirtió Magnus.

—No —dijo el príncipe, mirando a Sadira—. Incluso a pesar de lo poderosa que te has vuelto, jamás matarás al dragón; pero, al enfrentarte a él, puedes estar poniendo a Athas en peligro.

Sadira detuvo el dedo cuando estaba casi a punto de tocar al príncipe.

—Explícate... ¡y habla rápido!

—El dragón es poderoso, pero no tan poderoso como siete reyes-hechiceros —declaró Dhojakt—. Pregúntate a ti misma por qué han pagado el tributo durante tantos milenios.

La hechicera apoyó el dedo contra el rostro de Dhojakt. El príncipe aulló de dolor, y el aire se llenó al instante con el hedor de la carne quemada.

—No tengo tiempo para acertijos —siseó la muchacha.

—Lo hacen porque el dragón es el protector de Athas —explicó el príncipe—. Necesita el tributo para seguir teniendo el poder suficiente para mantener bajo llave un gran mal.

—¿Qué mal? —lo apremió Sadira.

Dhojakt negó con la cabeza.

—No puedo decirlo... ni siquiera para salvar la vida.

—¡Ahora, Sadira! —aulló Magnus.

—¿Quién? —volvió a apremiar la hechicera, apretando el dedo otra vez contra el rostro de Dhojakt—. ¿El pueblo de las sombras?

El príncipe gritó de dolor y se arrojó al suelo. Al momento, matas de retama y tallos de algodoncillos empezaron a marchitarse a su alrededor.

El resplandor del dedo de Sadira empezó a desvanecerse, y las últimas luces rosadas del atardecer se extendieron por el cada vez más oscuro cielo como una sábana de fuego. Dhojakt giró en redondo con las pinzas extendidas, y moviendo ya los dedos para lanzar el hechizo.

—¡Muere, profanador! —chilló Sadira.

Mientras hablaba, escupió una nube de negros vapores por la boca. Los vapores se extendieron por encima de la figura agachada del príncipe; luego se solidificaron en forma de fina neblina y se posaron sobre él como una negra mortaja. Del interior surgió el chisporroteo de un hechizo fallido. Mientras el lóbrego manto absorbía todo el calor del cuerpo de Dhojakt, se escucharon una serie de escalofriantes chillidos, y, cuando el último destello del atardecer hubo desaparecido del firmamento, todo lo que quedaba del príncipe nibenés era una sombra sobre la hierba.

Magnus se acercó a Sadira.

—¿Por qué no esperaste un poco más para matar a esa criatura? —la increpó, señalando con la mano el lugar donde había caído Dhojakt—. Aún tenías al menos otro medio segundo.

—Siento haber esperado hasta el último momento —se disculpó la hechicera. A medida que anochecía, su piel perdía el brillo de ébano y se aclaraba hasta recuperar el acostumbrado tono cobrizo—. Pero el riesgo valía la pena.

—¿Por qué? —inquirió Magnus agitando las orejas, incómodo ante los cambios que se producían en el aspecto de Sadira.

—Dhojakt tenía razón: no estoy lista para matar al dragón —respondió la hechicera—. Pero sí estoy lista para impedir que saquee Tyr. Ahora conozco sus puntos flacos.

19

Borys

La carraca estaba volcada sobre un costado, partida en dos y medio enterrada en la rojiza arena. Los mekillots que habían tirado de la enorme fortaleza ambulante seguían sujetos a los arneses, tan inmóviles como cerros e igual de inertes. Desperdigados en un radio de cientos de metros se veían los cuerpos de los escoltas y sus kanks, mientras que a los guardas y a los mercaderes los habían extraído del interior de la carraca y apilado en un gran montón a su sombra.

A pesar del abrasador calor, sólo un leve aroma a podredumbre flotaba en el ambiente. Los cadáveres estaban demasiado consumidos y desecados para pudrirse, ya que todos los fluidos corporales se habían evaporado al serles extraída la energía vital.

Al pasar junto al lugar, Sadira aminoró el paso para permitir que Magnus la alcanzara. Para que el cantor del viento pudiera seguirla, la hechicera había cogido tres kanks a los elfos de la tribu de los Manos de Plata; con todo, y a pesar de que Magnus montaba en los animales por turnos, las bestias tenían que hacer tal esfuerzo para poder seguir el paso de Sadira que a menudo se quedaban rezagadas.

Cuando consiguió por fin alcanzarla, Magnus preguntó:

—¿El dragón otra vez?

Desde que habían regresado al sendero de las caravanas en el Arroyo Plateado, no habían dejado de encontrar toda una serie de espectáculos semejantes.

—Nos acercamos a Tyr —contestó Sadira, asintiendo—, y me gustaría saber a qué distancia de nosotros se encuentra. ¿Hay algún modo de que puedas averiguarlo?

Magnus negó con la cabeza.

—Por regla general, puedo aventurar una suposición basada en el nivel de descomposición de los cuerpos, pero con cadáveres como éstos... —El cantor del viento dejó sin terminar la frase y volvió las orejas en dirección a la carraca—. Hay algo detrás de esos cuerpos —susurró, señalando el montón de cadáveres—. Me parece que se trata de un animal.

—Echemos una mirada de todos modos —propuso Sadira.

Sin esperar a que Magnus desmontara, la hechicera se deslizó hasta la pirámide de cuerpos. Mientras se acercaba, escuchó el ruido de algo que roía y sorbía procedente del otro lado. Intentando imaginar qué clase de carroñero haría tales ruidos, se detuvo el tiempo necesario para elevar una mano en dirección al sol y extraer la energía necesaria para un hechizo.

Antes de que pudiera rodear la pila, el ruido se detuvo.

—¿No se supone que debías vigilar? —inquirió una voz malhumorada—. ¡Huelo algo!

—Eres tú quien se supone que debería vigilar —gruñó una segunda voz—. ¿Qué sucederá si ella pasa por aquí?

Sadira rodeó el montón de cadáveres para echar una ojeada a los que hablaban. Al principio no pudo encontrarlos en medio del revoltijo de extremidades y cuerpos, pero, tras unos instantes de búsqueda, descubrió un par de cabezas sin cuerpo posadas sobre la carne marchita de la pierna de un mul. Las dos tenían los ásperos cabellos sujetos en largos moños altos, y la parte inferior de los cuellos estaba cosida con hilo negro. Por el estado en que se encontraban los cuerpos de los alrededores, daba la impresión de que ambas se habían dado un horrible festín. Aunque Sadira no conocía muy bien a la pareja, las había visto las suficientes veces como para saber que eran los consejeros que el rey Tithian había heredado del rey-hechicero Kalak.

—¿A quién esperáis? —preguntó ella.

Las cabezas giraron en redondo.

—A ti, querida —contestó una, que Sadira reconoció como Sacha, por sus abotargadas mejillas y estrechos ojos oscuros—. Vinimos hasta aquí para verte.

—¿Por qué? —quiso saber la hechicera. Suspicaz sobre sus intenciones, alzó la mano para demostrar que estaba lista para defenderse.

—Las amenazas no son necesarias —dijo Wyan, la segunda cabeza. Torció los agrietados labios en la parodia de una sonrisa y clavó los hundidos ojos en la refulgente mano roja de la hechicera—. Estamos de tu parte en esto.

—¿Por qué será que esto no acaba de tranquilizarme? —preguntó Magnus, acercándose por detrás de Sadira.

Sacha miró al cantor del viento.

—¿Es un amigo tuyo, Sadira? —inquirió al tiempo que se lamía los labios con una larga lengua cenicienta.

—Lo es —respondió ella con una mueca.

—Qué mala suerte —suspiró Wyan, dirigiendo una mirada de disgusto al cuerpo reseco que había estado royendo—. Me iría bien una bebida fresca.

—Ni se te ocurra —advirtió Sadira—. Ahora decidme qué queréis. Tengo prisa.

—En ese caso deberías darnos las gracias por ahorrarte un viaje innecesario —repuso Wyan—. Hemos venido a decirte que Borys no se dirige a Tyr..., al menos no directamente.

—¿Me tomas por una estúpida? —replicó Sadira. La hechicera dio media vuelta e hizo una seña a Magnus—. Vámonos; ya hemos desperdiciado demasiado tiempo.

Mientras se dirigían de vuelta a los kanks, Sacha y Wyan se elevaron por los aires y flotaron tras ellos.

—¡Espera! —gritó Wyan—. ¿No quieres escuchar lo que hemos de decir?

—No es necesario —les espetó Sadira sin detenerse—. Esto no es más que otro de los trucos de Tithian. Pero gracias por venir... Al menos ahora sé que no llego demasiado tarde.

—Puede que sí llegues tarde, si insistes en ir a Tyr —aseguró Sacha, cortando el paso a Sadira y flotando frente a su rostro—. Tithian ni siquiera sabe que estamos aquí.

La hechicera apartó a la cabeza de un manotazo que la envió volando por los aires. Ésta no se detuvo hasta que rebotó contra el caparazón de un mekillot muerto y fue a estrellarse contra una duna cercana.

Wyan rió divertido ante lo sucedido a su compañero.

—Por una vez decimos la verdad —declaró, teniendo cuidado de mantenerse a una distancia prudente—. ¿Cómo crees que sabíamos que regresabas de la Torre Primigenia?

—Del mismo modo que Tithian supo que iba hacia allí —contestó la hechicera.

—Vamos, vamos... Eso no tiene sentido —replicó Wyan—. El kank que utilizaba para espiarte lo mató Gayard en persona allá en Nibenay.

Sadira dejó de andar al escuchar el antiguo nombre del rey-hechicero, e hizo una señal a Magnus para que hiciera lo mismo.

—¿Dónde oísteis ese nombre?

—Creí que así conseguiría que me prestases atención —respondió Wyan con una mueca burlona.

—Pero no la retendrás por mucho tiempo —advirtió ella, mientras observaba que Sacha había conseguido desprenderse de la duna y se aproximaba cautelosamente—. Decid lo que habéis venido a decir, pero aseguraos de que merece el tiempo que le dedique. Incluso estando de buen humor, no tengo paciencia para vosotros dos.

—No te hacemos perder el tiempo —afirmó Wyan—. El pueblo de las sombras envió aviso de que te esperásemos.

—¿Qué? —inquirió Sadira—. ¿Qué sabéis del pueblo de las sombras?

—Eso no es importante ahora —intervino Sacha, regresando al grupo—. Pero sí lo es nuestro motivo para venir. Tithian contó al dragón la ayuda que recibiste de Kled; Borys se puso furioso, y ahora ha ido a destruir *El libro de los reyes* y a castigar a los enanos.

La hechicera meditó sobre las palabras de Sacha unos instantes; luego se alejó de las cabezas e indicó a Magnus que montara en su kank.

—¿Adónde vamos? —preguntó el cantor del viento.

—A Tyr —contestó Sadira—. Tendría que estar loca para confiar en esos dos. Son los consejeros privados del rey. —Señaló con la mano a Sacha y Wyan—. No sé cómo lo ha hecho, pero Tithian ha continuado siguiéndome aun después de que abandoné Nibenay. Ha enviado a estos dos para desviarnos de nuestra ruta.

—No sigo tu lógica —dijo Magnus.

—¡Eso es porque no utiliza ninguna! —le espetó Wyan.

Sadira apuntó a la cabeza con la palma de la mano. Un chorro de brillante luz roja brotó de la mano, y Wyan lanzó un grito de rabia.

—¡Maldita mujerzuela! ¡Me has dejado ciego!

—Silencio, o lo convertiré en permanente —amenazó ella y, volviéndose a Magnus, explicó—: Tithian es demasiado cobarde para desafiar al dragón, de modo que no quiere que regrese antes de que él haya pagado el impuesto. Ha enviado a estos dos aquí con la historia sobre Kled, con la esperanza de que los nombres que con tanto cuidado han mencionado me convencerían de ir al poblado en lugar de a Tyr.

—Ésa es la clase de plan que Tithian pensaría —admitió Sacha—. Pero ¿puedes arriesgarte a dar por sentado que es esto lo que realmente ha hecho?

Magnus volvió la cabeza de modo que miró a Sadira con uno solo de sus negros ojos.

—Este truco me parece demasiado complicado —opinó—. ¿No sería más fácil hacer un trato con el dragón y a cambio de desviarse de Tyr, hablarle de Kled y de *El libro de los reyes*?

—Eso tendría sentido —dijo Wyan, parpadeando al desvanecerse la temporal ceguera—. Pero no es lo que Tithian hizo. Sigue dispuesto a pagar el tributo. Al hablarle al dragón sobre Kled, sólo busca favores.

Sadira meditó durante unos momentos la sugerencia de Magnus; luego miró a las dos cabezas.

—Vuestra historia me resultaría más fácil de creer si supiera por qué habéis decidido de repente traicionar a Tithian. No creo que esperéis que crea que de improviso se os ha despertado un gran interés por el bienestar de los habitantes de Tyr.

—Claro que no —escupió Sacha—. Digamos que tenemos ciertos intereses en común con el pueblo de las sombras.

—No lo digamos —replicó Sadira—. Quiero saber más.

—Si tiene que ser así —suspiró Wyan, poniendo en blanco los cetrinos ojos—. ¿Has oído hablar de la rebelión contra Rajaat? —preguntó. Cuando Sadira asintió, continuó—: No todos nosotros nos rebelamos, y, por nuestra disensión, a Sacha y a mí nos decapitaron.

—¿Vosotros erais campeones? —exclamó Sadira con asombro.

—Todavía lo somos —respondió Sacha, sonriendo orgulloso—. Mi nombre completo es Sacha de Arala, Maldición de los Kobolds.

—Y yo soy lord Wyan Bodach, Plaga de los Duendes —añadió la segunda cabeza—. Somos los dos últimos campeones leales, y, como puedes imaginar, nada nos gustaría más que vengarnos del traidor Borys.

—Si eso es cierto, decidme por qué se rebelaron los otros —exigió Sadira.

—Si insistes... —refunfuñó Sacha—. El pueblo de las sombras denomina a la época del reinado de Rajaat la Era Verde, y con razón. Todo Athas era tan verde y fértil como los bosques halflings que has visitado.

—Pero las guerras infligieron un gran daño a la tierra, pues nosotros los campeones no fuimos los únicos hechiceros poderosos que tomaron parte en la lucha —intervino Wyan—. Cada vez que tenía lugar una batalla, cientos de hectáreas de tierra se volvían estériles, y cuando por fin estuvimos cerca de la victoria...

—Querrás decir cuando por fin conseguisteis aniquilar a la mayoría de las razas no humanas... —lo interrumpió Sadira.

La amargura de su voz no pareció afectar a Wyan.

—Exactamente —asintió éste—. Cuando por fin nos disponíamos a borrar la última plaga de impureza del mundo, gran parte de Athas había quedado reducido a un desierto.

—De modo que Rajaat declaró que, tras nuestra victoria, él sería el único hechicero —continuó Sacha—. El resto de nosotros tendría que renunciar a los poderes que él nos había otorgado. Wyan y yo estábamos más que dispuestos a obedecer la voluntad de nuestro señor, pero los otros repudiaron su juramento y atacaron.

—Y así es como Athas se convirtió en lo que es —concluyó Wyan—. ¿Irás ahora a Kled... o dejarás que Agis y Rikus se enfrenten solos al dragón?

—¡Sacádmelo! —La voz llena de dolor de Neeva brotó con fuerza de una cabaña situada cerca de la parte central de Kled y resonó hasta las anaranjadas laderas de arenisca, donde, con la ayuda de un hechizo, Sadira y sus acompañantes escuchaban todo lo que sucedía en el poblado—. ¡Deprisa, Caelum! ¡Duele mucho!

—¿Qué le sucede? —quiso saber Wyan, flotando hasta Sadira.

Desde su puesto al otro lado, Sacha inquirió:

—¿La tortura alguien? —Los gruesos labios se torcieron en una mueca atroz.

—¿No habéis oído nunca los gritos de una mujer dando a luz? —preguntó Magnus, meneando la cabeza ante lo que sucedía abajo—. No podría haber escogido un momento peor.

Frente a las puertas de Kled se encontraba Borys, cuya cola se agitaba lánguida a uno y otro lado, levantando tanto polvo como un remolino. A pesar de la distancia y de la neblina, Sadira pudo ver que el dragón era tan alto como un gigante, con un cuerpo tan enjuto que, a su lado, un elfo habría parecido fornido. Tenía un color de hierro, con la piel quitinosa mitad carne y mitad caparazón, y cada una de las esbeltas patas poseía dos rodillas que se doblaban en sentidos diferentes. Los brazos resultaban casi esqueléticos y terminaban en dedos de hinchadas y nudosas articulaciones, rematados en larguísimas uñas. El rostro de Borys era lo más aterrador de su aspecto, pues ya no era ni remotamente humano; situada al final de un cuello sinuoso, la cabeza recordaba la de un ave de afilado pico, con una cresta aserrada de piel correosa y un par de ojillos redondos tan pequeños que apenas eran visibles.

Frente al dragón, situados encima de la modesta torre de guardia de la puerta del poblado, se veían las diminutas figuras de dos hombres en los que Sadira reconoció a Rikus y a Lyanius. El resto de los guerreros de Kled estaban distribuidos por la muralla, ataviados con sus relucientes armaduras. Por lo que el grupo podía ver, todos iban armados con hachas o espadas de acero, rodelas de púas y ballestas.

En las laderas de arenisca situadas en la ruta de acceso a la puerta, se veía otro centenar de figuras situadas muy cerca del costado de Borys. Todas iban vestidas a la moda de Tyr, con largas túnicas oscuras fácilmente distinguibles en la distancia. El que ninguna de ellas pareciera llevar armas sugería que se trataba de doblegadores de mentes o de hechiceros. Sadira identificó enseguida a Agis, de pie a la cabeza de la compañía, por el mechón de pelo blanco que discurría por el centro de su larga cabellera negra.

Borys no parecía prestar demasiada atención a todo esto. Con chisporroteante voz tan potente como un trueno, dijo:

—Traed ante mí al llamado Er'Stali, con su *Libro de los reyes de Kemalok*, y escoged a la mitad de vosotros para que mueran.

—Parece que hemos llegado justo a tiempo —dijo Sadira—. Vamos.

—Si tú lo dices... —repuso Magnus, la voz temblorosa aún por el agotamiento de la carrera de dos días que Sadira acababa de obligarlos a realizar—. Pero sería mejor si pudiéramos tomarnos unos minutos para descansar…

—Dudo que tengamos segundos siquiera —replicó Sadira. Mientras iniciaban el descenso por la ladera, se sorprendió de ver a Sacha y a Wyan flotando junto a Magnus—. No pensaba que fuerais tan valientes —observó.

—Cuando la causa nos interesa, podemos ser muy valientes —afirmó Sacha.

Abajo, en la torre de guardia, la cascada voz de Lyanius dijo algo a modo de desafío. Por desgracia, incluso con la ayuda de su magia, la hechicera no consiguió distinguir las palabras de la temblorosa voz. Con un gesto tan veloz que apenas si la muchacha pudo verlo, Borys arrancó al anciano de la muralla y lo sostuvo en el aire. Lyanius gritó enfurecido y se debatió para liberarse, golpeando con los puños el enorme dedo que rodeaba su pecho.

El sargento enano levantó el brazo, pero no se atrevió a dar la orden a sus guerreros de lanzar las flechas. Aunque mataran al dragón con la primera andanada, la caída desde tanta altura mataría al *uhrnomus*. Sadira se detuvo. Todavía se encontraba demasiado lejos para utilizar ninguno de sus hechizos de combate, pero quizá podría lanzar un conjuro que protegiera la caída de Lyanius.

—¡El libro! —rugió el dragón.

Lyanius dejó de forcejear y bajó la mirada hacia el ojo más cercano de Borys, temblando de miedo.

—¿Por qué Borys no se limita a entrar y cogerlo? —inquirió Magnus—. Debe de ser lo bastante poderoso para ello.

—Lo haría fácilmente —respondió Sadira—. Pero tendría que utilizar su magia, y necesita guardar toda su energía para otra tarea más importante para él.

—¿Cuál? —preguntó el cantor del viento.

—Para mantener algo encerrado —repuso ella mientras dirigía la punta de un enrojecido dedo hacia Lyanius.

—¿Sabes eso? —jadeó Wyan—. ¿Y todavía quieres negarle a Borys su tributo?

—Khidar y su gente no me parecieron tan terribles —contestó Sadira.

Lyanius, que había dejado de temblar, volvió a bajar la mirada hacia el dragón.

—¡No! —chilló.

La mano de Borys se cerró con fuerza, y el cuerpo del *uhrnomus* desapareció en medio de un surtidor de sangre. En la muralla del poblado, el sargento bajó la mano, y, con un chasquido, las ballestas de los enanos lanzaron un centenar de saetas de acero contra el pecho del dragón. Los proyectiles lo golpearon con un repiqueteo sordo para luego caer al suelo en una ineficaz lluvia de metal.

Sadira echó a correr colina abajo, a tal velocidad que dejó atrás a Magnus y las dos cabezas. Mientras ella corría, Borys levantó una pata y pasó por encima del muro. Rikus levantó la espada y se volvió para enfrentarse al dragón, pero no se movió para atacar; en lugar de ello, bajó la espada de repente y se dejó caer boca abajo. Antes de que su estómago tocara el techo de la torre, docenas de hechizos brotaron centelleantes de las manos de los hechiceros situados fuera de las murallas. En un instante, la atmósfera se llenó de rayos, chorros de fuego, proyectiles centelleantes y más clases de mortífera magia de las que Sadira había visto jamás reunidas en un mismo lugar.

Borys desapareció en el interior de una deslumbrante explosión de energía mágica. Incluso encontrándose tan lejos del lugar de la pelea, Sadira sentía cómo el suelo temblaba bajo sus pies, mientras que el aire se llenaba de los cáusticos olores de los conjuros incendiarios.

Cuando la tormenta amainó, Borys seguía con una pierna a cada lado del muro. Volutas de humo —negras, grises, rojas y de muchos otros colores— se alzaban del moteado pellejo, pero, aparte de esto, no mostraba la menor señal de haber resultado herido.

Sadira continuó su carrera, asombrada por la rapidez con que se había iniciado la lucha. Apenas habían transcurrido dos segundos desde que Borys había matado a Lyanius, y los defensores estaban ya librando combate. La hechicera consideró la posibilidad de detenerse el tiempo necesario para lanzar un hechizo que la aproximara más, pero se decidió en contra. A la velocidad que iban las cosas, durante el tiempo que necesitaría para detenerse, formular su conjuro y reorientarse cuando llegara, la batalla podía muy bien tomar un drástico giro en una dirección totalmente distinta.

El dragón volvió la cabeza hacia el grupo de hechiceros que acababa de atacarlo. Abrió la enorme boca, y Sadira escuchó el silbido de una prolongada aspiración.

—¡A cubierto! —gritó Agis, echándose al suelo.

Un chorro de arena blanca surgió con un atronador rugido de la boca de Borys, quien movió la cabeza despacio barriendo de arriba abajo toda la ladera de la colina. A medida que el arenoso aliento incendiaba las moradas bolas de espinos y arrancaba abanicos de varas de Jesé de la ladera, horrendos gritos de agonía y desesperación inundaron los oídos de Sadira. Hombres y mujeres se desintegraban en forma de columnas de grasiento humo o veían cómo el torrente de arena les arrancaba la carne del cuerpo hasta dejar los huesos al descubierto.

En el preciso instante en que Sadira empezaba a temer que el torrente fuera a consumir a Agis, Rikus corrió al borde del tejado de la torre de guardia y con un alarido de rabia balanceó la espada en dirección al estómago de Borys. La hoja golpeó con un poderoso tañido que lanzó chispas azules en todas direcciones. El arma abrió una brecha en la parte central del vientre del dragón, y una humareda roja brotó de la herida, seguida de un chorro de brillante sangre dorada.

Borys cerró las fauces, interrumpiendo el terrible chorro de arena caliente, y miró colérico a su atacante. Allí donde caía la llameante sangre del dragón, las losas se rompían y los ladrillos se convertían en polvo.

Sadira llegó por fin lo bastante cerca para poder atacar, y se detuvo para absorber energía.

Rikus volvió a atacar, pero Borys lo esquivó con facilidad y contraatacó lanzando contra el mul cuatro largas uñas. Cuando el golpe alcanzó al mul, se escuchó un desgarrador chillido acompañado de un brillante relámpago azul. Cuando la luz se desvaneció, Rikus ya no se encontraba en el techo de la torre.

—¡No! —gritó Sadira.

Estaba a punto de lanzar su conjuro, cuando el dragón abrió la boca y siseó enojado. Proyectó la larga lengua fuera del hocico y lamió la parte superior de la torre durante un instante; luego se interrumpió para escudriñar las colinas que rodeaban el poblado. Lo que fuera que hubiera sucedido, al parecer no había sido cosa suya.

Fue entonces cuando Sadira descubrió al mul de pie bajo el arco de la puerta, donde el dragón no podía verlo, con aspecto deslumbrado y confundido. Recordando que Khidar le había dicho que ningún campeón podía herir a quien empuñara un arma forjada por Rajaat, la hechicera decidió que sería más sensato retrasar su ataque hasta que ella y Rikus pudieran unir fuerzas.

Así pues, sin perder de vista ni al dragón ni al mul, se dirigió a donde se encontraba Agis. Lo que encontró la hizo lanzar un ahogado grito de alarma. El noble yacía sobre el pedregoso suelo, inconsciente y sin respirar apenas. Aunque había escapado al ataque directo del aliento abrasador de Borys, una ráfaga indirecta de la llameante arena había consumido su túnica y despellejado gran parte del rostro. La hechicera posó las manos sobre su pecho y dejó que una cierta cantidad de la energía que empapaba su cuerpo fluyera al de él; con un poco de suerte esto lo mantendría vivo un poco más, pero sus poderes no la convertían en curandera. Para eso necesitaba a Magnus.

Sadira se puso en pie y volvió a mirar en dirección a la puerta. Borys había penetrado ya por completo en el interior del poblado, y guerreros enanos se arremolinaban alrededor de sus patas, golpeando inútilmente sus tobillos con sus hachas de armas de acero. El dragón, que no les prestaba más atención de la que Magnus habría prestado a un enjambre de mosquitos, se detuvo un momento para pasar un dedo a lo largo de la herida abierta por Rikus. Los bordes de la herida se fusionaron, restañando el flujo de sangre amarilla.

Hecho esto, se dio la vuelta y avanzó por el poblado en la dirección de la que surgían los gritos de Neeva dando a luz. Los guerreros enanos lo siguieron, pero todo lo que consiguieron fue resultar aplastados junto con todo lo que iba a parar bajo los pies del dragón. Al ver esto, Rikus empezó a recuperarse de su conmoción y giró sobre sí mismo para reanudar el combate.

Las pesadas pisadas de Magnus se escucharon por fin detrás de la hechicera. Sin apenas volverse para hablar con el cantor del viento, la muchacha señaló la inerte figura de Agis.

—¡No dejes que muera!

—Haré lo que pueda —respondió el cantor del viento, respirando entrecortadamente—. ¿Quién es?

—Uno de mis esposos —contestó Sadira.

Y echó a correr en dirección a la puerta, seguida por Sacha y Wyan. Atrapó a Rikus justo cuando éste se lanzaba a la carrera calle abajo en pos de Borys y los enanos.

—¡Rikus, espera! —llamó—. ¡Necesitarás ayuda!

El mul se detuvo y miró a su espalda. Cuando sus ojos se posaron sobre Sadira, la cuadrada mandíbula se abrió de par en par con expresión de asombro.

—¿Qué te ha sucedido? —exclamó.

La hechicera extendió la mano hasta su rostro y le cerró la boca.

—No te preocupes —dijo—. Lo importante es que conseguí llegar a la Torre Primigenia y averigüé cómo salvar a Tyr... y a Kled. Hagas lo que hagas, no sueltes el *Azote de Rkard*. Juntos, creo que podemos detener al dragón...

—¡Quieres decir matarlo! —siseó Sacha.

Rikus miró por encima del hombro de la hechicera y arrugó el entrecejo.

—¿Qué hacen estos dos aquí? —refunfuñó—. ¡No me digas que están contigo!

—Fueron ellos los que me dijeron que viniera aquí —admitió Sadira.

—De todos modos pienso que no podemos confiar en ellos —gruñó el mul.

—No pienses —siseó Wyan—. No es para pensar para lo que te criaron.

Rikus levantó la espada para golpear a la cabeza, pero Sadira le detuvo el brazo.

—Por el momento, tenemos cosas más importantes por las que luchar —dijo—. En especial si Borys se dirige a donde yo creo.

Tras esto, fue ella la que encabezó la marcha en pos del dragón. No les costó mucho encontrarlo. Incluso aunque su cuerpo no hubiera sobresalido por encima de las pequeñas cabañas de Kled, la oleada de devastación que dejaba a su paso lo hubiera hecho muy fácil.

Cuando lo alcanzaron, el dragón estaba arrodillado junto a una cabaña, con los brazos apoyados en la parte superior de las paredes, atisbando el interior. De éste salían los doloridos gemidos de Neeva mientras daba a luz, y ningún otro sonido.

Todo el ejército de enanos se había reunido alrededor del dragón, golpeando con las hachas el enorme corpachón como si se tratara de un árbol. De vez en cuando, Borys agitaba violentamente la cola y aplastaba a uno o dos guerreros contra una cabaña de piedra, pero aparte de esto no les prestaba demasiada atención.

Mientras Sadira y Rikus se acercaban, Borys hizo chasquear la lengua en el interior de la cabaña.

—¡Vamos! —dijo—. Dime dónde habéis escondido a este Er'Stali y su libro. Si me obligas a utilizar el Sendero, te prometo que tu hijo morirá con el resto del poblado.

Desde el interior, la voz dolorida de Neeva gritó:

—¡No!

Sadira echó una última mirada a su alrededor, lo que le permitió observar que Sacha y Wyan habían cedido finalmente a sus cobardes instintos y habían desaparecido. Al no ver ningún motivo para posponer más el ataque, apuntó con la mano a la cabeza del dragón y musitó:

—¡Ahora, Rikus!

Cuando pronunció su conjuro, un rayo de luz roja salió disparado de su dedo y envolvió la cabeza de

Borys en una bola resplandeciente casi tan brillante como el mismo sol. El dragón rugió sorprendido y se puso en pie de un salto. Entonces fue Rikus quien atacó, golpeando y acuchillando furiosamente las patas de la bestia. De las heridas brotaba una sangre amarilla que salpicaba al mul y llenaba la calle de riachuelos de fuego líquido. Aunque el calor hizo huir a los enanos, Rikus hizo caso omiso del dolor que le producía y siguió atacando a Borys.

Antes de preparar un nuevo conjuro, Sadira se acercó a la cabaña y miró por encima de la pared. Vislumbró una imagen del cuerpo desnudo de Neeva acuclillada sobre un lecho de suaves pieles y aferrada a los hombros de Caelum para no perder el equilibrio.

—¡Caelum, cógela y corre! —siseó Sadira.

—Pero el niño ya...

—¡Cógela en brazos, ahora! —chilló la hechicera, retrocediendo.

Cuando volvió de nuevo la atención a la batalla, Sadira vio que el dragón se llevaba las manos a la cabeza y sujetaba la esfera de luz como si se tratara de una máscara para luego hacerla pedazos. Al instante, la muchacha pronunció un nuevo conjuro y disparó un rayo de oscuridad a su cabeza. Esta vez, Borys la esperaba y desvió el ataque con un golpe de muñeca. El rayo fue a chocar contra una cabaña, a la que envolvió en su oscuridad; luego fue escurriéndose hasta el suelo, sin dejar tras él más que una sombra.

Sadira volvió a levantar la mano hacia el sol, mientras Rikus seguía con su ataque, saltando por encima de un pequeño arroyo de piedras hirvientes para lanzar la espada contra el abdomen de Borys. El dragón, que se defendía mejor ahora que podía ver, apartó de un manotazo la hoja.

—Creo que esta espada me pertenece —dijo, señalando el *Azote de Rkard* con un largo dedo.

—Es mía ahora —replicó Rikus y, volviendo a blandirla, rebanó el extremo del dedo del dragón.

Un torrente de sangre brotó de la herida y cayó sobre el pecho de Rikus. El mul lanzó un grito y retrocedió tambaleante, a punto casi de dejar caer la espada. Con un alarido de rabia, Borys lanzó una zarpa contra su atacante. Una vez más volvió a escucharse el ensordecedor chillido y a centellear un brillante rayo azul. Cuando todo pasó, a Rikus no se lo veía por ninguna parte.

Imaginando que el dragón volvería su atención hacia ella ahora, Sadira musitó su conjuro. Al momento, su mano empezó a vibrar con un suave zumbido y a brillar con un leve tono rojo. Borys clavó los ojos en la hechicera y abrió la boca como para inhalar.

—Yo no lo haría —advirtió Sadira mientras alzaba la vibrante mano hacia el dragón—. Mi magia procede de la Torre Primigenia, y ya has comprobado que puede afectarte.

—No lo hará una vez que hayas muerto —gruñó Borys.

—Cierto, pero eso liberaría el hechizo que guardo en esta mano —dijo Sadira al tiempo que se agachaba con cuidado y posaba los dedos sobre la calle. Al momento los adoquines empezaron a agrietarse y romperse.

»Podrías matarme incluso después de que las esferas de tu estómago se rompieran —añadió—. Pero entonces, ¿cómo reunirías la energía que necesitas para mantener tu prisión cerrada?

El dragón cerró la boca y empezó a avanzar despacio arrastrando los pies, sin dejar de mirar a la hechicera en furioso silencio. Sadira volvió a incorporarse, pero no retrocedió. No obstante su demostración de valentía, comenzaba a pensar si no habría cometido un error. Cuando la hechicera y sus amigos habían matado a Kalak, éste se encontraba en pleno proceso de tragar varias bolas de obsidiana mientras intentaba transformarse en dragón. Entonces ellos habían dado por sentado que Kalak necesitaba las bolas por el mismo motivo por el que había una empuñadura de obsidiana en el bastón de Nok: para convertir la energía vital de los animales en energía mágica.

Si su suposición había sido errónea, o si Sadira estaba equivocada con respecto al propósito del tributo que Borys recogía, su error estaba a punto de resultar fatal. No obstante, no tenía dónde escoger excepto seguir adelante con su estrategia ya que era la única esperanza que tenía de obligar al dragón a irse, fijando ella las condiciones de la retirada. La hechicera se adelantó para ir al encuentro de Borys, y extendió una mano para tocar el quitinoso cuerpo. El dragón se detuvo.

—¿Qué clase de trato tienes en mente? —preguntó Borys con un ojo puesto en la mano de la hechicera.

—Uno muy simple —repuso ella con un silencioso suspiro de alivio—. Dejas tranquilos a Tyr y a Kled, y nosotros te dejaremos tranquilo a ti.

—¡No! —aulló Sacha, flotando hasta ellos desde detrás de una esquina.

—¡Nuestro acuerdo era que lo atacarías! —añadió Wyan, haciendo también acto de presencia—. ¡Suelta el hechizo!

Los ojos de Borys se volvieron veloces hacia las dos cabezas.

—Arala y Bodach. ¡A menudo me he preguntado qué habría sido de vosotros después de la muerte de Kalak! —dijo con voz sibilante.

Sacha y Wyan se detuvieron justo detrás de Sadira para utilizarla a modo de escudo.

—¡Lanza el hechizo! —instó Wyan—. Lo matará... Ya lo verás.

Aunque no lo dijo en voz alta, la hechicera sabía que Wyan mentía. Destruir las esferas del interior del vientre de Borys afectaría sólo su capacidad para utilizar su magia más poderosa, pero seguiría siendo capaz de acabar con la vida de la muchacha en una docena de formas diferentes. Sin embargo, pensó que podría forzar la mano del dragón si seguía el juego a las dos cabezas.

—¿Estáis realmente seguros de eso? —preguntó—. Si no funciona, moriréis conmigo.

—Funcionará —aseguró Sacha.

Sadira volvió a mirar a Borys.

—¿Qué prefieres?

El dragón no apartó los ojos de las dos cabezas.

—Deja que me lleve a Sacha y a Wyan —siseó.

La hechicera no vaciló en hacerse a un lado. Antes de que la pasmada pareja pudiera protestar, Borys lanzó al frente una de las manos y las rodeó con ella.

—Hasta el año que viene, entonces —dijo, dedicando a la hechicera una cortés reverencia.

Al ver que Sadira no le devolvía el saludo, Borys se dio la vuelta y empezó a andar. Mientras avanzaba, su cuerpo se tornó transparente y no tardó en desvanecerse por completo.

La hechicera se acuclilló sobre el suelo y empezó a temblar, pero no descargó la energía de su mano. Sospechaba que nunca jamás volvería a sentirse segura sin el tranquilizador zumbido de este hechizo en concreto resonando en sus oídos.

Durante un buen rato, Sadira permaneció allí sentada y sola, demasiado trastornada y agotada para moverse. El hechizo que había lanzado para escuchar lo que se decía en el poblado seguía activo, y sus oídos estaban llenos de los sonidos de las secuelas de la batalla: el canto curativo de Magnus, los gemidos de los heridos y el llanto de aquellos que habían perdido a sus seres queridos.

Un sonido resaltaba por encima de todos los otros: los gritos de alegría y de dolor de Neeva mientras se esforzaba por sacar a su hijo al mundo. Mientras Sadira escuchaba, los alaridos de dolor dieron paso de repente al sonido de risas felices y al llanto de una criatura recién nacida.

Al cabo de un momento, Rikus dobló corriendo la esquina con la espada todavía desenvainada. El pecho y piernas del mul, lugares que habían sido salpicados por la sangre del dragón, estaban cubiertos de blancas ampollas.

—¿Qué ha sucedido? —preguntó, mirando en derredor como si esperara que el dragón saltara sobre él en cualquier instante.

Sadira dedicó al mul una sonrisa afectuosa.

—¿Por qué no me lo dices tú? —inquirió—. ¿Ha tenido Neeva un niño o una niña?

Epílogo

En un punto bastante lejano del sendero de caravanas que conducía a Tyr, el rey Tithian I se erguía sobre una carraca volcada, con la mirada fija en los ojos del dragón, iluminados por las dos lunas. Sólo mediante una experimentada fuerza de voluntad era capaz de evitar que le temblaran las rodillas, y era totalmente consciente de que la diadema de oro que reposaba sobre su frente había sido diseñada para una cabeza algo más pequeña que la suya.

—Fue Nibenay quien no consiguió evitar que Sadira encontrara la Torre Primigenia, no yo —decía Tithian—. Mi único error fue confiar en ellos. —Señaló las dos cabezas que pendían de la cintura del dragón.

—¡Tu error fue creer que podrías gobernar Tyr! —escupió Sacha.

—¡Y atreverte a pensar que eras más inteligente que tus esclavos! —añadió Wyan.

El dragón posó una mano sobre las cabezas y apretó un dedo contra cada uno de sus ojos. Tanto Sacha como Wyan callaron de inmediato.

—Puedes seguir —gruñó Borys mientras hundía las garras más de lo realmente necesario para mantener en silencio a las cabezas.

—Te prometo que mi ciudad entregará su tributo el año próximo —afirmó Tithian, haciendo un esfuerzo para no mirar la tortura a la que se sometía a sus antiguos consejeros.

—¡*Tu* ciudad! —se mofó el dragón—. Tyr pertenecía a Kalak, y Kalak a mí. Su poder era mi poder, y tú me lo has robado.

Tithian meneó la cabeza, desafiante.

—No, te hicimos un favor. Kalak intentaba convertirse en un dragón para poder ocupar tu puesto.

—Seré yo quien juzgue qué me favorece y qué no —refunfuñó la enorme bestia—. Todos los reyes-hechiceros son dragones de una clase u otra, aunque adoptan formas diferentes de acuerdo con sus gustos. Si Kalak deseaba adoptar una forma parecida a la mía, eso era cosa suya..., pero jamás habría soñado en ocupar mi puesto. Decir tales cosas no hace más que demostrar lo poco que sabes sobre dónde te has metido.

—Entonces enséñamelo —dijo Tithian.

El animal entrecerró los ojos.

—Eres demasiado audaz. Debería matarte a ti y a toda tu ciudad por vuestra insolencia.

—Pero eso sería un gran desperdicio, o ya lo habrías hecho —replicó Tithian—. Por otra parte, si me otorgas un pequeño favor, doblaré el tributo que pagaba Kalak.

El dragón volvió la cabeza y contempló al monarca con un único ojo negro.

—¿Y a cambio? ¿Qué es lo que quieres de mí?

—Nada que sea difícil —respondió Tithian—. Sólo ayúdame a convertirme en rey-hechicero.

EL MUNDO DEL

SOL OSCURO

PENTA PRISMA (5 volúmenes)
Troy Denning

1. El zigurat de Kalak
2. La legión roja
3. La hechicera Sadira
4. El Oráculo de obsidiana
5. Ur Draxa

LA TRIBU DE UNO (3 volúmenes)
(edición de bolsillo)
Simon Hawke

1. El desterrado
2. El peregrino
3. El nómada

GRUPO EDITORIAL CEAC, S.A.

Indíquenos sobre qué materias de nuestro fondo editorial está usted interesado/a y muy gustosamente le remitiremos información periódica de las mismas:

- ❑ AUTOMÓVIL
- ❑ MECÁNICA
- ❑ CAMIÓN
- ❑ MOTOCICLETA
- ❑ CONSTRUCCIÓN/FONTANERÍA
- ❑ DELINEACIÓN
- ❑ ELECTRICIDAD
- ❑ ELECTRONICA
- ❑ EMPRESA/CONTABILIDAD
- ❑ AGRICULTURA
- ❑ MADERA Y MUEBLE

- ❑ BRICOLAJE
- ❑ ARTESANÍAS
- ❑ DISEÑO/DIBUJO
- ❑ MANUALIDADES
- ❑ CONFECCIÓN/COCINA

- ❑ MODELISMO
- ❑ FOTOGRAFÍA Y VÍDEO
- ❑ NATURALEZA
- ❑ HOGAR Y JARDÍN
- ❑ TURISMO/AVENTURA
- ❑ SALUD
- ❑ ARTES DECORATIVAS

- ❑ EDUCACIÓN

- ❑ LITERATURA INFANTIL
- ❑ LITERATURA JUVENIL

- ❑ LITERATURA FANTÁSTICA

Observaciones: ....

....

....

....

Le rogamos indique el título del libro donde encontró esta tarjeta y en qué librería lo adquirió:

....

Nombre ....

Apellidos ....

Fecha de nacimiento .... Profesión ....

Dirección ....

.... N.º .... Piso .... Pta. ....

Población .... C.P. ....

Provincia .... Tel. ....

GRUPO EDITORIAL CEAC, S.A. / Perú, 164 - 08020 Barcelona - Tel. 902 263 300 - Fax 902 114 625
E-mail: info@ceacedit.com - http://www.ceacedit.com